换骨

李进祥 著

作家出版社

李进祥，男，回族，1968年生于宁夏同心。中国作协会员，宁夏作协副主席。著有长篇小说《孤独成双》《拯救者》，小说集《换水》《女人的河》等。有数十篇作品入选《新华文摘》《小说选刊》《小说月报》、全国年度选本、中国短篇小说排行榜等。小说集《换水》获第十届全国少数民族文学创作骏马奖。短篇小说《四个穆萨》获第六届鲁迅文学奖提名。中短篇小说、散文分别获《小说选刊》奖、《飞天》十年文学奖、回族文学奖、黄河文学奖等。作品被译介英、法、韩、希腊、阿拉伯等文字。被评为自治区“四个一批”文艺人才，自治区首批“塞上文化名家”。

文学是这块土地上最好的庄稼

崔晓华

塞上金秋，天高云淡，风清月明，“稻花香里说丰年，听取蛙声一片”。在这诗情画意的美好季节，我们满怀喜悦的心情，迎来宁夏回族自治区成立六十周年。

宁夏地处祖国西部，是中华远古文明发祥地之一、丝绸之路重要节点，优秀传统文化遗存丰厚，自然历史内蕴丰富多样，历朝历代文人墨客留下数以千计的诗词文赋，譬如人们耳熟能详的“大漠孤烟直，长河落日圆”“蝉鸣空桑林，八月萧关道”等，表达了诗人或豪迈或忧伤的爱国情怀；宁夏是革命老区，1936 年，红军长征途经这里，留下灿烂的革命文化，毛泽东书写了脍炙人口的光辉诗篇《清平乐 · 六盘山》。古往今来，文学的特质、精神的象征、家园的意识，深刻地嵌入其中，并且流传至今，仍在流传。“长风破浪会有时，直挂云帆济沧海。”岁月蹉跎，沧桑巨变，伴着九曲黄河悠远的涛声，我们回顾自治区走过的历程，一幅幅画面徐徐展开：艰辛、曲折、繁荣、辉煌。“思理为妙，神与物游”。宁夏大地半个多世纪所发生的翻天覆地的变化，回汉各族人民日新月异的生活，以及改革开放四十年，特别是党的十八大以来取得的新成就，让我们感慨、激动、振奋。对于宁夏文学，对于宁夏作家，这既是记忆，也是现实，更是根植人民、观照时代、承接历史、面向未来，而“出人才出作品”是最丰盛最具正能量的“活性因素”。

文艺的春天阳光普照。二十世纪八十年代之初，宁夏文学事业步入繁荣发展的快车道，宁夏文坛开始呈现人才辈出的可喜局面，其显著标志便是——“宁夏出了个张贤亮”（著名评论家阎纲语），脱毛之隼搏击长空，成为享誉中国和世界文坛的著名作家。与此同时，以张贤亮为代表的一代作家，用自己的成就和影响有力地带动和促进了宁夏的文学创作，以及宁夏作家群的形成，这是一支颇为壮观的、以青年作家为主力军的队伍，并且呈现出良好的势头；他们的作品给文学界增添了异彩，给广大读者留下了深刻印象；他们突破地域的局限，向全国文坛迈进，终于实现了宁夏当代文学的跨越式发展。

2016 年 5 月，中国作协主席铁凝以《文学照亮生活》为题，将公益大讲堂的首课放在宁夏西吉县。原因是宁夏西吉县是中华文学基金会命名的全国首个“文学之乡”。宁夏的作家，有相当部分出自西吉，形成密集之势。西吉的作家们有这样一句话：文学就是西吉这块土地上生长得最好的庄稼。铁凝主席掷地有声地补充了一句：文学不仅是西吉这块土地上生长得最好的庄稼，西吉也应该是中国文学最宝贵的一个粮仓！表明了中国作协对宁夏文学的高度关注和重视。

生活滋养文学，文学照亮生活。

关于宁夏作家的成长，很有必要进行一次简要的回顾。宁夏作家大多数来自基层，出生于二十世纪六十至八十年代。众所周知，那时的农村和乡镇偏远落后、艰苦寂寞，长期生活在这样的环境中，经历的困苦和磨难充满了他们的记忆，在这样的记忆里，似乎是苦难多于欢乐，乃至重叠着父辈们流浪、迁徙的背影和脚印。但是，他们也有独特的优势，脚下是历史文化积淀深厚的塞北大地，这样的地气会潜移默化地影响他们的性格和气质，后来伴随着解放思想、改革开放的步伐，他们又接受了良好的文化教育，强烈地产生了精神生活的基本需要和诉求，而这种需要和诉求必须通过心灵劳作得以实现，他们因此怀有宗教般神圣和虔诚的文学梦想。于是，从二十世纪九十年代开始，宁夏青年作家经过多年的艰苦跋涉和磨砺，终于营造出一道亮丽的文学景观——以其朴实的生活经验和历史记忆、独特的生命感悟和言说方式，发出本真的、诗性的、充满灵智的声音，显露出文学突围的意义和价值。改革开放以来，宁夏的中青年作家，一方面由于长期浸淫于西部的人文气候和特殊的历史文化环境，另一方面本着对传统文学资源的信仰和坚守，使得他们的作品在书写和表达上，继续保持着古典文学特有的诗意，以及民族语言特殊的美质。尤其重要的是，在全球化语境下，宁夏作家不跟风、不时尚、不焦躁，内心安静，他们通过带有浓厚的地域性、本土化的写作，以及对西部整体的文化关怀和持续不断的挖掘，呈现出来的是西部大地上的传统与现代、历史与现实、敏感与顽固、苦难与信念、理想与追求，是西部人的宽厚、隐忍、执著、抗争、牺牲，等等。同时，他们的作品由于客观、真实的叙写，因此又有着社会学、历史学、民俗学的意义和价值。正是他们对传统文学资源的坚守和继承，从而取得了令人瞩目的文学成就。宁夏作家群的形成和崛起，以及他们的人文立场、精神向度、情感因素和创作风格，不仅预示着西部文学的广阔前景，也不断丰富着当代中国文学的意义系统。

概括地讲，这六十年是宁夏经济社会发展取得辉煌成就的六十年，也是宁夏文学不断繁荣兴盛的六十年。作家队伍生机勃勃，新人不断涌现；文学创作空前活跃，高潮迭现；文学作品硕果累累，产生了一大批记载历史、见证变迁、叙写西部、反映时代、宣传宁夏的独具特色的优秀作品。

庆祝宁夏回族自治区成立六十周年之际，我们编辑了这套二十卷本的“文学宁夏”丛书。这套丛书的出版，是宁夏文学事业的一件大事。宁夏文联高度重视，几经酝酿，广泛征求意见，本着好中选优的原则，给予确定。入选该丛书的作家系“60 后”“70 后”和“80 后”，既有作家、诗人，也有评论家，他们创作的优秀作品情厚境美、韵味深长，具有浓郁的生活气息、地域特色和时代特征，有的荣获鲁迅文学奖、少数民族文学创作“骏马奖”、庄重文文学奖、茅盾文学新人奖、《人民文学》奖、《诗刊》奖、《小说选刊》奖、《十月》文学奖等重要奖项，有的多次荣登中国小说学会年度排行榜；有九名作家作品集入选中国作协“21 世纪文学之星丛书”；大量优秀作品被国内有影响力的期刊和选本发表、转载和选入，还有相当部分作品被翻译成多种文字推介到国外。这套丛书的出版，是宁夏中青年作家的又一次集体亮相，也是对宁夏文学成就的进一步展示，旨在精要地反映宁夏文学的优秀成果，以便读者能够比较全面地了解宁夏文学创作的基本面貌，为研究者提供较好的选本。这套丛书的出版，也是给宁夏回族自治区成立六十周年的献礼。总之，这套丛书的出版，意义重大。

“好雨知时节，当春乃发生。”宁夏地处西部，西部是中国文学的广阔沃壤。人民是大树，作家是小鸟，小鸟只有栖息在大树上，才能够自由地歌唱。在此，真诚地祝愿宁夏作家们以社会主义核心价值观为统领，秉持以人民为中心的创作导向，绽放更加绚烂的文学之花；真诚地祝愿宁夏文学沐浴着古老黄河的神韵，乘着新时代的强劲东风，向着中国文学乃至世界文学的浩瀚大洋奔流而去……

（作者系宁夏文联党组书记、副主席）

目录 CONTENTS

你还我的石头

石涛打开邮箱，有一份邮件。邮件地址很陌生，内容也很含糊，没头没脑的一句话：你把我的石头拿去了，你还我的石头。没有落款，没有署名。石涛就没有在意。

石涛经营着一家奇石店，店里满是石头。有造型石、图案石、小品石，各色各样的都有。玉石、玛瑙、翡翠之类的料石却没有。石涛玩石，就图个乐子，玩的是自然。黄蜡、寿山、雨花、灵璧这些名贵石种不玩，就玩戈壁石、风砾石、黄河石。石涛玩石的档次不高，品位却不低。

石涛的奇石店没起名石韵阁、石子轩、灵石楼之类的雅名，店名就叫石涛，取他的人名。单看名字，几乎看不出是一家奇石馆。因此，生意也清淡。来看石头的多是圈内的人，赏石换石，偶尔也有转让一两块的，石涛也不漫天要价。石涛只是以石养石，并不为赚钱。石涛有钱，前些年做生意、炒股票，赚了不少钱。

石涛的石头大多是他自己捡来的，也有些是淘来的。石涛经常开着车到戈壁滩、到黄河边捡石头。石涛不是为了省钱，他觉得玩石的乐趣在淘捡的过程中，在冥冥之中的缘分中。有时候出去好几天，捡不到一块石头，他不懊恼；有时候捡到绝妙的石头了，他也不特别兴奋。他不像专门的石商，千方百计把石头捣鼓出去，挣钱；也不像那些石痴，守着几块石头，千遍万遍地揣摩，不舍。有时淘捡到好石头了，他找人配上底座，摆放出来。有些石头捡来了，顺手一搁，好长时间都不收拾。

石涛在电脑上浏览了奇石展、赛石会之类的新闻，又看了会儿论坛上的帖子。他也就是看看，很少参加这类的活动。去了，也只是看石头，从没拿自己的藏石去。石涛是个散淡的人。

石涛正看网页，手机响了。是张之打来的，说让他过去喝茶。张之也开着一家奇石馆，算是同行。石涛知道张之又得到好石头了，约请喝茶是假，看石头是真。张之入行不深，对石头拿捏不准，经常请石涛过去给看看。

石涛不大喜欢张之，但还是去看了。他的面情软些。到张之的店里，张之真的坐在茶吧前等着。张之的茶吧是一组根雕，茶桌、茶凳一套，打磨得也铮亮，与奇石馆的氛围很协调。张之的奇石也都油光瓦亮，配了紫红的底座，上了蜡，摆在玻璃柜子里。石涛每次到张之的奇石馆，都觉得别扭。说不清是石头与茶吧之间别扭，还是石头与石头之间别扭，总感觉是别扭。张之西装革履的，很有些赏石玩玉的雅士派头，石涛也觉得别扭。

张之看到石涛进来，脸上老早就堆满了笑意，得意，站起身迎过石涛，请石涛坐下喝茶。石涛勉强笑了笑，说，先看石头，看完了再喝。张之稍有些机密被窥破的尴尬，但随之忙忙地到里间，捧出一块石头来。一双肉手边走边摩挲着，肉脸上满是笑。石涛接过来一看，是一块黄河石。石头不算大，但上面的图案很清晰，一个太阳，一个月亮，还有一条河。

张之忙忙地说，怎么样？我给起了个名字，日月同辉万古流，好不好？张之不想显得什么都不懂。张之也爱给石头起一些很夸张的名字。

石涛用拇指摸了摸太阳，又摸了摸月亮，就不看了，把石头递给张之。张之有些着急，问，没问题吧？我是从一个农村人手里收来的，花了五千块呢，两万，值吧？石涛犹豫了一下，终于没有说破。他说，也许，值吧。说过，就转身出来了。石涛看出来，那石头上的太阳、月亮，都是做出来的，但没有说破。同行之间的规矩就是，明明看出是假，也不能说破，更不能给别人说。石涛最初看出假来，当场就说，得罪了许多人，慢慢地，学会不说了。

石涛敢肯定，张之所说的那个农村人，石头上的泥迹，都是假的。现实教会了城里人，同样也教会了农村人。前些年，城里人花几个大子儿，就能从农村淘到古董物件来。至于石头、树根之类的，不用花钱就能搞到。这些年不行了。张之明显是上当了。张之怎么会上当呢？他自己的店里就雇着两个农村人，一个女的，打扮得村姑模样，看店，招徕顾客。另一个是男的，也一身农村打扮，平时在店外转悠，看到店里聚的人多了，就假装拿一两块石头来卖，算是张之的托儿。张之竟会中了自己常用的套？

这也许是张之给他下的套呢。石涛想，心里升起一股不快来。前些年，在生意场上，他看见了太多的陷阱诡诈，没想到，退而玩几块石头，还会是这样。石涛越想越觉得心里灰。

石涛心里灰的时候，总是想起阿香。阿香本来叫香凝，石涛先叫她香妮，后来干脆叫她阿香。石涛给阿香打电话，还没说一起吃饭或者一起去玩，阿香直接就问，到哪儿？阿香非常了解他的心思。石涛想了想说，还是到农家菜馆吧，我开车过来接你？阿香说，南辕北辙的，不了吧，正是下班高峰，我坐公交过去。石涛没坚持去接，就开车往农家菜馆赶。一路的车，一路的红灯，车子一直堵，石涛的心里也堵。他突然又没了去那家农家菜馆的兴致，刚想给阿香打电话，阿香的电话先过来了，说她已经到了，菜也要好了。石涛只好过去了。

菜馆里人还不多，男女老板都在吧台，都冲他笑了一下，阿香也冲他笑了一下。都是熟人了，没有过多的客气。石涛一进门，男女老板都进灶间了。一会儿，男的端出菜来。菜还是几样老菜，他和阿香常吃的。真正的农家手艺，农家味道。开店的是一对农村来的小两口，再没有厨师，没有服务员，就两人做，两人端菜招呼。很洁净、很温顺的两个人。店里也收拾得干净清爽。石涛发现这个菜馆，很是兴奋了一阵，隔三岔五地请朋友来吃，请阿香来吃，小两口对他也特别热情。时间长了，那男的似乎有些提防他，尽量不让女的出来招呼。那女的见了他，也有些讪讪的。女的算不上漂亮，但很清秀。连阿香也笑他，是不是冲着那老板娘才去的。石涛没有辩解，但去那里的次数明显少了。今天是突然想起来，也就过来了。

今天的饭菜味道似乎也淡了许多，石涛吃得有些心不在焉。阿香没问他，阿香本来是个安静的女孩。阿香也知道他话少，吃饭的时候尤其不爱说话。石涛草草地吃了几口，就不动筷子了。阿香也放下了筷子。石涛就掏钱让阿香去结账，阿香去结了账。那男的也跟过来，看着一桌子几乎没动的菜，他有些尴尬。石涛也有些尴尬，他突然觉得，大概再也不会到这家菜馆来了。

出门坐上车，阿香问，去你那儿？石涛说，不了吧，我送你回去。阿香顺了眼，石涛就送阿香回去，又回了自己家。

石涛有家，是一套很大的房子，装修得也不错，只是有些过时。房子是好几年前装修的，本来准备结婚用，可女朋友突然走了，先是到了深圳，后来又去了澳大利亚。女朋友比他的视野大，她一直在往前走，石涛却在往后退。她劝石涛和她一起到深圳发展，石涛没去。到了澳大利亚，又打电话让石涛去，他还是没去，就断了。

石涛坐在屋里，感觉房子很大，很静。他打开电视，电视刚闪出一个画面，还没看出什么来，他突然又关掉了。抓过一本书来，翻开了，也扔下了。他莫名其妙地走进书房，打开了电脑。他不会玩电脑，也很少开电脑，打开也就看看新闻，发个邮件，游戏、聊天之类的都不会。

电脑吱吱地响着，启动了好长时间。电脑有些年头了，又不常开。石涛却耐心地等着，看着操作系统出来，看着图标晃闪出来，他点开了网络，点开了邮箱。邮箱里有一封新邮件，打开了，又是那句话：你把我的石头拿去了，你还我的石头。

他忽然感觉脊背有些发凉，他甚至感觉，自己急慌慌地不想吃饭，急慌慌地回来，就是要看这个邮件。那一行字每个都冷冰冰、沉甸甸的，像一块块石头。他不敢看了，离开电脑，走到客厅，软塌塌地坐在沙发上。他听到屋子里有一种轻微的鸣响，隐隐约约的又像是耳朵里鸣响。他不知道这会儿该做些啥，怎么做。他拨通了电话，给阿香，说阿香你过来，到家里来。

阿香赶过来，进门就问，怎么了？没事吧？不舒服？石涛说没事。阿香就忙忙地把屋子的灯打开，又忙忙地收拾几处凌乱的地方。石涛说，你过来，先坐一会儿吧。阿香就过来坐在他旁边，疑惑地瞅了瞅他。他勉强地笑了一下，阿香就把头往他肩上靠了靠。

石涛不说话，划拉着阿香的头发。阿香有一头非常柔滑的头发，不是焗油焗出来的，是完全天然的，有天然的香气在。石涛每次和阿香在一起，都爱摩弄她的头发。摩弄着阿香的头发，石涛就能安静下来。石涛划拉了一会儿，说，工作上都好吗？石涛从来都不问阿香工作上的事，阿香就有些奇怪，抬起头瞅着他，说，你没啥事吧？有事就说出来。石涛犹豫了一下，说，收了一封邮件。阿香说，啥邮件？谁发的？石涛说，也不知是谁发的，说我拿了他的石头，我没拿谁的石头呀。

阿香就过去看，她对这屋里很熟，知道电脑在哪里。一会儿，阿香在书房说，没有你说的邮件呀。石涛就进去了，自己刚才看的那封邮件真的不见了。刚才明明是打开的，没有关，怎么会没有了呢？找了半天，还是没有，下午收到的那封也没有了。也许是我不小心删掉了，石涛说。说是这样说，但石涛自己不自在。阿香瞅了瞅石涛，摸了摸他的头，说，你真的没事吧？石涛说，没有。

阿香烧了点水，泡了点茶，让石涛喝。又洗了点水果，端过来让石涛吃。阿香好像是在自己家里，石涛倒像是客人。

静静地坐了会儿，阿香说，睡吧。石涛说，睡。阿香说，你洗吗？石涛说，我懒得洗了。阿香就去洗了。洗出来，石涛已经睡下了，阿香就钻进被子里。阿香悄声问，做吗？石涛说，我感觉有些累。阿香就关了灯，偎在石涛身边睡了。阿香睡觉很容易，一会儿就睡熟了，也睡得很安静，几乎听不到气息。石涛却躺了半夜才睡着。

醒来的时候，阿香已经走了，走之前，给他弄好了早点，有煎鸡蛋、热牛奶、热面包，还有一碟小菜。阿香每次过来，都想法子给他做饭吃，说，常吃馆子不行。石涛心里一暖。

吃过早点，又磨蹭了一会儿，石涛才去他的奇石店。打开门，想欣赏欣赏石头，又没了兴趣；想收拾收拾屋子，也懒得动，就径直地进了里间。一进门，发现电脑开着，想着大概昨天走的时候忘了关了。不由得看了一眼，电脑界面就是邮箱，有一封新邮件。打开邮件，又是那句话：你把我的石头拿去了，你还我的石头。后面还多了些：那是我坟头上的石头，我啥都没有了，只有一块石头。你有车有房，啥都有，你还拿我的石头。你还我石头。

石涛觉得毛骨悚然，他从来都不信鬼神精怪什么的，但还是感觉到了害怕。他拨通了阿香的电话，说，你过来一趟。阿香说，我正上班呢，有急事吗？石涛说，没有，就挂断了电话。他不知道为什么要说没事，这会儿又不知给谁说、给谁打电话了。他在这座城市里有很多朋友，时不时地一起吃饭，一起到外面玩。但这时候，这样的事，他不知道能给谁说。他感到了一种无助，很少有的感觉。

眼前只有石头，有名字的、没名字的，以前觉得每一块石头都是活的，有生命的，会说话的，每一块石头都有一段故事，承载着一段经历，但这会儿，它们全都死气沉沉的。他不知道邮件上说的是哪一块石头，看着每一块石头都是心怀叵测的。忽然想起前天捡来的那块石头，不算很大，形状也普通，但上面的图案却特别。正看，是一朵花，准确地说是花骨朵，苞还含着，欲拆未拆的，花萼、花枝都有，还有叶子托着。倒过来看，却是一个姑娘站在一颗心上，姑娘身形毕肖，上身穿着薄衫，被风吹起一些，下身却光着，光腿特别修长。

那块石头捡到得特别偶然，所有捡到的石头都偶然。石涛一直觉得，石头和人有缘，它在那里，等待千年万年，就在等一个人，有缘人。石头真可以等到海枯，也不会变心。这也是石涛爱石头的原因。那块石头几乎与他擦肩而过了，却还是给发现了。当时欣喜得不得了，回来又反复地琢磨、玩赏了大半夜。不知该正着摆，还是倒着摆，找不出个两头都能看到的角度来，就放下了。

放在哪里了，石涛这会儿却想不起来了。他先在里间翻，桌子上面、抽屉，翻了，没有。案子上面、下面，翻了，没有。又到外面架子上翻，越翻心里越急，动作越大，几乎是在刨了。一套数字石，弄散了；一桌子石宴，搅和了。踏雪寻梅歪了，玉兔望月斜了，溪山烟雨倒了。翻遍了所有的地方，就是找不到那块石头，石涛泄气地蹲到地上。

就在这时，阿香进来了。看到店里乱成了一团糟，阿香问究竟出啥事了。石涛没回答，有气无力地说，前天捡回来的那块石头不见了。阿香说，哪块？就那块光腿女人？石涛点了一下头。阿香就在店里扫了一眼，又到里间，在里间说，这不是，就在电脑旁边放着呢。石涛进去，看到那块石头真的就躺在电脑旁边。石涛抓起来，没错，就是它。石涛简直有些不敢相信。

石涛又让阿香看电脑上的邮件，邮件没了。石涛反复地说，真有个邮件，我刚看到了，才给你打电话，他说是他坟头上的石头，让我拿来了，要我还给他。石涛的嘴唇有些哆嗦。

阿香摸摸石涛的头，说，他是谁？是男是女？你为啥不回信问问他要干啥？你病了吧？石涛气恼地冲着阿香嚷，我没病，清醒着呢。末了又自言自语地说，肯定是这块石头，那天捡到石头的时候，你看到坟头了吗？阿香说，一片乱河滩，哪有啥坟地。石涛说，就是这块石头，我最近就捡了这一块石头，一定是的。

阿香担心地说，我们上医院吧。石涛恼了，上什么医院，赶紧把这块石头还回去。说着抱了石头去发车。阿香只好拉上店门，跟着他上车。

阿香想起来了，那块石头就是前天和石涛几个一起出去捡回来的。

那天是星期天，本来是要到西郊的一个农家乐去玩的。是石涛的几个朋友约的。都开着车，拉着女人，也许是朋友同事，也许是情人小蜜，谁分得清呢。石涛叫上了阿香。现在的城里人，闲了爱往乡下跑，遛车遛狗，野餐野炊，看景拍照的。最多的还是去玩农家乐，既欣赏了田园风光，释放了心情，又有人伺候着，吃吃喝喝的，有点微服私访的味道。

石涛本来不喜欢那些农家乐，他觉得那是变了味的农家，就像是一块石头，上面的图案被人做了手脚，失去了天然的美。但朋友苦约，石涛只好去了。去的那家农家乐，饭菜真不怎么样，跟城里馆子里的差不多。但去的一群人边吃边咂嘴，说味道就是不一样。还要了啤酒，男男女女喝了一气。接着是钓鱼，在鱼池里钓，池子里鱼多得翻疙瘩。几个人钓上一条，就惊呼一阵，尤其是几个女人，一直高声笑着。池子里的鱼并不惊，似乎已经习惯了，还是一条条地上钩。钓上了一堆鱼，安排主人家烤的烤，炸的炸，几个人又要打麻将。石涛说不会，就和阿香在农家乐外面转悠。

一个朋友也没有打麻将，提议说，到黄河滩上去玩一会儿。那位朋友也爱石头，没有开店，家里藏了好些，他大概是想到河滩上捡石头。石涛就应了，不是为捡石头，石涛是想离开那帮人。他知道西边是黄河下游，黄河流过这座城市，污水垃圾就沾满了，下游的石头就脏了，没有灵性了。石涛从来不捡下游的石头，每次都是东边，到上游，远离这座城市的地方去捡。这座城市东边一百多公里，还有一块戈壁滩，戈壁滩上的石头也干净。

河滩上果然很脏。是春天，黄河瘦得没有一点儿精神，河水可能是刚消化的冰的缘故，浑浊，污浊。一大片河滩裸露着，塑料袋、易拉罐、烂瓶子，到处都是，像正在脱毛的癞皮狗。还真有一只狗，一只死狗，分不清是京巴还是贵妇。阿香吓得绕开了走，朋友领着的女友尖叫起来。不远处又是一只，也许是狗，也许是猫，一堆乱毛随风动着。不久前，它们也许还被哪个富姐富婆牵着抱着，现在却成了一堆臭肉乱毛，甚至连臭味都没有了。谁知道它们是怎么死的。

石涛的心情就不好，脚下有些石头，那位朋友偶尔还翻检一块，石涛连腰都没弯一下，眼睛一直向远处看。

河滩不远处是一片庄稼地，看不出是麦是谷是糜是稻，苗已经绿了地，几个农民在地里打农药。到处的化肥、农药。石涛和阿香尽量往农田边走，朋友和女友也慢慢随过来。看到他们两对儿，那几个农民放下了手中的活计，盯着他们看，有些好奇，有些警惕。石涛几个被盯得有些气馁，就走开了些。

正走着，石涛脚下一绊，一个踉跄险些摔倒。脚碰到了一块石头，突兀的一块石头，脚碰得生疼。石涛搬起石头，想把它扔了，解一解怒气，却发现它倒不脏，清亮、泛黄，上面隐约还有图案。石涛用手擦了擦，图案明显了些。他又抓过阿香手里的矿泉水，往石头上一浇，图案完全显出来了。是一朵花，含着苞，欲拆未拆的，花萼花枝都有，下面还撑着叶片。阿香却说是一颗心，她在石涛对面。石涛倒过来看，果然是一颗心，花骨朵倒过来看，是一颗心。石涛又仔细端详，花枝花叶部分，就看到了一个姑娘，神形毕肖，上身穿着薄衫，被风张开了一些，下身光着，腿很修长。石头上的图案本来是随心随眼，不同的角度看出不同的形象来，但正看倒看都这么逼真有趣的并不多。石涛兴奋地翻过来倒过去指给阿香看，阿香也看出来了，也惊奇。朋友和女友也撵过来看，朋友看得一脸的羡妒，女友说，吆，真是一颗心呀，象征你们二人吧？咦，女人怎么只穿上衣，没穿裤子，是始乱终弃吧。说得阿香脸上红一阵，白一阵。那几个农民也赶过来了，以为他们捡到了啥宝贝，看到是一块石头，脸上就有了鄙夷，眼睛里还有敌意。

石涛不想多待了，折回身，走到车旁边，开了车，回来了。

石涛问阿香，你那天看到坟地了吗？咋把人家坟头上的石头给拿来了。阿香说，哪有啥坟地，是一片烂河滩，死猫死狗的坟地还差不多。人谁把坟地选在河滩上？河一发大水，还不把祖坟给冲走了。石涛想了想，说，也是，但我还是觉得这石头有蹊跷。阿香说，说得怪啦啦的，心里不舒服，再扔回那里去，不就行了。石涛说，我也就是想还回去。

石涛开着车，拉着阿香，拉着那块石头，去找那块河滩。先找那家农家乐，半天找不到。阿香记得店名叫俏媳妇，那天进了店，并没有看到啥俏媳妇，她还暗笑店主糊弄城里的傻男人呢。打听俏媳妇农家乐店，也没人知道。石涛还真有了荒草迷径的感觉。

石涛就把车开到河滩上，顺着河滩往下游找。一会儿泥，一会儿水的，走得很艰难。好在石涛开的是越野车，勉强还能走。他经常跑野地，专门买了越野车。看到一块河滩像，却没有死猫死狗；看到了死猫死狗，河滩却不像。石涛想，才几天时间，河不会改道，不会沧海桑田的。那天给田里打农药的农民也不见，人是活的，不会死守在那里。

泥泥水水地走出好远了，还是找不到那天的河滩。又走了一截，阿香说像是，石涛看着不像，阿香坚持说像。二人就下了车看，粮田、河滩的样子还真有些像。田边有个老汉，提着个竹筐，一会儿蹲下，一会儿站起，像是在找草，或者挖野菜。看到人，两人更觉得这块河滩就是了。他们向那个老人走过去，老人也看到了他们，一直瞅着他们走到跟前。老人的目光是和善的。

石涛看着老人，第一句话就问，这河滩边有坟地吗？阿香有些吃惊地看他，石涛自己都没想到会蹦出这样一句话来。老人却没有吃惊，说，是回来上坟的吧？离清明还有几天呢。你们是谁家的娃娃？是张炒面的孙子吧？阿香笑了，小声对石涛说，你有个张炒面的爷了。石涛说，我们不是来上坟的，只是打问一下附近有没有坟地。老人说，河滩上没有，田埂地头上有，谁家的人就埋在谁家的地头上。

阿香说，看，没有吧，哪有啥坟上的石头，跟你有个张炒面爷一样，都是冒猜的。阿香是想开开玩笑，缓和一下气氛。石涛也刚想走开，老人又说，河滩上去年埋过个人，是个闺女，水冲下来的，冲到河边了。是刘瘸子看到了，刘瘸子到地边看稻子，就看到那个闺女了。像是跳了河的，水把衣裳冲掉了。可怜见的，啥事想不开呀！刘瘸子心肠好，给埋在河滩边上了。回来给村里人说了，村里人说不能私自埋，得给派出所报案。报了，派出所来人，刨开，照了相，又给埋上了。就在那边，不远，没有坟堆子，压了一块石头做记号，等她家里来人寻呢。是你们家里人呀？老人问。石涛说不是。是亲戚？老人又问。石涛又说不是。老人不解地走开了。

老人走后，石涛和阿香都有些怔。还真有个坟，坟上压了块石头。石涛从车上取下那块石头，感觉那块石头很沉，很烫，想尽快把那块石头甩开，却不知该放在哪里。

石涛和阿香顺着老人手指的方向找，也凭着那天的记忆找。老人指的只是个大致方向，那天的记忆也模糊了，找了半天，没有应该放下石头的地方。捡起一块石头容易，再把它放回原处，的确很难。

阿香提议说找石头印儿，取掉石头的地方一定留下石头印儿。阿香这会儿也不敢怠慢了。还真找出了几个搬走石头的印迹。动过的石头还不少。是谁动的，不知道。

石涛和阿香就对地势，对石头印儿。都像，又都不像。摆过来，摆过去，拿不定主意。最后是阿香定了地方，阿香在一个石头印儿旁边看到了一棵草，一棵叫不上名字的草，很小，但莹绿可爱。阿香说，那棵草也许就是给咱们指示方位呢。石涛看了，那棵草真有一种不可言说的绿。他从来都没有那么仔细地看过一棵草。草的颜色和形态都让他感动了，心动了。他认定那棵草就是给他们指示方位的。他小心地把那块石头放下，慢慢地掉转好方向，放落实了。心里默念着，姑娘，我把你的石头还给你了。这才立起身。他没有马上离开，又看了一眼那棵小草。小草微微地颤动了一下，石涛有了不舍。

回来的路途要熟一些，车子开得快些，不长时间就找到了公路。上了公路，石涛活动了一下身子，显得轻松了许多。他给旁边的阿香说，谢谢你陪我来，耽误你工作了吧。阿香说，我只请了一会儿假，看现在，都下午了。挨训、扣奖金是定了，就怕给开了。开了我养着你，石涛说。他这会儿心情很好。

阿香半天没出声，石涛侧过脸去看，阿香在流眼泪。石涛不解，问，好好的，这又是怎么了？阿香突然高声说，我们打工的就配被包养？当二奶？你以为你是谁？能包养几个？谁稀罕你养着？阿香从没有这样大声过，从没有在石涛面前流过泪。石涛忙解释说，不是那个意思。阿香不再出声，默默地流了会儿眼泪。

快进城的时候，石涛有些讨好地问，想到哪儿吃饭？你说，算是给你赔礼。中午就没吃饭，这会儿真有些饿了。先送我到公司，公司还没下班呢。石涛不敢再坚持，就把阿香送到公司，看着阿香进去了。他每次送阿香回来都是送到门口，交往这么长时间，他还不知道阿香在什么公司，在干什么。想起阿香在车上高声嚷的话，石涛心里有些松动。

在阿香门口停了一会儿，石涛开车回自己的奇石店。打开店门，看到乱糟糟的石头，他的心情却很好。他刚想扶正一块石头，手机响了，是那个张之打来的。张之说，石涛兄真沉得住气呀，得到了好东西，也不让兄弟开开眼。石涛说，没有的事。张之说，都信息时代了，谁还瞒谁呀。听说真是一块奇石，正看玫瑰，倒看裸女，着实奇特。能不能转让？开个价吧。石涛说，是做的，已经扔掉了。张之说，有人见你亲自捡的，哪会有假呢？推脱吧？石涛不耐烦地说，确实扔掉了，说着就挂了电话。

这个张之，简直是无孔不入。他忽然又觉得，也许就是那个张之故意发邮件吓唬他呢，好让他尽快出手。如果是那样的话，就上当了。也许他在跟踪自己，要不怎么刚回来，他的电话就来了。也许他前脚走，张之后脚到，已经把那块石头拿走了。石涛奇怪自己为什么会有这样的想法。也许是对那块石头有些不舍。这会儿还真觉得心里空落落的。

他打开电脑，看有没有邮件，看这回怎么说。没有邮件，一封都没有。石涛心里完全轻松下来。

缓了一会儿，石涛开始收拾自己的店。早上那一阵慌急，把满屋子的石头都弄乱了。他一件一件重新摆端正，一件一件拿抹布揩拭干净。每收拾一件，他都欣赏一会儿，回想这块石头得来的经历。他还拖了地，抹了桌子，店里一下有了生气，那些石头也有了精神。看着一屋子的石头，他感到愉悦，感到欣慰，感到庆幸。送掉一块石头，不算个什么，还有这么多呢。要是每块石头都有人讨还，还真不知怎么送还呢。

刚收拾妥当，店里进来几个人，看着像外地的游客，左看看，右摸摸，不时地啧啧赞叹。虽然没有买石头，但临走时都向石涛笑着点头。石涛觉得很满足。

他到里间准备关了电脑，拿了车钥匙，出去好好吃顿饭，再美美地睡一觉。这时，他看见电脑里又有了一封新邮件，打开了，又是那句话：你把我的石头拿去了，你还我的石头。

注：《朔方》2010 年 5—6 期合刊发表

路上遇见的几个人

上海的哥

去上海看世博会。

下了火车，同去的都被旅游车接了，去吃午餐。下午安排逛外滩和南京路，第二天才看世博会。我就先忙忙地去看女儿。女儿在上海交大上学，二年级，两年来一直没去看，这次正好顺路，得去看看。

上海交大远离市区，坐地铁、公交，路线不熟，我只好打车。车不好打，也许是在世博会期间，游人多，车都满着。也有几辆空着，我招了手，却都没停，急匆匆地开过去了。满路那么多的车，都急匆匆的。好容易停了一辆，也是想停不想停的，从我身边过去了，却停在七八米远的地方。我赶紧跑过去，拉开车门，坐进去了，才说，去上海交大，闵行区那块。的哥犹豫了一下，按下了打表器，有些勉强地说，走吧。我才算是心安了，就给女儿打了个电话，说我刚到上海，现在打车去你们学校。女儿在电话里说，咋不坐地铁，打车太花钱了。我就说地铁站不好找，线路也不熟。

我刚挂了电话，的哥就说，我送你到地铁站吧，坐地铁省钱，最多花八块钱。还给我详细地说怎么坐地铁，先坐一号线，坐到哪里转二号线，再坐到哪里转六号线，坐到终点，再打车，不远就到了。都说上海人精明，会算计，还欺外，没想到这个的哥却是个热心人。我就注意地看了看他。他和我说话的时候，没有转过头来，一直忙着开车，路上车多，挤出挤进，左冲右突的。我坐在后排，只能看到他的侧面，四十多岁的样子，头发、衣着都收拾得还算利落，面目表情却看不清楚。我也不清楚他为啥会替我着想。心下琢磨，他这么说，也许不完全是为我着想，可能是考虑到回来要跑空车。我又一想，坐地铁转线麻烦，搞不好还错过站点，就让他直接拉过去。的哥似乎有些不解，又有些无奈，加了一脚油门，上了高架桥。

上了高速路，我的心才完全稳下来，的哥也抬起身子，伸了伸腰，往座椅上靠了靠，找话说，来上海看孩子？我说来看世博会，顺便看看孩子。的哥说，世博没啥看的，尽是人。我说，你看了？的哥说，忙死忙活的，哪有时间看。

的哥又问，从哪里过来？我说从北京过来，但我是宁夏人。的哥有些疑惑地问，宁夏？老远的了，在新疆那边？的哥的普通话中有明显的上海口音。我也从他的话中感觉到上海人的优越感，心里多少有些不舒服。

这些年出门，常遇到这样的问题，很多人不知道宁夏，有些甚至认为宁夏是甘肃的一个县，还有的把宁夏、临夏混同。我有些不快地解释，宁夏是个自治区，也是在西部，但离新疆很远，和甘肃、内蒙古交界。

的哥好像明白了，点了点头，接着又问，宁夏的环境很差，日子很苦吧？我心里暗笑了一下。听说上海人就是这样，总认为上海以外的人都是乡下人，生活在水深火热之中。我就带些夸张地说，宁夏是有名的塞上江南，环境很好，人的日子也过得好。

他回头看了我一眼，表情有些疑惑。当然，比起上海就差多了，我就又加了一句，尤其是宁夏南部，很干旱，收入也低。的哥这才点着头说，现在的人，都不好过。好像是自言自语，又好像是在安慰我。我就随了一句，你们大城市人还有不好过的。的哥摇着头说，不好过呀，不好过呀。那神态不像是自谦，不像是安慰我，倒像是发自内心的。

我就说，你们开出租车的，收入应该不错的吧。他说，不错什么呀，一个月收入五六千，听着不少了，可车租就得两三千，自己能赚两三千，两三千块，在上海，能干什么？要吃饭，孩子要上学，根本存不下钱。

我有些没好气地说，我们老家那边，农民一年才收入两三千。

的哥说，那样低，不可能吧？现在农民都好了，办工厂、住别墅的。

我说，那是你们南方的农民，我们那里的农民不行。

的哥说，不行也比在城里好，不用买粮、不用买房。

我正要反驳，的哥又说，你知道上海的房价多高？三万多！郊区都两万多了，还在涨。一套房子二三百万。他又开始细细算账，他一年的收入算上三四万，老婆在企业，收入稍高些，也就是五万左右，加起来不到十万。不吃不喝，攒二十年，还买不起一套房子。

的哥的话匣子打开了，喋喋不休地说起来，他没买房，现在还住在父母的房子里，父母的房子也不大，只有六十多平方米。他们家弟兄姊妹四人，哥哥的收入要好些，结婚后，自己买了房，搬出去了。两个妹妹也出嫁了，但家庭条件都不好，工作也不好，给别人站柜台，月收入才一千三四，比他更差。虽说嫁的嫁了，搬的搬了，但眼睛都盯着父母的房子。虽然是旧房子，地段好，也值一百多万，都想着等老人走了分一点，为此弟兄姊妹几人还闹得不好意思，差点撕破脸皮。主要是哥哥妹妹怕他住在父母家里，最后一个人占了房子。他说自己也不想占父母的房子，只是暂时在父母家住着，也是要照看父母。父母老了，还有病，经常要吃药住院。

的哥说，要不是为照看父母，他早几年就贷款买房了，那时候房价低，四五十万就能买一套。耽搁了没买，现在纯粹买不起了。

的哥说，他有一个女儿，女儿十五岁了，上初三，在私立学校寄宿，学习成绩还不错。选择在私立学校寄宿，是家里住不下，也是私立学校质量好。他老婆说，要让女儿上最好的学校，将来有出息，不能像他们一样。女儿今年就考高中，眼看着三年后要上大学。他老婆说，要送女儿到国外去留学。他本来想着考国内的大学就行了，省钱，可老婆说了，没得办法，老婆挣的钱多，就得听老婆的。

我边听的哥说话，边看了一眼窗外。两边都是高楼，密密麻麻的，楼上的窗户更是密密麻麻的，想不出那后面都住着些啥人，是不是也和眼前的的哥一样。

的哥没注意到我走神，还一直说着，对着前面的玻璃，对着我一个陌生人，说了很多，说得很急切，全是些家长里短的事，都是些不如意的事。

出了市区，到郊区了，车少了些，他反倒放慢了车速。车速慢了，他可以边说边回头看我。我知道车速慢下来，我出的打车费要多一些，但我没有催他开快。我一边听着，一边看着他。他的长相很儒雅，长条脸，白皮肤，鼻眼轮廓很分明，不像个的哥，倒像个知识分子，但面色却有些灰暗、疲惫，眼角处的鱼尾纹很密。

他再回头时，猛一看，他有些像台湾的马英九。我就笑说，你有点像台湾的马英九。

他也笑了，说，好多人都说我像马英九。接着又苦笑了一下，说，马英九是谁，我是谁。

我说，你反正看着像个坐办公室的。

他又不自然地笑了一下，说，能坐办公室就好了，起码老了不愁。这几年精力越来越不行了，再过几年就抗不住了。老了，开不动车，那时就更惨了。他说着，长叹了一口气。

我也不知道该说些啥，就沉默了一会儿。车出了高速，拐上一条小路，他加了一脚油门，车开快了。

车开到学校门口，看见上海交大的校牌了，我正准备下车，他说，这里是教学区，中午时间，学生都在生活区，应该到生活区门口，就又往生活区开。边开，边抓紧说，这年月，为了钱，弟兄姊妹都六亲不认的，挣不来钱，父母都看不起你，老婆都瞧不起你，还有孩子，孩子都低人一头。

他说出这样几句话，像是在发牢骚，但我能感觉到话后面的一些事来。

终于到了，他只好住了嘴，停下车，突然冒出一句与前文毫无关系的话，很上海味的一句话：一百二十块，要现金，不刷卡的。对他突然的角色转换，我感觉有些不适应，半天才反应过来，忙掏出钱，付了。他向我笑了一下，开车走了。

杭州保安

在浙江游了两天，先看西湖、灵隐寺，又去看鲁迅故居、茅盾故居，随后又回到杭州，在城里玩了半天。旅行社安排的线路，走的点多，但又都是蜻蜓点水，不过，水乡胜景、名人故居、繁华都市，算是都领略了些。

下午准备坐火车返回。

旅行社把午餐安排在一家叫状元楼的酒店里，大概是因为状元楼离火车站近，饭后上火车方便。但状元楼是汉餐馆，我就没法和大家一起就餐，只能在外面等着。

门口的一个保安见我一直不进去，也不走，盯着我看了一会儿，问我有啥事。我说同伴都在里面吃饭，我等他们。保安疑惑地瞅了我几眼，就不说话了。一般酒店门口都是年轻门迎，年轻保安，但这个保安明显是个中年人了，肚子微腆着，像个城里人，可脸色相貌又明明是农村人的。

我就问，是当地人吗？他说，不是，是安徽人。他明显有些不想多说话，但我还是追问了一句，来这里几年了？他说，八年了。说完又不说话了，他应该是个话不多的人。

我感觉有些无聊，就点了一支烟，让了他一声。他说，上班时不能抽烟，但却向我的烟盒瞅了几眼。我递给他一支，他有些不好意思地接了，看了看牌子，小心地放进上衣口袋里，说他平时也抽烟，只能抽三五块钱的烟，好烟抽不起，还向我笑了笑。

看他的神情缓和了，我也笑着问，在这么大个酒店干，收入应该不错吧。

他回头朝酒店看了看，说，不错啥呀，一月才一千多块钱。今年涨到一千二，刚来的时候才八百。

你一直在这里干吗？我又问。

他说，在这里才两年多。前些年干过土工、泥瓦工、装卸工，还蹬三轮收过破烂。那时候年轻，啥活都干过，啥活都能干，哪里挣钱多就到哪里干。这几年不行了，上了岁数，重活干不动了。主要是腰伤了，使不上劲，没办法了。他说着，把手搭在腰上，扭了扭腰，边扭边龇了龇牙，看样子腰真的痛。

我当然无法感受到他的疼痛，也看不出他的腰受伤的地方，看他扭着个粗腰，我无端地想，也许是酒店的剩菜剩饭吃的。我就问，酒店管吃住吧？

管吃，不管住，保安说，我在郊区那边租了房，不到十平方米，连个下脚的地方都没有。就这么个房子，一月还要三百多块钱的租金。挣的都交房租了，老家的房子空着，没人住。

我就问，你们安徽那边也应该挺好的，咋出来了？

他说，家里地少，养不活人，当地又没有厂子，没地方打工，不出来有啥办法。

正说着，酒店门口停下了两辆车。保安过去，指挥车辆停放好，车上的人下车进了酒店，又慢慢走到我跟前来。

没等我问，他就接着前面的话茬说，我们那里的人几乎都出来，在杭州就有几十个，有二三十个在地铁工地上，干土工，苦大，挣的钱也不多。还有些在干瓦工，挣钱多些，那得有技术，没技术不行。提瓦刀砌墙的，还有绑钢筋搭架子的，一月能挣三四千，抱砖块、和水泥的，一月才挣两三千。我前些年干瓦工，挣了些钱，在家里盖了一栋房子。楼房带平房，有二百多平方米。前些年水泥、砖块、钢筋都便宜，收拾出来才花了十一万，现在是老父亲一人住着、看着。

我问，你家里其他人呢？

他说，都出来了，老婆孩子都在杭州，老婆在火车站当清洁工，儿子也给一个厂子守大门，女儿在一家丝绸厂打工。我说，那好呀，你们一家人都在一起了。他说，好啥，说是一家人都在杭州，都忙着，几个月才见一次面，见也没地方见，租了一间房，就我们老两口住着，娃娃们来了，连个下脚的地方都没有。

我笑说，既然你们一家人都在杭州，干脆在杭州买套房子算了。

他苦笑了一下说，在杭州买房子，想都不敢想，一家人苦一辈子也挣不够。

我就说，准备以后回去吗？

他说，一直都想着回去，在外面是挣一千多，可外面花销大，存不下多少钱，还不如在家里挣几百块。在家里花销小，吃住都不花钱，挣三百就是三百，五百就是五百。再说家里舒坦，不受罪。

他说前年腰痛得不行，干不动活了，就回老家去了。在家里待了几个月，就又蹲不住了，感觉没意思，又出来了。在外面待长了，回去真的不习惯了。孩子们更不想回去。儿子前年找了个对象，也是在杭州打工的。两人好了几年了，他们家同意，女方家也同意，可没地方住，没办法结婚，不小心有了孩子，也打掉了。儿子去看对象的路上，又被一个骑电瓶车的撞了。骑电瓶车的是个城里女人，撞了人也没跑，也没骂，还说要送到医院去检查。儿子老实，胆子小，当时以为就是碰痛了，没大毛病，就放人走了，也没记住车号。回去后，脚腕子肿得厉害，到医院一检查，骨折了。回头再去找那个骑电瓶车的女人，找不见了。

保安说，儿子住院没钱，我还到儿子碰了的地方去找那个女人。儿子说了个大致长相，说了电瓶车的颜色，我就在那里等。有几个和儿子说的像，可人家就是不承认，也没办法。我也没想着讹人，咱也不是讹人的人。我就想着，承认了，哪怕是出上几千块钱，也行。现在这世道，当场抓不住，过后了，谁还给你承认。保安说着，摇了摇头。

我附和了一句，也就是。

保安又说儿子住了几个月医院，休息了半年，花了两万多，都是他凑的钱。儿子本来跑推销，跑推销收入好些，现在脚有了毛病，跑推销不行了，只能找轻活干，在一个厂子里当门卫。守大门又挣不了多少钱，自己连自己都顾不住，对象都和他分手了，可他就是不想回去。女儿也是，二十好几的人了，还没个对象。找城里人，找不上，找打工的，没房子。老家那边有好几家提亲，她不愿意，她不想嫁回老家去。

保安说，女儿大了，总得给找个婆婆家，一直这样拖着，也不是个事，你说对吧？

我说，也就是。

保安说，儿女不回去，我过几年还得回去，这里又不是家。家里有房子，房子不能空着，空的日子长了，房子要塌呢。老父亲也不行了，自己做饭做不动了，路也走不动了，带信叫我回去。我不回去也不行，总不能叫老人饿死在家里吧。老婆还不想回去，她在火车站打扫卫生，工资是一份收入，拣点纸箱子、可乐罐、饮料瓶，还是一份收入，加起来和我的工资差不多。关键是她不想守家、不想种地了。她不回去了随她，我反正得回去，秋后就回去。

我说，到时候一家扯成两头，也不行吧。

他说，有啥办法，村里都是这样，打工的打工，守家的守家，也都两头扯落着……

正说着，同伴们陆续出来了，都围过来关心我吃饭的事，把那个保安隔开了。他只能往大门角落那边走了走，站在那里，偶尔看一下我，分明还有一些话说的。但很快，我们就上车走了。我也回头看了一眼，那个保安站在灯火辉煌的酒店门口，神情有些落寞。

北京保洁员

离鲁迅文学院不远，有一个公园。晚饭后没事，就约一两个学友去走走。

公园里有个人工湖，很亮的一汪水，是活水，气息很清爽。成天看厌了水泥高楼、沥青马路，能看看水，就算是享受了。湖面也不算小，走一圈得半小时，我们就围着湖面走，散步，消食，也看看花草树木，润润眼。树木的种类很多，应该都是从各处移栽来的，还能看出痕迹，移栽来的时间也不长，没有很大的树。正是春天，树都一下子绿了，柳树、松树、槐树，各有各的绿处。因为是公园，选栽的多数树木都开花，有樱花、迎春、丁香、桃杏，还有玉兰。花也是各有各的好看处的，但樱花开的时候，公园里涌进很多赏花人；桃杏开时，专门赏花的就少了，人们只是边走边看一眼。

我和陈君就是属于边走边看一眼的，主要目的是散步、闲谈。沿着湖边走一圈，闲话溜一圈。

进门不远，看到一棵树上开满了小黄花，花味也很香。我问陈君，这是啥树？宁夏老家那边干旱、树少，很多树我都不认识。陈君是山东人，见的树要多些。

陈君看了看，说，看着像桂花。又闻了闻，说，应该是桂花。

我笑着说，咋成桂花了，桂花秋天才开，春天哪有开桂花的。

陈君说，也就是，丹桂飘香中秋月，桂花的确应该是秋天开才对。那这是啥花？

就是桂花，这是四季桂，春秋都开花呢。一个大妈走过来说。

在北京，不管是坐车，还是逛街、逛公园，除了发广告、送传单的，很少有人主动和你打招呼，都紧绷着脸，互相不说话。没想到这个大妈倒主动和我们搭话。我和陈君都看着那个大妈，有些疑惑，也有些惭愧，没好意思再搭话，就往前走。现在我们这些作家，能写“金秋送爽，丹桂飘香”这样的句子，却不认识现实中的桂花树。

大妈也随着我们往前走，边走边问我们，刚来北京吧，老家是哪里的？大妈不仅能认识树，也能看出人。

我说是宁夏的，陈君说是山东的。

陈君刚一说完，大妈高兴地说，俺也是山东人，聊城的，你是山东哪搭的？陈君说是威海的。

大妈说，威海那边我没去过。噢，我有个表妹嫁到威海了，妹夫叫个陈啥，陈啥咧，想不起来了。她皱着眉头想了想，摇摇头说，想不起来了。

我笑着说，他也姓陈，说不定还有亲戚呢。

大妈对着我说，亲戚不敢攀，乡亲就行了。又向着陈君说，你也姓陈？来北京开会学习？

陈君笑着说，来找着打工。

老大妈说，看着都不是打工的。

我说，你看我们是干啥的？

老大妈瞅了瞅我们俩，说，看着像是知识分子。听到“知识分子”几个字，我们俩都笑了。是笑大妈眼力好，也笑这个词已经很少有人说了，却由一个大妈说出来。

陈君也问大妈，你咋在北京？儿子在北京，你住在儿子家？

大妈笑着说，我有儿子在北京就好了，能住在儿子家就好了。

陈君又问，那你在北京干啥？

大妈说，我就在这个园子里打扫卫生，当保洁员。

大妈的身份，我们真没看出来。我又仔细看，老大妈的确不像北京的老太太，衣着、面色、气质都不像。

陈君又问，来北京几年了？

大妈又笑了，还几年，都二十几年了。大妈接着说，我刚来北京的时候，北京的老城墙还在呢，这里说不定还是庄稼地呢。那时候的北京，哪有现在这么大，也没有这么多人。

陈君问，你那时候咋来北京了？

大妈说，咋来了，日子过不去了。那时候包产到户才几年，村庄上，各人都奔各人的日子，种树养鱼的、买车买船跑运输的、开矿办厂子的，都有。我们家那个蔫人，出不了头，还有残病，啥也干不了，几个娃娃都还小，搭不上帮手，又上学花钱。我一个女人家，能干啥，听说北京这边要保姆，我就来了。到北京，下了火车，我才傻了，那时候看北京，那个大呀，不知到哪里去找活儿干。一个人在街上瞎转悠着，碰运气。我的运气还真好，当天就碰到了小祁。小祁那会儿多年轻呀，才二十几岁，正是好看的时候，现在都五十岁的人了。小祁雇我去看孩子，她儿子睿睿那时才一岁多，刚学会走路，现在也都上大学了吧。小祁爱人是小杜，两口子都是知识分子，和你们一样，在国家单位工作。人也好，我给看个孩子，一月就给我三百块。拿人家那么多钱，光看孩子咋行，我又给他们做饭、洗衣服，反正也都不是重活。两口子都爱吃我做的饭，高兴得不得了，又给我加了五十块钱。我说够了，他们硬要给。过年的时候，我回去了一趟，拿着三千多块钱。那时候的三千多，谁见过，我们一家人看了又看，数了又数，晚上藏在炕洞里，怕人偷人抢。过完年，我又来了，还是在小祁家，一直干了三年多，睿睿上幼儿园了，小祁才又把我介绍给另外一家。也是他们两口子那一段闹离婚，要不然，还不放我走。平时看着好好的两口子，说离就离了，你们这些知识分子，人就是看不透。

陈君说，各有各的难处。

大妈说，也就是。就说老范吧，当过好大的官，也有儿有女的。退休后，中风了，偏瘫，老伴儿早年就没了，儿女们忙，管不过来，就把我雇了去伺候。老范不能走动了，但嘴能动，整天骂这骂那的。儿女们来看他，他骂。单位上来人看他，他也骂。谁都不来了，他一个人在那里乱骂。谁知道他哪里那么多的气，咋那么爱骂人。

我笑着说，当了官的都有官脾气。

大妈说，也不全是，我看主要心里烦。他一烦就啥也看不惯，就骂人。时间长了，单位上不来人了，儿女们也不来了，他骂得越厉害了，看个电视也骂，接个电话也骂。骂世道越来越不好了，人心越来越不好了。也是的，年轻的时候是人上人，老景儿不好了，心里当然有气。开始的时候也骂我，后来不骂了。看我给他做饭洗衣喂药接尿的，像亲老子一样地伺候，他的病也一天天轻了，不骂了，还和我唠嗑，听说我家里情况不好，还硬要给我加钱，他也是个善心人。有一回，我们家里那个蔫人病重了，我要回去看，老范又要给我钱，家里没多少现钱，他就把存折给我，叫我自个儿去取。正好他女儿来了，发现了存折，夺过存折去，还贼长贼短地骂了我一顿。我本来没想着取那存折上的钱，咱穷是穷，可也不能花不明不白的钱。他女儿这一闹，我就不好再干下去了，干脆就辞了。

回去后，给家里那个蔫人看病，看了两个月，病轻了。我又要动身，那个蔫人不让走了。他也听说我是伺候一个退休的官，心里可能也是吃醋了，怕我有了二心，不回去了。我说，不到那一家干了，他还是不让走。不走有啥办法，娃娃们要花钱，看病拉了一屁股债。

这回到北京，就找了个扫马路的活，苦些、晒些，住的也差些，收入还好。干了些日子，老范的儿子不知从哪里打听到，来找我，要我再去，说找了好几个人都不行，老范病又重了，脾气也更坏了，还说要给我加工资。我想了想，还是没有去。他们已经把我当贼了，你说我还能去吗？

陈君说，伤人的自尊，当然不能再去了。

大妈说，没那么严重，咱大字不识一个的农村女人，有啥自尊。端屎端尿，伺候人的活计得干，扫马路扫厕所的活计也得干。这不，到现在了，还干的是扫路扫厕所的活计。人这一辈子，命是注定的。

陈君关切地问，你儿女都大了吧，咋还不回去？

大妈说，儿女是都大了。两个女儿嫁了，挣着给两个儿子也都成了家。老头子没了，大前年走了。送了老头子，我在家里待了一段时间，两个儿媳妇脸势不好，我又出来了。

陈君说，你这么苦着为他们，儿媳妇还不孝顺？

大妈说，也不是不孝顺，我在外面时间长了，和儿子媳妇处的短，都生，家里忽然多了个人，他们不习惯。我在北京待久了，在家里也不习惯。再说，我还能干动活儿，养活自个儿。他们的日子他们过去，我能给填补点就填补点，娃娃们的日子也不宽裕。

大妈忽然不说话了。我和陈君也都没说话。

围湖走了快一圈了，走到一处小房子边，大妈说她就住在这里，让着我们进去。我们都说不去了，大妈反复地让，说好容易见了老乡了，不到家里喝点茶咋行。我们只好进去了。不大的一间房子，最多十个平方，光线也暗。大妈赶紧拉开灯，才看清里面，一张小床就占了大半，还有炉具、灶具、桌子、小凳，显得很堵。大妈忙忙地挪过小凳子，让我们坐，又忙着烧水倒茶。

看着实在不好坐，我们站起来就往出走。大妈拦不住，但又跟出来了，说不喝点茶咋行，说要送送我们，说我们再过去了，一定到她家里去。

大妈一直把我们送到那棵桂花树边。天色暗了，桂花看不清了，但香味还在。

广州服务员

广州的清真饭馆不少，但大多数都在胡同小巷里。我在一个小胡同里找到了一家，门脸不大，只有一间房，但外观很整洁，白底绿字的清真招牌也鲜亮，我就进去了。里面也洁净，前店后灶的格局，显得逼仄些，但墙面、地板、桌椅都清爽。可能是过了午饭的时候，店里没有客人，一个女服务员坐在吧台边，出神地盯着一面墙。

女服务员搭着水绿的盖头，穿着月白色的衣裙，典型的回族女孩的打扮。这样的装束大概是为了招徕顾客，但我看着，还是觉得亲切，就决定在这一家吃饭。

可能是感觉到有客人，她回神站起来，招呼我坐。我捡了一张桌子坐下了。她忙提了一个茶壶，拿了一个汤碗过来，倒了一碗面汤。

喝面汤是青海、甘肃那边回民饭馆的习惯。我就问，你是青海人？她笑着摇头。我又问，是甘肃人？她又笑着摇头，回身拿了菜单过来。对我的搭讪，她似乎怀着戒心，笑也是抿一下嘴，眯一下眼，很客气、很礼貌的那种笑。饭馆服务员大概都这样，得热情周到，还不能和顾客太多话。

我不好再问，就翻看菜单。菜单上全是些家常饭菜，品种倒也不少，拉面、拉条子、盖浇饭、粉汤、水饺，还有几种炒菜、凉菜。我想吃点炒揪面，翻了半天，却没有找到。我就问，有没有炒揪面？

服务员正拿着点菜单，准备记，听我这样问，摇了摇头。我解释说，我是宁夏过来的，我想吃宁夏的那种炒揪面。

你是宁夏人？宁夏哪里人？服务员忽然兴奋地问。

我说是宁夏同心人。

她又兴奋地说，我也是宁夏人，固原的。“固原的”三个字明显的是固原口音，很土气的乡音，在这里听着很亲切。她接着说，那边今年雨水咋样？旱不旱？粮食咋样？收成好吗？她问了一连串，普通话夹杂着固原话，我就听笑了。

我也用方言说，看来小丫头是老长日子没回去咧。

她也听笑了，这回是真笑，鼻子眼睛都动弹，也用方言说，还小丫头着呢，都大女子咧。我们那一带把大姑娘叫大女子。她看上去有二十出头了，是大女子了。

我就问，出来几年了？

她说，三四年了。

我说，几年没回去了？

她说，三四年了。

我说，一直都没回去？不想家？

她说，咋不想。想起家里的黄米黏饭、小米米汤都是个香的。

噢，我光顾着说话了，你说想吃点炒揪面？我给厨子说一下，专门给你做点。说着起身快步到后厨去了。

她在和里面的厨子商量，能听到说话，可听不出说啥。过了一会儿，又出来了，走到我跟前说，给厨子说了，能做，等一阵儿就好了。揪面他们不会，我会，我揪。

我忙说，麻烦就算了，吃点拉面、拉条子也行。

她笑着说，不麻烦，一碗面，不是个啥事。又过来给我添了点面汤，说，你先喝着，我进去揪面。

我不好拦挡，就坐着喝了几口面汤。有个戴厨师帽的，从端饭菜的小窗口那里瞅了我半天，他的脸肉肉的，是个中年人了。紧接着，一个戴回族小白帽的，也从门边看着我，他是个小伙子，个子高高的。我明白他们为啥看我。我还听到里面的说笑声，好像也与我有关。我就觉得有些不自在。

好在不一会儿，女服务员就出来了，盘子里端了一大盘揪面，可能是在热锅前揪了面，她的脸显得红扑扑的，也满是笑意。我忙站起来，说了几句客气话。

她笑着说，没事，谁家还不来个客人。这里有盐、有醋，这是油泼辣子，你自个儿调上。这是点酸菜，是腌上我们自个儿吃的，你别嫌弃。

我越发有些不好意思了，吃得就慢。她要是走开些，可能还好些，可她偏偏站在不远处。我们老家一带，家里来客吃饭，主人得站着陪客的。看来她是真把我当成家里的客人了。我就边吃边和她搭话，你为啥出来的？

她笑了一下，说，也不为啥，初中毕业，没考上高中，回到家里，就有人来家里提亲。我说还不想考虑，家里人就推掉了。接着又来了几个，家里人心动了，就准备答应。我一看不行，就偷偷跑出来了。

我心里想，她是个坦率、开朗的丫头。我就开玩笑说，你原来是逃婚出来的。

她说，也不算逃婚，又没订婚，逃哪里的婚。我就是不想面朝黄土背朝天地苦一辈子，那样太没意思了。你说我们那里的女人，过的那叫啥日子？我就不想过那样的日子。

我问，出来这些年，一直在广州，一直在这个饭馆里？

她说，不是，跑了好几个地方了，当过保姆，在鞋厂、服装厂也干过。能干的工作很多，就是吃饭不方便，没有清真灶，没办法。跑到广州两年了，就在这个饭馆。

我问，你一直没回去，家里人知道你在这里吗？

她说，知道。我给家里打了电话，还给家里寄了钱。

我问，家里人也没找你？

她说，找了，我在西安的时候，我爸还去看过我，要我回去，我不敢回去，怕回去了，家里人不让出来了。到这里，远了，我爸一直说要过来，一直都没来成。忙，路费也贵。

我问，家里光阴咋样？

她说，能过，我爸妈还年轻，种着点地，闲了还到外面打工，日子能过。一个兄弟，一个妹妹，都上学，一个上高中，一个上初中，学习也比我好，说不定能考上大学，考上大学就好了。

正说着，那个戴小白帽的小伙子出来了，冲着她说，你站在这里干啥？还不把菜拣一拣，一会儿客人多了，就顾不住了。

她说，我早拣好了。

小白帽又说，还有几个碗碟都没洗呢。

她说，我知道，一会儿一起洗。

小白帽没话说了，但站着不走，一会儿看看她，一会儿翻翻我。

女服务员嗔怪地瞅着小白帽，说，你干你的去，我知道了。小白帽没奈何地看了她一会儿，转身进后厨了。临进去时，回头盯了我一眼，眼神中明显有敌意。

我小声问，他是你们老板吧？

她有些羞涩地说，不是。

我忽然有些明白了，就笑说，他是你的……我还没说完，我的小老乡就脸上一片绯红，看来我是猜对了。

我问，家里人知道吗？

她笑着摇头说，家里人怕是不同意。

我说，我看小伙子不错。也是我们宁夏人？

她说，不是，是和州人。

我说，还是个厨师？那你们俩以后就可以开个饭馆了。

她说，一下咋开得起，就这么个小饭馆，都得几十万呢。

我说，先一起干着，慢慢攒钱。她点了点头，盖头上的流苏也颤颤的。

我吃完饭了，掏钱要付，她说啥也不收。正争执着，那个小白帽又出来了，阴着脸站着，女服务员就把钱收了。边给我找钱，边说，下午再过来，想吃啥，都能做。

我说，我下午就要回去了。

女服务员看着我，忽然眼睛红了，盈满了眼泪。

我知道她是想家了。

注:《回族文学》2010 年 5 期发表

白头

我回了趟老家，看看父母，顺便看看大爹，大爹受伤住院出来不久。

父亲说，你大爹好了，能走了，到寺里去了。母亲也说，你大爹命大，看着怕要瘫了，这又拄着拐子，满世界地走着呢。

就说了一阵大爹。我说大爹无巴里（可怜），父亲打断我的话说，不要说你大爹无巴里，你大爹比我强呀。我没听懂父亲的意思，以为父亲是抱怨我们弟兄呢。我们弟兄都在外面，回来得少，父亲有时候抱怨。

父亲说他做了个梦，梦里头他和大爹去见一个贵人，看到贵人过来了，他抢前一步迎上去，可那个贵人却走过他，走到大爹跟前，拉了大爹的手，和大爹说话。在梦里头父亲觉得委屈，觉得自己应该比大爹强的，醒来了也觉得不解，好几天才想明白了。

父亲说，你大爹就是比我强，人道上，主道上，都比我强呀。父亲越老越相信梦了，我有时候买回去吃的，父亲吃了，睡梦不好，就说我，娃娃，不干净的钱，不要给我们买东西了，吃上，用上，睡梦都不好。我就心里有些吃惊。

父亲说梦见和大爹一起走的话时，花白的胡子抖索着，说的是心里话。他这把年纪的人，没必要说矫情话了。看着父亲花白的头发和胡子，我忽然感觉，原来父亲和大爹还是很相像的，只是头发胡子还没有大爹那样白。

大爹就是满头白发，不是老白的，是生来就有的。

大爹生下来就满头白发，满脸皱纹，像个老头子。不仅是头发，连眉毛、睫毛、胎毛都是银白的。接生的祖奶奶就吓了个坐蹲子。祖奶奶接了一辈子生，见过六指的，连手的，大脑袋、细脖子的，缺胳膊、少腿子的，还就没见过一生下来就白了头的。

奶奶却见过，不怕，她挣着起身，帮祖奶奶把大爹洗净裹好了。奶奶见过，是奶奶的姐姐，我的大姨奶奶，生过一个白头娃娃，是个女儿。奶奶嫁给爷爷的时候，她已经四五岁了。

祖奶奶给奶奶说，真主呀，这么个娃娃，咋养呢？奶奶说，我的娃娃，我抓养。奶奶那时候还没有想到抓养大爹的艰难。

奶奶生下大爹的时候，爷爷不在家，爷爷在外面给人吆脚。

爷爷是个脚户，常年四季拉着匹骡子，给人驮货。从沙漠里驮私盐，从呼市贩皮货，从平凉贩百货。货都是别人的，商户的，爷爷只是拉了骡子给人驮，骡子是自家的，挣个驮运钱。驮私盐是犯法的，给官家抓住了，是要杀头坐牢的。驮其他的货也不易，要连天连夜地走路，要防官兵堵、土匪抢，难肠事多，对脚户的要求也高，不是随便啥人，有个骡子马就能当脚户的。脚户首先要体力好，要走处能走，跑处能跑，躲处能躲，藏处能藏，三天两夜不睡觉，也是常事。脚户还得胆子大，走险路不怕匪，走夜路不怕鬼，敢和官家缠，和土匪干，不怕杀头，不怕坐牢。脚户最重要的是要心硬，能抛开家小，一走十天半月的，没个准信，有时三两个月不回家。

奶奶生下大爹满月了，爷爷才回家。虽说经见的多了，但看到大爹，爷爷还是给惊呆了。奶奶已经找剃头的给大爹剃了头发、眉毛，大爹脸上身上的胎毛也褪了，但爷爷还是看出来了。大爹的皮肤是粉红的，不是一般胎儿的粉红，是白兔子嘴唇一样的粉红。爷爷正盯着看时，大爹也看着他。大爹的眼睫毛是白的，眼睑、眼仁，也是粉红的，像白兔子的眼睛一样。爷爷看了大爹一眼，扭头就走开了。他眼前一定是闪过了那只白兔子。

父亲说，爷爷临口唤前，才拉着大爹的手，给大爹和他讲了那个白兔子的事。

爷爷去沙漠盐湖里偷着往出驮盐，刮了一场大风，爷爷迷路了。走了几天几夜，粮断了，水断了，满眼还是沙子。爷爷拉着骡子，骡子驮着半口袋盐，盐还没舍得扔掉。可盐不能吃不能喝，只是把骡子也压得走不动了。爷爷想着怕是走不出沙漠了，想着去掉骡子身上的盐，让它自个儿找活路去。正想着，看见了一只白兔子，往不远处的沙梁上跑。跑到沙梁顶上，还回头看了爷爷一眼。雪白雪白的一只兔子。野兔子当中很少有那样的白兔子，爷爷就觉得是饿的，晒得眼花了，定神看着，就是一只兔子。白兔子在沙梁上稍一停，又翻过沙梁，不见了。

爷爷犹豫了一阵，还是爬到沙梁那里去看。兔子是不见了，但脚印还在，确实是一只兔子。沙漠里兔子没法活的，有兔子，说明附近有水，有草。爷爷在沙漠里走得多了，知道这些。爷爷就硬拉着骡子，随着兔子的脚印，往前走。翻过一道沙梁，又翻过一道沙梁，看见了一小汪水，一小片草。真主的奇迹在哪里都有呢，爷爷说。爷爷扑到水边，喝了个够，骡子也喝饱了。

爷爷抬起头，看见那只白兔子正在那里吃草。爷爷不明白它为啥会跑到沙梁上去，爷爷后来说，那白兔子是专门去引他的，是救他的命。但爷爷当时想的是，也许是躲野狐子或者是鹰，才跑过去的。爷爷当时就把它看成一只兔子了。看着正在吃草的兔子，爷爷心里生出了一个念头，慢慢地往白兔子跟前走。兔子好像没在意，还在吃草。爷爷手里的棍子飞出去了，打到兔子的头上，它翻倒了，身子扭着，爪子颤着。爷爷跑过去，赶忙掏出刀子，把它宰了。

爷爷吃了烤兔子肉，骡子也吃饱了草，他才上路了。临走，看到地上的兔子头、兔子皮，白生生地蜷着，爷爷心里揪了一下。

爷爷给大爹说，那只兔子救了我的命，我反倒吃了它，这是报应呀。都是我的罪孽，才叫你白了头的。

爷爷是那样说，村里人好像还有其他说法，都不外乎报应之类的。

其实，奶奶娘家那边，好像都有些问题。现在看来，大爹应该是白化病，奶奶那个家族，有白化病基因。但当时的人不知道，就是现在的农村人，还是不知道多少，出个奇怪些的事，还爱往那些方面扯。

据说，奶奶的嫂嫂，我的大舅奶奶，也生过一个，没存住。有说是一生下来，就被大舅爷给捂死了。我一直都不相信。大舅爷看上去是个很和善的老头子，个子不高，单瘦，几根山羊胡子稀稀拉拉的，一点儿都不像个捂死自己儿子的人。倒是大舅奶奶，眼珠子很黄，看着有些害怕，但她说话却细声细气的，还很稀罕小娃娃，抓我的手，摸我的头，亲我的脸。她看着大爹的神情也是稀罕的，一点儿都没有嫌弃的意思。她以后再没有生过，有说就是那个白头娃娃的事。她一直和大舅爷过着，她比大舅爷去世得早。咋去世的，我不知道。大舅爷去世的时候，我就在跟前。

大舅爷病了，奶奶得到信，打发大爹和父亲去看望。父亲临时有事，不去了，就让我和大爹去。现在想来，父亲当时可能是不想和大爹一起去。但我想去，只要出远门，我就高兴。我那时只有七八岁，已经上学了，正好是寒假。奶奶也同意了我去，也是想让我给大爹做个伴儿。

大爹背了半口袋粮食，一点熟食，还有半只鸡，我们一早就动身了。天阴着，走了不远，就下雪了，没刮风，雪落得安静，也不冷。我觉得开心，还争着帮大爹背东西。大爹也高兴，问我们学校的事，考我算术，考我认字。算术不是我们书本上的算术，是“鸡兔四十九,一百个爪爪满地走”，问我多少兔子多少鸡。字也不是我们书本上的字，是“一点一横长，口字在中央”啥的。我说不出，大爹就笑了。

雪下了一寸多厚，天又晴了。太阳出来，照在雪上，满地的银星子，很刺眼。大爹就不出声了，眯着眼睛看路。大爹的眼睛怕光，阴天黑天还好，光强了，眼睛睁不开。落了雪，山路给埋住了，光再一刺，大爹就看不清路了。走一截，大爹说，怕是路走错了，就折返走。再走一截，又折返走。走走折折的，也不知走到啥地方了。我的高兴头没了，感到又冷又饿。周围山上黄老鼠叫了几声，山沟里回叫半天，还有啥东西，又沉又长地叫，我有些怕，心里也埋怨大爹。

大爹感觉到了，停下来，有些歉疚地冲我笑了笑，找了块没雪的山旮旯，让我吃馍馍，还揪了一小块鸡肉，喂我嘴里。

吃了点儿，缓了阵儿，我们又开始走。还是走得不顺当，一直到天黑，才走到大舅爷家。

大舅爷家院子里有三孔窑洞，都没有灯光，黑洞洞的。有一孔搭着个破门帘子，大爹领我进去了。没点着灯，进去更黑了，啥都看不见，却闻到一股浓重的臊臭味。我以为走错了，抓住大爹的衣襟，刚想给大爹说，却听到了微弱的呻吟，是有人。大爹摸索了半天，找到了火柴，点上了油灯。油灯的光暗黄，很弱，屋子里其他地方显得更黑了，只有跟前的一块，有点亮。我看到一团黑乎乎的破被窝，慢慢地才看到大舅爷的头在破被窝边上，眼睛闭着，模样有些吓人。大爹叫了声舅舅，又叫了一声，大舅爷才睁开了一点儿眼睛，看到大爹，似乎有些惊恐。大爹又叫了声舅舅，大舅爷喉咙里咕噜了一下，那可能算是应了。大爹说，我妈叫我看你来了，说着掏出了油香，还有那半只鸡。看到吃的，大舅爷的眼睛亮了一下，喉咙里咕噜得更厉害了。大爹就撕了鸡肉给大舅爷喂，大舅爷嘴张得很大，黑洞洞的，放上鸡肉，嘴动得很快，一颤一颤的，往下咽得却很吃力，一直在嘴里涮着。

也许是看到屋里亮了灯，也许是听到了人声，小舅爷过来了。大爹施过礼后，又转身对着大舅爷，给大舅爷喂鸡肉。小舅爷皱着眉头，像是嫌臭，像是嫌大爹。问了奶奶，又让着我们过去吃饭，大爹说不去。小舅爷又让，大爹还说不去，说叫我去。屋里又冷又黑又臭，我不想待，就随小舅爷到他们家去吃饭。小舅爷长得和大舅爷像，只是没胡子，脸上光眉滑眼的。人老了，没胡子，总觉得脸上缺了些啥。

小舅爷家也是几孔窑洞，只是亮着灯，也暖和。

吃过了饭，小舅爷又去喊大爹，我也跟过去了。进去的时候，大爹正在点炕，屋里有了烟味，把臭味压下去了些，把冷气也压下去了些。小舅爷又让大爹去吃饭，大爹还是不动，有点气呼呼的样子，又热了点水，给大舅爷擦洗脸上、身上。

小舅爷看得似乎有些恼了，说，收拾完了，过来到家里。说着，拉着我的手走了。

我在小舅爷家等了好长时间，也没见大爹过来，就迷迷糊糊地睡着了。醒来的时候，天已经大亮了。大爹不在，小舅爷不在，屋子里没有一个人。我就起来往大舅爷家走。路上碰到几个不认识的人也往大舅爷家走。

到大舅爷屋里，却完全没了昨晚的样子。屋子里点上了香，臭味几乎闻不见了，炕上收拾了，烂被窝不见了，还铺了一条羊毛毡，很白。我以为走错了，或者昨晚是看错了。大舅爷也不见，一转头才看见，他躺在地下的一个木床子上，身上也盖着新被子，上面有几朵大牡丹花。

屋里有几个老年人，小舅爷也在，却不见大爹。感觉屋里的气氛，我才明白大舅爷去世了。

和我前后进来的几个人，探望了大舅爷，转身和小舅爷说话，说还是早走了的好，还有叹息声，没见哭声。好像又问到啥病，咋走了的，啥时候走了的。小舅爷说，睡炕也几个月了，一直还稳着，昨晚外甥来，逞能着要给洗，大概着凉了，病加重了，半夜里无常了。小舅爷的话中有对大爹的埋怨。我有些替大爹担心，我没看到大爹，问小舅爷，小舅爷有些破烦地说，回去了，请人来送埋体。我又有些替大爹担心，他一个人在路上，不知咋走的。

到下午，大爹又来了，还有爷爷和父亲。奶奶有病来不了。爷爷和父亲都被人们让着，在人前张罗着。没人让大爹，大爹乏乏的，在人群中，没着没落的。他们的头发眉毛都是黑的，大爹的头发眉毛是白，平时在家里，看惯了，觉不到，在那里，感觉有些扎眼。

大爹走在羊群里，一定不会扎眼的。我那样奇怪地想，大爹那时候在给队里放羊。

父亲说，你大爹十几岁就跟着李万财放羊了。

搞合作化的时候，把李万财的几十亩地、几十只羊合作到了社里，社里还安排李万财给放羊，让大爹给帮忙。一是照顾大爹，也是盯着些李万财，怕他把羊偷了，卖了。

我觉得让大爹放羊，真是再合适不过了。一个人在远山里，整天见不上人，也就没人欺负，没人笑话了。至于羊们，生下来也是白头白毛，和大爹一样，当然更不会笑话大爹了，不会欺负大爹了。

说是这样说，羊看着柔顺，看着老实，其实可滑着呢，很会和人较劲儿，很会欺负人的。我小时候爱跟着大爹去放羊，看到过那些羊欺负大爹。

几只老母羊，总爱往别的羊群里跑，有时候是本村的羊群，有时候是外村的羊群。它们倒不是看上了别的群里的羝羊，它们只是想给大爹找麻烦，藏到别的羊群里，看大爹怎么办。大爹就学会了认羊，叫羊的名字。他放的每一只羊他都叫得上名字，喊哪只羊，哪只羊就会摇头摆耳朵。看到和别的羊混群了，他一个个喊着羊的名字，那些跑到别的羊群的羊就羞了，就跟他过来了。

几只山羊，总爱往山崖上跑，越是陡的山崖越往上跑。不是说山崖上就有嫩草，也不是给绵羊显摆它们能上山，就是给大爹找麻烦。有时候上去了，下不来了，有时候是故意不下来，让大爹着急。大爹就学会了数羊，他不盯着羊数，而是看羊蹄印，一群羊走过去，他看蹄印，就数出数目来，一个都不差。

那只大羝羊，看着威风凛凛，一本正经的，有时候也耍心眼。它知道大爹力气小，抓不住它，就跑到别的羊群去打架。两只羝羊对上了，退开老远，再疯跑过来，咣地碰到一起，盘角发出很大的劈茬声。推开了再打，直到把别的羝羊头打烂了，大爹就得给人家放羊的说下情话。有一回，大爹到清水河去给羊饮水，是冬天，清水河结了冰，只能凿个大冰眼饮羊。一百多只羊，围在冰眼边上，轮流喝水。先是大羝羊喝，它是头羊，它必须是第一个喝。谁知它是脚下一滑，还是故意的，扑通一声掉冰眼里了。大爹正忙着往上拉它，没想到后面的羊一只只扑通扑通往冰眼里掉。它们不是脚下滑，是跟着头羊，看头羊下去了，以为下面有啥好处。羊到底是咋想的，谁知道呢。我们那里把这叫"羊相"，大羝羊也许知道"羊相"，但大爹不知道，急忙跳进冰眼里，一只只往上拉。拉上来几只，包括大羝羊，但有一只还是给淹死了。淹死了羊，给大爹罚了工分，年终决算时扣了钱。

我小时候，大爹已经放了快二十年羊，是个很好的羊把式了，单独放着一群羊，和李万财、何塞阿訇各放着一群羊。大爹在很多方面都超过了他的师父李万财。

大爹其实是个很聪明的人。父亲都说，大爹要是念书的话，他都念不过。

解放后，村里办起了小学堂。村里七八岁、十几岁的娃娃都让上学去。父亲那时候七岁了，就去了，大爹十二三了，也想去，爷爷奶奶都不让去，可能是怕大爹受欺负。大爹头白着，又长得瘦小，小时候没少受村里娃娃的欺负。为了让大爹少受欺负，奶奶想了办法的。大爹的头发一长出来，奶奶赶紧找人就给剃掉，一长出来，奶奶赶紧找人就给剃掉。奶奶的心里可能还存过个幻想，剃掉一茬，下一茬也许会长黑些呢，或者有一天，长出满头的黑发来呢。黑发一直都没长出来，大爹却慢慢长大了。奶奶就给他戴了个小白帽。村里人都戴小白帽，大爹戴上小白帽，就不那么扎眼了。

大爹想出来的办法似乎比奶奶的办法见效快。他到奶奶跟前，摘掉小白帽，向奶奶笑。奶奶看到，他的头发黑了，眉毛黑了，脸上、脖子上还有些黑绺子。他给奶奶说，我这回和他们一样了，我能上学了吗？正好爷爷也在，父亲也在。爷爷和奶奶看出来了，大爹是用黑锅底灰把头发眉毛染了。父亲也看出来了，扑哧一下笑出声来，奶奶却哭了，抱住大爹大声哭起来。爷爷看了一会儿，拧身出去了。

父亲说，你奶奶从来没那样大声哭过。

父亲说，每天太阳出山一竿子高，才赶羊上山，早晨的那段时间，你大爹就到小学堂去。去了不进教室，在教室外面偷着听，几个年级的语文他都能背下来，还认会了些字，学会了算术。

到我上小学的时候，大爹还能把那些课文背出来。和我们学的课文不一样，听不出对错来，但大爹背得很流利。大爹在我面前背课文，有些显摆的意思，大爹年轻的时候爱显摆。

他还显摆他的力气，抓过一块砖来，啪啪地拍，几下，就把砖拍碎了。其实大爹没多大力气，打不过人的，他和队长打过一架，我都记得。起因是爷爷。爷爷过去吆过脚，当过脚户，知道买卖的门道，就悄悄出去，贩些羊毛羊皮啥的，贴补家用。村上的人都知道，平日里没人管。运动紧了，要抓投机倒把分子，村里再没人，就把爷爷抓去批斗。也不是下狠劲地整，就是开会的时候，脖子上挂个牌子，立在那里。大爹不懂，放羊回来，听说了，就跑去和队长理论。三言两语争高了，就动了手，结果是大爹满脸是血地回来了。我们一家人正在吃饭，看到大爹，都惊了，奶奶手里的筷子都掉了，拉住大爹，问咋了，大爹不说。送大爹回来的人说，队长打了。爷爷一下子砸掉了饭碗，说，斗我能行，咋能欺负白头娃娃呢，说着要去找队长。送大爹回来的人把爷爷拉住了，说没咋打，就互相撕扯了几下。正乱着，队长来了，忙忙地给爷爷说道歉的话。队长打了人，说道歉的话，大概就那一次。打了大爹，给谁说，都算不得有光彩的事。奶奶忙给大爹擦洗了，洗了血，才看出伤得不重，是脸上的皮破了。大爹的皮肤脆，一碰就会破。

我想着，大爹的心一定也是很脆的。

父亲却说，你大爹做事忍劲子大着呢。

李万财有一回放羊回来，少了一只羊，找了两天找不到，村里人说他偷着吃了，或者是偷着卖了。队上还开了批斗会，逼着李万财说出羊的下落。李万财说不出来，就继续批斗。

队上还问大爹，知不知道李万财偷羊卖羊的事。大爹肯定地说，不会。大爹和李万财一起放了多年的羊，他知道李万财。虽然是自己的羊归了生产队，生产队的羊几乎都是他家的羊泅出来的，他还是像疼自家的羊一样疼生产队的羊。送给他，他也舍不得宰了吃，舍不得卖。队上还是不相信，逼李万财说出羊的下落，李万财却说不出来，该找的地方都找了，就是找不到。那年月，人人都饿得发昏，一只羊对一家人来说，几乎就是命。就这么不明不白地说没了，村里人放不过。村上以前也批斗过李万财，但那是形势，没办法。可这回不一样，村里人都红了眼。李万财被关在队部里，几天都回不了家，几天都不给饭吃。李万财被逼不过，就说是宰了吃了，可说不上羊皮、羊骨头在哪里。又说是偷着卖了，也说不出卖给谁了。

到第五天，李万财被连打带饿的，快要没命了。大爹背了一只羊到了队部。羊早死了，臭得很厉害，放在队部，一院子都臭了。但羊的形体还是完整的，就是李万财丢掉的那只黑山羊。

大爹那些天，白天晚上都在悄悄地找，终于在一处隐蔽的山沟里找到了它。

村上人见到黑山羊，才放了李万财。李万财见到那只黑山羊，沙哑地干号了几声，抓住了大爹的手。过后，他还要认大爹做干儿子，大爹应了。

李万财认大爹做干儿子，不全是感恩，他还有自己的盘算。李万财很会盘算，不然也置不下几十亩地、几十只羊来。李万财的儿子得病完了，留下儿媳妇，还有个小孙子。他怕儿媳妇再嫁，领走他的小孙子。他还把自己的孙子给大爹认了干儿子。他是想让大爹到他们家倒插门，和他的儿媳妇过。

李万财肯定是把他的意思给大爹说了。大爹在那一段时间显得很精神，经常往李万财家里跑，挑水砍柴的，啥活儿都给帮着做，还把李万财的孙子，他的干儿子，那个叫西麦的，架在脖子上，满村街地乱转。西麦咯咯地笑，大爹也满脸的笑。村上人见了，有的故意问，驮着谁家的娃娃？大爹就不回答。也有的说，当爹了？有儿子了？大爹嘿嘿地笑。也有在背后指指点点笑话大爹的，大爹听不见，照样乐呵他的。

别说村里有人不高兴，连我都不高兴。大爹的脖子上本来一直是架着我的，却变成了那个西麦。大爹还给那个西麦织了小手套、小围脖、小毛袜子。当然也给我织过，但看着西麦戴，我还是不高兴。大爹会用羊毛捻线，会织毛衣、腰带啥的。大爹给李万财的儿媳妇织过没有，就不知道了，没见她穿戴过。那个女人有一双湿乎乎的眼睛，模样记不真切了，就记得那双眼睛。我那时候觉得，她要是当我的大妈，我是乐意的。爷爷奶奶肯定也是乐意的。奶奶还当村街拉住她的手，问长问短，拉了好一阵子家常呢。但就是迟迟不见他们结婚。过了几年，那个女人却嫁到外面去了，还是带走了那个西麦。

爷爷奶奶又一次失望了。

大爹的婚事一直是爷爷奶奶头痛的事。这之前，已经找了好多家了，都没找成。还找过大姨奶奶的那个白头女儿。两家约了在小舅爷家见面，把两个人让到一个窑里，让他们说话，家里人在外面等着。不一会儿，两个人都笑着出来了。不是高兴的那种笑，是大笑，禁不住的大笑，两人笑得几乎眼泪都出来了。也不知道他们互相说了啥，还是互相一看就笑个不住。反正再提这事，两个人都说啥也不答应。两家人想着也是，要是他们结婚了，再生下些白头娃娃，又遭罪了，也就作罢了。大姨奶奶的女儿最终还是结婚了，据说生的娃娃头发都是黑的。大爹却一直没有结婚，和我们一家人一起过。

包产到户的时候，爷爷奶奶把我们家也另开了，大爹和他们在一起。奶奶说，她还能做动弹饭，地里的活儿大爹能干。

大爹实际上不会干农活，大爹一直放羊，没干过多少农活。地犁深犁浅不知道，种子撒稠撒稀不知道，哪块地该种糜子，哪块地该种谷子，也不知道，胡乱地种着。可大爹种的粮食总是有收成。

母亲也说，你大爹是个命大人，有真主襄助着呢。

大爹种着自家的地，还帮着李万财家种地。李万财的儿媳妇嫁人走了，大爹还是经常到他们家去，还是尽着干儿子的孝道。也许种地和放羊不一样，泥泥水水的，大爹脸上经常是土，显得邋遢了许多。

不久，我到外面去上学了，以后又在外面工作，回家的次数少了，见到大爹的次数少了。他应该是一年比一年老的，但脸、头发上却看不出来。从一出生，他的头脸就已经老到家了。

这期间，爷爷和奶奶相继去世，李万财老两口也都无常了。剩下大爹一个人了。父母让他搬过来住，他嘴里应着，却一直住在爷爷奶奶住过的老院子里。他没有再种地，也是种不动了，在清真寺当了寺师傅，给寺上烧水、打杂，和阿訇一起吃。他在清真寺念经礼拜，日子过得很平静。

大爹和何塞阿訇一起放羊的时候，就跟着学会念经了。那时候政策紧，不让人都念经，何塞阿訇放羊的时候，就教大爹念。在山上，没人听见，何塞阿訇大声地教，大爹大声地念。别的羊把式在山上放羊的时候，唱花儿、唱山解心慌，大爹和何塞阿訇就大声地念经。何塞阿訇回到村里就不敢念了，大爹不管，赶着羊回村的时候还是念。也都是看着大爹是个白头，没人管他。以后包产到户了，何塞阿訇都无常了，大爹犁地种粮食的时候，还是念着。念得不算很好听，但大爹也不管。

父亲说，以后多回来着些，把你大爹也多看看，你大爹这辈子遭了罪了。你大爹问过何塞阿訇，他啥时候能跟其他人一样呢。何塞阿訇说，娃娃，人来这世上，就是来遭罪的，罪遭够了，就和其他人一样了。

大爹的罪应该是遭够了，可又发生了一起车祸。大爹做完礼拜往回走时，天已经很晚了，邻村一个愣头小伙子，骑着摩托车，把他撞飞了。父亲、弟弟几个人把他拉到医院时，他还昏迷着，浑身软塌塌的，满头满脸的血。我赶过去，看着大爹是不行了，赶紧送急救室，托人找大夫抢救，大爹又醒过来了。胳膊、小腿等多处骨折，又做了几个手术，大爹也挺过来了。

和父母说了一阵儿，我到清真寺去看他。还不到礼拜时间，他和几个老汉正站在礼拜大殿前的台阶上晒太阳。大爹拄着拐杖，身子显得更小了，但白胡子飘在胸前，脸上满是光亮。他旁边的几个老汉，也都白了头发，白了胡子。

我忽然感觉，大爹终于和其他人一样了。

2010 年 4 月 13 日于鲁院

注:《六盘山》2010 年 5 期发表

丫环

丁满财一进门，女人就嚷嚷，你们爷儿们都走了，这么大一个家，十几间房子，我一个能住过来？能收拾过来？丁满财笑着说，谁叫你要盖那么多房子，我说盖上几间，够住就行了，你偏要多盖，这会儿又嚷。女人说，大头家也是一院子房子，咋住得满腾腾的，火炎炎的？大头是村支书。丁满财知道女人最近又去了一趟支书家。他家和村支书家是村上最富的两户，女人一直和村支书家较着劲，啥上都比着。

丁满财说，那你就叫儿女们都回来呀，回来当农民多好，你偏挣死扒活地供养着上学，当官。哪像大头家，娃娃都是农民，一家子都在，多好。女人说，也就是，一个个白眼狼，都跑城里去了，城里有啥好的，人挤人、人摞人的。连个孙子都不给我留，怕我给抓成个乡棒了。

丁满财说，就这你都嫌累，再抓个孙子，你还不把人唠叨死。女人急了，又嚷嚷起来，嫌我唠叨了？你的狐狸精美莲不唠叨，你守着去呀，又回来干啥？

话说到丁满财的短处了，丁满财就讪讪地笑着说，这不是家里还有你，还有妈在嘛。女人更高声了，你还知道有妈呀！不是你妈，你还真不回来了你。丁满财忙说，哪能呢，这才是我的家嘛。

女人剜了一眼丁满财，说，妈都八十多的人了，这一得病，又下不了炕了，我一个伺候着，怕也不行。丁满财说，那还有谁呢，丫头媳妇子都来不了。女人说，我想着雇个人，大头家都雇了个用人。丁满财说，咋能叫用人，那是保姆。女人呛了他几句，啥保姆保姆的，是来伺候妈的，又不是看娃娃的，叫保姆多难听。丁满财说，城里人都这么叫。女人说，你就知道城里人，现在的城里人那也叫城里人？你那个美莲也叫城里人？我们家在城里的时候，她们家还不知道钻在哪个山沟沟呢。

丁满财不说话了，女人每次说到这一茬，丁满财都不搭腔。女人的太爷、爷爷曾经是地主，又是商户，在乡下有地，有牛羊，有堡子，在城里有商铺，有四合院。那是很早以前的事了，女人的父母就在农村，女人就生在农村，长在农村。但女人总爱说，要不是世道变了，她就是大户小姐，咋也不会嫁到乡下来，嫁给丁满财。

女人又说，大头婆姨也叫得不对，比着娃娃们叫他姨。又不是亲戚，又不是小老婆，叫的个啥姨呀姨的。丁满财说，依你说该咋叫？女人说，听我奶奶说，应该叫张妈、李妈啥的，那会儿的用人都这么叫。丁满财说，随你，想咋叫就咋叫。

女人又说，大头的婆姨好好的，你说雇个用人干啥呢？那纯粹是显摆嘛。一个村支书，还真成了皇上了，要人服侍着？丁满财说，大头婆姨不是有病嘛。女人急了，说，有啥病？还不是装架架、摆身身，哼哼叽叽地骚狐媚，勾引男人。你疼得很，你咋不去扶着抱着伺候着？人家就是看不上你。

支书婆姨年轻时和丁满财好过，也算不上相好，是丁满财家先托媒人说了，她也愿意了，后来丁满财家拿不出彩礼来，她们家就另许给支书了。支书婆姨生得文弱，也念过几天书，看着有些知识女人的风格，一村的男人都觉得她好。丁满财也好像一直对她痴着心。因为都在一个村，支书大头比丁满财大一两岁，丁满财见了，一直嫂子嫂子地叫着，也没啥出格的事。但女人一直防着、嫉恨着。丁满财后来暗纳了那个美莲，女人都没有那么嫉恨，就是嫉恨支书婆姨。

丁满财这才知道女人为啥要雇个人了，原来是支书家雇了个人。丁满财问，大头家雇了咋样个人？女人说，也不咋样的，好像是后村的一个寡妇，男人没了，娃娃们不好好孝顺，就出来了。长得也老面，不好看。丁满财就说，你雇就雇个年轻的，漂亮的，压过她。女人冷笑着说，想得美，你个骚叫驴，吃着碗里的还想着锅里的。把美莲那个碎婊子守住就行了，小心给你戴绿帽子。你丢得起那个人，我还丢不起。

丁满财和那个美莲好上后，女人叫勾上，也闹过一段，后来想通了。听她奶奶说过，过去大户人家，都有娶个三妻四妾的。她张罗着给办了正式的婚礼，还说要收到一个院子里来。那个美莲死活不来，丁满财在县城给买了套房子。丁满财两头跑，女人也认了。

女人说，得找个三四十岁的，要模样儿端正、手脚麻利、心眼儿好、没啥拖累、锅上灶上都能干，最好是乡下的。丁满财心里说，城里人谁来呀，这么多条件，你选仙女儿呀。嘴上却说，对，要找就找个好的，多出些钱都行，过两天我再让人送些钱回来。我先过去看看妈，我得走，砖厂里要出窑呢。

女人说，你回来吃也不吃，睡也不睡，你就走。你就知道看你妈，把这个妈看了，再去看那个碎妈。我是啥，是这个家里的老妈子，是你的丫环呀。丁满财嘿嘿一笑，拔脚就往出走。

女人就张罗着雇人。她给村上几个熟些的、说得来的都托付了，让他们给打问。她反复地说那些条件，要模样儿端正、手脚麻利、心眼儿好、没啥拖累、会伺候人、锅上灶上都能干。还加上一条，最好是有来路、知根知底，不能找个贼娃子、骗子到家里来。她说，工钱好说，六百八百的都行，只要人好。

女人想着，话说出去，第二天就会来一群人，她想着咋挑呢。可过了四五天，还没人来。女人只好又挨家挨户地去催问，都说没打听到合适的。女人就有些急。急也没办法，不像在城里，可以打广告，可以到保姆介绍所去找。在农村，没这条件，也没这习惯。这些年，农村很少有人家雇保姆。

这些天，婆婆还是她一个人伺候着。其实，婆婆一直都是她伺候着，伺候得也很好，换个别人，她还真有些不放心。可支书婆姨偏偏雇了个人在家里，女人就要雇个人。

好容易来了一个，是马生福婆姨领来的，说是她的堂姐姐。看着都是个老婆子了，一问，快六十了，看那样子，病怏怏的，自己都得人伺候，还能伺候人，就没要。老婆子说少给钱也行，管吃管住，给个三五百都行。女人还是不答应。主要是看着都比不上支书家雇的。老婆子又说，给个二三百都行，说得可怜兮兮的。女人这才细问了，说是没儿没女的，老两口日子过得紧巴，没个来钱的路数，没办法这才撇下老伴找来了。女人听了心里一软，掏了一百元钱，说是舍散给她的。老婆子流着眼泪，千恩万谢地走了。老婆子走后，女人心凉了半截，没再催着找人。丁满财又回来看老妈，女人给丁满财说了这事。丁满财说，你在家里蹲瓜了，以为天下没穷人了，比她可怜的多着呢。都富了，你还到哪里雇人去。女人一听也是。

丁满福婆姨也领来一个，是远房亲戚。这回是个年轻媳妇子。媳妇子结结实实的，大眼睛，看着都像个能干活的。女人喜欢泼实些的，觉得满意。可媳妇子领着个四五岁的娃娃，娃娃进门的时候，拴在门边的狼狗扑叫了几声，就吓哭了，大铁门咣地一关，哭声更大了，进了屋还抽鼻子抹眼泪的。媳妇子忙忙地哄他，半天才钻在媳妇子怀里不哭了。女人心里就不高兴，领着个娃娃，伙伙搅搅的，咋能行。媳妇子还说，只干一两个月，开春种地的时候，她还要回去种地。一问情况，说是男人给人背毒品，给抓到云南了，判了二十年。媳妇子领着娃娃，还种着地，挣几个钱想秋天看男人去。女人觉得不行，看着娘儿俩，心又软了，给娃娃塞了五十块钱，打发他们走了。

过了一会儿，丁满福婆姨又折回来了，不好意思地笑着说，没帮上忙。女人刚猜她的来意，丁满福婆姨更不好意思地笑着说，不行把我雇上，都是亲们当家子，我伺候大妈更好些。女人连说那不行，使不得。丁满福婆姨算上是嫂子呢，咋使唤。女人说不行，丁满福婆姨红着脸说，娃娃年底要娶媳妇，彩礼钱还差些，也是你这里方便，在家门上，我就想着……女人打断了她的话，说娶媳妇子时借些钱都行，雇她万万不行。

女人有些灰心，来的几个人，让她心里疙疙瘩瘩的。平日里在这高墙大院里待着，真没想到那些人有那么多的难肠。后面谁知道还会来些啥人，女人有些不想再雇人了。

支书婆姨咋就命大，不声不响就雇了个人。也许不是她找的，是支书找的，是别人巴结支书，主动送来的，也不一定。支书婆姨除了会狐媚，还会干啥。农业社那几年，就一个娘娘样儿，干不动活。包产到户后，也没见咋干些重活，一步三摇的，没个庄户人的样子。亏了男人后来当了支书，一当一二十年，仗着男人的势头，还真端出个娘娘架势。女人从心眼里瞧不上她。

女人年轻时下死苦，虽然嘴上说是大家子出身，是个小姐，但那只是说说，她从没把自己的身子当过小姐的身子。丁满财能苦，她更能苦，两人拼着命地把光阴往人前头过。奶奶给她说过，光阴过到人前了，就是主，落在人后了，就得为奴。奶奶还给她讲过祖爷爷置起那份家业的事。祖爷爷给人吆过脚、跑过腿，遇过狼、经过匪，刀头上血舔过，死人堆里爬过，苦死累活几十年，才过到人前头了。过到人前，就好过了，钱能生钱，家业就滚大了。奶奶那时候是地主婆，正受着苦，受人欺负。但奶奶的举止做派，她看着好，就是和别人不一样。奶奶的举止她没学到，但奶奶的话，她一直记着，也相信着。

女人不仅帮着丁满财在庄田里干，还帮着丁满财开了个小砖窑。刚开小砖窑那几年，全凭人工，拉土渗水，和泥脱坯子，丁满财在泥里水里滚着，女人也在泥里水里泡着，下的那些黑苦，现在想都不敢想。慢慢地添置了机器，雇上了民工，一年比一年干大了，才有了那个机砖厂，钱才银水一样地往家里流了。以后，丁满财不让她干了，叫她在家里抓娃娃，陪老人，享清福。丁满财有钱了，心花了，沾上那个美莲，但从没敢说过和女人离婚的话，也是这份家业，有她的苦劳在。

女人这样下苦，还隐隐有和支书婆姨较劲的意思。她也觉得丁满财那样苦着，也是想和支书比。丁满财是比给村上人看，看谁才是村上的头号，也是比给支书看。丁满财越比给支书看，女人也越要和支书婆姨比。

前年，支书家翻盖房子，盖了一溜十间大瓦房，一水儿的红砖院墙，房台子比村上谁家的都高，房子比谁家的都高，院墙比谁家的都高。女人就给丁满财说，也翻盖。台子比支书家筑高了一米，房子比支书家多盖了五间，院墙比支书家砌高了二尺。丁满财说，盖那么多干啥，娃娃们都在外面，盖了也是空着。女人说空着就空着。丁满财说，院墙高了和监狱一样。女人说，过去的商户都筑的是堡子。丁满财半推半就地都依了她。

大儿子回来说，花那么多钱，还不如在城里买套楼房住。小儿子说，盖个小二层楼房，比高墙大院的好。女人不听，就要按自己的意思来。

房子盖好了，支书家的势焰还真给压下去了，支书婆姨也没那么拿腔捏调了。过后，丁满财要买小汽车，女人也答应了。尽管她知道丁满财买了小车，拉得最多的是美莲，自己坐不了几回，但她支持丁满财买，买在支书家前头。支书过后也买了，比丁满财的要差得多。支书明显是认输了，支书婆姨见了她，说话也慢声细气的了。她和支书婆姨经常见面的，不是她到支书家去，就是支书婆姨到她家来，见面姐姐长妹妹短的，很亲热。

没想到支书婆姨忽然就雇了个人。房子车子是面子上的，雇了用人，这是内里的事。有了使唤的人，这就分出主仆来了，就有一种尊贵出来了。支书婆姨矫情地说，她有病，一把活儿都干不成，一大家子人，没办法，才雇的人。女人认定支书婆姨是有意雇的人。女人记得奶奶说过，过去论谁家钱多钱少，不说银子数，是说使着几链子骆驼，雇着多少伙计，用着多少丫环老妈子。骆驼说的是生意大不大，伙计说的是铺面多不多，丫环老妈子说的是人丁旺不旺。奶奶说，最富的是马百万家，一百链子骆驼运货，一百间铺面出货，一百多丫环老妈子伺候着，那财势，和皇上一样。

女人没想过像马百万那样，但不能叫支书婆姨给比下去。

又过了一些天，有人敲门，狗也扑着叫着。女人以为是讨吃，手里捏了点零钱，去开门。拉开门，外面站着个十七八岁的姑娘。女人不认识，就问她找谁家。姑娘说，她是来应聘的。女人没听懂应聘是啥意思，追问了一句。姑娘说，听说你们家找保姆，我来应聘。女人这才听明白，领进屋里。

女人看姑娘秀秀气气的，但看着又稳重，身上还有一种文气儿。那种文气儿，女人在奶奶身上见到过，支书婆姨身上也有些。女人知道自己身上没有，想学没学到，但她喜欢这样的。姑娘给她的感觉就好。但既然是来伺候人挣钱的，女人还是不由得板起了脸子。

女人问，会伺候老人吗？姑娘说，我妈一直有病，我伺候过。女人又问，会做饭洗衣裳吗？姑娘说会。女人又问，给老奶奶接屎端尿，能行吗？姑娘说，能行。女人说，得整天待在家里，有啥杂活也得干。姑娘说，能行。女人说，工资一月八百。姑娘说，能给一千吗？女人没想到姑娘会提出这样的要求，稍稍有些吃惊，但她喜欢有主见的人。她心里也有些犯嘀咕，姑娘显然是打问好了，想好了才来的，但不知道是从哪里来的，谁家的丫头。女人问了，姑娘说了村名，女人知道，说她爹的名字叫马尚礼，女人没听过。姑娘还说是她姑舅姐姐介绍的，她姑舅姐姐就嫁在这个村。女人看姑娘也不像个来路不正的，就答应了。

姑娘说，姨娘，奶奶在哪个屋里，我现在就过去看。女人没想到姑娘这么干脆，嘴也这么顺溜。女人心里嘀咕了一句，叫姨娘不合适吧，嘴里也小声说出来了。姑娘听见了，说，你和我妈年龄差不多，应该叫姨娘。女人想起奶奶说过，家里的大老婆叫奶奶，小老婆才叫姨娘。那个美莲才是姨娘，自己咋成姨娘了呢，就说，叫奶奶。姑娘说，叫奶奶把你叫老了，不合适吧。女人觉得也真不合适，别扭。女人就反问姑娘，我把你叫啥呢？姑娘说，我叫马若紫，你叫小马、叫小紫都行。

女人倒难住了，不知该让姑娘叫她啥，也不知道该叫姑娘啥。支书婆姨把雇的人比着娃娃叫他姨，倒还是个好办法。可这是个小姑娘，又不能比着娃娃叫。奶奶说过的张妈、李妈的称呼也不行。女人只好含糊地说，我领你先看看你的屋子再说。

领着姑娘到一间耳房里看了，女人回到自己屋里，想了半天，还是想不出姑娘该叫她啥，她该叫姑娘啥，就打电话问丁满财。她先绕着弯儿问，砖厂的人把你叫啥？丁满财说，咋问这话？当面叫老板的、叫厂长的都有，背地里谁知道叫啥。那你咋叫他们的？丁满财说，是工人呀，小马小张小罗的都有，是会计的叫会计，是出纳的叫出纳，咋话了，问这个？女人就直说了，雇了个伺候妈的人，你说咋叫着合适。丁满财说问，年龄多大？女人说，是个大姑娘。丁满财说，让她把你叫你姨娘，把妈叫奶奶，不就行了。姑娘叫啥名字，叫马若紫？那就叫小马、小紫都行。女人说，我这不是白问。你知道个屁，我问我儿子。

两个儿子都是大学生，他们应该知道该叫啥呢。女人刚想给儿子打电话，又没打，儿子总嫌她老脑筋，这一问，他们能说出啥好话来？

名不正，言就不顺。女人过去喊马若紫时，话说得就含糊。她说，你来，先跟上我去看人。没有称呼马若紫，没给让马若紫咋称呼自己，也没给马若紫咋称呼婆婆。

她们进去的时候，婆婆正在睡觉。女人把马若紫领到婆婆跟前，婆婆睁开了眼睛。老人的瞌睡都轻。女人说，妈，我找了个丫环，帮着我伺候你。婆婆嘴里含混地应着，咹，咹，眼睛又闭住了。婆婆并没有完全醒来。

女人在给婆婆介绍马若紫时，说出了丫环两个字，想了半天没想出来的叫法顺嘴就说出来了。说出来的时候，马若紫扭头朝她看了一眼，转过去看了婆婆一眼，又回头瞅了女人一眼，想说些啥，没说出来。

女人本想给马若紫安顿咋样照顾婆婆的事，却没有说，起身出来了。回到自己屋子，想到刚才说出丫环两个字的事，想不清是受奶奶的影响，还是受电视的影响，反正说出来了，女人这会儿倒显得轻松了。马若紫是有些不愿意，不愿意又能咋样。

女人打开电视，看了一会儿电视剧。看不出是日本的，还是韩国的，人都长得差不多，都住着洋房、开着小车的。女人觉得他们的电视剧好，主要是那些人老有个老样，小有个小样，都有规矩。世道咋变，规矩得有，女人这样想。

正看着、想着，马若紫进来了，似乎是憋着一股子劲儿，径直地走到女人跟前。女人刚想问她啥事，马若紫就开口了。马若紫说，我不是丫环。马若紫的脸有些黄，脸上细细的绒毛有些抖。女人一时没反应上来，马若紫又说，你不能把我叫丫环。女人说，不叫丫环叫啥？马若紫说，我有名字，我叫马若紫。

女人有些不高兴了，说，啥紫呀绿呀的，我记不住，我是花钱雇你来的。马若紫说，我凭工作挣钱，你不能侮辱我的人格。女人真恼了，对着马若紫高了声说，你的啥人格牛格的，我不懂，我花钱雇你来，你就得听话，有啥错的？你还倒逼问上我了。娃娃家的，连个人理颠倒都没有了。女人看到马若紫眼睛里有了眼泪。马若紫没再反驳她，说，姨姨，我不干了。女人气气地说，不干走人。

马若紫到小屋里背了自己的小包，出来了，迟迟疑疑地站在院子，眼睛瞅着大门口拴着的狼狗，她很显然是怕狗。女人只好把马若紫往出送。

送到大门口，开了门，马若紫的一只脚刚跨出门槛，女人说，你一个娃娃家，先把顶嘴学会了，以后要吃亏呢。女人的话是在教训马若紫，口气却明显缓和了。马若紫说，姨姨，我不是顶嘴，丫环是叫仆人的。马若紫的口气也缓和了。女人说，那你说叫啥。马若紫说，城里人都叫保姆。女人说，保姆保姆的，比丫环好听还是咋的。马若紫说，都这么叫的，没有叫丫环的。女人说，你要听着保姆好，那以后就叫保姆。女人不想真撵走马若紫，马若紫也不想错过这份工作。马若紫把迈出去的脚收回来了。

马若紫留下了，她把婆婆叫奶奶，把女人叫姨，不是姨娘，不是姨姨，单一个姨字。女人觉得叫个姨字，淡汤寡水的。不过也好，显得远些。婆婆叫马若紫也叫得顺溜，叫紫儿。女人怎么叫马若紫，还是为难了一阵子，叫小马，感觉在喊一个男娃娃；叫小紫，显得太亲了些；叫若紫，叫保姆，都感觉拗口。干脆就喊马若紫，倒显得生分些，得保持这种生分。女人喊马若紫，马若紫最初还忙忙地喊“到”，女人不明白，马若紫说，她以为是老师在喊她。女人心里失笑了，脸上却没有笑。她想，有个老师的感觉也好，倒有个大小尊卑在。女人就一直叫她马若紫。

丁满财回来，马若紫叫她叔，丁满财就叫她丫头。叫她丫头，是比着女儿叫的。方圆的人都把小辈的女娃娃叫丫头。丁满财把马若紫叫丫头，有些过亲了，但显出辈分来，女人觉得也行，这样她反而放心些。女人想，电视上也演过，过去的大户人家，就把服侍人的女娃娃叫使唤丫头，和丫环一个意思。

女儿回来看她，看奶奶，见了马若紫叫小紫，马若紫把女儿叫姐。儿子回来叫小马，马若紫没叫哥，叫丁老师，叫丁局长。两个儿子，一个当老师，一个当局长，马若紫叫得都得体。

马若紫干活也勤快，每天早早地起来扫院子、扫屋子。女人起来的时候，她已经把早饭做好了，一份端过来，一份端到婆婆那边，给婆婆喂了，过后才自己在灶房里吃。剩饭剩菜的也不糟蹋，调好了，喂狗。开始几天，喂狗的时候，她还胆胆怯怯的，过了几天，狗见了她，低声哼哼着，直摇尾巴。女人看见了就心里说，瓜狗，谁喂跟谁。

马若紫把婆婆也伺候得好，不只是饭菜做得可口，衣服、屋子收拾得勤，她还经常陪婆婆说话，还给她唱歌，几天时间，婆婆就变得不爱睡觉了。又过了几天，婆婆能坐起来了。马若紫给婆婆靠上被褥，垫上枕头，两个人说话，说一阵笑一阵的。女人在这屋听得眼热，想凑过去，有些拉不开脸子，也怕打搅婆婆高兴。女人想明白了，婆婆这几年越来越不说话，光想睡觉，是陪她说话的人少了。自己只想着给婆婆吃好穿好，火炕给架热了，没想过和她好好说话，也是自己本来就话少。

马若紫好像也不是话多，婆婆困了、累了，马若紫就待在自己屋里，安静得一声不出。女人心里暗暗指望着她能过来和自己说会儿话，马若紫却除了有事，闲闲的一次都不进来。女人就故意装着有事，过去看，发现她在看书，写字。马若紫看到女人进去，忙忙地站起来，把书本收拾了，问有啥事，女人说没事，就出来了。

发现马若紫看书写字，女人并没有生气，反而对马若紫有了些喜欢。女人喜欢爱学习的娃娃。她的三个儿女，都供养着上了大学。那时候，日子那么紧，田地里、砖窑上那么多活儿，她从不拉儿女回家帮忙。她给儿女们说，只要你们把书念成，妈苦死累死也情愿。女人只有一个想法，让儿女们活到人前头。奶奶说了，活到人前头，是主；活到人后头，为奴。她不想儿女们给人为奴。女人也喜欢知书识礼的人，奶奶念过书，说话做事就是不一样，站着走着也和别人不一样。支书婆姨才念了几天书，也和一般人不一样。虽说一直和支书婆姨比着赛着，但从心里，她还是羡慕支书婆姨的。

支书婆姨来了，提了些水果啥的，说是来看婆婆。女人明白她不全是来看婆婆，但还是笑着迎进家里，领到婆婆的屋里。

支书婆姨见了婆婆，亲热地说，大妈越活越年轻了，能坐起来了，气色也好多了，赶明儿能请到我们家里去了。女人知道支书婆姨会说话，但细看婆婆，脸色真的更黄亮了，脸上的皱子都浅多了。婆婆听了支书婆姨的话，笑了。正好马若紫进来倒茶，婆婆就说，多亏了紫儿，见天儿地陪我说话，和年轻人说说话，我心都年轻了。女人听着，婆婆说话都顺畅多了。支书婆姨说，大妈本来就不老，看着就像七十岁的人。婆婆更高兴了，说，八十三四的人了，还七十呢。

支书婆姨转向马若紫说，谁家的丫头，模样儿好，气质也好，有婆家了吗？马若紫听了，放下茶盅，红了脸，忙忙地出去了。

婆婆说，这就是紫儿。女人补充说，姓马，是前村的，是专门雇来伺候我妈的丫环。当着支书婆姨的面，她就把马若紫叫成丫环。女人说完看着支书婆姨，一脸的得意。

婆婆不高兴了，说，你说谁呢？谁是丫环？你说紫儿呀，咋能把人家丫头叫丫环呢。你知道她是谁家的丫头？是马百万的重孙女儿。马百万家那时候，多富，那个家业大的，这方圆，哪一块地不是他家的，哪一群牛羊，不是他家的。说句不怕丢人的话，我那时候，还给他们家当过丫环呢。要不是世道变了，他们家败了，紫儿这会儿才是大小姐呢。可惜了的，多大个家业，说没就没了，人死财散的。

支书婆姨陪着婆婆摇头叹息，女人也忙点着头。

婆婆又说，我看着紫儿的模样，就像哪里见过，一问，才知道是马百万的重孙女，她和她的一个姑奶奶，长得还真像呢。她爷爷奶奶、姑奶奶早就没了，她爹妈都五十多了，那时候还没有呢。这日子咋过得这么快呢。

支书婆姨又点头说，看我们也都五十多了，这才几天。支书婆姨总会顺着人的意思说话。不过，这句话倒也是实话。女人也觉得，还没觉着，大半辈子就过去了。

婆婆接着说，紫儿这丫头，志气着呢。妈妈有病，哥哥上了大学，家里没钱供养，紫儿这才出来挣钱的。紫儿本来也上学，她说，秋天还要考学呢。

支书婆姨说，看着就是个好丫头。也是大妈的命大，恰恰给遇上了。

正说着，马若紫又进来了，端了一盘子干果、水果，摆在桌子上，又续上茶水，让着支书婆姨吃。支书婆姨起身，拉了马若紫的手，笑着，瞅着，说，我有这么个丫头，多好。

支书婆姨生了四个儿子，没有丫头。女人听着，觉得支书婆姨说的是本情话。可她又觉得是给婆婆卖好，也给马若紫卖好，是想把马若紫挖过去。女人是个直筒子，这样想着，话就这样说出来了，你要看着好，多出上几个钱，挖到你们家去。

支书婆姨忙笑着说，伺候大妈的人，我咋敢挖。说着，赶紧放开了马若紫的手。婆婆也笑了，说，你们家四儿还没娶媳妇吧，你是找着验媳妇子呢。马若紫忙红了脸出去了。

支书婆姨这才说，四儿媳妇子是还没找下。这娃娃不听话，书没念成，又不着家，领着些人在外面办啥公司呢。谁知道在干啥，也没见干出个啥名堂。哪像大妈的几个孙子孙女，一个个都成器了，还是他叔教育得好。哪像我们家那个人，给了个麦柴当柱棍，整天开会呀，办事呀，好像离了他，地球就不转了，别人都活不成了。家里的光阴不管，娃娃不管。我身子又不好，把娃娃们都耽误了。四儿逛成那个样子，谁家的丫头看上他呢，还哪敢攀紫儿。

支书婆姨说一句，女人心里过一句，像筛糜子谷子一样，筛出些话外的意思来。女人听出来。支书婆姨表面上是抱怨，实际上夸了男人，夸了儿子。顺便还夸了丁满财，那意思分明是，这个家有今天，都是丁满财。

女人就说，快别那么说，支书管着那么多的人，那么多的事，那就是村上的皇上，谁还不敬着。娃娃将来也接支书，还是在人前头，来钱也容易。哪像我们家，全凭苦身子挣，娃娃们一个个都到外头去了，留下我们娘儿俩，冷冷清清的，哪像个家呀。嫂子闲了，也多过来坐坐。最后的一句，有了送客的意思。

支书婆姨觉来了，起身说，要回去熬药做饭去呢。

婆婆好像没明白两人说的话，让着支书婆姨说，多过来坐坐，过几天我走稳当了，还到你们家串门子去呢。

支书婆姨应着起身了，女人送出去，马若紫在院子里看到了，也跟过来送。马若紫没说话，支书婆姨也没有再拉马若紫的手，没问马若紫话，只是瞅了她几眼，临走时还回头瞅了一眼。女人没明白支书婆姨的意思。

女人进门，对马若紫说，紫儿，把门关好。马若紫就关了门，划上门销子。女人想，咋忽然把马若紫叫了紫儿呢。正想着，拴着的狼狗叫了几声。女人看到狗是冲着墙外支书婆姨远去的方向，心里就一笑。

这以后，女人没有把马若紫再叫紫儿，还是回口叫马若紫。虽然还是马若紫三个字，但口气明显不一样了，喊马若紫干活儿的时候，话也软和了。有时看到马若紫悄悄地看书写字，一些能干的活儿她就顺手干掉了。

马若紫好像还是那样，活计干完了，一阵儿一趟，往婆婆屋里跑得勤，一口一个奶奶的，也叫得亲。还把婆婆搀出来晒暖暖。春暖了，日头真暖烘烘的。婆婆坐在房檐下，晒得白头发银闪闪的，脸上的皱子都舒展了。婆婆高兴了，说，紫儿，过些天，你搀着奶奶到村头转转，这院墙高的，都把奶奶憋出病来了。转一转，奶奶还能多活几年呢。马若紫脆声应着。

女人想，要是马若紫一直陪着婆婆，婆婆真能多活几年呢。这样一想，才想起马若紫秋天要考大学，真考上了，她就得走了，到时咋办呢。又一想，先过一月是一月，以后的事，谁知道呢。

第一个月满了，女人按时给马若紫付了工钱。她先给马若紫一千，说是工钱，又给了一百，说是她妈有病，带回去给她妈买点吃的。马若紫接过一千时，女人看到她手有些抖。后面给的一百块钱，马若紫推了几推，还是收下了，连说了几声谢谢姨姨，谢谢姨娘。女人听了心里很受用。

马若紫拿了钱往出走的时候，女人看到她脚步明显快了些，乱了些，背后就能看出来。女人心里也很受用。女人忽然想，就算是马百万的重孙女，是个小姐身子，就算考上大学了，没有钱，还不一样给人当丫环。

“丫环”两个字，从女人心里顺顺地冒出来。

2010年4月3日于鲁院

注:《回族文学》2010年5期发表

一窖清水

打罢春，过罢年，风动了，地动了，河也动了。风是西北风，一场接着一场，一场紧似一场，但风中的寒气减了，弱了，有了丝丝暖意，像吃苦苦菜，苦中有些香气。地皮子还没完全化冻，但向阳的地方，慢慢顶起了一层浮土，地下面好像有啥往上涨。河里的冰还在，但薄了，透亮了，冰层下面的水，流得更欢了。

人心也动了，河湾村的老年人，心里开始筹划种地的事。哪块地种麦，哪块地种豆。尽管连年大旱，种瓜收不上瓜，种豆收不上豆，但土地还得种，农民不种地，还叫个啥农民。老年人有老年人的想法。年轻人则三个一群、五个一伙地商量着外出打工了。去新疆的，去内蒙古的，去山西的，去福建的，都有。一开春，河湾村的年轻人就走了，散到天南地北去了。河湾村只红火了一个多月，就又冷清下来。村子里没了人气，只剩下老人、女人了。种地，守家，是老年人和女人们的事，年轻人守在家里，会被人认为没出息，遭人笑话的。

尔萨今年却迟迟不想动身，马明几个过来约他。他说，等水窖打好了才能出去。马明就笑他，是媳妇那一眼水窖还没打够吧，你就好好打着。马明是尔萨的远房堂兄，去年他们几个人在一起打工，说好了今年还去那里的。尔萨不去，马明几个就走了。弟弟也走了，不是和马明走，随着另一股人走的。弟弟还没结婚，家里没啥扯心。

尔萨结婚了，尔萨还有了自己的家。尔萨是给自己的家、自己的女人打一眼水窖。

尔萨有女人是去年的事了。去年冬天打工回来，尔萨就结婚了。有自己的家，是今年打工回来的事，前些天的事。前些天，何塞回来了。何塞回来看望老人，顺便卖掉自己的院子。何塞没到外面去打工，在县城摆了个水果摊，租了两间房住着，婆姨娃娃都带去了。婆姨给帮着看摊子，娃娃们在县城上学。县城的学校好。何塞在县城摆水果摊，主要是为了娃娃上学。何塞说，自己一辈子没念成，不能把娃娃再耽误了。何塞前几年到县城，院子、房子还留着，怕一旦城里混不下去了，再回来。这回提出要卖房子，看来是扎住了，多难都要在县城住下去了。

卖房子卖地，先问邻家，这是规矩，村里有村里的规矩。何塞和尔萨家是墙连墙的邻家，就来问尔萨家。何塞这几年出去，房子、院子就是让尔萨家给照看着。门锁上的钥匙都是尔萨的父亲拿着。父亲真的给认真地看着，应人事小，误人事大，隔一个阶段，要过去看一看，看看房子，铲铲杂草，修修果树的。何塞院子里有一棵杏树，虽然家里没人，树却依然长着，年年按时开花结果。杏子熟了，尔萨的父亲摘下来，赶集的时候，都给何塞送过去，何塞推辞一番，放在自己的水果摊子上卖了。

何塞念着尔萨一家的情分，也没高要价，要了五千，连房子、院子、门前的场子，还有一眼水窖，一棵杏树都算上。还说了，钱可以等年底给。尔萨的父亲就要下了，准备让尔萨住。尔萨也高兴。

尔萨没想到的是，有了院子、房子，父母突然又提出给他分家。尔萨还没想过分家的事，还没做好单独养活家、养活女人的准备。尔萨就说先不分了。父亲却说，早分开了，早扒自己的光阴，今年下来还要给你弟弟娶媳妇，不能光拖累你。母亲的态度似乎更坚决，母亲说，我又不抱儿子领孙子的，还能做动饭，也不要人伺候。尔萨好说歹说，父母还是给他分了。指了几块地，分了米面粮食，分了锅锅碗碗。

看着分来的米袋子、面袋子和锅碗瓢盆，尔萨心里不是滋味，女人也默默的。尔萨感觉母亲不大喜欢这个儿媳妇，到底为啥，他也不知道。尔萨问女人，你没和老人闹别扭吧？女人直摇头。女人话少，说啥总是点头摇头的。虽然只在一起不到两个月，但尔萨觉得女人心善，脾气也好，不会惹老人。我咋感觉妈的脸子凉凉的，尔萨说。女人低了头不说话，只是鼻翕一张一张的。尔萨发现，女人一着急、一兴奋，鼻翕总是一张一张的。去年刚结婚那阵子，尔萨没注意看女人。今年回来，他总爱观察女人的神情举动。

家分开了，尔萨就动手收拾房子、院子。他从父亲手中接过一串钥匙，很沉的一串钥匙，打开了院门、房门。几年没住人的院子，就像几年没梳洗的人，灰头土脸、垢甲哇叽的，到处都显得破败，到处都是尘土。尔萨一时不知该从哪里下手。女人看了看，过去拿了扫帚，房里房外开始打扫。女人看着文弱，干活却波势。扫出来，房子显出了房子的样子，一些有毛病的地方也显出来了。火炕有几处塌下去了，尔萨翻拆修补了。电线有几处断了，掉皮了，尔萨接了、换了，灯泡、插座都安上了。房顶上几块瓦被风吹掉了，尔萨也找了几块换上了。尔萨在城里打工，这些年啥活都干过，都会干。女人又过去端了一盆热水来擦了窗玻璃，挂了窗帘门帘。又架上了火炕，生上了炉子。屋里的寒气被赶出去了，屋子就有了暖意。尔萨和女人就把铺盖被褥、家具、电视、锅锅碗碗搬过去了，一下子就有了家的感觉。女人显得很兴奋，鼻翕又是一张一张的。尔萨注意到了女人心里有了啥事，鼻翕总是一张一张的。女人脸上有了细细的汗珠，泛了红，显得很好看。今年回来，尔萨感觉女人哪儿都受看。

尔萨也感觉很兴奋，像去年冬天结婚一样的兴奋，有家的兴奋比有女人的兴奋更深沉些。他四处瞅着，房顶没打顶棚，显得有些零乱，尔萨想等今年挣回钱，找人吊个石膏顶棚。房墙黑了，脏了，尔萨想等天暖些重新刷一层涂料就好了。房地是砖的，有些烂，尔萨想着有钱了，铺成瓷砖。尔萨想按城里人的房子设计自己的房子。尔萨给城里人扛过煤气罐，背过米面，抬过家具，在很多城里人家都去过。当然是因为干活，没事，城里人的家户都紧闭着门，是不好进的。城里人住的房子那才叫房子。尔萨一直想着让自己的家人、女人娃娃都能住上城里人那样的房子。

女人突然想起了啥，急急地跑出去，一会儿又来了，手里捧着两张相框，是他们的结婚照。这些年农村也兴照婚纱照，虽然简单些，但也要照几张的。女人捧着相框，在房墙上比画等当。尔萨就去找来钉锤和钉子，把两张相框都挂好了。相框面子上很亮净，看来女人平日里擦得勤。只有相框边上落了细细的尘土，女人用手轻轻地擦了。尔萨心里一动。两个人就瞅相片上的那对男女，都化了装，不太像他们俩，都像明星一样。女人瞅着，忽然笑了一下。女人很少笑的，女人笑的模样也好看。

两个人又里里外外地收拾，有了叮叮当当的响声，院子有了生气了。院子是旧些，但比父亲的老院子要新得多，最重要的是，这是他们的家了，他们两人的新家。尔萨还看到了院子里的树，独独的一棵杏树，一片叶子都没有，尔萨却感到枝条的紫红中泛着活气，花芽也满树都是。再过两个月，也许一个月就能开花、结果了，六月天就能吃上杏子了。想起杏子的味道，尔萨嘴里有了酸水。尔萨忽然又想到，六月天自己谁知又在哪里，怕是吃不上了，但女人能吃上。奇怪的是，他没想起父母，却想起了女人。说不定女人那时正想吃酸杏儿呢，要是那样的话，说不定父母一个都不吃，都让女人吃。尔萨知道有娃娃的女人爱吃酸杏儿。尔萨想有个娃娃，父母也一定盼着抱孙子。尔萨忽然想到母亲为啥对他们脸子凉凉的了。

母亲脸子凉是凉，还是过来看了，父亲也过来了。看到尔萨和女人忙忙地收拾，父母的脸色都暖和多了，这儿指点，那儿安顿的，还不时搭一把手。父母就是父母。

快到晚饭的时候，屋里屋外都收拾得有了模样。女人准备做饭，没水，尔萨这才想起看水窖。水窖在院子外面，尔萨拿了钥匙去看。水窖是上锁的。在河湾村，家家的大门上可以不上锁，水窖却一定是上锁的。河湾村缺水。虽然傍着清水河，但河水是咸的，只能饮牛羊，洗洗涮涮，吃喝却不行。只能打个水窖，收点雨水、雪水吃用。这些年雨雪不多，水就缺。

尔萨取掉扣在锁上的布瓦。锁上面盖布瓦是防锁淋雨生锈的。锁没锈，何塞可能是想到离开家久，用的是一把铜锁，锁面锁心都是铜的。尔萨开了几次，却打不开锁。又试了另外几把钥匙，大小长短都不对，一把钥匙开一把锁，乱不得。就那把钥匙，牌子对，也能插进去，又拧了一会儿，还是打不开。很显然是锁心锈了，虽然是铜的，长期不开，还是锈了。找个钉锤一下子就可以砸开，尔萨不想那样做。尔萨不是惜疼一把铜锁，尔萨觉得砸开不好。尔萨回到家里找油，滴点油，锈就开了。家里到处都找不到油，虽然是山村，通上电了，多不用油。尔萨就到邻近的三虎家去找。三虎家有辆蹦蹦车，蹦蹦车用油。找来，滴上了，又在窖口边等了半天，这回一拧，锁开了。揭开窖盖往里看，黑洞洞的，看了半天，才看清窖里面，水窖里一滴水都没有。回去找个手电来看，水窖下面的水泥裂了一道口子，水都跑光了。

尔萨回去给女人说，水窖漏了，没水了。尔萨说得乏乏的。女人说，我还是到那边的窖上打点水，做饭。正说着，母亲过来了，喊他们去吃饭。母亲给他们做上饭了。尔萨忽然感到心里一热，眼睛一潮。

吃饭的时候，尔萨和女人显得有些不自在，有了做客的感觉。父母也似乎有些和平日不同，反复地劝他们俩多吃，还端饭夹菜的。尔萨给父亲说，水窖裂了，没水了。父亲说，水泥窖就是不好，没有土窖吃年成。父亲本来是打水窖的把式。父亲的父亲、爷爷的父亲都是打窖的把式。以前，方圆十八里地，谁家打水窖，都来他们家找师傅，尔萨从小就看过父亲打水窖。这些年，人家都打水泥窖，不打土窖了，也没人请父亲打窖了。尔萨说，我看裂口大，怕是糊不住了，我想打个土窖。尔萨了解父亲的秉性，会顺着父亲的意思说话。父亲很快地就说了声，行。

想来想去，尔萨决定把水窖就打在院子里。尔萨想的是，水窖在院子里，女人打水方便。要是女人真的有了娃娃，跑到外面去打水，更不方便了。水窖在院子里，场子小，放不上多少雨水，但可以把房檐上的水接到水窖里。女人一个人，也用不了多少水。

窖场是父亲选的。父亲会看地势。父亲说，土质不好，不能打窖；挖过坑，回填了新土的，不能打窖；有地穴的地方，不能打窖；靠房靠墙不行，万一走水了，墙塌房陷；有树的地方也不行，树根撵水，伸过去会把窖给刺破了。父亲看了半天，在下院的一处画了一米大的一个圆，圆中间画了个十字，说，就打这儿。父亲又翻出大镢头、小洋钩、短把铁锹、吊筐、辘轳等打窖的工具。打窖的整套工具父亲一直收着。父亲指点着尔萨先用大镢头刨开地皮。地皮还没完全化冻，最上面一层挖得就费力。挖下一尺多，冻土就化了，改用小洋钩刨。挖下去一米多，开始往四周扩，像挖一个坛子。浅的时候，父亲指点着，尔萨一个人挖，女人也帮不上忙。挖深了，土扔不上来了，才架上了三根木架，绑上了辘轳。尔萨在下面挖土，土铲在吊管里，尔萨从下面扯绳头，吊筐就上来了。女人提了吊筐，倒了土，把吊筐挂好，再放下去。

尔萨着急快些把窖挖成，吃饭都在窖下面，也是用吊筐吊下去。女人把饭吊下去，扶在木架上看他。女人问，下面冷吗？尔萨说，不冷。水窖里本来就冬暖夏凉，打得越深，里面越暖和，尔萨又是在干活，真的不冷。女人又问，下面潮吗？尔萨说，不潮。本来是潮乎乎的，尔萨却说不潮。下面黑吗？女人又问。尔萨说，不黑，能看清呢。尔萨忽然抬起头看着上面的女人，女人也看着他。尔萨说，你下来看一看。女人说，咋下来？尔萨说，你站在吊筐里，我吊你下来。女人真的扶住木架，摇摇晃晃地站在吊筐里，尔萨慢慢地松绳，慢慢地把女人放下去。女人有些历险似的兴奋，笑着，还尖声地叫了两声。落到窖底了，还笑着，叫着。尔萨在下面久了，能看清女人，女人从亮处到了暗处，看不清尔萨，对着面，还找尔萨。尔萨看到女人一脸的快活，鼻翕一张一张的，呼出的气喷在尔萨脖子处，很暖。尔萨忽然就抱住了女人，女人轻叫了一声，也抱住了他。尔萨在女人耳边说，我给你也打窖，我给你也打窖。尔萨在女人面前从没说过脏话、丑话。尔萨想起马明临走时开玩笑的那句话，就说出来了。女人没恼，女人还应和着他。过后，女人笑着说，水窖都鼓捣脏了，看咋吃水。尔萨说，土都挖出去，就净了。尔萨记得父亲说过，土窖盛水能自净呢。土能把脏东西都吃掉，就剩一窖清水。他还记得有一年，何塞的儿子在他家的水窖水洞口尿了尿。何塞揪着儿子来赔礼，还说要赔水。在河湾村，借了钱，借了粮食，借了香油，都可以不还，借了水，那是要还的。弄脏了别人家的水，也是要赔的。父亲没要何塞赔水，在窖口上压上土，封了七天。父亲说，土窖能自净，封上七天，水就净了。河湾村对水的态度，与别处不一样。

尔萨和女人挖了七八天，水窖挖好了。尔萨感觉自己挖的窖好像个花瓶，如果能托上来，真就是个大花瓶。尔萨把窖壁修得很光堂。尔萨还到山沟里去挖来了红胶泥，泡醒了，和成泥，在窖壁上糊了一层，红胶泥不渗水，防水跑。糊了两天，又拍了一天，胶泥都拍瓷实了，窖里面更亮堂了。尔萨仔细地收拾着。尔萨想着不能让跑了水。尔萨还想着水窖打好了，自己也好走了。

女人也知道水窖打好他就要走。女人就给他洗衣服，这些天打窖穿脏的衣服，还有平时换洗的衣服，都洗干净了。女人默默地洗了，默默地叠整齐了，女人本来话不多，这会儿话越少了。

窖打好了，可没盛上水，还是个空窖。给女人留个空窖咋行？尔萨就给父亲说，他想先到河里打点冰，放到窖里，让消着，试一试水窖跑不跑水。尔萨还是顺着父亲的心思说。父亲果然同意了，父亲当然希望自己指导着打的水窖不跑水。

尔萨就到清水河里去打冰。清水河的水是苦的，但结了冰，就不太苦了，能吃能用。虽说是一条河里的冰，但上面的浮冰要苦些，下面的老冰甜得多。河边的冰苦些，还掺有泥土，河中间的冰甜些，也干净。同样，冰层上面的漫冰水苦得厉害，牛羊都不喝。冰层下面的水就好些，河中间凿个冰眼，冰下面的水，牛羊才喝。同是一条河的水，同是一条河的冰，上面的和下面的不一样，河中间的和河边的不一样。就像人，城里的和乡下的不一样，南方的和北方的不一样，川里的和山里的不一样。尔萨心里就有了许多感慨。

尔萨就挑河中间的老冰打，老冰最好，消化出的水最甜。尔萨用镢头一块一块撬打好冰块，再用架子车打回来。女人没帮他打冰，女人帮他往回拉。在河湾村，到河里挑水是女人的活，洗菜洗衣服是女人的活，打冰是男人的活。男人干了女人的活，女人干了男人的活，都是要受人笑话的。河湾村有河湾村的规矩。但这些年，规矩都给打破了。原来，女人是不犁地播种的，这些年，男人们都到外面打工了，地里的农活全是女人在干。

冰打回来，尔萨又用锤子敲成了碎块。冰块太大了，扔到窖里，怕把窖底砸坏了。敲成小块，用吊筐把冰块吊下去，小心地倒了，不伤窖底。窖底下暖和，过些天，冰块就能消成水了。有半窖清水，女人也能吃用一些日子了。尔萨也能放心走了。

尔萨打窖打冰十几天，天气又暖和了一大截。几乎连棉衣都穿不住了，向阳的墙根处一下子就蹿出了些细绿叶子来，那是俗称辣辣的一种小草，每年春天都是最先冒头。根细长，有些辣味，小时候挖着吃过。院子里的杏树枝子也软和了，花芽蠢蠢欲动的。七九河开，八九雁来。河还没完全化冻，雁提前飞过来了。这些年，时令都有些乱。雁是大雁，边飞边咕噜咕噜地叫，河湾村人就叫它咕噜雁。春天从南往北飞，秋天从北往南飞。说不清它们的家在北在南，从北往南是离家还是回家，从南飞到北不知是回家还是离家。尔萨知道这是候鸟的特性，尔萨上过中学。尔萨还知道它也叫鸿雁，是会传书捎信的。现在的人不传书送信了，现在的人有手机，有电话，多远的路上都能说上话。去年结婚后，尔萨给家里也装了电话，在父母的屋里。他往家里打电话，总是父母接。父亲接了，说到后面，就问他，跟你妈说啥吗？或者说，跟你媳妇说啥吗？母亲接了，最初也说，给你媳妇安顿话吗？就把媳妇喊过来，女人在这边，当着公婆的面，也不好多说啥，尔萨就说，把老人照顾好，女人在这头就点头说嗯。到后来，母亲接了电话，也不喊媳妇了。说，你媳妇也没啥，没病没灾的，身子也还那个样。母亲的语气有些不好，尔萨当时不知道为啥，现在才明白，母亲是嫌媳妇没怀上娃娃。去年村子里一共娶了四个媳妇，三个都有了娃娃。和尔萨一起干活的六十二媳妇也有了娃娃。六十二家里缺娃娃，六十二是在他爷爷六十二岁那年得的，就叫了六十二。六十二从电话里知道女人有了娃娃，兴奋得脸像红公鸡。六十二给他们每个人都说了。马明笑说，你小子行呀，几天就种上了。马明又对尔萨说，你呢？种上了吗？马明口粗，说话总是荤荤臊臊的。尔萨试着往家里打电话，家里人没说，看样子是没有。尔萨就有些失望。到临回家的前些天，六十二家里打电话说，他媳妇生下了，是个儿子。六十二更高兴，一伙人就让六十二请客。六十二请了饭，一起又凑着唱了歌。马明几个还要去找小姐，约尔萨，尔萨说不去。马明就笑他，你不是二尾子吧，种娃娃种不上，连小姐也不敢耍。几个人也荤荤素素地开了阵玩笑，就去了。马明找小姐也不是一次了，找了也不避讳，还在半夜里给他们几个人讲。马明三十岁了，家里有女人，三个娃娃，大的八九岁了。马明很顾家，干活拼命，挣的钱也多，但马明也找小姐。马明说那没办法，谁能熬住大半年。工地上还有许多人和马明一样，也找小姐。尔萨也知道。

想到马明，马明就打来了电话。马明在电话上还是油腔滑调，说，窨打够了吗？这边都开工了，等着你呢。尔萨就说窨打好了，几天就过去。尔萨觉得真的是要走了。去年结婚拉下的饥荒有七八千，买了院子又是五千，账是要还的。家分开过了，要过日子，用钱的地方多着呢，守在家里咋行呢。尔萨还想给家里装上电话，给自己家里。自己家里装上电话，跟女人说话方便些。尔萨就去问父亲，尔萨还没习惯当家，啥事都问父亲。正好母亲也在，父亲还没开口，母亲就说，花那个钱干啥呢？家里不是有电话吗？有啥事打这个电话就行了。父亲白了母亲一眼，没说话。尔萨就打消了装电话的念头，真的决心要走了。

突然下了一场大雪，这些年少见的一场大雪。猛热没好天，下午天阴了，晚上就下雪了，早上推开门，满院子的雪。走出大门，满庄子、满山洼都是雪。没有刮风，雪落得匀称，几乎把村子全盖住了，把沟沟岔岔全盖住了。从最初的惊诧中清醒过来后，村里大大小小的人，都到山坡上、山沟里去收雪，往水窨里收雪。尔萨也忙去收雪。先把雪刮成堆，拍瓷实了，再往家里拉。尔萨是个壮劳力，收的雪就多。先往父母的水窨里收。给父母的水窨里收的少些。父母的水窨里有水，不能全盖住了，还得吃水。自家的是新窨，满满实实地收了一窨。雪水是甜水，比冰水好，比雨水好，比城里的矿泉水都好，喝着香，做出的饭香。虽然自己可能吃不上，喝不上了，可自己的女人能吃上，喝上。尔萨还把院子里的雪扫拢了，在杏树四周堆了高高一堆。有雪水润着，杏树长得好，结的杏子也大，也甜，女人能吃上大大的甜杏子。尔萨感觉很奇怪，自己总是先想到女人，没想到父母。女人和他只生活了两个月，却在他心里占先了。去年的时候，他们还是陌生人，结婚一个月了，也没说多少话。女人话少，他也话少。一个月后，他就到外面打工去了。马明几个一约，走的时候，也就昏昏地走了，没觉出啥难舍来。到工地上，想起来，最初模样还清楚，鼻子啥样，眼睛啥样，都能想出来，后来就模糊了。能想起女人的一个动作，一个神情，眉眼却影影忽忽的。再后来，想成白天大街上见过的某个女人。大街上的女人明明披发盘发、描眉画唇的，他却想成了自己女人的模样。到冬天回来，真真见到自己的女人时，他甚至有些不敢认。晚上睡下，他也感到羞怯，比新婚那天还羞怯。

今年回来这一个多月，尔萨觉得才和女人相熟了，相和了，尤其是分了家以后，他开始为女人想了。有时甚至只为女人想，父母都退后了。为啥会这样，尔萨想不清，明明知道外面有钱挣，自己却拖在家里，打窖、拉冰、收雪的，是为啥，尔萨也想不清。尔萨能想清楚的是，必须要出去打工挣钱，这是没含糊的。

春雪消得比狗跑都快，两三天，路就开了，路上有了跑的蹦蹦车。坐上蹦蹦车，到县城，转坐火车，一天一夜，就到去年打工的地方，到马明几个那里了。那里要比家里春早些，建筑工地都已经开工了。去迟了，工也不好找。

尔萨想着，也延缱着，地里的雪也消光了。有了雪水的滋润，土地一下显得黑黝黝的，扑洒洒的。虽然时令稍早些，但村里人开始抢墒种地了。种地的全是老人和女人。老人和女人种地，看着都艰难，看着让人不舒服。尔萨这些年，每年都早早地出去打工了，冬天才回来，没看过老人、女人种地的场景。他看着有些不习惯、不舒服。自家的地留给父母，留给自己的女人种，尔萨觉得心里不是个滋味。尔萨忽然想把地种上了再走。尔萨去给父亲说，父母都没反对。尔萨就又留下种地。虽然这些年没咋干农活，但毕竟是大男人，父亲指导着，一块一块地都种上了。父母的地、自家的地都种上了。该种麦的种了麦，该种豆的种了豆。看现在的墒情，后面再有一两场小雨，是会有些收成的，但雨能不能下来，收上收不上，尔萨就不敢想了。先种上再说，不种上哪有收成。

尔萨晚上给女人说，水窖打好了。女人说，嗯。尔萨说，冰拉上了，雪收上了，过些天消了，吃水就不愁了。女人说，嗯。尔萨说，能消一大窖水呢，洗洗涮涮的都够了，你就用窖里的水，不用再到河里挑水了。女人说，嗯。地都种上了，麦子、豆子都种上了。女人忽然哽咽了一声。尔萨不知道女人为啥突然这样，尔萨有些不知所措。尔萨开个玩笑逗逗她，说，就是不知给你种上了吗？女人一下子紧紧地抱住了他，女人说，我让你种，我要给你生娃娃，生一大堆娃娃。女人贴着他，要他，女人满眼泪光。

种上了地，尔萨不能不走了。尔萨也是坐蹦蹦车走的，父母和女人送到车跟前。母亲说得多，要吃好，要缓好，不要干太累的活。女人没多说话，只是神色黯黯的，鼻翕一张一张的。父亲也只说，到了，给家里打个电话。

尔萨过了五天才打来了电话，一家人正在着急，女人也过来等电话。尔萨说正赶上春运，大雪又封了路，路上耽搁了。尔萨在电话上问家里都好吗，问天气暖和了吗，问麦子发芽了吗，问杏树开花了吗，他那里的杏树都已经开花了。尔萨还问窖里的冰雪都消了吗。

听完电话，女人跑到窖跟前，揭开窖盖，她没有看到冰，没有看到雪，就看到亮汪汪的一窖清水。窖口的一团光亮投在清水上，光亮的中间是女人的头影。女人的心突然一颤，光影也随着颤起来。

注：《芒种》2010年8期发表

我就要嫁个拉胡琴的

刘一元想去写生，就给下面县文化馆的朋友沙爽打电话，说想下去画点民居，原生态的那种，最好是窑洞。沙爽在电话里说，欢迎欢迎，有有有。刘一元去了，沙爽就安排他到一个叫梨花醉的村庄，说这个村庄有窑洞。

画家都有造景的能力，听到村庄的名字，刘一元眼前就出现了大片的梨花，风过树梢，花枝乱颤，雪蕊纷飞，真的一幅醉景。又想想，那是春天才有的，现在是秋天，该是梨黄叶红，杆垂枝弯，满树累累才对。到了村子，却只在村头的一个山嘴上，看到一株老树，有点像是梨树，但一个梨子都没有挂着，树也算不上高大，周围光秃秃的山头衬着，才显出些伟岸来。山也没有多少气势，和他平日里画的山有很大的不同。刘一元多少有些失望，想想村名，是自己听错了，或者是沙爽有意美化。

好在刘一元是来画民居画窑洞的，看到山村，他还是很兴奋。这些年在省画院，几乎没来过下面。有时出去写生，也是到山清水秀的地方，不到这样童山秃岭的地方。他是画山水的，青绿的那种，但一直都画不出个名堂来。前些天看了一个摄影展，看到一组片子，全是山村民居、民生的，很有农耕色彩，看着就有感觉。他和作者交谈，说是在本省拍的，就在南部山区。他就想，画点这方面的，也许还是个特别的路子，这才来了。

沙爽一大早开车把他送过来，这会儿太阳还不高。车子趺趺撞撞地开进了村子，停在一处稍开阔些的村街上。刘一元赶紧钻出车，一路颠簸，一路尘土的，他身子酸麻了，浑身落满了细土。他拍了拍身上的土，活动了一下腰身，这才四下看了一下这个村子。村庄不大，几十户人家散居在一个山弯里，就像几十颗豆子炒在锅里。刘一元没有看到窑洞，却看见一些红砖蓝瓦的房子，他就问沙爽。沙爽说，没有问题，我来过，还住过窑洞。沙爽是个精明能干的人，刘一元相信，他就收拾画板、画笔，戴上了遮阳帽，准备找人家去画。

正收拾着，围过来小孩子，眼睛亮亮地盯着看，先是看车，后又看沙爽的秃头顶，看刘一元的头发和胡子。沙爽的头发不长，但头顶秃得厉害，亮晃晃的，刘一元留着长头发、大胡子。几个孩子都不大，五六岁的样子，还没到上学的年龄。刘一元想，这要是在城里，都该进幼儿园了，但这些孩子只能在村街上玩耍。

一个男孩明显要高些，原来是脚下踩着一块滑板。确实是滑板，虽然沾满了土，但能看出是滑板。在这么个山村里，孩子玩滑板，刘一元还真没想到。刘一元就问滑板男孩，你们谁家有窑洞？滑板男孩疑惑地瞅着他，摇了摇头，接着嘿嘿一笑，脚蹬了几下滑板，往前跑了。其他孩子也跟着跑了，花花绿绿的，跑起一溜尘土。刘一元看到，一个小孩衣服后背上竟是阿迪达斯的商标。跑出去一截，滑板男孩学着刘一元的声音说，你们谁家有窑洞？一群孩子都大笑起来，笑得前仰后合的。刘一元不明白他们为何感到好笑。

沙爽说，这里的方言把窑洞叫崖窑，他们没听懂你的话，还以为问啥呢。

刘一元噢了一声，又说，这里的孩子也玩滑板，穿衣服还是阿迪达斯，不落后呀。

沙爽说，那都是父母在外面打工时带回来的，啥阿迪达斯，都是假的，三块钱的提袋上都印着阿迪达斯呢。

沙爽又说，你先等等，我去问问那几个老人去。刘一元这才注意到，有几个老人远远地站着，侧身往这边看着，没到跟前来。

沙爽正往前走，一个人大步朝这边撵过来。很大很胖的一个人，走得快，又是下坡路，有些气势汹汹的样子。走近些，刘一元才看出来，他五十岁左右的模样，剃了个半光头，油亮亮的，身子也圆滚滚的。这样形体的人，城里很多，刘一元看惯了，但在这里看见，刘一元还是觉得有些怪。

那人快到跟前了，放慢了脚步，对着沙爽说，我还以为是县上、乡上来检查的呢，原来是沙馆长。沙爽也往前迎了两步，边握手边笑说，怎么我来了马支书不欢迎呀。

马支书说，咋能不欢迎，老朋友了。咋这几年不到我们村来送文化了。这回是来送送文化的？欢迎呀。说着，脸上带上了笑意。

沙爽也笑了，回头对着刘一元说，这是省城来的刘画家，过来画画山里的院子、窑洞啥的，我陪着过来了。马支书就过来，抓住刘一元的手，也笑着说，欢迎欢迎。刘一元也客气地说，马支书好。

沙爽说，我记得上回过来，有好些人家都还住窑洞，找不到是哪家了。正好你来了，看着给安排一下吧。

马支书说，急啥？先到家里喝茶。我一定给安排好。刘一元说，就不麻烦支书了。

马支书说，哪里话，省上县上的领导来了，哪敢不招待。刘一元说，不是领导，不是领导。

马支书说，不是领导，总是客吧？对，是贵客。请都请不到的贵客呢。走，上车，先到家里。

沙爽看了刘一元一眼，说，先到支书家吧。说着，拉开车门，让刘一元和支书上了车，他也上了车。

沙爽开车，马支书指着路，车一直开到支书家的院子。山路陡些，弯子也多，但路很宽，支书家的大门也宽，好像是预备着进车的。支书家的院子在一块高台地上，没有背靠着山，但有君临全村的气势。刘一元注意了，支书家的院子里没有窑洞，一溜四五间红砖瓦房。

进了房子，屋里摆得满满的，电视、电话啥的都有。马支书倒了茶递了烟，没提安排画画的事，又和沙爽说，沙馆长有四五年没来送文化了吧？今年能不能送一回，也让乡亲们文化文化。是不是上次来没招待好，沙馆长多心了？

沙爽说，哪里哪里。招待得够好了，又是手抓羊肉，又是住窑洞的。我那些人到现在还念叨着，还想着过来再住住窑洞呢。

马支书说，那就今年冬天来，打工的人都回来了，我们再好好热闹热闹。

沙爽说，那行，我尽量安排。刘一元向沙爽使眼色，沙爽这才向马支书说，刘画家急着要画画呢，你看。

马支书说，那好，到谁家呢？到马占发家吧，他们家一院子大瓦房，里面收拾得也好，这小子这几年贩洋芋，发了。好好画画他家。

沙爽说，不要大瓦房，是要有窑洞的那种。

马支书把粗脖子扭过来，不解地看了一眼刘一元，说，画崖窑呀？崖窑有啥画的？城里人这几年吃喝讲究个野味，连画画也讲究起野味了。这几年危窑改造，都盖上房子了，谁家还有崖窑呢？我想想，对，瞎二哥家还住崖窑。老两口，没儿没女的，没劳力，来了指标也不要，今年得给安排改造了。

马支书又转头对沙爽说，瞎二哥你见过的，上次你们送文化来，他还拉了胡琴的，你记得吗？

沙爽说，是他呀，记得记得。我还一直想着再见见他呢，他家在哪里？

马支书说，我领你们过去吧。

刘一元忙收拾了东西，跟着他们走。沙爽说，那个瞎二哥，拉的一手好胡琴，真是活阿炳呀。

马支书说，你说的啥阿炳我不知道，我觉得吧，一辈子拉胡琴唱戏的，没个正经。对不起，我不是说你们。我是说，一个农民家，拉胡琴唱戏的，日子过不到人前头，可怜。

几个人都不说话了。

拐过一个弯，到了一户人家，土墙土院，院门也低矮破旧。马支书敲门，边敲边喊，二哥，开门，二哥在家吗？

一阵细细的脚步声，门开了，却不是个瞎老头，而是个瘦瘦的老婆子。

马支书说，是二嫂呀，二哥在吗？

二嫂说，放羊去了。支书快进屋。

马支书说，是这么个事，这是县上来的沙馆长，这是省上来的刘画家，想画个崖窑，就安排到你们家了，二嫂看着招呼一下。

二嫂对着沙馆长笑了一下，说，是沙馆长呀，你不认识我了？

沙爽看了一阵，才说，你是那个唱《梁秋燕》的吧？你和瞎……

二嫂笑着说，我们是夫妻。

沙爽连声说，没想到，没想到。又介绍了一下刘一元。二嫂瞅了刘一元几眼，说，蕙质兰心一点，妙手丹青一幅。欢迎欢迎。

蕙质兰心应该是说女人的，用在刘一元上，有些不恰当，但蕙质兰心、妙手丹青这样的词由一个山村老婆子说出来，刘一元真的大吃一惊。刘一元想，到这么个小山村，竟遇到这么多出乎意料的事。

进到院子，迎面就是窑洞。刘一元注意看着窑洞，没再注意那个老婆子。二嫂让他们进屋，马支书说还有事，安顿了几句，拉着沙爽说，让刘画家画崖窑，我们不打搅了，我们先过去吧。沙爽给刘一元说了一声，跟着马支书走了。

二嫂又让着刘一元进屋，刘一元说不进去了，就在院子里画。二嫂就进屋去了，剩下刘一元一人，倒自在了。他先打量了一下这个院子，院子里除了两孔窑洞，还搭了个草棚，圈了低墙，应该就是羊圈了，大羊大概是被赶出去放了，只有一只小羊羔在院子里跑着。还有几只鸡，在低墙根处刨土找吃的。这正是他心目中的小院。

刘一元选了个角度，展开画板、小凳子、纸笔、颜料。刘一元的写生工具很齐全，连放颜料的小架子、碟子、泡颜料的水都准备着。

刘一元刚准备动笔，二嫂又出来了，双手端着个青花盖碗，走过来，把盖碗轻轻放在颜料架边，小声说，请用茶。

刘一元听得很清楚，她说的不是喝茶，是用茶。刘一元不由得又打量了一下她。就是个很普通的山村老婆子，瘦骨伶仃的，也许五十多，也许六十多。刘一元看不出她的年龄，也不知道该称呼二嫂，还是大娘，有些尴尬。好在她没再说话，又慢慢躲着，顺着墙根走着，进屋去了。

刘一元这才安心地观察、画画。他是第一次这样细致地观察和画窑洞。窑洞就挖在顺山削出的崖面上。窑洞上面是山，从院子里看，窑洞上面的山很高很陡很险，这么高的山压着，人感觉很沉重，但背靠着这样的山，也觉得很踏实。刘一元一时还不能很好地理解窑洞，不知该从哪里立意。他想着先画下来，依照原貌先画下来，回去再好好琢磨。刘一元一直都画青绿山水，没有画过这样的山村窑洞，但造型的功底还是很厚的。几笔就勾出了轮廓，山势、崖壁、窑洞就有了眉目。接着就画细部。这里的窑洞比陕北窑洞更土、更古朴。里面的大小不知道，但门脸要小得多，窗户也很小，除了门头和窗户上的玻璃，再看不出任何现代社会的痕迹，刘一元一时有些感叹。正感叹间，他发现窗台上摆着一盆花。不是正规的花盆，而是个旧黑坛子，坛子里长着一丛花，应该是菊花，开着黄黄瘦瘦的几朵花，这几朵花一下子使窑洞那一片生动起来，他赶紧画下来。院子里那只小羊羔自顾自地玩耍着，这里蹦一会儿，那里跳一会儿，撒个欢儿，斜跑上崖壁去了。刘一元正担心，它一纵身，又斜跑下来了，高兴地咩咩叫着。它虽然那么小，但已经适应了，似乎也很快乐。刘一元就把小羊羔画了下来。还有鸡，几只鸡这会儿不动了，静静地趴在墙根那里，张着嘴喘气。

刘一元也想把那几只鸡画下来，就起身往起赶鸡。他一赶，几只鸡跳起来咯咯咯地跑远了。刘一元不知道怎么办，二嫂又出来了。她也许是在小窗那里看着。她走到当院子，手里抓着一把粮食，撒了点，鸡都咯咯叫着跑过来了。二嫂向刘一元一笑，蹲下身子，一点点地撒粮食给鸡，嘴里还咕咕地学着，几只鸡争着抢着吃，一只火红的大公鸡在中间，几只黄的白的母鸡围着它。刘一元心里一动，赶紧画那些鸡，还把喂鸡的二嫂也画进去。

过了一会儿，二嫂不知是感觉到了，还是就想看看刘一元画画，就过来站在刘一元后面看。一看，笑着说，你把我也画到画儿里了，看丑死了，我连衣服都没换。你等等，我换件衣裳。说着，快步进屋去了。

过了好长时间，二嫂才出来。这回出来，简直和前面判若两人。她穿了一件粉色的衣服，水绿的裙裤，就像是戏服。脸上也打扮了，描了眉，画了唇，还擦了粉，染了腮，也是唱戏的打扮。出来时的步态也变了，款款的，迈着细碎的莲花步，轻轻地蹲在原来喂鸡的地方，交叉着两脚，虚步蹲着，还是戏台上的动作。

刘一元不仅是吃惊，这回是有些害怕了，他觉得这个老婆子一定有精神病。这样一想，越害怕了，慌慌地收拾了画笔画架，逃也似的跑出来。

刘一元气喘吁吁地跑到马支书家。马支书正和沙爽抽烟聊天，满屋子都是烟。看到刘一元进去，两人都站起来。马支书说，我正想过去请你来吃饭呢，你过来了，咋？画完了？

刘一元说，还没有，那个，那个二嫂，她是不是有病？

马支书说，没啥病呀，咋话了？沙爽也问，怎么回事。刘一元就把刚才的事说了，马支书和沙爽都大笑起来。

沙爽笑着说，她那扮的是戏装，她本来就是唱戏的，曾经是这一带有名的眉户剧演员。

马支书说，啥演员，就是个农村戏娃子。不过，三四十年前，她在这一带的名声可不比现在电视上的李玉刚啥的差。那时候，村村都有个文艺宣传队，她就是我们梨花醉村宣传队的。演的戏叫个啥来着，《夫妻识字》《十二把锄头》，还有个啥燕。

沙爽给提醒说，是《梁秋燕》。马支书说，对，就是《梁秋燕》，反对包办婚姻，要自个儿做主找对象的那个。她嗓音又高又亮，唱出名了，村上演、公社演、县上演，还到省上都演了。演得多了，连她的本名字都不叫了，都叫她梁秋燕。到现在，小辈的叫二嫂、二婶子，老辈的，还都叫她梁秋燕。

沙爽插话说，就是，我们上次来，她还演了一段《梁秋燕》呢，那扮相、唱腔，功底还在呢。我听说瞎二哥在这个村，请他来拉个曲子。他来了，和二嫂一起来，说他们两个人演一段《梁秋燕》。我一听当然高兴了，《梁秋燕》可是名戏，有句话说“看了《梁秋燕》，三天不吃饭；不看《梁秋燕》，枉在世上转”。他们一个拉胡琴，一个演唱，配合得真是好。我当时还不知道他们就是两口子，今天才知道。她咋嫁给瞎二哥了呢？

马支书说，为啥？唱戏唱到一搭里的。她那时候，想嫁多好的小伙子还嫁不上？十里八乡的小伙子哪个不想娶她。山后面海棠湖的一个小伙子，天天跟着宣传队，她唱到哪里，就跟到哪里，都着了疯魔了，到现在还疯疯癫癫的呢。

沙爽笑着说，那么好的姑娘，谁不喜欢。《梁秋燕》中的几句词我还记得：“能织布，能纺线，能绣花，能做饭，地里劳动不让他们男子汉。千金难买好心眼，见人不笑不言传。这娃长得没弹嫌，近来就有点心不安。那个男子有识见，娶上这个媳妇，哼，管叫他和和美美能过一百年。”

沙爽摇头晃脑地念了一阵唱词，又打趣地说，马支书当时也想了吧?

马支书说，我那时还是个半大小子，还没那心思呢。这些事也是听说的多。

沙爽又问，梁秋燕嫁他的时候，他就瞎了吗?

马支书说，瞎了，早瞎了，给人治瞎了。瞎二哥本来也是唱戏的，人长得细数，又演个公子少爷、书生、知识分子啥的，把周周围围的大姑娘小媳妇都招得不行。你别看瞎二哥现在一副蔫样，当时可是个骚公子呢，花花草草的，惹下了人，就有人下了重手，趁黑打瞎了他一只眼睛，大概还把他那话儿下了黑手，要不他为啥没儿没女呢。

沙爽说，他都那样了，二嫂还嫁他?

马支书说，就是，谁也想不通，家里人也死反对，她偏要嫁。那时候瞎二哥眼睛瞎了，上不了台，就在台后面拉胡琴，他的胡琴拉得也好。自从给人治瞎，他不唱了，不说话了，脾气也变躁了，高兴了拉呢，不高兴就不拉。他看上的人唱，他给拉呢，看不上的就不给拉，他说配不上，实际上也是故意较劲。那时候演戏的人多，拉胡琴的人少，没人拉胡琴，就唱不了戏，谁也拿他没办法。

后来吧，出了好几个演梁秋燕的，都争着要上台，瞎二哥偏就给二嫂一个拉，其他人上台，他就不拉。谁知道两个人是咋回事，反正后来她死活选了瞎二哥。她说，我就嫁个拉胡琴的，看谁敢不让我演戏。我就要嫁个拉胡琴的，就唱一辈子戏。你看说的那话，人要活一辈子，戏能唱一辈子?几年后，宣传队就散了，两个人就孤孤寡寡地过着，这不是命是啥?

马支书说着，叹了口气，沙爽也跟着叹气。刘一元听了这么多故事，竟有些不敢相信，不敢把这些故事和刚才看到的老婆子联系起来。一个农村女人，为了唱戏，把自己的一辈子都搭上，他有些不解。

这时候，马支书的老伴儿端了饭菜过来，马支书赶紧让着吃饭。

几个人吃了饭，歇了一会儿。刘一元想再到二嫂家看看，沙爽也想过去，马支书就又陪着一起过去了。

这回大门敞开着，几个人径直走进去。刚到当院，屋里出来人了，是两个，一个是二嫂，一个应该就是瞎二哥了，戴着个黑墨镜，看不出瞎不瞎。瞎二哥快步迎过来，问了马支书，和沙馆长握手问候了，又拉住刘一元的手说，省城来的刘画家吧，我这寒家穷舍的，对不住了，对不住了。刘一元也忙说谢。他细看瞎二哥，面容黄亮，没有一点儿胡须，不显老。虽然是农村人的打扮，但衣服非常干净，连领口都没有一点儿污迹。衣服有些宽，人又瘦，显出些儒雅来。也是刚听完他的故事，刘一元觉得他简直有些仙风道骨。

二嫂看到刘一元，明显的脸红了一下。刘一元也有些不好意思。刘一元看到她已经脱掉了戏装，换上原来的衣服，脸上的脂粉也洗掉了，但描的眉没洗干净，或者是有意留下了。

相让着进了屋，屋里很暗，二嫂后面跟进来，说，你看这窑里，就是暗得很。

刘一元看着也就是暗，从外面光亮处一下子到窑洞里，眼睛不适应，一点儿都看不清。窑洞显得很深，门头上，窗户上透进些光亮，只把窑前面一截亮了，但里面还是很暗。

马支书接话说，今年危窑改造的指标下来，给你们盖房。

二嫂说了声谢，瞎二哥说，不急，这窑洞住着挺好的。

饭桌上还真摆着饭。二嫂说，也没个啥吃的，刘画家来了，我还特意划了长面，打了荷包蛋。他回来了，都没动，等着不见，刚想过去请呢，快吃点。

几个人说吃过了。

二嫂说，好容易来了，少吃点，吃上半碗，没啥好的，是个心意。沙爽和刘一元还是推辞不吃。

马支书就说，来，每人吃半碗。二嫂就帮着给每人调了半碗，到刘一元跟前时，脸又红了一下，给他窝了一个荷包蛋。刘一元硬挣着都吃下去了。

吃完了，二嫂又沏了茶端上来。还是那种青花盖碗，质地很普通，但刘一元觉得，特别的雅致。

沙爽笑着给瞎二哥说，上次听你拉了一段胡琴，还想听一听呢。你能不能拉一段？

瞎二哥笑着说，这几年拉得少了，手生了，叫沙馆长笑话。

马支书说，你们这些酸文化人，干脆些，拉一段，叫刘画家听听，我也沾光听听。

瞎二哥笑着给二嫂一伸手，二嫂就到窑里面那边去，拿过一把胡琴来，递到瞎二哥手中。瞎二哥把胡琴托在腿上，坐直身子，一只手优雅地动了一下，胡琴发出很悦耳的一段颤音，这才笑着问，拉段啥曲子呢。

沙爽说，你就拉一段《二泉映月》吧，听说那是你最拿手的。

瞎二哥脸色暗了一下，说，啥叫拿手，我们都是瞎子罢了。沙爽不好意思地笑了一下。刘一元也听过《二泉映月》，知道盲人阿炳。

瞎二哥起身下炕，二嫂递过一把椅子，瞎二哥稳稳地坐了，把好胡琴，托好弓弦，挺直身子，长长地吸了一口气，又慢慢地呼出来，身子忽然一颤，手腕一抖，像扯开了一块丝绢，一串曲子就出来了。起首一句，就把刘一元的心拧了一把，接着一提，心又像是被揪出来，抛到远远的地方了，抛到窑洞里面的黑暗处了。刘一元以前也听过《二泉映月》的曲子，但从来没有这种感觉。他一下子就进到音乐里去了，但他没有感觉到月亮，没有感觉到泉水，他一直想着马支书和沙爽刚才讲的故事，瞎二哥的和二嫂的故事。在胡琴声中，他们的故事很鲜活，连他们的面目都很鲜活，完全是年轻时的样子，不是现在的样子。

他抬头看了看他们，瞎二哥身子轻轻地摇晃着，一只手来回优雅地送着，一只手在琴弦那儿颤着，看不出他的表情。二嫂一直盯着他看，她脸上的皱纹都舒展开了，脸上满是笑意。刘一元感觉这么悲伤的曲子，不知道她脸上为啥会显出笑意。沙爽闭着眼，手轻轻地打着拍子，头也跟着晃动，很迷醉的样子。马支书扭头看着窗外，看不到脸上的表情。刘一元又低下头，静静地听着，他感觉一种心痛，好像瞎二哥的弓弦就从他的心上拉过，心一直随着曲子的高低快慢颤抖着。到最后，曲子结束的时候，瞎二哥的手在弓弦上捻着，揉着，细细的音越来越淡，越来越远，飘在窑洞深处那一片幽暗的地方了。刘一元的眼泪不由自主地流出来。

几个人都静静地不说话，马支书突然说，啥嘛，锯得人心里挖挖囊囊的，拉个高兴的。

瞎二哥说，好好好，再拉个《赛马》，说着又拉起来。瞎二哥这回的身形、表情都轻松了许多，曲子也非常欢快，刘一元却进不到曲子里去了。只觉得好听，没有其他任何感觉了。他想再画一阵窑洞。但沙爽似乎还有感觉，提议说，干脆你们老两口一个拉，一个唱，给我们再来一段。马支书也附和着，刘一元就不好再说啥了。

二嫂说，唱哪一出呢？

沙爽说，你们老两口，就来个《夫妻识字》吧。

二嫂说，《夫妻识字》要两个人唱才行，就唱《梁秋燕》吧。你们先等等，我去换服装。

马支书说，自己人看，换啥衣服，就这么唱吧。

二嫂说，那咋行，唱戏有唱戏的讲究，不换戏装不行。说着，到窑里面那头去了。那头的光线很暗，看不见，但还是听到拉帘子的声音。帘子后面好像还有个灯，给拉亮了，但帘子挡着，只有几丝细细的光透出来。

女人换衣服，几个男人就没再往那头看，有一搭没一搭地闲扯着。刘一元知道二嫂化装得一阵子，也有些怕看见她化装出来的模样，就出来到院里转转。一出来，就看见了羊，早上只看见了那只小羊，这会儿圈里有了三只大羊。都是山羊，长着长胡子，比刘一元的胡子还长，而且都是白胡子。刘一元看不出老少，看不出公母来。那只小羊羔是哪一只羊生的，刘一元也看不出来。正在猜测着，那只小羊羔忽然跑到一只羊身边，跪下来，头伸到后腿那里，吃起奶来，小尾巴轻轻地摇摆着。那只大羊回头用嘴在小羊的尾巴处，触了触，嗅了嗅，又回头，半眯着眼睛，嘴一扭一扭地反刍，神态非常的恬淡。刘一元忽然有了感动，莫名其妙的感动。

他又想起了那几只鸡，在院子里找，却没有找见，它们也许是跑到外面去了。他就走到门口，四处看了看，正午的阳光照着，这会儿村子显得很静谧。但这静谧的后面，大概藏着很多的故事，就像瞎二哥和二嫂。二嫂该化装得差不多了，刘一元就回身走进院子。他又看见窑洞窗台上的那盆菊花，阳光完全照到它了，黑釉坛子显得光彩熠熠，那几朵黄花却有些垂头。刘一元进屋，只有沙爽和马支书还坐在炕上，瞎二哥不见了，大概是也到帘子后面去了，那帘子后面似乎有着很大的秘密。

忽然，帘子拉开了，窑里面亮了，不是一般的亮，很亮，有三四个灯照着。二嫂和瞎二哥都出现了，在灯光里显得很鲜亮。二嫂就是早上的那个打扮，水绿裤子，粉红衣衫，描了眉，画了唇，擦了粉，染了腮。但这会儿在灯光里，和在太阳下面完全不一样了，显得非常真实，非常自然，她活脱脱成了戏中人了。他们脚下是个小台子，台子上铺着红毯子，他们后面窑墙上还挂着个布景，山清水秀，绿树红花的。几个人都惊呆了，尤其是马支书，肉乎乎的嘴张得老大。

瞎二哥从灯光里走出来，走过来，他只换了一件长衫，没有化装，还是戴着墨镜。他走过来说，献丑了，你们不要笑话。

沙爽说，真想不到，你在窑里搞了个小舞台嘛。

瞎二哥说，我也没啥能耐，做不了个啥，她闲了，要唱一唱，她就这点要求，我将就着装了两个灯，拉了块布子，两个人自己找乐。有时候乡亲们来了，也给唱一段。

马支书说，我咋不知道，咋没请我看过。

瞎二哥说，你那么忙，咋能顾上看我们胡咧咧。现在开始吗？

马支书说，开始，开始。

瞎二哥又到小舞台那里，二嫂却退到帘子后面去了。瞎二哥站在台口说，现在请欣赏眉户剧《梁秋燕》选段，主演，冶秀英。

他是在报幕，郑重其事地报幕。报完幕，他退到帘子后面，接着胡琴的声音响起来，帘子拉开了，梁秋燕——就是二嫂冶秀英，直到现在刘一元才知道她的名字——袅袅婷婷地出来了。刘一元觉得，只能用袅袅婷婷那样的词。她完全没有前面看到的那个老婆子的一点儿影子了。

她走了一圈台步，开口唱起来：

阳春儿天，秋燕去田间。
慰劳军属把呀么菜剜，
样样事我要走在前面。
人家英雄上了前线，
为保卫咱的好家园。
金字光荣匾，功臣门上悬，
把他们的美名儿天下传。
手提上竹篮篮，又拿着铁铲铲。
虽然说野菜不出钱，也算是娃娃们心一片。
菜叶搓绿面，小蒜卷芝卷，
油勺儿吃去香又甜，保管他一见心喜欢。
秋燕只觉心里喜，放大脚步走呀走得急。
二嫂和我一同去，约会好等她在这里。

她唱得字正腔圆，每一句刘一元都能听得清楚。他很少看戏，看戏也很少能听懂词，但这一阵，二嫂唱的每个字，他都听懂了。二嫂演得很投入，好像面对的不是三个观众，而是成千上万的观众。刘一元觉得，她不是演给观众看的，她就是在演，给自己演。在平时，没有一个观众的时候，她一定也是这样演的。她满脸的喜色，她的步子、动作合着胡琴的节奏，很舒展，很轻盈，像是被琴声托着。胡琴声也衬着唱词，应和着二嫂的动作和步子。刘一元忽然感觉，是他们两个人在同时跳，同时唱，身体和声音都缠绵缠绕在一起，创造着、挣扎着、宣泄着……

沙爽忽然拍手叫了几声好，马支书也把一双肉手拍得啪啪直响，刘一元却一动不动。

注:《民族文学》2011 年 1 期发表

寒颤

敲门声又重又急，张宏理就有些心惊。老伴瞅着他，眼神里也有惊慌。前些年，村子还是村子的时候，遇到多大的事，张宏理很少有过慌乱的时候。张宏理是村长，一村之主，遇事总要显出镇定来。家里有大发小事，他更不会惊慌。晚上人敲门鬼叫门的，他都不怕。有时候记起来，给大门上了锁，忘记了，大门不上锁，敞开一夜，张宏理同样睡得踏实。这两年，村子成了城市，一村的人都住到楼上，都成了城里人了，家家都和城里人一样装了防盗门、防盗窗，比过去安全多了，张宏理却不安稳了。白天听到楼道里有脚步声，他要担心地出去瞅瞅。晚上听到屋里的家具干响一下，他都要心跳半天，起来挨屋子都看过了，才能放心。他甚至怕这楼塌了，尤其是汶川大地震后，他总担心这地方也地震。地震了，原来住在平房里，还能拔脚跑出去，外面也宽天宽地的。现在住在这半空中，跑又跑不出去，跑出去了也没地方躲，只能等着被砸死。这时候，他才有些后悔，不该把村子给开发掉。后悔归后悔，那也是没办法的，谁也挡不住的事。

敲门声更急更重了，老伴瞅着他，他只好胆战心虚地打开了门。门突然就被推开了，可门挤进来一个人，把张宏理撞了一个趔趄。张宏理定神一看，是雷子。雷子本来就高大，又穿了件黄大衣，大衣里像是又挟裹着啥，显得更宽大了。雷子带进来一股寒气，冲得张宏理打了个寒颤。好在雷子随手哐的一声拉上门，对惊魂稍定的张宏理说，我这有个人，给我看好了，人在，我回来给你三千块，人跑了，和你算账。雷子的声音不高，像闷雷。张宏理正疑惑间，雷子从怀里往出一揪，一个人软塌塌地跌在地板上了。雷子看了张宏理一眼，再没二话，转身哐的一声拉上门，走了。

张宏理和老伴怔了半天，这才看到趴在地上的人。是个女人，散乱着一堆长头发，一动不动。张宏理和老伴呆呆地瞅着，不知所措。女人的身子稍稍动了一下，又不动了，有一道湿迹从女人身子下渗出来，顺着地板，蛇一样，蜿蜿蜒蜒地探出老远，一股尿臊味散发开来。

老伴缓过神来说，先救人呀。老两口这才又是掐人中、又是灌水、又是喊话地救人。折腾了半天，女人醒了，是个很年轻的姑娘。姑娘睁开眼，看到满脸胡茬的张宏理，满眼的惊诧。看到姑娘醒了，张宏理就不好再凑到跟前了，趔开了一些。老伴却往前靠了靠，问，丫头，你这是咋话了？你是雷子的啥人？出了啥事了？问了半天，姑娘才虚虚地问，马老板呢？老伴问，哪个马老板？姑娘说，就是送我过来的马老板，他说有急事，先把我送到他姨娘家。老伴说，你是说雷子呀，我就是他姨娘。农村亲套亲的多，都是亲戚。她算上真是雷子的姨娘。老伴又问，你们这是咋话了？你咋晕过去了呢？姑娘说，半路上看到有个警车过来，马老板就夹起我跑开了，夹得我透不过气来，一会儿，就啥都不知道了。

张宏理听到姑娘是外地口音，忽然感觉到些啥，就给老伴说，哪来那么多闲话，先让丫头起来。老伴就扶姑娘起来，姑娘抬身刚想往起站，可能是感到屁股下凉湿，突然红了脸，低了头，又坐倒了。张宏理没好意思地走进卧室，关上了门，老伴把姑娘领进女儿的卧室，取出女儿的衣服，给她换上了。

换好了衣服，姑娘拿拖把拖净客厅的尿迹，又洗了自己的脏衣服。这期间，张宏理一直待在卧室里没有出来，他觉得这事有些怪。雷子根本不姓马，女人以前摆过几天菜摊，他一直没事可干，又啥时候成马老板了？这姑娘是个外地人，咋又和雷子到一起了，雷子为啥又慌慌急急地跑了，他说把人看好了，给三千块钱，又是啥意思？一连串的事都感觉奇怪。

他就出来问那姑娘，你和马老板啥时候认识的？他没说雷子的名字。姑娘说，今天早上才见的，是我们那边的刘老板介绍的，刘老板说马老板专门给服装厂招工，把我介绍给他。张宏理又问，刘老板是你啥人？姑娘说，啥人也不是，在车站上认识的。张宏理又问她的名字，家住哪里，姑娘说叫刘小翠，是甘肃人，出来找着打工。姑娘显得很天真，啥都不隐瞒。张宏理却感到问题严重了，心里沉沉的。但他又想，雷子不会干出那样的事来。雷子本来是个老实巴交的农民，脾气犟些，但没干过坏事，咋会做出那样的事情呢。他要等雷子来了问个清楚。可等了一个下午，一直没有见到雷子的踪影。那个叫刘小翠的姑娘也等得有些着急，问，马老板咋还不见？她可能感觉非亲非故的，在张宏理家要吃要住，有些难为情。

晚饭后，天全黑了。外面的街灯都亮了，雷子还没有来。雷子来了电话。雷子说，他有急事，把人看好了，他过两天来领。张宏理刚想再说些啥，雷子那头就把电话挂了。

张宏理接完电话，刘小翠问，是马老板吗？他人呢？张宏理忙说不是。刘小翠又问，叔叔，用你们家的电话行吗，我想给家里打个电话。张宏理没好气地说，不行。张小翠又说，我出电话费行吗？张宏理还是说不行。刘小翠又说，附近有公话吗？我出去给家里打个电话。张小翠这会儿想起来了，一心想给家里打个电话。张宏理还是说不行。刘小翠疑惑地瞅着张宏理，老伴也不解地瞅着张宏理。老伴没敢说话。张宏理神色不对的时候，老伴就不敢说话，过去张宏理当村长的时候这样，现在还是这样。

张宏理又沉了声对刘小翠说，进去睡觉去。刘小翠就磨磨怯怯地到这家女儿的卧室里去了。

刘小翠走了，老伴才问，咋话了？张宏理拉了老伴到自己的卧室里，关上门，小声说，我咋觉得这丫头是雷子拐来的。老伴说，不会吧，雷子连个生意都不会做，咋会做那事呢？张宏理说，我也说，看着长大的娃娃，那么直犟的人，咋会做那样的事呢。可现在这事该咋办？你先把那丫头稳住，后面再说。

老伴就过去看刘小翠，刘小翠一个人在抹眼泪。她就有一搭没一搭地和刘小翠说话。她本来就嘴拙，话少，刘小翠又不熟，半天没说上几句话，但她一直陪着。

到睡觉的时候，张宏理把老伴喊出来，从外面反锁上门，出来又把防盗门锁死了，把电话拔掉了。这才和老伴睡了。两个人一时都睡不着。老伴说，雷子真的会拐卖人？张宏理说，谁知道呢。这两年，村里人哪个还有原来的样子。偷的抢的赌的啥事没有？好好的一个农民，咋都变成那样了呢？老伴说，村子开发了，乡亲们没地种了，闲的。老伴不敢抱怨是他把村子卖给开发商的事，张宏理都明白，就是因为村子变成了城市，村里人变成了城里人，这才都变了。

最初的时候，他不这样想，他觉得，村子开发了，每家每户都白给一套楼房，还给一笔钱，村里人一下子变成城里人了，成了富人了，再也不用土里刨食了，这是天大的好事。谁承想，到手的那几个死钱不经花，三折二损的，就都没几个了。做生意，不会。打工，又找不上好干的活，家家坐吃山空。有些就抱怨张宏理，说他把村子卖了，把村里人卖了，把他的名字反过来念，说他是李鸿章，是卖国贼。这些话他都听到了，他当时也是没办法，城市像个大虫，吃树叶子一样地吞吃附近的村子，越吃越大，越大越吃得多。张宏理的村子本来离城十几里地，十几年的光景，就到城边了。开发商要开发，县上、乡上都巴不得，他一个村长，能抵个啥，就同意了，签字了。村子很快就给城吃掉了。张宏理能做的，就是给村民们多争了几个钱。也给自己的儿女争到了一份工作，开发商给他儿子安排了保安，把他女儿安排到公司，坐办公室。张宏理当时觉得，这是唯一对不起乡亲们的地方，可要把村民都安置了，那也是不可能的。

村里有些能耐的，也都开商店，开饭馆，都赚了钱。只会种粮种菜的，只好闲着，自家的土地都成楼房了，成水泥地了，哪里种地去。雷子的媳妇摆了个菜摊，就在街边，每天也还能赚个三五十的。不几天，城管来了，说不让在街边摆。媳妇回来给雷子说了，雷子就说，你偏摆，看他们能咋样。第二天，媳妇又摆上了，城管这回过来，二话没说就要掀菜摊子。雷子就在不远处看着，等着。看到城管要掀媳妇的摊子，雷子冲过来，就嚷，咋的了？在我们自个儿村头摆摊，犯着谁了。城管说，哪是你们村？这是城市，城市有城市的规矩，哪来的野人。说着，就真掀了菜摊。雷子暴吼一声，就和三个城管厮打起来。雷子身高力气大，三下五除二，就把三个城管打倒了。城管打了110，警车很快就到了，把雷子抓了。拘留了十几天，赔了医疗费，罚了款，媳妇的菜摊子也摆不成了。

雷子就整天在街上晃荡，表情也不好，一副随时找人打架的样子。张宏理到街上几次，碰到了，远远地躲开了。他有时候也担心雷子会再闯出祸来，却从没想过雷子会走到拐卖人的行当上。

张宏理左思右想的，一夜没有睡着，天快亮的时候，才眯了一会儿。突然，他听到急急的敲门声，他惊醒来，以为是雷子来了，细一听，是女儿卧室里传出来的。他就喊老伴起来，让给开门。门刚打开，刘小翠冲出来就往楼门边跑，扭了几下门把手，没能开开，坐在门边就哭开了。张宏理出去，张小翠的哭声更大了。张宏理不知怎样才好。老伴边拉边劝，刘小翠哭着说，放我出去，你们这是要干啥？要绑架，要拐卖妇女？说出“拐卖妇女”几个字，刘小翠突然止了声，她似乎是被自己说出的几个字惊呆了，惊醒了，忽地跳起来，往放电话的地方跑。看到电话机也给拆掉了，她似乎更傻眼了，她突然大声喊叫起来，救人呀！救人呀！

张宏理大喝一声，喊啥？你再喊！张宏理当了多年的村长，自有一股威严，村里不仅男人们都怕他，婆妇悍女的，骂街正骂到兴头上，看到他过来，也都会噤了声。张宏理喊了一声，刘小翠真的也不敢再喊叫了。

小声哭了一会儿，刘小翠怯怯地拿了自己昨天换洗的衣服，到女儿屋里去换。衣服还没有干好，尤其是毛衣毛裤厚些的衣服都还潮着，老伴就劝她先不要换，等干了再换。刘小翠不听，都换上了。又洗换下来的张宏理女儿的衣服，一声不响地洗，一句话也不说。洗完了，钻进屋里，也没了声气。

吃早饭时，张宏理让老伴去喊，刘小翠不动。吃午饭时，老伴去喊，刘小翠还是不动。张宏理老两口就有些着急了，想给雷子打电话，却不知道号码，拿过电话机来，想查昨天打来的号码，电话机一拆一装，已接电话号都销掉了。老伴说，你到雷子家里去看看。一句话提醒了张宏理，张宏理就说，你把人看好了，我去看。老伴迟疑了一下说，你在家看着，我去找雷子。老伴一辈子胆小惯了，可能是怕看不住刘小翠。

老伴开门出去的时候，刘小翠探出头来看，等张宏理老伴出去，又把门反锁了，刘小翠忙退回屋里，咣啷咣啷地反锁门。张宏理明白那是防他，心里倒失笑了，再咋样，自己也不会做出那样的事来。

这些年在村子里当村长，勾三搭四的事是有过，欺男霸女的事却是没有，何况现在五十多岁的人了，还能那样活驴？

老伴时间不长也就回来了，雷子不在家，雷子媳妇也不知道他去了哪里，好些天都没着家了，谁知道在外面干些啥。老伴嘟囔着说，雷子媳妇脸也没洗，头也没梳，脸肿胖胖的，头乱蓬蓬的，那么勤快、那么麻利个媳妇子咋就成这样了。老伴还说，碰上张顺两口子在楼道里打架，互相都抓得鼻青脸肿的。婆姨说张顺拿上几个钱，就到外面去耍赌，赌输了就回来整着再要，征地补的几个钱快抖光了，婆姨不答应，见天儿地就打仗。老伴说，你碰上了也说说张顺，张宏理就含混地嗯了一声。

前些年，还是村长的时候，村里大发小事他都管，耍赌领女人的事他也管。他管，村里人也都听。村子开发了，金水村成了金水小区了。金水小区安排的都是原来村里的人，也让张宏理先管着，收水费、电费、物业管理费、取暖费啥的。村里人先还勉强交着，后来就不交了，说国家把皇粮都免了，谁还交这交那的费。说是纯粹的乱摊派，说是张宏理往自己腰包里收，都抗着不交。没办法，开发商就派了物业公司的人来，谁不交费就停水停电停暖。村民们不答应了，来找张宏理。张宏理没办法答复，聚了一帮人又去找乡上，乡政府也早给开发掉了，不知变成啥单位，到哪里办公去了。又找县上，县变成区了，领导也早就换了，给的答复也不好，说住房就得交水费、电费、取暖费，天经地义，没啥说的。再想争辩，几个警察保安啥的，把他们都轰出来了，村里人就骂乡上县上把一村人卖了。

那以后，村里人有啥事，张宏理也不大敢管了，连门都不多出，怕碰到乡亲们，不好说话。

雷子不见，刘小翠的事就没法处置。晚饭时，刘小翠还是不吃。张宏理没辙，老伴反复地劝，刘小翠开口了，说，马老板真的是人贩子吗？张宏理说，别胡说，不可能。要真是到人贩子手里，我就死，刘小翠说。老伴又劝，丫头，年纪轻轻的，啥活呀死的，快别乱说了，先吃点饭。三劝两劝的，刘小翠才吃了点饭，又在女儿屋里睡了一夜，张宏理还是把里外屋门都反锁了，才放心地睡了。

早上起来，刘小翠又提出要走，说自己出去找工作。刘小翠先说了些感谢的话，说等找上工作挣了钱，来给张宏理老两口报恩，说既然马老板不是人贩子，就该放她走，她不想在马老板那里干了，自己重新找工作干。说如果马老板真是人贩子，张宏理老两口扣住她，是帮助人贩子，是犯法的，与人贩子同罪。刘小翠很显然想了一夜，才想出那么些话来，刘小翠自顾自地往下说，说得很在理，很流利，老伴时不时地还点头附和一句，张宏理却是一声不吭，说到最后，张宏理还是不答应让刘小翠走。

正争执着，门铃响了，张宏理从门镜往外瞅了一会儿，是儿子小良，就开了门。小良进门就说，昨天打电话，没人接，早上打电话，又没人接，家里没出啥事吧？张宏理说，没有。老伴忙问，吃早饭了吗？我给你做去。小良说，吃过了，就是不放心，回来看看，又瞅着刘小翠问，这是哪里的亲戚，我咋没见过。忽然又似乎明白了什么，向他妈抱怨，你们呀，老操那些闲心。儿子还没结婚，以为又是家里给张罗来的对象呢。正说着，刘小翠忽然跑过来抱住他，说，警察救我。他穿着保安制服，刘小翠以为他是警察了。刘小翠抱着他，侧目看着张宏理老两口，似乎他们要伤害她。这倒让小良一头雾水，他边把刘小翠往开拉，边问，咋回事？这是谁？

张宏理就拉了儿子到卧室里去说，儿子听了，说，真是雷子带来的，那就真有问题。张宏理说，雷子不是那样的人。儿子说，雷子自从那次打了城管后就变了。打了城管，是犯了法，罚了款，但周围人都高兴，城管霸道，谁都欺负，雷子打城管，周围群众都高兴。他一个人打倒了三个城管，名气也大了。出来后，谁都再不敢惹雷子了。附近有个叫豹子头的地痞知道了，请雷子入伙。豹子头那伙人多，偷包抢项链贩毒贩女人，啥事都干。雷子和他们沾上，保不准也啥事都干呢，最近打黑，豹子头那伙人都跑了，雷子可能也随着跑了。儿子当保安，听到这方面的事多。张宏理就吸了一口凉气。儿子说，赶紧让那女子走，不要招事。

小良临走的时候，又看了刘小翠一眼。刘小翠娇小玲珑的，脸模子也长得亮净。儿子正是瞅女人的年龄。但背转身往出走的时候，他又补充了一句，赶紧让走。刘小翠这回也没再扑过去喊救人，也没嚷嚷着要走，倒是一下子跌坐到沙发上了。

张宏理的心里更犯嘀咕，儿子说的话，他半信半疑。雷子一家几代人，他都知根知底，都是直犟人，而且有特别的犟脾气。原来村子的时候，这家人就传下“闪闪闪，折耧杆，挖门槛”的口溜。折耧杆的是雷子爷爷，套了牲口去播谷子，试了一下，耧杆长了，耧铧钻到土里深了，就停了牲口，把耧杆往短绑了一截。一试，又浅了，谷子都种在土皮上了。再往长放了一截，深了，又往短绑了一截，又浅了。雷子爷爷气了，一脚踏折耧杆，赶着牲口就回来了，谷子也不种了。

雷子父亲长得高大，穿的鞋长得像船，家里房子小，门槛低，他每次回家都要低头躬腰才能进屋。有一回忘了，急匆匆地往屋里走，头咣的一声就碰了上门坎，碰起个大包。家里那天有外人，他也是羞了，转身抓起个镢头，哐哐几下，就把门槛劈了。雷子父亲的外号就叫“挖门槛”。

雷子叫“闪闪闪”。雷子还上小学的时候，有一回，家里来客，炒菜没香油了。他妈就打发他到婶娘家去借。他拿了个小碗过去，婶娘就给满满地倒了一碗香油。婶娘想的要倒半碗，借的人不好要，还的人多了少了的，也不好还。雷子从小坯子大，手脚笨，端了满满的一碗香油，小心地往前走，油还是往出闪。双手端上闪，单手端上也闪，走快了闪，走慢了也闪。走了没一半路，一碗油洒得剩了半碗。剩半碗了，雷子边走边盯着油看。油好像故意和他捣蛋，一走，还是洒。雷子忽然就来了气，和油来气，猛地摇晃了几下碗，嘴里说，闪，闪，闪，我叫你闪。一碗油全洒光了。

雷子长大了，种地也实诚，比谁都下的苦多，长的粮食比谁家的都好。雷子多不出去打工，真给人帮工，也不惜力气，当自家的活计干。犟人有好也有坏，谁要是惹了，天王老子都不认，疯牛一样，硬要撞倒南墙。在村里的时候，轻易没人敢惹。张宏理是村长，也怯他三分。

村子开发的时候，雷子一家人反对得最厉害。他们家人笨相，不会做生意，又没有啥手艺，除了种地，啥也干不了，当然反对。但一家两家的也挡不住，字还是签了。到推土机、挖掘机开来时，雷子一家人又不答应了，挡住推土机、挖掘机不让动工。乡上让张宏理去处理，张宏理到现场，连哄带吓地说了许多话，才说动了。临了，雷子忽然揪住了张宏理的领口，一使劲，把张宏理举起来了，村里几个老年人喊雷子，雷子爷爷、父亲也喝雷子，雷子都没放手。雷子举着张宏理，给他说，你要是卖了我们，看我不找你算账。这才把张宏理放下了，张宏理头脑胀了个红疙瘩，半天才喘过气来，却是啥话也没敢再说。那一回，他真怕了。

住到楼上后，只半年时间，雷子的爷爷先去世了。雷子爷爷七十多岁了，本来硬硬朗朗的，一住进楼里面，几天就有了病，去了。雷子给买了一块坟地，安葬了。一年多些，雷子的父亲也去世了。雷子父亲才五十多，身体还很刚强，在村里干活时，小伙子都顶不住，住进楼里憋闷，呼哧哧地走下楼，满院满街地急走一阵，又呼哧哧上了楼，丢了魂一样。过了些日子，嘴也斜了，脸也歪了，拉到医院去，大夫说是中风。治了一个阶段，也没治好，拉回来，更重了，瘫在床上了。睡床没一年，也去世了，都说是憋闷死的。雷子又买了块坟地，安葬了。张宏理心惊肉跳的，怕雷子找麻烦。雷子倒没有找他，他一直暗自庆幸。反倒是前不久，天冷了，张宏理想买件棉衣，上了一回街。他没去楼上的大商场，那里的衣服贵，也不适合他穿。他就在商业街上的小铺子里看，转了几个铺子，看了些棉衣，总觉得不像是农村老汉穿的。虽说这里不是城中心，但人还是很多，不知哪来那么多人。他正嘀咕着，感觉有人碰了他一下。他赶紧捂胸口处装钱的口袋，却捂住了一只手。手是一个半大小伙子的。半大小伙子没有一丝害怕，盯着他说，放手。张宏理没有放，反倒把那只手捏住了。张宏理干了半辈子农活，手大，也有劲，捏得小伙子直龇牙。正在这时，又围过来几个小伙子，嘴里喊着干啥干啥，手就到张宏理的身上了，推搡的推搡，还有个趁机捣了他一捶。张宏理一愣，手松开了。那个半大小伙子也没有跑，冲上来，照张宏理的脸上就是一捶。张宏理没想到小偷竟然这样猖狂，又偷钱又打人。他又一把扭住了那个小伙子。人是扭住了，但他身上拳脚却没少挨，围过来的那几个人都动了手。张宏理这才知道他们是一伙的。五十岁的人了，哪能敌住五六个小伙子，张宏理被打得左摇右晃的。周围围了许多人，没人说话，也没人帮他。正在这时候，雷子挤进来了。雷子高大，张宏理一眼就看到了，雷子也认出他了。雷子喝了一声，几个小偷都住了手。雷子说，瞎了狗眼了，欺负我张叔。几个小偷瞅了雷子一眼，悄悄地跑了。雷子也没追，雷子问，钱丢了吗？张宏理说没丢。雷子就把他领到个小医药铺看了，也没啥大伤，就送他回去了。雷子说，没事，少惹这些人。张宏理也给雷子说了许多客气话、感谢的话。现在想起来，雷子那时也许就和那些小偷是一伙的，说不定还是他们的头儿呢。

张宏理思前想后的老半天，还是没想明白雷子是不是拐卖人，也没想清敢不敢把刘小翠给放走。

刘小翠却没有再说走的事。刘小翠歪在沙发上睡着了，睡了许久还不见醒。张宏理让老伴拿了个毯子给她盖上了。刘小翠两夜没睡好，真的困了，一觉直睡到开灯的时候。张宏理和老伴一直没有打搅她，只是过一会儿，出来看一回。刘小翠睡相有点像他的女儿，嘴张开着，口水把沙发浸湿了一大块。张宏理忽然心里一动，他决定放刘小翠走。雷子的事到跟前再说，新账老账一起算，他也认了。

刘小翠醒来的时候，先长长地打了个呵欠，又伸了个懒腰，脸红扑扑的，她一定是以为在自己家里。一扭头，看到张宏理老两口，没表现出惊慌，脸羞得更红了，张宏理的心里又是咯咛一下。老伴安顿刘小翠吃饭，刘小翠也很顺从地吃了。

睡觉的时候，张宏理没有反锁女儿的卧室门，也没有反锁楼上的保险门。他想，刘小翠真想跑的话，就让她跑。雷子来了，也好说，人半夜跑了，他也没办法。可又一想，这冷月寒天的，刘小翠跑出去，能去哪里呢，把丫头冻坏了，要是再碰上坏人，就更了不得了，所以，虽然门没反锁，他却一直留心听着。她真要半夜往出跑，他就留住，等明天天亮再让走。

天亮了，刘小翠果然还在。她把穿过又洗了的张宏理女儿的衣服都叠整齐了，静静地坐着。她似乎也知道张宏理今天让她走。张宏理真给她说，你走吧。她有些不相信似的看了张宏理一眼，没有动。老伴说，等吃了早饭再走，咋能空着肚子出门呢。刘小翠迟疑了一下，说，多谢阿姨，我这就走吧。张宏理没有留，他是怕自己改变主意。老伴也没有再留，只是安顿刘小翠要找个好工作，不要到那些乱七八糟的地方去，防着不要上坏人的当。刘小翠一直点着头。这一天，张宏理有如释重负的感受，但又有些隐隐的担忧，怕雷子来，也担心刘小翠。吃过晚饭，张宏理打开了电视，和老伴一起看。这几天都没开电视了，电视一开，屋里红火了，看着电视，张宏理也把这几天的事忘了。

快到十点时，老伴说，好像有人敲门。张宏理侧耳听，没听到，把电视机声音关小了些，却听不见有人敲门。等了一会儿，张宏理刚想再把电视机声音调大，敲门声又响了，轻轻的，慢慢的，半天响一下。张宏理又到门口听，又听不见了。张宏理打开门出去看，刘小翠站在门口，脸冻得青紫，看到张宏理，低了头，没说话，也不进屋。老伴看到了，说，快让丫头进来，站在门上干啥呢。张宏理这才让开门，刘小翠进来了。

刘小翠说，找了一天，也没找上工作，天晚了，没钱住店，小店也不敢住，就来了。老伴忙说，回来好，回来好，好像刘小翠就是家人一样。老伴又问，吃了没，我给你做点。刘小翠说，吃饭的钱还有点，在外面买着吃了。老伴又安顿她住到女儿的屋里了。

张宏理和老伴也睡了，老伴没说话，只是叹息了几声，张宏理知道老伴叹息的意思。老伴不多说话，张宏理到家里也话少，但这么些年了，老夫老妻的，一个眼神，一个动作，互相都明白是啥意思。尤其是这两年，儿子女儿都在外面，儿子当保安，给人家守门，白天晚上很少回来。女儿的单位离家远，挤公交车怕误事，也在单位宿舍住，家里就老两口了。原来在村子里，还有种地、收拾院落的活计，现在啥活儿都没了，只有整天守在一起了，互相是个伴儿，却没有多少话说。想在外面找点事干，城里的事又干不来。城里人像他这个年纪的，还都在上班，忙工作，没工作的，到广场上打拳跑步的，也有下棋打麻将的。但这些事，张宏理一样也不会。小区里也建了棋牌室、台球室等一些活动室，但只是上面来人检查参观，说城里比农村好、居民比农民好时，才挨家挨户地动员了去，装装样子，平日里一直空着。有些人家也空着，有些小两口在外面开了小店，吃住都在店里，很少回家来。有些到外面打工去了，吃住也在工地上。还有几家跑到更远的农村，承包土地，种粮种菜去了，他们只会这个。老年人也有走了的，到女儿家、亲戚家去了。住着的也很少见面，都圈在楼里。只有到晚上，看哪个屋子灯亮着，才知道哪家还有人。不像原来村子的时候，宽天宽地，出来种地就能碰上，晚上收工，又见一回，牛欢马叫的，都能听见，烟囱冒烟，互相能看见，谁家煮只鸡，香味都飘半村子。张宏理当时是主张村子开发的，这会儿都有些后悔了，不过也是没办法，城市像个吸了血的臭虫，越吸越大，谁也挡不住。也不可能弯过一两个村庄，在城里面留下个村子，种地，那像啥。张宏理能想通。张宏理想不通的是，不种地了，成了城里人了，人咋都变了呢，比如说雷子，他真像儿子说的，跟地痞混到一起了，还干拐卖女人的事？张宏理还是不敢相信，雷子为啥偏偏把这个刘小翠放到他家里来？这个刘小翠也是的，放走了，她又来了，要是雷子来了要人，咋办？真要是来了，人不敢不给。

这样想了，张宏理也心定了，一觉睡了个大天亮。老伴喊他吃早饭，他才起来，洗完脸，看到老伴和刘小翠都坐在饭桌上，他觉得怪怪的，他也坐过去。刘小翠赶忙给他盛饭，他又觉得怪怪的。老伴说，你看这个丫头，起了个大早，把屋里都收拾了，还把早饭做好了。张宏理扭头一看，屋里真收拾过了。很显然不是老伴收拾的，老伴收拾的屋子他能感觉到。每次礼拜天，女儿回来，收拾一遍屋子，屋子马上就变了样子，有了鲜活气。今天的屋子也有鲜活气，和女儿收拾的感觉差不多。刘小翠趁机说，阿姨，干脆我给你们家当保姆吧。老伴说，我们一个农村人家，咋能雇保姆呢。老伴一直把自己当农村人。张宏理说，我们手脚都好好的，雇保姆干啥。刘小翠就不好说了，默默地吃饭。老伴为了缓和，说，你今儿再去找工作，找上了就干，找不上再回来。张宏理瞅了老伴一眼，老伴也不说了。

女儿回来了，女儿没敲门，没按门铃，拿钥匙开了门。女儿每次回来都这样，女儿对家有主人的感觉，对这个城市也有主人的感觉。女儿的穿着打扮像城里人，说话做事也像城里人。女儿在城里有了一份工作，对象也找了个城里人，准备春节结婚。女儿还把自己的名字小兰也改成晓岚了，音没变，字却有了城里的味道。晓岚一进来，看到小翠，就说，咋还把人放在家里？弟弟打电话都给我说了，我专门过来看，你们是老糊涂了，留个不明不白的人在家里，没事找事呀。女儿本来就心直口快，这几年好像又学了些城里人的刻薄。这一点，张宏理觉得不好。刘小翠听到这话，放下饭碗，低头站了起来。晓岚又径直走到自己的卧室，推门看了一眼，又哐地拉住了。躁躁地说，干啥呢，干啥呢，住我的屋，还拉我的衣服，这算哪门子事呀。这话是对着刘小翠说的。刘小翠面红耳赤。又对着张宏理老两口说，你们是急着赶我走呀！我咋样你们了，连春节都等不到了！说着，晓岚自己眼圈也有些红了。女儿这一段准备结婚，一边显得很兴奋，一边也莫名地发脾气。张宏理知道女儿的心情，张宏理只是脸上陪了笑，没说话。老伴说，谁又赶你了，想住一辈子都由你，你咋今儿回来了，没上班？晓岚说，今天星期天，休息，本来准备和小王去看家具，弟弟打电话说，我就赶回来看看，你们还把人放在家里。她一扭头冲着刘小翠问，你叫啥名字？刘小翠忙说叫刘小翠。她又问，哪里人？刘小翠说甘肃乡下的。她又问，来干啥？刘小翠没回答。张宏理忙说，你审犯人呢，来，先吃饭。女儿赌气说不吃。刘小翠忽然转身进屋拿了提包就要走，张宏理和老伴眼睁睁地看着。晓岚偏又拦住了刘小翠，刘小翠忽然拉开包说，看，看，看，我没偷你的东西，说着抽泣起来。

张宏理不好说啥。老伴说，这又是干啥嘛，替刘小翠拉住了包。晓岚也有些没意思，说，我又没说她偷东西，我是问她到哪里去。刘小翠抽泣着说，还到哪里去，到街上找工作去。晓岚说，这个阶段各厂子都不景气，哪里能找上工作，你还是回家去吧。刘小翠说不想回去。晓岚说，不回去咋办？找不上工作，总不能当小姐去吧。晓岚的话有些尖刻。晓岚忽然又说，我干脆说明了吧，你待在我家，雷子回来要人，我们不能不给。他要真是人贩子，连带我父母也犯法。你待在这个城里，保不准会给雷子找到。

刘小翠没话说了，半天才又冒出一句，我身份证还在马老板手里呢。晓岚问，哪个马老板？张宏理说，就是雷子。女儿说，打电话跟他要。张宏理说，雷子知道了，怕……女儿打断了他的话，说，怕，怕，怕，这又不是农村，谁劲大，谁人手多，就说了算。这是城里，有王法，怕啥，找电话，我给他打。张宏理说，不知道电话。

刘小翠突然说，我知道电话。张宏理诧异地问，你咋知道的？刘小翠说，我们那边的刘老板带我来到车站，和他联系，我看到刘老板手机上的号码，就记住了。老宏理忍不住看了刘小翠一眼。刘小翠说出了一个号码，晓岚打了，却是停机。晓岚说，没有身份证更找不上工作，哪个厂子都不要，干脆你先回去，等雷子回来了，要来身份证，再寄给你。刘小翠同意回家了，却又说没钱买车票。晓岚说，车票我给你买，她刚想掏钱，却又突然说，还是我直接带你去买票坐车。又回头给母亲说，车站那边有个大商场，我顺便想看几件衣服，妈过去给我看看，也顺便出去转转。

三个人就一起走了，留下张宏理一个人在家里。他觉得还是女儿的主意对，把刘小翠送回去，一了百了。这事过去了，该好好准备女儿的婚事了，虽说女儿不让他们管，东西也不让他们买，家里待客之类的事还得准备准备的。这里不像农村，大院子里摆开十桌八桌的席面，把亲戚路家和村里人都请来，好好热闹热闹。这里待客吃席，就得包饭馆，咋待客，咋包饭馆，这些事等女儿回来，都得提前商量商量。

等了两三个钟头，还不见老伴和女儿回来。他想问一声。接好了电话，却找不到电话号码了。女儿的电话他记不住，女儿把自己和弟弟的电话写了一张条儿，就放在电话机旁边，让他们有事打电话。现在电话条儿找不见了，不知是那天拆电话时拉丢了，还是今天刘小翠收拾屋子收拾到哪里了，翻了几处都找不见了。

他正找着，电话突然响了，他觉得应该是女儿打回电话来了，忙拿起听筒喂了一声，那边没声儿，又喂了一声，那边还是没声儿，沙啦啦的一阵杂音响过后，却传过来一个男人的声音，杂音掺着，听不出是谁，也听不清是说啥。他又喂了几声，反把电话喂断了。他忽然感觉，那个声音像是雷子，心就抽紧了一下，手里捏着个听筒，呆呆地站着，把听筒都捏湿了。

刘小翠不知道走了没有，老伴和女儿咋还不见回来，张宏理着急地走下楼来等，等了老半天还是不见人。

她们要是在车站上碰到雷子咋办？或者也碰上刘小翠说的那个刘老板咋办？刘小翠呢，她不会也是骗子吧，她咋说没有身份证？她咋知道雷子的电话呢？她走都走了咋又回来了呢？她也许就是雷子安排来他们家的，把老伴和女儿拐带出去了。

张宏理胡思乱想起来，他明知是胡思乱想，却没法控制。忽然，迎面刮过一股风，他禁不住打了几个寒颤。

注:《回族文学》2011 年 2 期发表

挂灯

送走马古拜一家，其他人都陆续回去了，亚瑟爷还站在村头。看着两辆蹦蹦车走远了，在断山口那里一拐，不见了，好像突然被山给吃掉了。这几年，亚瑟爷一直有这种奇怪的感觉，也许是老了，眼花了。看着村里人从断山口那里出去，就觉得是被山给吃掉了。也是断山口太窄，侧着看过去，就看不到断口，两边的山倒像是囫囵连着的，人好像是走进山的肚子里去了。

两边的山本来是连着的。山叫麦垛山，高高地耸着，像个麦垛，就叫了那个名。也有说是山上土地肥，有雨水的年景，粮食长得好，山上堆满了麦垛，才叫了麦垛山。可惜这些年，一直干旱少雨，山上再也看不到麦垛了。没了麦垛，山的名字却没有变，老名字叫惯了，难改口。民国年间的海原大地震，把"麦垛"扭断了，成了两截。断了的山，就不像麦垛了，但还叫麦垛山。两截分开叫，南面的一截叫南麦垛山，北面的一截叫北麦垛山。扭断的地方有十几米宽，叫断山口。

亚瑟爷想，真主呀，把一座山生生地扭断了，那是多大的力量呀。

亚瑟爷没经历过那次大地震，他父亲经历了，父亲那时三十出头。父亲说，地震把村子揉碎了，像揉一块破布，拧一个麻花，山走了，地扭了，村子完全变了个样。本来是很远的两家，地震后成了邻家；本来是并排的两家，地震后成了对门。说是人家，哪里还有个人家，窑塌了，房倒了，都成了一堆了，有些人家一个人都没活下来，活着的人也认不出自己的家了。活下来的人也不多，二百多人的村子，活下来四五十个人。父亲一家老小七八口人，只活下来他一个。

地震过后，父亲又新结了婚，生下亚瑟爷。地震幸存下来的其他人也慢慢结婚成家添了娃娃。有了娃娃，村子就活了，一辈一辈地洇着，村子又像个村子了。几十年过去，风吹雨打，草死树生的，地震的痕迹都快看不见了。只剩下那个断山口，大嘴一样地张着。村里人在断山口那里修了路，通到山外面。地震前，村里人要出外，得翻过麦垛山才行。山断开，有了路，出外就方便多了。那算是地震的好处，给村里人留下了一条出路。亚瑟爷想，福中有祸，祸中有福，真主的机密谁能猜透呢。

亚瑟爷也知道，出了断山口，就是清水河川地，有河有路，能通到县城、省城，还有更远的地方。亚瑟爷没去过太远的地方，县城、省城还是去过了。早些年，亚瑟爷是村长，经常要出去，到乡上开会，到县里赶集，也走的是断山口，出出进进的，都没有被山吃掉的感觉。这些年不出门了，看着村里其他人出出进进，他就感觉，断山口那里就像山的大嘴，村里人从那里出去，就像是给山吃掉了，从那里进来，又像是给吐出来了。去外面赶集的，早上吃进去，下午就吐出来。到外面打工的，年头上吃进去，年尾才吐出来。被吃掉又吐出来的，看着还是那些人，变化可不小，穿着变了，说话变了，心也变了。还有些人，被山给吃掉，再也吐不出来了，他们搬到外面去住了。听说他们在县城，在省城，在外面有水有路的地方安了家，都过得好好的，可亚瑟爷总感觉，他们是给山吃掉了，给外面的世道吃掉了。

到外面去打工挣钱的，亚瑟爷不好拦挡。他劝他们出门在外，心里要亮堂，不能偷，不能抢，不能拐，不能骗，不能把乡村人的本分忘了。不能胡吃乱喝，不能把回族人的根本忘掉了。听得人厌烦了，他还是说。对连家带营地要搬走的，亚瑟爷总是想办法留住。

亚瑟爷劝马古拜，不要搬走。亚瑟爷知道马古拜是个老实人，又没个啥手艺，怕他出去了没办法活。马古拜说，儿子要搬，儿子说那边的收成有保障，出去打工也方便。他没办法，得听儿子的。

亚瑟爷知道人都这样，少年时随父母，老年时随儿女，谁也没办法。他没有儿子，只有三个女儿，女儿都嫁到外村了。没有儿子，亚瑟爷一直觉得是个缺憾，但这会儿他又觉得，真有儿子的话，说不定也逼着他往外面搬迁。

亚瑟爷不好再留马古拜，只能劝他先不要把土地转了，把房子拆了。亚瑟爷说，土地找人先给种着，房子托人先给看着，要是外面过得不好，过不下去了，就回来。亚瑟爷觉得，土地、房子是农村人过日子的根把，根把留下了，人就有可能回来。马古拜听了他的劝，但马古拜的儿子很坚决，要把土地、房子都变卖了，彻底搬离这个村子。马古拜没办法，亚瑟爷也没办法。

土地很快有人接手了，房子却没人接。这些年，村里人往外走的多，回来的少，没人要房子。马古拜就把房子拆了。他说，椽棒檩条的，拆过去，在那边还能盖个伙房、牛圈啥的。亚瑟爷没有拦挡的理由，只能眼看着他拆了房子。砖瓦石头太重，拉不动，椽子、檩条、门窗，拉了两蹦蹦车，走了。亚瑟爷知道，这一走，马古拜一家再也不会回来了。

亚瑟爷心里空落落的。他觉得，一个村子就和一个家一样，添一个人，红火一截；出去一个人，就白一片。亚瑟爷这会儿看着，整个村子都白光光的。也就是，玉米掰了，洋芋挖了，地里的秋粮都收了，回来收秋的人又出去打工了。人一少，地头上就没了活泛气，山上的草都枯黄了。草本来也长得薄，雨水少，柠条、猫头刺啥的还有些，黄蒿、棉蓬、苗条草都不见了踪影。亚瑟爷记得，他年轻那会儿，山上的草有半人高，男男女女的，钻到里面，找都找不到。这些年是咋了，连草都不长了，人还咋留得住。

明明知道留不住，亚瑟爷还是在努力地想办法。想了一下午，也没想出个好办法。做完沙目礼拜，从清真寺出来，天麻乎子黑了，天上贴着半个月亮，可没有把村子照亮。没有云彩遮，没有山头挡的，就是不亮。亚瑟爷觉得，这些年，月亮都没有以前亮了。村子里也是，黑乎乎的。一些人家院子里透出灯光来，那些家户还有女人娃娃住着。有些人家院子里黑着，要么是举家到外面打工去了，要么是搬走了，房子空着。马古拜家的房子拆了，拆掉顶子、门窗的房子像黑乎乎的大嘴张开着，有些瘆人。房子就是这样，有人住的时候，有活气；没人住了，就有死气；空的时间长了，还闹个鬼狐啥的。村子也一样，人多了，火焰焰的；人一少，黑黢黢的。

亚瑟爷想，村街上该装上路灯才对，像城里那样。城里到处是灯，照得亮晃晃的。想到灯，亚瑟爷心里忽然一亮，想起父亲给他讲的地震后挂灯的事来。

地震把人的魂都震飞了，把村子的魂都震飞了。活下来的人都呆了，傻了，好些天不知道该干些啥，不知道该咋样活下去。村子里没有一点儿活气，尤其是到了晚上。一个老人出主意叫挂灯。

地震不光死了很多人，还死了很多牛羊，死了的牛羊肉不能吃，他就把牛羊的油剥下来，做了好些蜡烛。又糊了个灯笼，高高地挂在村头上。每天晚上都点一根蜡烛，灯笼每天晚上都亮着。

父亲就动手在村里挂了一盏灯，每天晚上都亮着。灯把人心照醒了，人们开始把地震中死了的人都埋好了，重新搭起了房子，开始治病疗伤，开始生火做饭。几个月后，到春天了，人们又开始种上了庄稼，又开始娶媳妇、嫁女儿。村子活过来了。

父亲说：人心里得有一盏灯。

亚瑟爷想，对，挂灯，高高地挂一盏灯。

回到家里，亚瑟爷先到库房里乱翻。老伴过来问他找啥，他说找木棒。老伴说，不盖房子不搭棚子的，找木棒干啥。亚瑟爷不说话，闷声翻找，翻得尘土乱飞。老伴说，找啥也等明天再说，半夜里拉家什动土的，不好。亚瑟爷这才停了手。

第二天晨礼回来，他又翻找，找出了几根椽棒檩子，摆到院子里。都太短，根本做不了灯杆子。他就找了钳子、铁丝，大头接小头，把短棒接起来，接得老长。老伴不知他要干啥，又问。亚瑟爷说，栽杆子，挂灯。老伴越发不解了，问他挂啥灯，往哪里挂灯。亚瑟爷说，往村头上挂灯。老伴又问，往村头上挂灯干啥？亚瑟爷没有给她再说，低头接他的灯杆子。

灯杆接了有七八米长，估摸着立起来够高了，亚瑟爷这才停了手，仔细地端详了一会儿，觉得能挂灯了。亚瑟爷一高兴，就忘记了自己的年纪，想抬起来放到肩膀上，一个人扛着走。抬了几次却没有抬起来，当着老伴的面，亚瑟爷就有些不好意思了，怕老伴笑话。老伴却没有笑话他，还主动过来帮他抬。亚瑟爷抬大头，叫老伴抬小头。老伴和他同岁，但显得要比他还老，腰也佝得厉害。老伴抬着小头，没抬起来，亚瑟爷抬着大头，也没能完全抬起来，使劲抬了半天，倒把接口的地方抬歪了。

亚瑟爷有些气恼地又在接口的地方多缠了些铁丝。这回没让老伴抬，出去找了几个老汉来抬。几个老汉也不知道他要干啥，帮着抬起来，还没走出大门，杆子歪扭得像长虫一样了。

几个老汉这才问他要干啥，亚瑟爷说，栽杆子，挂灯。几个老汉都笑他，这杆子咋能挂个灯？风一吹，还不歪倒了？

几个老汉说说笑笑地走了。亚瑟爷只好把铁丝又拧开，把几截短棒往屋里收拾。边收拾边又想，找个木匠来，套上榫卯，也许能行。可上哪里找木匠去？村上本来有几个木匠，老木匠杨三斧前年就完了，两个年轻木匠都到外面打工去了。亚瑟爷想，两个年轻的就是在家里也白搭，现在的木匠根本不会套榫卯，做家具用胶粘，盖房子用钉子钉。杨三斧那才叫木匠，做的家具吃年成，三五十年也不走样，盖的房子住几辈人都不倒塌。杨三斧还有个绝活，多歪扭的木头，他都能想办法给你用上，几斧子下去，歪椽子乱棒子就直了，这才得了个“三斧”的外号。现在的人呀，不吃苦了，就学会耍心眼子了，学会吃飞食了。亚瑟爷叹息了一声。

亚瑟爷到村上去问，看谁家有长杆子，问了几家，都说没有。也是的，村里人家要长杆子也没用，最多有盖房用的檩条、椽子，还是太短了。他不死心，在村子里转悠着，看能不能找到长些的杆子，或者是挂灯的地方。这会儿，他眼睛只盯着直直的、高高的戳在地上的东西。他看到了电线杆子。十几年前，政府就给村里送来了电。从断山口那里，顺路排进来许多电线杆子，都是水泥的，就一房子高，挂灯不合适。还有一些杆子，是木头的，上面抹着黑沥青，也拉着线。那些杆子没进村，沿着麦垛山边，从北边过来，又向着南边走了。听说那是军队上的线路。

能做灯杆的树木也几乎没有，稀稀拉拉有些桃树、杏树、枣树啥的，大多是结果子的树。这些年天旱，树长得畏畏缩缩，果子也结不了几个。还有几棵柳树，歪脖子咧嘴的，也都不是成材的树。还在亚瑟爷当村长的时候，种过一些杨树，钻天杨，长得有几房子高，可前些年闹天牛，都死了，砍掉了。最高的算是村头的那棵大榆树了，树干不太高，但很粗，两个人都抱不过来。树枝虬虬曲曲的，伸出老长，树冠也很大，根都裸出来了，像老年人手上的青筋一样，爬了有半亩地。大榆树有些年头了，据说是最早来村里的人种下的。

三年灾荒的时候，村里人没吃的，把大榆树的树叶子吃光，接着连树皮都剥光吃了。大榆树没了皮，筋骨都白森森的，谁都想着它活不过来了。可第二年，它还是长出了些叶子。过了这些年，一年比一年长得旺，还长出了苔衣树皮。树就是比人的命硬，树也比人能守。

亚瑟爷想起灾荒那几年，和民国年间的大地震一样，村子差点也完了。很多人都走了，到口外新疆，到甘肃青海逃荒去了。村子里留下不到一半人，没人气，没活气了。粮食吃完了，连草籽草根、树叶树皮都吃光了。谁也不知道下一顿吃点啥，谁也不知道睡下还能不能再起来。家家的烟囱都不冒烟，家家的院子里都冒死气。村子里饿死了人，一个接着一个。

父亲也是那年饿死的。父亲是自己不吃了，自己绝食饿死的。

那是在灾荒最严重的时候，村子有些人明偷暗抢的，为争一点儿吃的，爷儿父子互相红了眼要拼命；还有的犯了回民的禁忌，连死羊、死狗的肉都吃了。父亲着急了，悄悄翻出攒了几十年的几块银元，叫亚瑟爷去买点煤油，在村里挂上个灯笼。父亲说：人心里得有一盏灯。不然的话，村子要毁了，人要吃人了。

亚瑟爷没有按照父亲的意愿买来煤油，在村里挂上灯笼，而是换了点粮食回来。他觉得，父亲一定是饿昏了，才让他买啥煤油，挂啥灯。他觉得最要紧的是粮食，最紧要的是活命。他买来了粮食，把做好的饭端给父亲。父亲盯着他，看了一阵，一句话都没说，一嘴都没有吃。从那天起，他就几乎水米不进了。

亚瑟爷一直没有想明白父亲为啥会那样做。这些年，他一直觉得，父亲是想把粮食省下来给儿孙吃。但是现在，亚瑟爷突然明白了父亲那样做的意思，明白了要他挂灯的意思。

父亲饿死后不长时间，新粮食收了，灾荒过去了。亚瑟爷一直觉得，那年灾荒要是再长一些，村里人不知还要饿死多少，不知还要做出些啥事来呢。邻近的村子果然连吃人的事都出了。好在灾荒还是过去了，真主总是不绝下民的活路。

灾荒过去，有些出外逃荒的，又回来了，有些就再没有回来。村子显得很冷清。冷清的原因不仅是村子里人口少了，更主要的是人心变冷了。人心变冷，比地震还厉害，差点把村子给毁了。

亚瑟爷当了几十年村长，想了几十年办法，才把人心暖过来，村子才又像个村子了。可是这几年，村子又留不住人了，人心又变了。亚瑟爷明白自己老了，也已经不是村长，管不了事，管不住人了，但他心里着急。他觉得，自己现在的着急和父亲当年的着急是一样的。他也完全明白了父亲那句话的意思。

亚瑟爷想，挂灯，高高地挂一盏灯。

亚瑟爷往回走的时候，看到了小学校院里的国旗，高高地飘着。他想，应该把灯挂那样高才对。这样一想，倒提醒了他，旗杆不就是个很好的灯杆子吗。

他忙忙地到小学校去，正好学校下课，学生都在院子里玩，闹嚷嚷的。亚瑟爷没事的时候，经常到小学校去。他不是去看孙子，他没有孙子。他就看村上的那些娃娃，看他们上课，看他们玩。他喜欢小娃娃，那些小娃娃也都叫他爷爷、太爷的，和他很亲近。可是今天，亚瑟爷没管那些娃娃，径直走到国旗杆旁边，围着转了几圈，仔细地瞅着。从下面看，旗杆很高，国旗飘得很高，简直要到云彩里了。亚瑟爷老了，腰佝得厉害，抬头看高处很吃力，侧身偏脸才能看到顶。

一群学生看到亚瑟爷动作奇怪，跑过来几个，也纳闷地瞅着国旗，没有看出啥来，就问亚瑟爷，爷爷，你看啥呢？亚瑟爷不回答，对着旗杆，一会儿拍拍，一会儿摸摸的。学生们不知道他在看啥，也都围着旗杆看。其他学生看到这边围了人，也都跑过来，围的学生越来越多了。

小学校的马校长看到了，以为是国旗有啥问题，也撵过来了。看看，国旗没有挂反，也没有落下半旗来。他就先向学生喊：都回教室去。学生呼啦一下都跑了。马校长这才小心地问亚瑟爷，国旗没啥问题吧？亚瑟爷说，没有没有，很好很好，接着又使劲抬头看着上面的国旗，身子使劲往后趔，快要跌倒了。马校长以为亚瑟爷犯啥病了，赶忙上去扶住他。亚瑟爷忽然问，这旗杆是哪里做的？马校长不解地说，你老人家问这个干啥？亚瑟爷笑着说，你不要管我干啥，你就说这是哪里做的。马校长说，是在县城的电焊铺做的，到底是哪一家，我不知道，是去年来修学校的建筑队弄来的。亚瑟爷又问，多少钱？贵不贵？马校长说，好像是一千块钱左右，和国旗台一起包的，具体数目我也忘了。要不我给你查查？亚瑟爷说，不查了，我知道个大概就行了。

亚瑟爷说着，扔下马校长就走出学校。马校长这才知道，国旗没啥问题，亚瑟爷也没啥问题。但他不明白，亚瑟爷问国旗杆干啥，难道是也想在自家院子里挂个国旗不成。

亚瑟爷回到家，高兴地说，灯杆子找到了。老伴不知道他找到了个啥杆子，还没顾上问，他就催老伴拿一千多块钱，他要去县城做灯杆。老伴一听他又要拿钱，又要上县城的，这才来了气，问他，你做的啥灯杆子？给谁做的灯杆子？你说清楚。亚瑟爷说，你不要问，给你说了你也不懂，做好了，你就知道了。老伴知道他的犟脾气，没办法，只好给他钱。

亚瑟爷拿上钱，就出门了。村里不通班车，也不通公交车，只有在逢集的时候，有蹦蹦车拉人去赶集。今天不逢集，他在村头上等了大半天，也没有等到去县城的蹦蹦车。亚瑟爷掰指头算了，第二天就逢集，可他不想等了，想到公路上去搭车。公路在麦垛山西面的川道里，出断山口十几里就到了。亚瑟爷觉得十几里地不算远，年轻的时候，他经常走，一天走几个来回都行。他就只身往公路上走，还没走出断山口，就累得不行了，想折回去，又有些心不甘，还怕老伴笑话，就硬挺着往前走。

亚瑟爷走一截，歇缓一阵，中午过了，才走到公路上。搭上班车到县城，已经下午了。

一下车，亚瑟爷赶忙去找马武的电焊铺。亚瑟爷从家里出来的时候，就想好了要到马武的电焊铺。马武是村上的人，参军当了工程兵，学会了电焊手艺，从军队上复员回来，到县城开了家电焊铺。亚瑟爷三年前去过一次，买了个铁皮烤箱炉。那时候，马武的电焊铺刚开起来，亚瑟爷是想照顾他的生意。虽然他心里不情愿村里的人搬出来，但搬出来的人，他又都希望他们能过好。

亚瑟爷记得马武的电焊铺在城南的一个小巷子，店名就叫马武电焊铺。但两三年没来县城，县城肿大了许多，楼高了，街巷也多了，亚瑟爷一时辨不清路了。边问边找，好半天才找到电焊巷。一道巷子里全是电焊铺，满巷子刺耳的切割铁皮声，刺眼的焊枪的火花，刺鼻的油漆味道。亚瑟爷耳朵背了，眼睛花了，鼻子也不通了，但还是感觉不舒服。巷道也很逼仄，很脏乱，到处摆着焊好的铁门铁窗、铁皮烤箱炉，地上乱放着钢管、角铁、铁皮、铁条。一些衣着几乎辨不清颜色，面容几乎辨不清颜色的人忙碌着，看着都是从农村出来的。亚瑟爷想，这些人出来挣几个钱，也是不易。

马武电焊铺果然还在老地方，只是牌子换大了些，跨了三间店面。亚瑟爷走到店门口，看到四个穿着同样迷彩军服的忙着焊东西。三年前，亚瑟爷来的时候，马武还是一间店面，一个人。现在是三间店面，四个人了，看来他的生意是做大了。亚瑟爷从心里替马武高兴，但他看不出他们哪个是马武。几个人都戴着墨镜，拿着焊枪，提着遮光镜，脸上都黑乎乎的，根本看不清。

亚瑟爷问了一声，马武在吗？电焊机的声音太大，几个人好像是没听见，还在各忙各的，头都没往这边转一下。亚瑟爷只能站着。过了一会儿，其中的一个忽然停了手里的活计，摘下墨镜，向亚瑟爷走过来。亚瑟爷这才看清，就是马武。

马武大声喊着说，是亚瑟爷呀，你老咋过来了。

亚瑟爷说，找你焊个东西。

马武听不清亚瑟爷的话，就拉着亚瑟爷进到一间堆放材料的店里。关上了门，外面的声音一下子小了。马武还是喊着说，亚瑟爷，你好着吗？今天过来要做个啥？亚瑟爷笑着说，你会焊国旗杆子吗？马武问，你要焊国旗杆子干啥？村上的学校用吗？亚瑟爷说，不是。挂灯。

马武又问了好一阵，才明白亚瑟爷是要怎样的一个灯杆。马武说，能做好，没问题，又问亚瑟爷啥时候要。亚瑟爷说，今天就要。马武笑着说，今天不行，连夜赶着做，明天中午才能做好。亚瑟爷说，那就连夜赶着做。

马武看到亚瑟爷要得急，就出去喊几个学徒停下手中的活计，先赶着找钢管，备灯杆的料。亚瑟爷在一边看着。

秋后的日子短，说着天就快黑了。城里天黑得不明显，亚瑟爷没感觉到。马武感觉到了，问亚瑟爷，天黑了，你老咋回去？亚瑟爷一看，天真的黑了，灯都亮起来了，就说，怕是回不去了，等明天灯杆子做好，一起拉回去。马武又问他住哪里。亚瑟爷说，住啥，你们要是晚上加班做，我就看着。马武说，那就先吃饭，吃了加班。

几个人在附近的一个清真饭馆吃了点面，回到电焊铺继续加班。马武要给亚瑟爷登记个旅社，让他休息，亚瑟爷不去。马武边干活，亚瑟爷边和他说话。

亚瑟爷问，铺子开得咋样？马武说，好着呢，比种地打工都强。亚瑟爷又问，没想着回去吗？马武说，回去能干啥？那几亩薄地，能有个啥收成？铺子开大些，挣的再多些，就在县城买一套房子。亚瑟爷说，城里也没个啥好的，白天不像白天，晚上不像晚上的。住在楼房里，悬在半空中，不够天，不着地的。房子里都是暖气，没个冬，没个夏的。马武没有反驳，就笑了一下。亚瑟爷也不好再劝了，叹了口气说，人都走了，村子都没人气了。

第二天一早，灯杆子焊成了。马武说，还要安装零件，还要喷漆。让亚瑟爷先转街去，中午就好了。亚瑟爷就到集市上转了转，找到了村里来的蹦蹦车，说好了回去的时候要拉上灯杆子。

等到中午，马武果然把灯杆子做好了。不仅焊好了杆子，还做了个活动灯架，能升降。马武说，灯泡坏了，要换，杆子不好爬上去，把灯架降下来就行了。马武在灯杆里面穿好了电线，马武说，线接在外面不安全。马武还在灯杆上接上了开关，马武说，灯不能白天晚上都开着，得有个开关。马武想得很周到。

没想到的是，灯杆子太长了，村里来的蹦蹦车没办法拉。马武又帮亚瑟爷找了个平板车，拉椽子、檩条的那种。

亚瑟爷就坐着平板车，拉着灯杆子一起回村了。指挥着平板车，把灯杆子卸在村子中间的一块空地上。地点是前天就选好的，在清真寺和小学校之间，地势也高，最适合栽灯杆挂灯。

灯杆子刚卸下来，就有几个老年人过来了。都笑着说，这才像个灯杆子。可这么重的灯杆子，咋能立起来呢，村里的年轻人都不在，就剩些老年人，剩下女人娃娃。亚瑟爷想想也是，但嘴上说，一村子的人，不信连个灯杆子都立不起来。他让几个老人分头去喊村里的人。

一会儿，全村的人几乎都来了，连小学校的马校长也领着两个老师、几个大些的学生来了。村里人好长时间都没有这样聚齐过。人们议论着、谈笑着，也在出主意，想办法。亚瑟爷很高兴，灯还没挂起来，单是这份热闹，就让他高兴。

老伴也来了，嗔怪他不说清就走了，出门两天才回家。他也只呵呵一笑，说，赶紧把铁锹拿来，我挖坑子。

老伴拿来了铁锹，其他人也都主动拿来长棍子、短棒子、镢锨、绳子之类的。虽然是些老人、女人、娃娃，人多了，办法还是多，力量还是大。坑子挖好了，辘轳吊、绳子拉、肩扛手抬的，灯杆子还是给立起来了。又抱来了石头、瓦块的，把坑子填得牢牢靠靠的，上面又堆了些大块的石头。

灯杆子立起来了，很直，很高，与旁边的小学校的国旗，清真寺顶上的月牙，几乎一样高。亚瑟爷看着心里满意，一村人也兴奋地说笑着。

小学校的马校长接好了电线，亚瑟爷按下开关，灯亮了。天还没完全黑，灯光不强。但亚瑟爷想，到晚上，一定会很亮的，能把整个村子都照亮，在很远的地方，在麦垛山的那边，都能看见亮光。

村里人都议论，几个老年人说，这下好了，早晚上清真寺做礼拜，能看清路了；女人娃娃们说，这下，晚上出来，就不害怕了；还有的说，有这灯照着，贼娃子都不敢来村里偷东西了。

亚瑟爷又想起父亲的话：人心里得有一盏灯。但他没有说破。

注：发表于《清明》2011 年第 4 期

吃进肚子里的顶针子

法图麦站在大门口向我招手。

多少年后，我还记得她站在大门口向我招手的样子。

我正在洗碗，屋子里热，窗子都大开着，窗子正对着大门。我边洗碗边扭头往外一看，就看见法图麦站在大门口，在门楼子的阴凉下面。她站在阴凉里，是怕太阳晒。太阳很大，把院子照得白光光的，就大门楼子那里还有一绺阴凉。阴凉太细了，没有完全遮住她，她的头顶上还照着光，照得她头发黄亮黄亮的。她和我差不多大，十一二岁，正是黄毛丫头的时候。

法图麦的头发本来就泛些黄，没有我的头发黑。我妈说，我的头发跟了她，法图麦的头发也是跟了她妈。法图麦妈的头发就没有我妈的黑。法图麦妈和我妈都戴着白帽子，头发很少露出来，我也没有注意谁的头发黑，谁的头发黄。这是我妈自己发现的，我妈时时处处都在和法图麦妈赛着。不过，我妈不会打扮我，也不想打扮我。她说："女娃娃，学不下真本事，光打扮得妖里妖气的，到时候谁要？"

法图麦妈可能和我妈的想法不一样，想着法儿打扮法图麦。同样的旧衣服，绣上花，就显得鲜亮了。同样的鞋子，洒上花，也显得灵巧了。法图麦头发是黄些，可扎上个红色的蝴蝶结。红蝴蝶被太阳照着，很鲜亮，活的一样，显得头发都没有那么黄了。

她也看见了我，向我招手。我知道她是想约我出去，可我正在洗碗，就向她也招了一下手，意思是让她进屋来。她摆了摆手，还是站在那里。

她每次来找我都不进屋里来，站在大门口招手，或者小声地喊我的名字。有时候硬让进屋里了，她就在地下站一会儿，炕沿上坐一下都不。碰上我们家正在吃饭，让她吃点，她也不吃，连水都不喝一口。她是有些怯我妈。

我妈也明显地不喜欢她。当然，法图麦毕竟是小辈，我妈的不喜欢并没有表现在当面。我妈当着人面夸她资格、夸她责己，背过人，就说她跟了她那个娘了，虚得很，假得很，精气得很。我妈最讨厌的人就是法图麦她妈。和村里的其他女人坐在一起说闲话，提到法图麦她妈的时候，连名字都不叫，就叫她虚皮、野狐精、假婊子。不光是我妈，背地里，村里几乎所有的女人也都这样叫。

我当时就知道，村里的女人那样叫她，完全是出于妒忌。妒忌她的针线活好，花绣得好。

那时候，看一个女人的高下，一看针线，二看茶饭。在村里的女人当中，论针线，法图麦妈第一；论茶饭，我妈第一。按说，都是第一，又不是同一个手艺，用不着争了。可茶饭再好，是内藏的手艺，平常又看不出来，总不能做了饭，叫全村人都来吃吧。针线却是显扬的手艺，绣一个被单枕套，绣一块手帕，谁都能看见。

尤其是法图麦妈爱显摆，她身上就常带出来，搭的围巾上绣着花，穿的衣服上绣着花，穿的鞋子上绣着花。女人们背地里说她的坏话，可见到了，又都稀罕她，小心地摸弄着她身上的花，脸上堆满了笑，夸她绣得好。谁都不想得罪她，女儿出嫁，儿子娶媳妇，都要做些针线活，都要用得着她。

法图麦妈确实也绣得好，凤凰、鸳鸯，还有喜鹊、鸽子，都和活的一样，飞的就像在空中飞，站的就像在树枝上叫，游的就像在水里游，任谁看了，都要啧啧地赞叹一阵。还有的拉着她的手说："你看人家这手，长得咋就这么巧，就是个绣花的手。哪像我们的手，像个木锨板子一样，看着都是个受苦命。"说着，都不好意思地把自己又黑又粗的手藏到背后了。回家去打上香皂胰子洗得有点模样了，拔麦子、种豆子、刨洋芋的，过几天，又是又粗又黑了。好在都习惯了，也不管了。

我妈和她们不一样，把一双手看得很重。虽然也拔麦子、种豆子、刨洋芋的，啥活儿都干。但干活的时候，一直都戴着手套子，回到家里也洗得勤。我妈看重手，是要随时等着去给人家里当厨子。村子里人家娶儿嫁女、有个大发小事、来个稀客贵客的，都要请她去帮厨。我妈说："做厨子，自己先要干净利落，黑脚燎手的，像啥话，做出来的吃头谁吃。"

给人家做厨子的日子，也是我妈最显摆的时候。做厨子，虽说不在台面上，到不得人前面去，但该放多少葱，该用多少料，后厨所有人都得听她的。鸡鸭鱼肉全从手里过，饱个口福，那是没问题的。那年月，那些好吃的不是随便能吃上的。还有谢厨的钱，大方些的人家还要打发些肉、菜、干果啥的。我妈每次给人帮厨回来，掏出那些东西，就显得特别得意。她让我们吃，她一点儿都不吃，说这几天都吃腻了。我们一边吃着，她也一边教训着，尤其是对我："叫你学，你还不好好学。没有手艺，哪里吃得上这些好东西。"我有时候装作没听见，继续吃我的，有时候干脆赌气也不吃了，嘴里还少不得嘀咕："人家剩下的嘴巴子，有啥好吃的。"

说实话，我不是不想吃那些东西。我是不想跟我妈学做饭，就想跟法图麦妈学绣花。我觉得，绣花和做饭，一个在云彩上，一个在烂泥里。法图麦妈和我妈比，也是一个在天上，一个在地下。这样的想法，当然不敢给我妈说。要是说了，能把我妈气死。

事实上也就是，法图麦妈嫁的是工人。法图麦她大在煤矿上当工人，虽然脸黑些，但身上的衣服都很干净，还穿着西装，和马老师一样的西装。他每次回来，都要买回来许多稀罕东西，都是我们见也没见过、想都想不到的。最重要的是，他吃公家的饭，拿公家的钱。拿公家的钱比土里刨食要容易得多。他拿上钱了，法图麦妈就不咋种地受苦了。就给人绣个花，做个嫁妆啥的。脸晒不黑，手抓不粗的。走路也不用急急慌慌，慢悠悠的，风摆柳一样。说话也轻声细语，甜腻腻的。一句话，她说话、走路，就像个女人，和电影儿上的女人一样。我妈呢，除了当厨子的那几天，其他时候儿，和村里其他女人一样，该锄地时锄地，该背土时背土。浑身时常土郎咯矶的，走路、说话，也都是硬生生的。

我就不想像我妈那样，就想着像法图麦妈那样。法图麦妈也答应了要教我。她细细地看了我的手，说："指头长，骨肉软，是个绣花的好手。"我妈当然不能容忍我这样叛徒忤逆，尤其是叛向她的敌人。绣花用的针线、绷子、顶针子，一样都不给我买。硬逼着我学做饭，学洗锅洗碗。我妈说，学做饭先要学会洗锅洗碗。我妈说的也许是对的，就像武功高手教徒弟一样，先让砍柴扫院，说那就是练功。可我最厌烦洗碗洗锅。趁着我妈不注意，涮搭几下，管它干净不干净的，我就捞出来了。

法图麦在大门上等着，我洗得更快了。我妈坐在炕上，看着我，满眼都是恨铁不成钢的意思。我收拾完，忙忙地就往出走，她也没有拦挡，只冲着我的背影喊着说：“不要各处乱串去了，回来早些。”我漫应着，跑到大门口了。

边拉了法图麦走，我边问她：“去哪里？去你们家吗？”我还以为是她妈让她来找我，给我教绣花呢。我最想到她们家去，让她妈教绣花。

法图麦说：“我妈没在家里。”

我问：“又去哪里了？”

法图麦说：“村支书家叫去了，给支书家的女子绣嫁妆。”

“支书女子有多少嫁妆？绣了一个多月了，还绣不完？”我有些纳闷了。听我妈和几个女人背地里悄悄说，法图麦妈明着是去给支书女子绣嫁妆，暗着是和支书有事。我听不出“有事”的意思，想不出能有啥事，但从她们说话的口气、哼鼻子的样子中能听出来，那一定不是啥好事。这话当然不好给法图麦说。我就接着说：“支书女子大肉脸，塌鼻子的，嫁妆再多，谁看得上她。”

法图麦说：“听我妈说，支书女子要嫁给我们马老师呢。”

“哪个马老师？”我简直不敢相信。

法图麦说：“就是教语文的马老师。”

“你胡说！”我冲着法图麦嚷嚷。

法图麦小心地说：“是支书婆姨给我妈说的，我也不信。”

“不信不信不信……”我真的不信。

我和法图麦同班，都上五年级。马老师是我们的语文老师。马老师不是我们村的人，长得也和村里人不一样，清清秀秀的，说话也轻声细语的。他从来都不打骂我们女生，对我尤其好。他说，好好学，一定能考上大学。我说，考上大学又干啥。他说，考上大学干啥都行，当老师也行。我那时候真不知道上大学啥的，但马老师说了我能当老师，我就想着长大了当老师。那以后，我妈要是给我说学做饭的话，我就说，我长大了上大学当老师呢，不想当厨子。我妈说，一个女娃娃家，你见有上大学的吗。我们村还真没有女娃娃上大学的。我说，女娃娃也能上，我们马老师说的。我妈说，就你们那个娘里娘气的马老师？我说，不准说我们马老师的坏话。我妈笑了笑说，老师还比妈亲了。赶明儿你长大了，也给你找个和你们马老师一样的，娘里娘气的女婿。我说，我就愿意。我这样说，是为了气我妈，但话说出来了，就觉得有些含糊。再见到马老师，都有些不好意思。

法图麦又说："我妈说，秋后天凉了，就结婚呢。"

我突然气恼地说："你妈说，你妈说，你妈扯谎呢，知道吗？你妈没有给支书女子绣嫁妆。你妈谁知道在支书家干啥呢。"我一骨碌说出这样一大堆话，连我自己都吓了一跳。

法图麦也不解地瞅着我说："我妈没给支书女子绣嫁妆，你说在支书家干啥着呢？"

"你妈干啥，你不知道，我咋知道呢？"我没好气地说。

法图麦不敢吱声了。她虽然和我同岁同班，但比我瘦小些，有些怯我。过了一阵，她小声说："你说去哪里吧。"

我说："热死了，能去哪里，就去河边吧。"河边有几棵大柳树，能遮阴凉。河边吹来的风也凉爽。我和法图麦有时就到那里学绣花。

走了一截，法图麦又说："我妈真的是去给支书女子绣嫁妆的。给支书女子要绣很多花呢。"

我说："就算是吧。支书女子绣那么多花干啥？又不能当饭吃。"不能当饭吃的话是我妈说的，我在这里用上了。

法图麦说:“我妈说，是因为支书家听说马老师喜欢绣花。我妈给绣的花，就说是他们女子自己绣的，哄马老师呢。”

马老师喜欢绣花，这倒是真的。手工课上，法图麦把绣的一方手巾拿去了，马老师就展开给全班学生看了，还粘在教室的墙上，夸了法图麦好几回。学校里来其他人了，他还给介绍。我知道，那方手巾其实是法图麦她妈给教着绣的，花心的地方，法图麦不会绣，还是她妈给绣上的。我把这事给马老师说了，马老师笑了笑说，我知道了。我气不过，也把我绣的一方手巾拿去了。马老师也夸了我，把我绣的也粘在教室墙上了。我心里才算舒服了些。

马老师就住在学校后面的一间房子里。一回，我去交作业，看到马老师的被子上搭了个好看的被单，被单上绣着喜鹊梅花。我一看，就是法图麦她妈绣的。我没见过真的梅花，但我觉得，绣上去的梅花就是真的。喜鹊我是见过，经常在树头上站着，喳喳地叫着，瞪着一双圆溜溜的贼眼睛，随时等着抓人家的鸡娃子吃。但绣上去的喜鹊比真喜鹊还要好看得多。我质问了法图麦，法图麦说就是她妈绣的。她妈听说马老师夸了法图麦绣的花，就送了他一个绣花被套。我觉得，那是法图麦和她妈一起搞的一个阴谋。目的是啥，我说不上来。反正她妈要是给谁家男人送了绣的东西，准没有好事。村西头的优素福和媳妇打了一仗，打得厉害呢。优素福媳妇寻死觅活的，一阵子上吊，一阵子跳窖，一阵子喝农药的，差点失了人命，差点离了婚。听我妈和几个女人悄悄嘀咕说，就是媳妇从优素福身上搜出了法图麦妈绣的花。我妈几个还说，才是个骚狐媚子货。骚情得狠了，叫自家的汉子回来呀。勾引别人的汉子，闹得别人家不得安生。

法图麦说:“你说我们能给马老师说吗?”

“说啥？”我一走神，接不上前面的话茬了。

法图麦说：“支书女子哄马老师的事呀。”

我随口说：“说，说，一开学，马老师来了就说。”

法图麦说：“要是说了，马老师还要她吗？”

我说：“肯定不要了。马老师不是说过了吗，他最不喜欢人哄他。”马老师说过这样的话。我有一回懒，作业没做上，就说家里没灯油了。马老师看着我说，他不喜欢人哄他。

法图麦扑哧地笑了一下。

我问：“你笑啥？”

法图麦说：“支书女子准备了那么多的嫁妆，要是马老师不要了，还不把人失笑死。”

我也笑了。想想支书女子穿了一身的红，头上搭了红盖头。全身上下的衣服上都绣满了花，连鞋子上都绣满了花，站在那里等着，马老师却没有去迎亲。真是一件叫人失笑的事。

支书女子结婚的时候，是不是就那样打扮，我不知道。支书女子都准备了些啥嫁妆，我也不知道。我是按着村里传的法图麦妈结婚时的样子想的。村里的女人都说，法图麦妈嫁来的时候，就是红衣服、红盖头，衣服上、盖头上，全绣上了花。我就想，我结婚的时候，就穿绣花的红衣服，搭绣花的红盖头，蹬绣花的红鞋子。到底是谁来迎亲，我却一点儿都没想过。

穿了一身红的支书女子等着马老师去迎亲，要是马老师没去，也太可怜了。支书女子比我大七八岁，平日里根本就不把我们这些黄毛丫头看在眼里。我们要是巴结着叫一声姐姐，她说不定都不应呢。但要是叫她等不到迎亲的人，我心里还是有些不忍。还有马老师，他要是不娶支书女子，娶谁呢。也真是的，马老师不娶支书女子，会娶谁呢？

这样想着，我就说出来了："马老师不娶支书女子，娶谁呢？娶你呀！"

法图麦本来还笑着，听我这样说，突然红了脸。她本来脸皮子白些、薄些，一下子红透了，连耳根子那里都红了。连她头上扎的红蝴蝶都更红了，像要飞走了。

她忽然挠了一下我的胳肢窝儿，挠了一下，又是一下。嘴里还边说着："娶你。娶你。"我最怕人挠胳肢窝儿了，边躲着跑，边大声地笑起来。法图麦也笑着，没有再追着挠我，而是轻盈地蹦起来，两只脚一抬一落的。我看见她穿了一双新鞋子，绿平绒布鞋面上绣着两枝子梅花。她脚一抬一落的，那两枝子梅花也一伸一伸的。我再看看我的鞋，黑面布鞋上落了土，黑不黑白不白的。突然起了一阵妒忌，蜂儿一样，一下一下地蜇着我的心。我看着法图麦一蹦一跳的样子，感觉她是那么轻狂，简直就和她妈一样。她的长相其实很像她妈，都是窄条脸，尖下巴，眉毛细细的，眼角也细长细长的。只是法图麦还是个黄毛丫头，还一点儿都没发变，就看着不像。连她妈都说："我的法图麦儿一点儿都不像我。倒是英子长得像我。"我还以为是真的，差点高兴死呢。我真的希望她是我妈呢。原来都是假的，她给法图麦做了绣花鞋，咋没有给我做。

法图麦显然没有注意到我的变化，还是一蹦一跳的，梅花还是一伸一伸的。可我觉得，她简直就是故意在蹦跳，故意在给我胀气。

我停下来，烦烦地说："热死了，回家。哪里都不去了。"

法图麦不蹦了，也停下来，看了看我，说："走吧，快到了。到河边，我给你看个好东西。"

也许是她大又回来了。她大回来，就会给她买好吃的好玩的。村上的娃娃都羡慕死了。法图麦跟我好，好吃好玩的也给我分。

又走了不远，就到河边的树荫下了。

树是几棵老柳树，不知是啥年月啥人栽的，很老了，比我爷爷都老。树叶子都稀稀拉拉地褪到头顶上，闪烁出黄亮的慈祥的光。树杆子长得不高，几根斜枝子几乎是平的，我们就坐在上面。根也很粗，歪歪扭扭地伸出老远。靠河岸的地方，根像人的手一样，把土抓住了。河水在下面四五尺深的地方淌着。河就是清水河，淌的是苦水，不能浇地，也不长树。那几棵树本来不在河边，河水一年一年地淘过来，就淘到树跟前了。淘到树跟前，树根把土抓着，淘不动了。河边其他地方都没有树，就这里几棵树。有这几棵树，河都变得好看了。就像是一块布片，绣上花，就好看了。我们女娃娃就常到这里来。

男娃娃不来，男娃娃在岸低水浅的地方耍水。

站到树阴凉下面，看着一河清凌凌的水，我的气也不见了。

我问法图麦："你大又回来了？"

法图麦说："没回来，过几天回来呢。"她常说的一句话就是"我大过几天回来呢"。谁都能听出来，那是一句夸耀的话，还是话中有话。她大回来就有好吃好玩的。

我又说："你不是说有啥东西让我看吗。"

法图麦好像想起来了，边从裤兜里往出掏，边说："是我跟支书女子到县城里去买花线时，给我买的。"话说完了，东西却还没掏出来。好像这东西装得很深，好像故意吊我的胃口。我也突然明白了，她今天找我，就是要给我夸这件东西。她掏出来了，先没有给我看，套在她的手指头上，连手指头一起伸给我看。她的右手中上指金灿灿的。

我看见了，是一个顶针子，黄铜做的，上面有许多小针坑儿。做针线活、绣花，必须有个顶针子。我一直都想有那样的一个顶针子，那样一个顶针子并不贵，才几毛钱。我妈就是不给我买。我妈说，没有合适我手戴的。法图麦妈咋给她买了。看来我妈就是不想给我买，就是不想叫我学绣花。

法图麦伸着手，转过来转过去地让我看，她也看着。我说："拿我戴上看看。"法图麦不小气，褪下来，递给我。我拿上，看了看，往右手中指上套，却怎么也套不进去。

法图麦笑着说："我妈是按着我的手指头买的，我的指头细，你看我戴上刚合手。"她又拿过去，很轻松地就戴上了，又把手翻过来倒过去地看，看得我胀气。我胀气的还有她妈，就给法图麦买了，没有想起我。

我生气地说："谁说我戴不上，我刚才是没有使劲戴。"我说着，就从她手上往下揪。顶针子是揪下来了，把法图麦也拉了一个趔趄。她往前一栽，没站稳，掉到河里去了。我看着她头上的红蝴蝶划过一道弧线，不见了。扑通一声，她倒着栽进水里了。

我等着她从河里站起来，我再想办法把她拉上来。可等了半天，都不见她站起来。一直都不见她站起来。我害怕了，害怕得要命。看不见法图麦，满河的水白晃晃的，整个天上都白晃晃的。我盯着法图麦落水的地方，看了好半天，还是不见她起来。我突然做出了个连我自己都意想不到的举动，我把顶针子一把塞进嘴里，吞下去了。顶针子把我的嗓子眼儿憋得很痛，痛了一条路，下去了。

我慢慢地走回家。走到大门口，我妈正好要去地里，碰上了。

我妈问我话，我没听出问啥，也没有回答，进屋里了。

过了一阵子，庄子上吵吵嚷嚷的，不知出了啥事。又过了一阵子，我妈回来了，进屋就问我："法图麦叫水淹了，你知道吗？你们俩一搭出去的，你知道吗？"我不知是嗓子痛，还是吓暗哑了，一句话都说不出来。我妈又问了几声，我还是不说话。她急急地出去了。

后晌黑的时候，我妈又回来了，看着我说："法图麦掉到河里了，下面耍水的几个娃娃看见了，捞上来，救活了。你们俩一搭出去的，她咋掉到水里了？"我妈尽量和声细气地问。听到法图麦还活着，我突然哭起来。我的嗓子痛着，哭出来的声音很吓人，连我自己都吓了。我妈又着急地问："你嗓子咋话了？你嗓子咋话了？"我不说话，只是哭。我妈呆呆地看了我一阵，不再问我了。我知道，法图麦给救活了，就会把啥都说出来。我等着我妈打我一顿，狠狠地打我一顿才好。

法图麦在家里缓了些天，就好了。她似乎啥也没有说。也许是她的脑子被河底的石头碰了，被水淹的时间长了，出了毛病，把啥都忘掉了。过了些天，碰到法图麦妈，撞了个满怀，没躲过。我低着头不敢看她，她还是那样轻声慢语地说："你咋这些天不来学绣花了。我还给你和法图麦一人买了一个顶针子呢。你哪天过来拿上。"我惶惶地点了几下头，就跑开了。

我没有去拿那个顶针子，也没有再到她们家去学绣花。

开学的时候，我嗓子好了，能说话了。法图麦却不多和我说话了。我胸口那里开始痛起来。从上中学到大学，到参加了工作。时不时地胸口就痛。到医院检查，也查不出来。

今年夏天，胸口痛得厉害。又到医院查了一回，医生听了听，按了按，问了问，说大概是胃有毛病。就检查胃，又是钡餐透视、又是胃镜的，折腾得人要死要活的。结果更是吓人，病历报告上明确写着，胃里有个瘤子。医生用宣布噩耗的表情说，恶性的还是良性的，很难说，你要做好思想准备。接着又做活检，还好，没有发现癌细胞。确定为良性的。医生建议尽快手术，说怕转成恶性的。听着怕人，就只好做了。

要做手术了，我不敢再瞒着了，给家里打了电话。我妈我大还有弟弟妹妹都来了。我妈一见我，就眼泪汪汪的。泪水顺着满脸的皱纹褶子往下蔓。那一刻，我才感觉到我妈老了，我为一直不好好听她的话，一直和她作对，感到很后悔。其他人也都表情不好。

手术很顺利，刚从手术室出来，我就醒过来了。一家人都满眼含着泪。我挣着笑笑说："好好的，哭啥。"我这样故作轻松的话，倒把妈妈的眼泪勾出来了，满脸地淌，哽咽着说："瓜女子，你把妈吓死了。"原来我妈还是疼我的，只是一直没有说出来罢了。我也感觉眼泪呼呼的。

正在这个时候，医生进来了，端着个托盘。托盘里是一块血肉。那应该是刚从我胃里切出来的。医生惊奇地说："你们看看，这是啥？"说着，用镊子拨开血肉，夹起一个铁圈状的东西来。我大和我妈都把头凑过去看，看了半天，却不知道是啥。我又一看，才看出来，是我吞进肚子里的那个顶针子。已经生锈了，但上面的针窝儿还在，分明就是那个顶针子。

我忽然想起那个中午，法图麦站在门口向我招手。

注：《文学界》2011年5期发表

钻进耳朵里的蚊子

前一天下过雨，地上留下一些小水吧。水吧里浮着很多蚊子，嗡嗡地叫着，飞着。还有草，湿地上一下子冒出那么多草。我老家那里干旱，旱枯了。那些草在地下等雨，比痴情女子等负心远出的汉子还等得苦。下一场透雨，草嗡的一下全钻出来了。花也是呼啦一下开了一大片。不像其他地方的草，春天从软土地里慢悠悠地出来，舒舒服服地长一个春天，又一个夏天，出芽，长苗，扯杆，打花苞，到秋天了，才慢慢开花，结籽。我们那边的草，刚长出一天来就开花，有些草简直就是顶着花钻出地面的。已经秋天了，它们根本就没时间再等，长叶子，开花，结籽，一两天时间就得完成生命的全过程。不信你试着看去，越是干旱的、寒冷的地方，草木生长的时间越短。时间是短了，开花结籽的过程都一样。人活一世，草木一秋，所有的生灵都一样，都走的是同一个过程，只是有的长些，有的短些。

我们去山上找草。我说的我们，是荷素和麦燕，还有我。我把她们两个都叫姐姐。荷素比我大五岁，麦燕比我大三岁。我虽然才十二岁，比她们都小得多，可我的个子长起来了，几乎和她们一样高。长一样高，我就觉得能和她们一起走了。其实她们根本就不想和我一起走，我像尾巴一样地连着，她们才勉强带上我的。带是带上了，但还是把我当作个小屁孩，时时指使我干这干那的。“英子，把那块石头搬过来，我坐下。”那块石头离她也就两拃远，她一伸手就能拿到，她偏要我给她拿，就像皇太后指使丫环一样。我抱过石头去，拍拍干净，放在她屁股底下。我就乐意给她指使着。她们有时还故意哄我，“英子，你看那里有个啥，亮闪闪的。”我顺着她们指的方向跑过去看，却是个烂玻璃片子。其实我早知道是个烂玻璃片子，为了能和她们一起走，我乐意白跑一趟。我这样做，就是想和她们在一起。我这么巴结着，她们还是不想和我一起走。想想也是，我虽然长高了，可只是扯起了条子。像一棵玉米秧子，杆子长高了，头上的穗子还没红，玉米棒子还没结上。

荷素已经是红了穗子、结了棒子的玉米了。荷素的身子已经变化了，高处是高处，圆处是圆处的，刚出笼的馍馍一样，到处都冒着看不见的热气。妈妈蒸馍馍的时候，就看热气，嘴里哈着气，拍拍馍馍。妈妈说，馍馍的热气圆了，就该出笼了。姑娘的热气圆了，也该出嫁了。荷素正是到了这个时候，已经有东山西山的人家来验看过了，媒人领着穿了新衣裳的小伙子来，跟荷素见了面。前后不几天，来了两个。荷素还都没有答应，也没有拒绝，还在挑着、拣着。大爹大妈说，让荷素自己定，选上哪家是哪家。挑选可是一件难事，选好了，一辈子平安和顺；选不好，一辈子挨打受贱厌。但能挑选，是一种资格，一种权利。只有长到荷素那样的时候，才有那种权利，那种资格。像我就不行，我还连挑选衣服的资格都没有。我大给我买回啥衣服，我就穿啥衣服。我妈的衣服小了，改一改，叫我穿，我只能穿。

麦燕也发变了。发变是我妈说的。麦燕有一天来我们家，我妈瞅了瞅麦燕，惊讶地说：“这丫头也发变了。”说得麦燕红了脸。看来麦燕也知道了发变的意思。我那时候却不知道。我只是看到她脑门子上、耳朵旁边的汗毛开始褪了，脸上开始有了光亮。不像我，汗毛和头发还粘在一起，乱蓬蓬的，脸上也还没有光泽，像结了不久的苦瓜蛋子一样。有时候照照镜子，连我自己都看着自己丑。

荷素和麦燕不愿意带我，当然也应该是嫌我丑了。她们俩约着去山上找草，被我发现了。不是偶然的发现，我其实一直注意着她们家门上的动静。看到她们出来，我就随上了。她们那天要是说去河里洗衣，我也一定是去河里洗衣了。

她们说是去找草，可实际上对草的兴趣不大。村头上的田埂边，野地里，就有很多的草。全都是刚长出来的嫩生生的草，还是牛羊平日里根本就吃不到的细草。她们看都不看一眼，只顾着往前走。一直走出村子，走到连村子都看不到了，还不想停下来，还没铲一点儿草。要不是沟里有浑浊的泥水，她们还会往前走，一直走到远山里去。我算是看出来了，她们根本就不是想找草，就是想走远些，走到没有人的地方，走到谁都看不见的地方。她们连路边开的野花都不看，蓝茵茵的兰花花，紫幽幽的野苜蓿，还有红的黄的白的，各种叫不出名字的花都开了。她们简直理都不理，眼睛一扫而过。她们到底是啥心思，我根本不知道，只能跟着她们走。

她们走那么远，也可能还有蚊子的原因。走远些，是为了躲开那些讨人厌的蚊子。我们那里平时蚊子很少，下过雨，有了小水吧，太阳出来一晒，蚊子就出来了。可一般都是零星的几个，哼哼几声，就没有了。那天哪来那么多的蚊子！一团团一团团的，嗡的一声飞起来，绳子一样，扭成几道弯儿，飞远了。零散的就在人眼前飞，在人耳朵跟前嗡嗡地吵。

荷素不时地划拉一下手。那是赶蚊子的意思，可动作却并不大，说不出的那种得体，那种优雅，手伸出去就像开满的树枝一样，赶蚊子的动作像跳舞一样，很好看。麦燕也一下又一下地抡胳膊赶蚊子。麦燕的动作就大些、硬些，手甩出老远去，看着就是赶蚊子。说实话，荷素小眉小眼的，长得算不上漂亮，但那一个阶段，正是她最受看的时候，随便地动动手、动动脚，都觉得好看。麦燕身子细条，眉眼长得也俏，但就差那么点气息，不好看。

我学着荷素的动作划拉了一下，说："烦人的蚊子。"

麦燕说："就是，走到哪里跟到哪里，讨厌死人了。"说着还看了我一眼。

我假装没听出她话中的意思，继续跟着她们。

她们那天确实是有点啥秘密，走到那么远的地方了，还不急着铲草。放下背篼和铲子，悄悄嘀咕些啥。小声地说了，还红着脸咯咯地笑，笑得又甜又腻，像吃了很多糖。我猜测，她们的话与东山西山求亲来的人家有关，见面都说了些啥话、送了啥东西之类的。我猜的不会错。大姑娘的悄悄话和大婆姨的悄悄话不一样。大婆姨的悄悄话一般都是说别人，张家长李家短的，谁的媳妇子不孝顺，谁家娃娃走歪路，从来不说自己。大姑娘之间的悄悄话不是针对别人的，是关于自己的秘密。自己的衣服，自己的头发，自己的身子，还有自己心里的那个人。这样的悄悄话不是一般人能听到的，给自己的娘老子都不会说。她只会给年龄差不多、有着差不多秘密的同伴说。

我身上还没有她们一样的秘密，她们当然不给我说了。我忽然对自己平板板的身子、麻秆一样的腿脚非常生气。当然了，对荷素和麦燕，我也是生气的，我只是不说罢了。为了表示我的生气，我故意不往她们跟前凑。我蹲下身子铲草，眼睛时不时地偷看她们在干啥。她们根本就没注意我、在意我，还是自顾自地说着些啥。可能是来到野外没人的地方了，离我又远，她们还放开了声说笑。我听不真切，嗡嗡的，像蚊子一样。侧耳细听，还是听不见，我耳朵里的嗡嗡声倒是越来越大了，好像有个蚊子在里面。我用手指掏了一下，啥也没有，换了小手指又掏了一下，带出了一点耳屎。嗡嗡声还是响个不停。我以为就是耳屎在作怪，掏又没啥掏，干脆不理睬，赶紧铲草。我想等一会儿，我的背篼已经装满草了，荷素和麦燕的背篼还空着，我看她们还咋神气。她们到时候如果想让我帮着铲草的话，就得英子长英子短地喊我，稀罕我。

草很好铲，地皮子湿，草也嫩，我一会儿就铲了半背篼。我看了一下，荷素和麦燕还是没有动手铲草，坐在那里说闲话。我不着急了，就挑香茅、谷油那些细草铲。开着花的那些草，都不算好草。看着好看，牛羊却不爱吃。牛羊不是人，才不管啥花呀朵呀的，好看不好看，它们就看好吃不好吃。我妈在院子里种了几棵千层牡丹花。一天拴牛的缰绳开了，牛在院子里乱找吃的，把千层牡丹的叶子都吃了。花却没吃，只是碰折了几个枝子。牛是不会怜香惜玉的，它不吃花，一定是花不好吃。

开花的草上，还有野蜂儿、蚊子和乌七八糟的虫子在乱爬，我也不敢铲。我害怕那些虫子。老师讲过，那些叫昆虫，是在帮助花儿传播花粉。它们都是益虫，没有它们传播花粉，花儿就不能结籽挂果。老师说的应该不会错，可我总觉得，那些昆虫在花儿上爬来爬去的，不光是在给花儿传粉，还存着我们都不知道的私心。再说了，昆虫也有好有坏，比如说蜜蜂子娜娜子，看着都好看，花儿也一定乐意让它们传粉。可蜜蜂子娜娜子春天多些，这时节就少了。花儿里钻出钻进的都是野蜂儿、蚊子和乌七八糟的虫子。同样是花儿，春天开的，招的是蜜蜂子娜娜子，秋天开了，就只能招蚊子。

耳朵里的嗡嗡声又响起来，真像是有个蚊子钻进去了。我又用手指头掏了一阵子，越掏，嗡嗡声越大。我就想，怕是真有个蚊子钻进去了。我紧张起来，折了一截草杆子，试着往里面掏，掏得耳朵眼儿都疼了，却没有掏出蚊子来。嗡嗡声还是在，隔一阵，就响一阵。响得我心里很烦乱，也很害怕。看看荷素和麦燕，她们还远远地坐在那里说话。我想过去给她们说，说我耳朵里嗡嗡地响，可又不敢过去，怕打搅她们说话，怕她们讨厌我，给我脸势看。我还想起我妈来，要是给她说了，她一定会说："闲得心慌了，耳朵才响呢。念了几天书，啥都懒得干了。去，把锅洗了，耳朵就不响了。"她一直都是这样的，我头痛了，她就说："那是屋里捂得劲大了，到地里干一阵活，风透一透，就好了。"妹妹说肚子痛，她也说："怕是懒得屎尿憋住了，把空了，就好了。"

她不是不疼我们，她只是太忙了，又是地里，又是家里的，根本顾不上管我们。她跟荷素和麦燕一样，总以为我还小，把我当小孩子。我和妹妹盖一条被子。妹妹睡觉老是乱翻乱滚，我说要单独盖一条被子。我妈说："过几年长大了再说。"

我忽然感到一种无助和伤心，不由得哭起来。先是悄悄地淌眼泪，淌着淌着，哽咽起来，哭出声来了。

荷素和麦燕大概是听到了我的哭声，过来了。荷素问："咋话了，英子？"

麦燕说："好好的，哭啥呢？"口气中明显有些不耐烦。

我向着荷素说："我耳朵里钻进去一个蚊子。"

荷素说："蚊子咋能钻到耳朵里去。"

麦燕说："过来，我看。"说着，嫌恶地揪起我的耳朵往里面看。

背光处看不见，又揪着我的耳朵转向迎光的一面，看了看，往里面吹了吹，说："没有，啥也没有，乱哭个啥。"

荷素说："你咋知道蚊子钻进耳朵里了？"

我抽泣着说："耳朵里面一直嗡嗡地响。"

荷素说："痛吗？"

我说："痛是不痛，就老是嗡嗡地响。"

荷素说："你还是回去叫你妈看看。别不是真的是蚊子钻进去了。"她的口气里有些关心的意思，但明显还是不相信我的耳朵里嗡嗡响。

麦燕说："就是，回去叫你妈看去，跑到这里哭啥呢。"说着，把我的背篼拎起来，按到我的背上。那明明是催促我快走的意思。

我实在是有些生气了，不想给她们再说啥，赌气背了背篼往回走。走过一个山弯子，回头一看，荷素和麦燕都不见了，周围谁都看不见了，我放下背篼，坐在地上，放声大哭起来。不只是害怕耳朵里钻进了蚊子，不只是想到荷素和麦燕对我的无视和厌烦，还有许多的伤心事，一下子都涌上来了。大人有大人的伤心事，娃娃有娃娃的伤心事，快长大还没有长大的，伤心事最多。当然了，都是些爹妈骂了、老师冤枉了之类的事。尤其是想到我在荷素和麦燕面前不争气地哭了鼻子，我越伤心了。

人一旦哭开了头，一下子收不住。大声哭了一阵，我还继续小声哭，再过一阵，眼泪没有了，嘤嘤的声音还在。连我自己都听着不像是哭，倒像是唱了。我妈说那是咽咯。我妈打了妹妹，妹妹先是大声地哭，哭着哭着几乎是快要忘了，要停下了，忽然又想起来，再哼哼几声。我妈就骂："你咽咯啥呢，还想找打吗？"

到了咽咯的时候，我知道已经把心里堵着的一些东西都哭掉了，没啥事了。连耳朵里的嗡嗡声都没有了。我就想铲点草，把背篼装满了，就回家去。

嘎西就是在这个时候出现的。有时候想想，那天要不是死乞白赖地跟着荷素和麦燕跑那么远，要不是前一天下过雨就不会有那么多的蚊子，要不是耳朵里嗡嗡地响，要不是荷素和麦燕撵着我回去，我也不会碰上嘎西。有时候又想，有无数的偶然决定了我那天要碰上嘎西，那是注定的，没办法的事。

我正低着头咽咯的时候，嘎西突然出现在我前面。“咋话了，马小英？”他问。他叫的是我的学名。他和我同班，都在村里上六年级。下学期就不可能同班了。他没有考上乡中学。

我一抬头就看见了他满是伤疤的脸。我惊了一下，忙问：“你在这里干啥着呢？”

嘎西说：“我妈叫我给我大送饭去。听到你号。咋话了？”

他没有扯谎，他手里提着个篮子，篮子里有碗筷。他大在山上放羊，放着一大群羊。那些羊不是他们家的，是全村人的，这家三个，那家五个的，还有我们家的四个。他大是个瞎眼儿，说瞎眼儿也不对，他大能看见，只是眼睛上有一层云翳子，我们那里叫萝卜花。他妈又是个瘸子，一条腿长，一条腿短。两口子瞎的瞎、瘸的瘸，种地吃力。村里人照顾着，就叫他大给村上人家放羊，挣几个钱。

“没啥你咋大声地号着呢？”嘎西追着问。

我赶紧用衣裳袖子左右开弓地把眼窝一擦，说：“谁说我号了。”

嘎西说：“哄人，我明明听着你号了。”说着，还看着我，笑了一下，脸上的伤疤一跳一跳的。

他脸上的伤疤是雨炮炮弹炸了留下的。

雨炮本来是打冰雹冷子的。我们那里雨水少，还爱闹冰雹冷子。夏天的时候，山头上起了生云，有时候能下点雨，有时候下的就是冰雹冷子。大人们能看出来，生云要是发黑，就是雨，生云要是发红，就闹冰雹冷子。有了冰雹冷子，赶紧就从仓库里把雨炮拉出来打。炮弹放在炮筒里，炮弹上有一截捻子，点着了捻子，炮弹就打出去了，在云彩里面炸了，把云彩炸开，也就把冰雹冷子炸散了。

包产到户以后，村里所有的东西都分掉了。分完东西，仓库空了，也不上锁了，成了娃娃蛋蛋们耍的地方了。嘎西有一回在里面耍的时候，在一个墙角里找了个生锈了的铁疙瘩，拿出来了，准备卖废铁。拿到外面，有大些的娃娃认出来了，说是雨炮炮弹。看了看，果然还有一截火药捻子。叫他赶快扔掉。一听说是雨炮炮弹，嘎西更高兴了，不仅没有扔掉，还吆喝了一帮子娃娃，到沙窝里去放炮。

女娃娃爱花，男娃娃爱炮。放个鞭炮都要高兴得跳蹦子。那不是鞭炮，而是货真价实的真炮弹。一大群娃娃都跟着他去了。嘎西被一大群娃娃围着，像众星拱月一样。

到沙窝里，先把炮弹埋住了，只留下一截火药捻子在外面。嘎西叫娃娃们都退到远处，趴在地上。他一个人到跟前，划着了火柴，点着了火药捻子。点着了，他也赶忙跑到远处，趴下来看。火药捻子哧哧地冒了一阵火，一群娃娃觉得快要炸了，胆小的都把耳朵捂住了。娃娃们都等着听一声巨大的爆响，看看一大堆土冲天飞起来。可等了半天，没听见爆炸声，也没有看到沙子给炸起来，连火药捻子都不再哧哧地冒火了。

娃娃们都说："捻子灭了。"但没人敢到跟前去看。

还是嘎西胆子大，爬过去，爬到跟前看。捻子没有哧哧地冒火，但还有点红火星。嘎西就用嘴吹了一下，想把火星吹旺了。火星闪了一下，他再一吹，轰隆一声，炮弹爆炸了。

都说幸亏是雨炮炮弹放的时间长，受了潮，要不然，他娃的命早搭上了。

还好，没有炸死他，但把脸上的一层皮全揭掉了。拉到医院里去抢救了好些天，命是保住了，脸上却留下了一道道疤。村里人都叹息他们一家人可怜。

嘎西却好了伤疤忘了痛，比以前还要顽劣，上房揭瓦的，连老师都管不住。他在班上不好好学，经常闹些恶作剧，还抓上癞瓜瓜、蛇麻虫子吓女生。

我知道哄不过嘎西了。他要是给人说了，说我一个人在山湾里放大悲声地号，那还不把人羞死了。他要是再添油加醋地说上些其他话，就更难听了，更不得了了。我一想不行，就说："一个蚊子钻到我耳朵里了。"

我这样一说，似乎是提醒了我的耳朵，嗡嗡声又响起来了。

嘎西说："你说啥？蚊子？蚊子能钻到眼睛里？"

我没好气地说："不是眼睛，是钻到耳朵里了。"

嘎西说："我看看，拿我看看。"

我想，刚才荷素和麦燕根本没有仔细地看，让嘎西看看，说不定能看到蚊子呢。我就把耳朵向嘎西伸过去。嘎西猫着腰，在我耳朵边看。脖子一扭一扭的，看了半天，说看不到里面。说着又往跟前凑了凑，嘴里的热气呼呼地吹到我脖子那里，有些痒痒。

我躲开了，说："算了，算了，不看了。"

嘎西说："不让看就算了，叫蚊子把你的脑子都吃了去。"

我喊着说："你胡说。"

嘎西说："你还不信。我妈说，她们庄子上有个娃娃，经常爱耍土，在土窝里睡觉。过了些日子，老说耳朵里有虫子在爬。家里人给用耳挖子掏，啥都掏不出来。找医生看，也看不出来。娃娃整天喊着头痛，一天比一天瘦，眼看着不行了，要完了。家里人没办法，请阿訇来，念了经。烙的油香也给了那个娃娃一块子，想着叫他临完的时候，吃上点好的。那个娃娃吃了两嘴，就吃不下去了，乏了，睡着了。油香掉到头跟前，挨着耳朵。过了一阵子，家里人过来看他。你猜看到啥了？看到一大群蚰蜒虫从他耳朵里爬出来，爬到油香上吃起来，把一块油香都爬满了。蚰蜒虫最爱吃的是香油，不爱吃油香咋能叫个蚰蜒呢。"

我吓得叫了一声。蚰蜒虫我见过，和蜈蚣、毛扎扎一样，长着一身的脚。想到一大群蚰蜒虫趴在那里的样子，真叫人害怕。

嘎西不管，继续说："我妈说，蚰蜒虫从那个娃娃耳朵里进去，钻到脑子里了。钻到脑子里，下了一窝儿子，吃娃娃的脑子。娃娃的脑子就疼了。蚰蜒虫闻到了油香的味道，才出来了。要不是正好把油香掉到耳朵跟前，那些蚰蜒虫就把娃娃的脑子全吃完……"

我听得头皮发麻，想到一大群蚊子吃我脑子的情形，浑身打颤，尿快憋不住了。我赶紧向山坡下面跑，边跑边感觉尿就要出来了。好不容易跑到一处小沟坎下面，觉得嘎西看不见了，我忙忙地蹲下来。

我脚下草丛里沙沙地响，沙沙地响，还有啥在动。我感觉到不对，低头一看，一条花斑蛇，哧溜溜地从我两腿边窜过去了。我跳起来就跑，跑上小沟坎，向嘎西跟前跑，边跑边喊"蛇，蛇！"我忘了提裤子，站在嘎西跟前了，还光着腿子跟他说：“一条蛇，一条大蛇！”

嘎西似乎没有听我说话，眼睛直直地盯着我的下身看。脸上的伤疤红得要出血，两个小眼珠子好像也看到了蛇，看得我两腿凉飕飕的。嘎西抱住了我。我浑身还抖得很厉害，眼前老闪着那条蛇的样子。它背上的花斑很好看，我妈压在箱底的一截绸缎上，就有那样的花斑纹。那是我妈结婚的时候，娘家陪嫁的。我妈一直没舍得做衣服穿，有时候拿出来，摸摸，看看，又小心地放进箱子里了。有一回拿出来，边摩挲边笑着说：“等英子长大了，给英子做嫁妆。”那一刻我非常盼望着快点长大，想象着那绿底黑花的缎子穿在身上的样子，真恨不得一下子就长大了嫁人。嫁给谁却没想，嫁给谁都行，满脸伤疤的嘎西都行。

嘎西手脚忙乱地做着些啥事，身子紧紧地往我身上靠。我觉得不对劲，一把推开嘎西。他还没反应过来，裤子半拉着，猫着腰站在那里，一副随时要扑过来的样子。我抓起铲子，向他喊叫：“你过来我剁死你。你走，你走呀。”他好像是被我的样子吓住了，慌忙提起裤子，抓起篮子，跑了。

我软软地瘫坐到地上了，脑子里空得和狗舔了一样。我呆呆地看着地上的那些草。有一棵很单瘦的草，只有一拃高，头上却顶了一朵花，花比身子还大，像个大头娃娃一样。我揪下那棵草，举在眼前，怔怔地瞅着。花是黄色的，油菜花那样的黄色。花瓣是单层的，有五六瓣，每个花瓣都细小得像麻雀舌头一样，莹润得像要唧唧地叫，像要开口说话，像要开口唱歌。我耳边忽然响起一阵歌声，嘴里也轻轻地唱出来：“小白菜呀，叶叶黄呀……”我不知道为啥会唱出那样的歌来，我不是个没娘的孩子，父母都好好地在家里呢。

我想回家了，背起背篼，远远地看到荷素和麦燕还在那里。我不想见她们了。一个钟头前，我还那样地希望和她们在一起。

回到家里，我大我妈都刚从地里回来，问我干啥去了，问我咋话了，我一句话不说。我把草倒进牛槽里，钻到自己的屋里了。妹妹巴结着问我，我也没有说话，还狠狠地瞪了她一眼。她知趣地走开了。

晚上睡觉的时候，妹妹往我的被窝里钻，我坚决不要。妹妹哼哼着给我妈告状。我妈过来了，没有打我，没有骂我，也没有问我，只是瞅了我半天，转身过去了，拉了条线单子过来给妹妹，对妹妹说："先盖上，过些天冷了，再给你缝被子。"说完看了我一眼，又过去了。到那边屋里，她给我大嘀咕着说："英子大了。"我大说："长得和人一样高了，你还一直当娃娃。"

听到他们这样说，我悄悄地捂在被窝里淌眼泪。我想给他们说我耳朵里钻进了个蚊子的事，还想说那个事，可又不敢说。不仅是不敢说，我害怕他们知道，害怕荷素和麦燕知道，害怕村里其他人知道。

过了一两天，我就到乡中学上学去了。人走开了，害怕却没有走开，我害怕肚子会大起来。我妈说了，男人和女人到一起了，就会有娃娃。我妈还说了，邻村的一个女子没嫁人，肚子大了，没脸见人，跳窖死了。我怕极了！害怕的时候，耳朵里就嗡嗡地响。我拼命地念书，就是想忘掉那些事，就是想离开老家。每年寒暑假回来，我都尽量不出门，窝在家里。我再也没有找过荷素和麦燕。荷素当年冬天就嫁了，嫁到西山里去了。来了一辆蹦蹦车、一辆手扶拖拉机娶亲。我远远地看她穿了一身红，上了蹦蹦车。周围很多人围着，她就像一朵红花，被众人捧着，捧上蹦蹦车。那一阵，她是最贵重的。麦燕嫁人的时候，我在学校。想不出她走上蹦蹦车时，是不是也像一朵花一样。

我却不会再有像花朵一样的时候了。上了高中、大学，在外面工作多年了，我还时常想起雨后的那个下午，我的耳朵里也不时地嗡嗡响。

我去看了医生。医生问："嗡嗡响了多长时间了？"我说："从十二岁开始，有十几年了吧。"

医生不解地看了我一眼，叫我坐在一个仪器前。他戴上个奇怪的眼镜，一手拿着个镊子，一手拿着小手电，往我耳朵里照着，看着。看了好半天，也没看出个啥。他问："你小时候得过中耳炎吧？"

我没有回答他，站起来就走，临出门时，我笑了笑说："我耳朵里钻进去过一个蚊子。"

注：《文学界》2011 年 5 期发表

归去来兮

工地边上的房子拆不掉，立交桥就停工了，民工们不能上工，只好等着。正好父亲打来了电话，说家里有事，叫生地回去一趟。家里有啥事，父亲没说清楚。父亲是把电话打到同村来的马明的手机上。生地的手机坏了，没舍得再买。

生地约马明几个一起回去，马明几个都不回去，说谁知道哪天拆了那些房子，就又开工了。不开工，在外面找点零活干，家里粮食都收过了，回去白花路费。生地只好一个人回去。

借给甜嫂的钱没好开口要，身上剩的钱也不多了，生地都揣在怀里，就往火车站跑。跑出工地不远，就看到了那些房子，就是那些旧房子挡住了，才没办法开工，生地看着就有些眼憋。听说已经断水断电了，但里面还都住着人，出出进进的能看见。

生地一路跑到火车站。买了票，顺便在火车站给儿子买了一身衣服，就上车了。火车里挤瓷实了，过道里站满了人，车厢连接的地方都蹲满了人。男男女女老老少少的，各种口音的人都有，都大包小包的，谁知道都往哪里走，是出门还是回家。生地没有座位，只能站着，身前身后都是人，挪转一下身子都困难，上厕所，打水，根本走不动。一天一夜，生地只嚼了几嘴干方便面。

天黑才到了县城。生地下了火车，就赶紧找到家里那一路的蹦蹦车，晚了，就没有了。出租车有，要六十块，生地没坐，舍不得花那么多钱。住私人小旅店，也就十块钱，生地也不想住，他想快些回家。生地就往回走，二十多里的路，生地走一截，跑一截，到家时，院门还开着，婆姨的屋子里亮着灯，父母的屋子也亮着灯。

生地先进了父母的屋子。

父母都在，可都板着脸子，不说话。生地进去，问候了，母亲的表情先缓过来些，问他，咋半夜回来了？车迟了？不会先在城里住上一夜？饭吃了吗？生地就说吃了。

父亲依然没换过表情。生地忙问，家里出啥事了？父亲说，啥事，村上要占我们家的地。生地说，我还当有啥大事，十年九旱的，地里又没个收成，占叫占去。父亲突然更恼了，大声训斥生地，你说的叫啥话？占叫占去，你咋说得这么轻巧。打了几年工，钱没挣上几个，把根本都给忘了。

生地不敢再说话，就往出掏钱。钱装得深了，半天才掏出来，捻了捻，五张红票子都在，就放在父亲旁边的炕头上。父亲看了一眼那几张票子，脸子更沉了，说，钱拿去，明年往出盖房子。生地感觉父亲是嫌钱少，忙说，工地上停工，前几个月的工钱借给别人了，后面的工钱还没有算。生地脸红了，父亲的脸子更黑了。

母亲过来说，挣几个苦钱咋随便借人了，去了赶紧要回来，这几个先拿上你媳妇娃娃花去。你媳妇娃娃都好着呢，建生长大了，满庄子地跑呢。你回来见了吗？生地说，还没有。母亲说，那快过去，一程路也跑乏了，有啥话明儿再说。

生地就转身往出走。父亲说，钱拿上。声音很冷。生地停住了，说留着买点吃的。父亲不应。母亲过来打圆场，说，拿上一半，留下一半。父亲向母亲怒声说，你当我真是二百五呀！母亲不敢说了，拿过那几张钱，塞在生地手里，使眼色叫他出来了。

婆姨开着电视，有些恍惚地坐着，看到他进门，一下子站起来，脸上说不清是欣喜还是羞怯。婆姨说，那边过去了？他爷他奶奶吵了架，生着气呢，没说啥吧？生地说，没有。咋话了，不是你惹了吧。婆姨说，啥话？我惹着干啥。好像是土地的事。听说城里来了个人，要建啥淀粉厂，说要在他爷的地里建库房。生地说，占地他得给钱吧？婆姨说，支书说是开的荒地，不是承包地，不给钱。

生地不说话了，把给儿子买的衣服放在炕沿上，顺手也把那几张红票子放在炕沿上。他找儿子，儿子已经睡着了。他凑到跟前，看了一会儿，感觉儿子不像了，想亲一下，又忍住了。他顺势软软地趴到炕头上，炕上显得很实，和工地上的床板地铺就是不一样。

婆姨说，咋就这么几个钱？生地就说是停工了，这个月工钱还没算。婆姨说，那前几个月的工钱呢？生地说，借给人了。婆姨问，借给谁了？生地说，甜嫂。婆姨又问，甜嫂是谁？生地说了半天，说是灶上做饭的，说她男人腰瘫了，借钱给男人看病。说了半天，还是说不清甜嫂是谁。生地脸红了，一说到甜嫂，生地就脸红，一撒谎，他也脸红。婆姨嚷起来，你咋把钱借给外面的女人，谁知道是借给人了，还是胡花乱嫖了。生地解释了半天，越说婆姨越嚷嚷得厉害，还哭起来。听着婆姨哭闹，生地有些头晕，有些瞌睡。

婆姨嚷嚷了一阵，气呼呼地睡了。生地钻进婆姨的被子里，但婆姨却给了他个脊背。好容易婆姨转过来，身子热了，桥却坍了。不是他打工的那个立交桥，是他和女人之间的桥。生地努力了好几次，都没有搭起来。女人炽热的身子就凉了，生地的心也凉了。女人一把推开生地，转过身去。生地喘了几口气，嗫嚅着说，坐了几天火车，没吃，又跑了几十里山路。女人打断了他，钱没挣下，啥没攒下，还说啥。生地就不出声了。

生地躺着，他想给婆姨说在工地上的事，说他想家的事，说他没在县城住，急急地跑回来的事，说路上很饿很乏，但他张不开嘴。他听到婆姨的呼吸不匀，她还没有睡着。他还想问问家里的事，问婆姨苦不苦、累不累，问想他了没有。可婆姨给了他一个脊背，面对着婆姨的脊背，生地说不出话来。他还想逗逗儿子，儿子两岁多了，应该会说话了，会叫爸爸了，但儿子睡着了，从他回来一直睡着，这会儿又挡在婆姨的那一边，看都看不见，婆姨的脊背像一座山。

婆姨的身子动了一下，生地以为她会转过身来，婆姨把被子窝了窝，身子蜷了蜷，又不动了。生地这头的被子就盖不住了，半个身子露了出来，生地感觉到屋子里有些冷。还没有入冬，立交桥工地那边，天还暖和着。那边是南边，家里这边已经冷了。

婆姨的身子又动了一下，这回是儿子先动了，好像是做梦，惊了一下。生地想趁机问问咋了，趁机想看看儿子。他刚想张口，婆姨把儿子往怀里搂了搂，娘儿俩都安稳了，生地的一句话就噎在嗓子眼里。

刚才婆姨搂儿子，又把被子往过拉了一些，生地身上的被子更少了，几乎盖不上了，他还是没有另拉被子盖，他知道婆姨心肠软，不会忍心这么让他凉着，会往他身边靠靠，给他匀点被，说不定还会转过身来呢。以前在家里，冬天屋子里炉火封得早，婆姨总是钻在他怀里，两个人贴在一起，一点儿都不觉得冷。生地这会儿感觉到冷了。

醒来的时候，天已经大亮了。生地看到身上盖着被子。很明显，是婆姨半夜里给他盖上的。婆姨不在炕上，也不在屋里，不知道干啥去了。儿子在，已经醒来了，穿上了，一个人坐在那里玩积木。生地看到那是自己去年买回来的，现在颜色已经很旧了，好像也不全。儿子不是摆积木，是用一个打一个玩，积木散乱了半炕。他是看城里人给孩子买，说是开发智力。生地也想儿子早早开发智力，将来能学得好，上大学，有出息。

生地穿了衣服起来，凑到儿子跟前，半天才想起儿子的名字来，叫了一声建生。儿子扭头瞅着他，停了玩积木。生地说，建生，叫爸爸。儿子不叫，直直地瞅着他。生地在脸上增加了点笑，又说，叫爸爸。儿子却哇的一声哭了。边哭边趴下炕，没穿鞋，光脚往出边走边哭着喊妈妈。生地跳下炕抱起儿子，儿子哭得更厉害了。

婆姨跑进来了，从他怀里夺过儿子，哄了两声，儿子就不哭了。婆姨对生地说，洗脸，吃馍馍去。生地看到，桌子上已经摆上馍馍了，还有一小碟酸菜。他感觉饿了，也想吃酸菜了。

生地先出去上厕所，一出门，一股子寒气叫他打了个冷颤，家里真比打工那里冷。院子里也白刮刮的，看惯了外面的城市，眼睛一时还有些不适应。父母都没在院子里，也看不清是不是在屋里。

路过牛圈的时候，牛哞地叫了一声，他一看，牛眼睛湿汪汪地瞅他。牛是他去年回来买的，当时还是个牛娃子，已经长大了，快认不出来了，牛似乎也在仔细地辨认他。他看到牛槽里空了，想过去添点草。这才看见一个背篼立在牛圈边，背篼里有草。大概是婆姨刚才正给牛添草，听到儿子哭了，放下背篼跑回去了。婆姨还是很辛苦的，生地想。生地把草添在槽里，想看着牛吃，牛却不吃，看着他，鼻子里直喘粗气，身子也往后趔着。牛还是认生了。生地走开，牛才开始吃草，边吃边用眼睛的余光看着他。

回去洗了脸，吃了些馍馍。婆姨收拾了屋子，和儿子坐在炕上玩。儿子往婆姨肩上、头上摆积木，婆姨一动，积木掉了，儿子就假装哭，还把积木往婆姨身上扔，打到身上了，他还咯儿咯儿地笑，婆姨也笑。生地就想起很遥远的一些事情。

生地也想和婆姨、儿子一起玩，怕儿子再哭了。儿子一会儿看他一眼，一会儿看他一眼，和那头牛看他的眼神差不多。婆姨没有看他。

他想和婆姨说话，可呆了半天，说出来一句：借给甜嫂的钱，我这回去就要。婆姨没搭话。生地又说，是他男人瘫了，看着可怜，我才给借的。婆姨突然高声嚷起来，哪里来的甜嫂？你的哪门子嫂子？跟你啥关系？钱都给你婊子妈了，还说啥？看你脸又红了，没做亏心事你脸红啥？钱给你婊子妈了，货也给你婊子妈了吧？不跟你婊子妈过去，跑回来干啥？婆姨越骂声越高，拉了哭腔。婆姨还从来都没有这样大声地骂过粗话。生地不出声，想起甜嫂，想起昨晚的事，他真说不出话来。

母亲在门外喊了声他的名字，他答应了，走出去，让母亲进屋，母亲不进去。母亲说，一个大男人，窝在屋里干啥，出去转转，看看你三爷去。母亲是往出支他。他就出来了。

走出大门，生地却不知道该到哪里去，去三爷家得备点礼才行。村街上没有人，地里的洋芋、糜谷都收掉了，光光的，山上也光着，没多少活气，不是他天天想着的山。远处的清水河还清亮着，银亮银亮的，不知到跟前看变样了没。

家家户户的门都关着，也许是农闲了，还都没起来呢。生地记得以前不是这样的，村街上啥时候都有人，家家户户门都敞开着的，谁家里都随便进去的。这才几年，都把门关死了，村里连人都看不见了。

走了一截，忽然听到了车声，从村子南头响过来，越来越响，看见了，是一辆小轿车，黑色，但给土落白了。生地想，谁这么早到村里来干啥。正想着，车到他跟前，停了。车玻璃落下去，马德贵的大头从车窗钻出来。生地不知道马德贵啥时候买车了。马德贵问，回来了，啥时候回来的？生地说是昨天。马德贵又问，挣得咋样？生地没说，笑了一下。马德贵也笑了一下说，你先转着，我走一趟县上，还要陪陈老板吃饭打麻将呢。生地这才想起马德贵当了村主任了。这样想着，马德贵的车已经开动了。走了几步，车又停下了，马德贵的大头又从车窗扭出来，转向生地说，给你爹说说，那块地得让出来，好不容易引来个客商，县上、乡上都重视着呢。陈老板把洋芋都收下了，等着建厂建库房呢，再过几天，地冻了，就不行了。建厂是众人的事，是好事，你爹老脑筋，你给说说。我先走县上，县上催着呢。生地刚想说，为啥偏要用我们家的地，马德贵的车冒了一串烟，大响了几声，跑远了。

马德贵前几年也出去打工，不过他是带工的，领着几十号人，一起出去。马德贵找活儿，负责谈工钱、要工钱，不干活儿，每人每天给他抽十块钱。带的人越多，马德贵收入就越高。其他人明明知道，可没办法，他头脑灵，能找上活，人也狠，能要来钱。跟着他，只管干活，不愁要不来钱。生地以前也跟马德贵干过，后来不跟了，原因是马德贵还诈工地。就是找茬和工头闹，有个阴天下雨的，停水断电的，开不了工，闹着要工资，民工谁有个小伤小病的，就闹着要赔偿，不给就聚了人闹，还说要上访打官司，有了大事更闹得厉害。人多了，一闹，工头就害怕，就给钱。给了钱，大头归马德贵，小头给大家分。马德贵说，城里人有钱，诈了白诈，他们哪里的钱，还不是刮我们身上的。话听着也有理，但生地还是不跟着他干了，和马明几个一起干。马德贵去年回来也当了村主任，多不出去了。

生地又在村街上走了一会儿，碰到了几个娃娃，是去上学，糜子拔节一样，都蹿长得很快，不细看，还真看不出是谁家的娃娃。谁知道书念得咋样，念不成，还得到城里打工去，又是一茬农民工。

一个人愣转了一阵，生地才回家，想着婆姨这会儿该气过了。进了门，却看到不对劲，婆姨穿上了厚衣裳，正在给儿子换衣服，要出门的样子。生地就问去哪里，婆姨不说话。生地又问，婆姨没好气地说，回娘家。生地说，好好的，咋要回？婆姨说，我回娘家也不对了？你出去大半年，背回来金山还是银山？钱给了哪里的烂婆姨！我还说不得了？你妈一气子，你大一气子，还骂我，我还成了出气筒子了。

生地这才明白，他出去这会儿，父母可能说了婆姨几句。生地就说好话，婆姨不听，拉了一下，也拉不住，婆姨抱着儿子出去，生地也跟出去劝，婆姨头都不回，径直走出大门去。生地跟出大门，看婆姨走远了，才转身。一回头，却看到父母都在院里。父亲对着母亲骂，看你养的窝囊儿子，连个婆姨都管不住。母亲也嚷，你歪得很，村上占你的地，你不跟支书闹去，给家里人使啥气？

生地一扭头钻进屋子。

在炕上躺着，脑子里一会儿稠得像一锅搅团，一会儿空得像一口窖。中午，母亲端来了饭，他起来吃了。晚饭，母亲又端来了，他吃着饭，母亲摸了摸炕，说炕冷了，要给他生火填炕。生地说，妈，你缓着去，我自个儿填。母亲听出了他的哽咽，就看了他几眼，出去了。

冷屋冷炕地睡了一夜，早上起来，生地决定了回工地上去。没有路费，他先在家里翻，没找到，想了想，只能去找马德贵。

马德贵还没起来，他进去，马德贵也只把上身往起抬了抬，嘴里说，陪着陈老板打了半夜麻将，累了。马德贵点了一根烟，狠抽了几口，才问生地，你是来说地的事吧？你们的意思呢？生地说不是地的事，是借钱。马德贵皱起了眉头，说，借钱？你不是刚回来吗，挣的钱呢？生地就说工钱没算，他就是回去要钱去。马德贵说，连个工钱都要不上，才是几个窝囊怂。你回去给马明他们带信，就说我骂了，他们几个都是窝囊怂。说过了，马德贵才翻衣服，掏出一大堆乱票子，是打了麻将，乱塞在口袋里的。马德贵抽出几张，点了点，给生地，边给边说，清巴干早的就借钱，今天晚上肯定手气背了。钱借了，你得给你大做工作，快把那块地让出来，人家等着建厂子呢。生地点了头。

生地回去，给父母说，要回工地上去要钱。母亲说，刚回来，缓上几天再走。父亲说，让走，让去，在家里也是白搭。村上要占地，我就拼我这条老命了。生地赶紧说，他去要了钱就回来。父亲没说话，生地知道父亲对他很失望。

生地搭了蹦蹦车到县城，又坐上火车跑了一天一夜，回到工地上。远远地看见那座立交桥时，生地忽然觉得很亲切，竟有回家的感觉。

立交桥还是那样，半个轮廓都已经出来了，但还没有建成，桥上也看不到人，工还没有开。那些旧房子也还在，没有拆掉，堵在立交桥的出口处，周围站着些推土机、挖掘机、铲车，那些大家伙死死地站在那里，比那些旧房子要显得威猛得多。推土机、挖掘机、铲车司机就在车里，在座子上打瞌睡。他们在等命令，也许是明天，也许是后天，反正迟早有一天，他们会开动那些大家伙，会扑向那些旧房子，把它们全部吞掉，一砖一瓦都不会留下。这样的事，生地这些年在城里见得多了。他觉得那些楼呀房呀的，都还好好的，能住人呢，自己想盖那么几间房子，还盖不起来呢，还得和父母挤在一个院子里。可惜又背不到几千里外的家里去。

他替自己惋惜，也替住在那些房子里的人惋惜。每次拆房的时候，住户们有扑着挡铲车的，有哭天抢地的，有默默地流眼泪的，生地看了也心酸。虽说那些是城里人，不知名不知姓的，但生地还是替他们不好受。

可这回不一样，这些房子拆不掉，工就开不了。工不开，就拿不到工钱，拿不回去钱，父母婆姨都不答应。在这里，也只能吃着、等着，吃的是自己的钱，熬的是自己的时间。生地就感到那些房子碍眼。

走到工地上，拧钢筋、绑钢筋的场子上没人，拌沙石水泥的场子上也没人。走到住的工棚里，里面也没人。马明几个不知到哪里去了。

看场子的老杨过来了，摇着轮椅过来的。老杨问生地，你又回来了，我还以为你不来了呢。生地没明白老杨的意思，就说，这边的账还没算清呢。生地又问老杨，嫂子呢？都好着吗？老杨阴了脸，半天才憋出一句，谁知道跑哪里去了。老杨的态度让生地心里一紧。

老杨的老婆就是甜嫂。本来应该叫杨嫂才对的，叫王嫂也行，她的名字叫王甜，大家偏偏叫她甜嫂，叫甜嫂好像她是与老杨无关的，谁知道咋这样叫了。一群男人堆里，就一个婆姨，还是个有模有样的婆姨，叫甜嫂更亲些，更解嘴馋些，也许这样，就叫了甜嫂。其实她年龄并不大，最多三十岁，工地上的小伙子叫她甜嫂，岁数大些的也跟着叫甜嫂。就像老杨，也是三十刚过，大家都叫他老杨，小的也叫，老的也叫，也许是他坐着轮椅的原因。

老杨话少，多阴着脸。甜嫂刚相反，话多，嘴甜。见人总是哥哥长、兄弟短的，见了小的叫兄弟，见了老的叫大哥。甜嫂见人亲热，是因为大伙儿救了老杨的命，还帮着给老杨看病，帮着给老杨要钱。

老杨本来也是钢筋工，和生地一样。从车上卸钢筋的时候，一捆钢筋滑下来，压在他腰上。一群人急急忙忙地把他从钢筋捆下救出来，送到医院，命是保住了，可脊柱折了，脊髓断了，腰以下都没了知觉，人瘫了。

老杨的父母兄弟都来了，还有甜嫂，都是农村人，不会处理事，老板说医疗费全出，再给买个轮椅，加上两万块钱，一家人就签了字，还千恩万谢的，觉得老板好。出院回去，可能是有人指点了，又来了。再找老板，老板不理了，说处理过的事，白纸黑字都签了，账也结清了，与他没关系了。甜嫂没办法，到工地上来，鼻子一把眼泪一把地哭，哥哥弟弟地叫，让民工们去帮着她说说话。民工们也看着可怜，就去了些人。老板看到去的人多，话软了些，但不答应再给钱，只答应让老杨看场子，每月给一千块的工钱。还答应让甜嫂给民工做饭，也是一月一千块。

甜嫂和老杨就一个看场子，一个做饭，还有一间小工棚，两个人住着。一男一女住在一起，这在工地上就显得很特别，其他工棚里全是清一色的男人。最初的同情过后，男人们的想法就变了，眼光就变了，看着那间小工棚的眼神就有些特别。尤其是明明知道老杨瘫了，做不了男人了，大家的想法更多了。上工下工的空闲，有些男人总爱往甜嫂的小屋跑。甜嫂也不拒，谁去了都笑着招呼。生地多不去，但甜嫂对生地却特别的好。

那次是生地病了，感冒发烧，又硬挣着不下工，就晕倒在工地上了。马明几个要抬他去医院，他不去，就在小药铺买了点感冒退烧药给他，扶他到工棚里歇缓着。

生地一个人躺在工棚里，不好受，冒出一大堆胡思乱想，想到这一病不知几天才好，耽误了上工挣钱。还想自己谁知道得的是啥病，要是啥大病，他坚决不住医院，不能给家里拉下一大堆的债。工地上就有过这样的事，一个工友干活干得好好的，一头栽倒就没再起来，送到医院花了好些些钱，也没看好，还是死了，落了个人财两空。生地不想那样，父母和婆姨在田地里刨不出多少钱来，没有力量给他看病，给他还账。想到家人，生地感觉特别想见到他们，尤其是母亲。

甜嫂进来了，她端着一碗姜汤，提着一壶开水。甜嫂放下碗和水壶，摸了摸他的头说，我给工地上送开水，他们说你有病了，发烧，我就熬了些姜汤，你赶紧喝上，发发汗，睡一觉就好了。甜嫂说着，就端了碗过来，要给生地喂。生地红了脸，要起来自己喝，甜嫂笑了说，大男人了，还害啥羞，嫂子又不是外人，你就定定躺着吧。生地有些不知所措，就任由甜嫂一勺一勺地给他喂。

喝完姜汤，甜嫂又倒了些开水在脸盆里，泡了毛巾给生地热敷。喝了姜汤，感觉浑身舒坦了些，热毛巾敷在头上，脑子也亮堂了。甜嫂坐在他床头边，不时地翻转一下毛巾，等毛巾冷了，再倒点热水，把毛巾泡热了，再给他敷上。甜嫂做得很轻巧、很自然，问他烫不烫，和他说话，好像在照顾一个亲人、一个孩子。生地恍惚也想起小时候病了，母亲照顾他的情形，心里就水水的。

热敷完了，甜嫂用毛巾给他仔细地擦了脸，包括鬓角，包括鼻孔，包括耳朵碗里面，都擦到了，边擦边感叹说，下苦人，到哪里都脱不开土！还给生地说，田地里还是黄土，不伤人，工地上全是水泥末子、石灰末子，坏身子呢，要洗勤些，说着，又给他擦脖子，擦前胸。甜嫂是给老杨经常擦身子，擦惯了，这会儿很自然地就给生地擦了。生地却心生一股慌乱、羞怯，还有一股热流，眼泪忽然就涌出来了。

甜嫂看见了他的眼泪，稍一怔，没有用毛巾擦，而是用手给他擦了。生地的手也伸上来，本来是要自己擦眼泪的，却抓住甜嫂的手，按在眼睛处，眼泪没有被按住，透过两层手指缝，还往出涌。生地忽然哽咽起来，接着又哭出声来，像受了委屈的孩子。甜嫂揽起他的头，一把搂在怀里，抱紧了他。甜嫂嘴里喃喃地说，都是受苦人哪！甜嫂自己也满脸的眼泪。

随后的事，生地每次都不敢想。哭了一阵，心里敞亮了，却感觉吸气出气有些憋，感觉到自己嘴和鼻子陷在一堆温热当中，竟是在甜嫂两个奶头中间。那是夏天，甜嫂只穿了一件衬衣，再没有遮拦。他身上忽然又热了，是另一种臊热。那点臊热像一个火苗，把生地点燃了，把甜嫂也点燃了，两个人不由得拥在一起，缠在一起。整个过程生地不敢想，他只觉得是想拼命地从高烧中挣扎出来，可是越挣扎，烧得越厉害。两人似乎都一样，两人也几乎是同时平息下来，互相都看到对方的眼角上还有眼泪。过后，生地一直躲着甜嫂，每次见了她都不好意思。见了老杨也不好意思，觉着对不起他。

甜嫂对老杨也照顾得好，没看出嫌弃的样子。有一回，甜嫂到街上去，碰见了一个老中医，说是有祖传秘方，能治好老杨的病，能让老杨站起来。甜嫂就信了，花钱给老杨买老中医的药，根根草草、骨头虫虫的，一堆一堆地往回买，熬了给老杨喝。买药花钱，甜嫂再去找老板，老板不但没给，还说再闹就把他们两人都辞了。甜嫂没办法，就向民工们借，也向生地借了，借了三千。借给她后，生地也没开口要，想着等工结束了，一起再要。生地想着，甜嫂一定会还的。

生地在工棚里躺到天黑，马明几个才回来。见了他，先开了一阵玩笑，说他回去卸货了，问他卸了多少。玩笑开够了，马明就问家里那边的情况。生地说了，说到马德贵开上小车了，还把马德贵骂他们窝囊怂的话，就原原本本地说了。马明听了，脸有些红。其他人说，也就是，房子拆不掉，工地上不开工，把我们压着，挣不上钱，反倒花钱，就应该跟老板评理去，让他开工资。一句话好像把大家都说醒了，都嚷嚷起来。生地担心地说，我们几个去，怕不行吧。生地的话又提醒了大家，有人提议说，把工地上的人都联合上，一起去。分头去各工棚里一说，都说好了明天一早都去。

一早起来，几百人集合了，就去找老板。老板不在，工头在，就围住了工头。工头先还想高声弹压，直了脖子发狠。经不住一群人吵吵嚷嚷、骂骂咧咧的，弹压不住了。一群人这个一句、那个一句地又骂起来，说停工又不是工人的事，是老板的事，得给发工资。工头说，开工资要老板说了才算，他说了不算。一群人就叫他把老板找来，让他给老板打电话。工头只好给老板打电话，老板在那头说，他也做不了主，还要给上面的老板打电话。

民工们不知道上面有几层老板，他们都没有见过。他们只知道干活挣钱，给谁干活，他们不知道，反正都是城里人、富人。听说承包立交桥的大老板，也是从农村出来的，可工人们没见过他。有时候来了几辆小车，车上下来几个很有气派的人，工头之类的人就围过去，有气派的人指指挥挥地说上几句就走了，谁知道他们是哪一级的老板。

工人们等了一会儿，又逼着工头打电话问。工头打了，老板说，上面的老板还没回话。工人们嚷嚷了一会儿，三三两两地漫散了。

中午吃饭的时候，大家还是说着这个话题。有的说，得找大老板，到他公司里问去；有的说，找大老板也不抵事，干脆到市上，找领导讲理去。有的就劝，先等等，看工头接了电话咋说。终于有个话题了，工人们都显得亲热着、兴奋着。生地也莫名地兴奋。

打饭的时候，生地见到甜嫂了。甜嫂在窗口打饭，对每个人都笑眯眯的，打的饭似乎比平时要多。看到生地，对生地也笑了一下。生地看到她，还是不好意思。

吃过饭，一群人又到工头那里去了。甜嫂也跟去了。生地看到甜嫂在一大群男人里面，穿着红衣服，显得很扎眼。生地觉得甜嫂不该混在一群男人中间，却不好给甜嫂说。甜嫂在，一群男人比上午嚷嚷得更厉害，声音更高了，一个个挣着显出男人的样子来。对工头的态度也明显不一样了，还推推搡搡的。工头急了，说要打110。本来是想把人都吓回去，没想反把人都激怒了，乱骂起来。有的说，我们没偷没抢的，110来了还能把我们的尿咬了去？有人接上说，我们一人一个，还不把他们吃撑死。又有人接上说，吃不完拿回去给他们婆姨用去。天南地北的各种口音，比赛着说骚话，说给工头听，也说给甜嫂听。生地听到那些骚话，替甜嫂难为情，甜嫂自己却并不在意，红衣服还左出右进的，她也显得兴奋。

工头掏出手机说真要打110，几个人上去又揪住了工头，厉声骂起来，平日里你没少欺负老少爷们，现在又要打110抓老子们？有人就喊，揍他狗日的。还有人真动了手。工头哭着喊着，有本事找老板去，打我干啥？有本事把那些房子拆了，工不就开了，打我干啥？

工头的话提醒了大家，想想也是，把那些房子拆了，工不自然就开了吗？就是那些房子拆不掉，他们才十几天干不成活，挣不到钱。这会儿看着那些房子，一群人眼睛里都有了火。

拆了它狗日的，不知谁喊了一句，一群人就涌向那些房子。那些房子在周围的铲车、推土机的包围下，显得很无奈，这似乎助长了人们的勇气。

一群人扑过去，好像是有人指挥着，分头进到院子里，见人就往出拉，见东西就往出抬。也没有多少人，大多都搬出去了，贵重些的东西也早搬走了。看到一群气势汹汹的民工进去，那些人还没明白是咋回事，就给拉出了家门。拉出一家的人，搬出一家的东西，就推房子，也是旧房子，几十个人喊一声，就给推倒了。开铲车、开推土机的在车上等了好些天了，随时等着拆房，看到情况，以为是接到了命令，就发动了机器，推的推，铲的铲。轰隆的机器声，房子倒塌的轰响，一群人的喊叫，似乎成了无声的指挥。人们兴奋着，拉人，搬家具，推房子，一气呵成。

生地在往出拉人的时候，脸上被抓了一把，当时没感觉，出了汗，痛起来，一擦，有血，才知道脸给抓破了。抓他脸的是一个女人，记不起模样了，只记得是长头发。生地还打了那女人几下。生地不知道自己为啥会那样发狠，他从来没打过女人，觉得打女人没出息，但那会儿，他不知道为啥会那样做。生地看到甜嫂也一身的土，脸上也是土，但还忙出忙进的，好像不是在拆房，好像就是在锅灶上忙来忙去的样子。

直到最后一家的房子铲倒，一群人这才嗷嗷地欢呼。开着铲车、挖掘机的，也把油门加大，把车头高高地昂起来，来回地跑了几圈，像得胜回营的将军，举着敌人的头颅。而那些莫名其妙地做了他们的敌人，被拉出去、抬出去、揪出去的城里人，散乱地站在那里。他们一点儿思想准备都没有，没有见到政府的人，没有见到城建上的人，连个说理的机会都没有，自己的房子就倒了，被一群民工拆掉了。他们不知道这是怎么回事，一个个都呆了。

民工们却知道明天就能开工了，开工就有工钱了。

一群人说说笑笑地回到工地，去找工头，想给他说，明天就可以开工了。可房门紧锁着，工头不见了。一个带工的说，工头跑了，你们闯下大祸了。一群人一想，才知道坏了，把祸闯下了。几百人立时四散了。

生地和马明几个回到工棚，躺在床上，长长地出气。生地心里有些后悔，要是回去不要回来，要是不要给马明说马德贵的话，大概就没有这趟事了。

过了一会儿，警车的声音响起来，声音越来越大，到工地院子里了。工棚里的人都翻身坐起来，生地也坐起来。他心里有些害怕。他觉得自己一定会给抓去的，他脸上有伤，一看就看出来了，他下意识地摸了一下脸，手掌上沾了血。其他人脸上没血，手上没血，自己一定会给抓去的。自己还打了人，那女人一定会指认他。

他会被判刑的，不知会判几年，也许是五年，也许是三年。村里人会笑话呢，父亲会骂呢，婆姨会抱怨呢。婆姨不知道回家了没，父亲的地不知道给占去了没有。自己要给判了，打工挣钱怕也不行了。工地上会很快开工的，立交桥很快就能修起来了，一定是座很漂亮的桥。生地眼前出现了桥的样子，比工地门口的效果图还漂亮，四通八达的，似乎一直能通到老家那里去。他想回家。

注:《朔方》2011 年 5—6 期“青年作家专号”发表

烧烤

明天召开全县农村工作大会，县长要讲话。到半夜了，讲话稿还没定稿。主任一遍遍地拿给县长看，县长都不满意，要再修改。修改到第八稿，小刘拿给主任看。主任看了，说这回差不多了，就又拿给县长去看。一会儿，主任过来了，说，县长在看，你们先等等，有啥问题，再修改。小王、小刘几个秘书就有些不安地等着，脑子里还在回忆着讲话稿里面的字句，斟酌着那些话到底妥不妥，还模仿着县长的口气，在心里读出来，看顺不顺。等了半天，不见县长喊，看来是通过了。主任到门口悄悄侦查了一回，进来说，县长在练习着读稿子，看来是能行了。县长很重视讲话稿，也重视讲话的效果，每次重要的讲话，他都要反复地修改稿子，还要反复地练习念几遍。每到这样的时候，主任、秘书都很紧张。稿子啥时候过关，他们啥时候才能松下劲来。

一松劲，小刘感到累了、饿了，就给主任说，能回家了吗？有点饿了。

主任说，县长都没休息，我们能回家？不想混了？

小王说，要么搞点夜宵啥的，给马儿得填点夜草吧。

主任说，都半夜了，到哪里买吃的去。小王说，也就是，除了我们几个像驴一样，这时候了，谁还不睡觉，饭馆、商店早就关门了。小刘说，烧烤摊说不定还有。小王说，老余的烧烤摊肯定还开着，他两点才收摊呢。前几次加班，买的烧烤就是他的。小刘受累多，先歇着，还是本王出马去买吧。

小王起身了，又对着小刘说，快升副主任了，本王还得巴结着些，对不对。小刘说，咋可能呀，你老兄在前面排着，哪有我的份儿。小王说，咋不可能，咱们县的用人，就像堆柴火，后来者居上。小王是老秘书了，进办公室比主任还早，但现在还是个副科级秘书，连个副主任都没混上，牢骚就多些。

主任说，你呀，就这张嘴害了。

小王说，害就害了吧，谁还不是为嘴活、为嘴死的。不说了，得为嘴买吃的去了。

主任说，要不，你们一起出去吃吧。烧烤就吃个热乎劲儿，拿来凉了，就不好吃了。出去到外面透透气也好。

小刘说，县长要是喊了，怎么办？

主任说，我先守着。问题不大，我就改了，问题大，再给你们打电话。主任很会协调关系，也很会体恤下属。

小王笑着先对主任说，有劳主任顶岗了。又笑着对小刘说，那就有劳你亲自和本王去吃了。小王的话，把几个人都惹笑了。

小王和小刘就一起出去吃烧烤。走到院子里，俩人不由得都回身望了一下，县长屋子的灯还亮着。小王感叹说，还是当官好呀。你好好争取，我是已经不行了。小刘说，官当不上，也不好当。

县政府前面是个广场，叫人民广场，广场上灯还亮着，但一个人都不见了。广场对面有些商铺，也都关门歇业了。老余的烧烤摊在侧面的一个小巷里，拐过街角，果然还在。塑料棚子半敞着，灯也睡意蒙眬地亮着。老余坐在烤炉前面，烤炉的火没有烧旺，不见火苗子，老余的脸上就显得暗些，头顶上戴着的白帽子也不太鲜亮。

小王老远就大声说，还有吃的没有，老余。

老余一下子抬起头来，说，是王领导呀，有有有，快坐。他看着小刘说，这位领导是？小王介绍说，这是我们小刘，刘主任。老余赶紧说，刘领导，请坐。

小刘说，啥领导，受苦的。

老余说，那可不敢说，县衙里出来的，都是官，都是领导。说着，忙把凳子拉了拉，把桌子整了整。小王和小刘坐下了。他提过茶壶来，倒上茶。这才问，领导们要点啥？

小王说，十串羊肉，十串肉筋，再烤上两条鱼、两个饼子。

老余说，好的。赶紧把鼓风机开了，把炉火吹旺了。红蓝相间的火苗呼啦呼啦地往上蹿，很欢快的样子。老余也欢快地跑到冰箱前，拿了些肉串出来。又欢快地跑到炉子前，烤上了。

小刘心里想，有钱挣，谁都高兴，还是钱的力量大呀。

不要说人，有肉烤了，炉子里的火势都不一样了，毕毕剥剥地响着，忽然还腾起一股高高的火苗来，又腾起一股火苗来，那情景，还真叫个热火朝天。羊肉和调料的香味很快就传开来。小刘感觉口水都出来了，赶紧喝了一口水。想想小王说的为嘴死、为嘴活的话，还真有道理。小王这家伙，看着嘴疯，说出的话，细细品味，还就是有道理。小王也喝了一口水。烫着了，吸溜了一下，冲着老余喊，老余，有饮料吗？这水烫死呼啦的，咋喝呀。

老余正忙着翻烤手中的肉串，喊了一声，建成妈，拿几罐饮料来。又回头问，领导喝啥。小王说，就可乐吧。你啥时候又找了个老伴儿？老余说，可不敢说，是建成妈。又大声喊，建成妈，可乐。

小王和小刘向老余喊的方向看，果然还有个小卖部门开着，亮着灯。很小的一间铺子，还没半间房子宽，很低，门也很小。从那个小门里出来一个女人，抱着几罐可乐过来，放在桌子上。

她问小王和小刘，还要啥吗？又回身给老余说，要啥就喊，我再穿几串肉。说着，又走到那间小铺子里去了。

小王笑着对老余说，还说没有，那是谁？

老余说，不是不是，是建成妈。老余说着，站起来，拿了烤好的肉串过来，放在盘子上，说，你们先吃着，我去烤鱼，还有新鲜的羊腰子，要点不。领导们晚上加班，那是大补。

小王笑着说，我们加班，又不加那个班，补腰子干啥？我看你补补还差不多。小王说着，向那个小铺点了一下头。

老余说，可不敢胡说，那是建成妈。

小王说，好，不管她建成妈还是城建妈了。羊腰子先来上十串，不，二十串，我们也补补。尤其是我们小刘，就要当官了，是得补一补了。小刘笑着说，自己补上了，好在外面打工去，少拿我开涮。

这话提醒了小王，他问老余，你小儿子在外面打工，回来了吗？挣得咋样？

老余说，回来了，挣了几个，不多。又出去了，到新疆摘棉花去了。和他嫂子一起去了。

小王说，你大媳妇子也去了？那孙子孙女咋办？

老余说，我给带着看着。也没啥看的，都上学了，会管自个儿了。我就是白天给做个饭，晚上给做个伴儿。这会儿都在屋里睡觉呢。

小刘说，孩子不害怕吗？

老余说，怕啥？我们农村的娃娃，胆子大。

小刘又问，家里没人，就两个小孩子，贼进去了咋办？

老余笑着说，家里又没啥，贼娃子看不上进去。老余说着，又到冰箱那里，拿出些肉串，坐在火炉子前烤起来。火苗一次一次地腾起来，把他的脸照得很亮，白帽子也显得很白。一股香味夹杂着淡淡的尿骚味又传开来。

小王边吃着，边给小刘说，老余的大儿子没了，在山西的一个煤矿上去背煤，打坏了。

小刘说，就没赔偿？

小王说，几年前的事了，那时候赔得不多。他老伴本来有病，儿子没了，受了打击，病加重了。儿子命价钱都花光了，也没救下来，人财两空了。

小刘说，你咋知道的。

小王说，本王是谁？啥不知道，三教九流的朋友，多的是。说笑话了，我在这里吃过几次烧烤，和老余聊得多些。老余这人，是个直肠子，熟了，啥话都说。

小刘叹息说，看样子也是个苦命人。

正说着，两辆出租车一前一后停下来，车上下来一帮人，有七八个，身子摇摇晃晃的，嘴里也葫芦拌蒜的，看样子是从哪里喝了酒的。小刘心里想，这么多人来，老余可有的生意做了。也许是刚才听了小王的话，这会儿他对老余有些同情。看看老余，却没有动，继续坐在火炉前烤羊腰子。

一个人大着舌头说，烤一百个肉串，上两件啤酒。

老余说，对不住了，我这里没有酒，肉串儿也不多了，剩十几串了。

那些人嚷嚷着，啥都没有，摆的个啥烧烤摊。走，到桥头那边看看，马老四的烧烤摊可能还在。好在出租车还刚发动，他们又喊住，坐上走了。

老余烤好了羊腰子，拿过来。小刘就问，一个大生意，咋把人放走了。老余说，我这里不卖酒。小刘说，你不会带上点酒，挣钱的不知道？老余笑笑说，有些钱能挣，有些钱不能挣。小刘不由得抬头看了看老余，可能是长期在火炉前烤着，他的脸黑亮黑亮的。

小王说，这羊腰子烤得正好，外焦里嫩。这补上了，没处泻火就麻烦了。小刘笑着说，嫂子不是在家等着吗。小王说，你嫂子早睡了。这早出晚归，天天加班的，两头见不上面，早把那事忘了。你们结婚迟，小两口大概还跟蜜罐罐一样吧？小刘说，别胡说了，人来了。

小王以为小刘在打岔，刚想再抬一句，一抬头，果然看见那个叫建成妈的过来了。她过来问老余，我听着一群人过来了，咋不见了，人呢？老余笑笑说，他们不吃，走了。建成妈看了看老余，说了句“你这个老犟头”，就又走了。老余盯着她的后背看，一直看着她走进那间小卖部。小王和小刘互相点了一下头，偷笑了一下。

老余回过头来，小王笑着说，建成妈对你挺关心的。老余脸上有些尴尬，忙说，可不敢胡说。人家是有男人的。小王说，我又没说别的，我就说她关心你。关心人又不分有男人没男人的，对吧？老余不说话了。

小刘问，他男人是干啥的？

老余有些愤愤地说，干啥的，跑山的。小刘不明白了，问，咋叫个跑山的，是干啥的？老余说，啥，野的。不回家，不管家。小刘说，她男人不要她了？

老余说，不要倒还好说，有个不要的话倒还好说。不言不喘地就那么走了，一走就是十几年，开始还有点音信，后头干脆连音信都断了。谁知道在哪里，谁知道是死是活。丢下建成妈，一个人拉扯着两个娃娃，熬煎着。小刘说，还有这样的男人。老余说，林子大了，啥鸟儿都有。小刘又问，两个孩子多大了？

老余有些欣慰地说，大了，都大了。大的是个儿子，叫建成，上大学了。小的是个丫头，念高中，学习好得不得了，选到省城上学去了，又是个大学的苗苗子。不光是学习好，还很听话，两个娃娃争气着呢。

小王说，一个女人家，供养两个大学生，不简单哪。

老余说，也不容易呢。一个妇道人家，没本钱，又没个啥好干的。前些年，摆了个摊子，给人擦皮鞋。抱着人的臭脚，挣几个钱，养活两个娃娃。舍不得给自个儿花，一毛一块地攒着，存了几个钱。不多，租不起大铺子，就租了这间小铺子。你看那个房子，本来是扩路的时候，拆掉了半间，主人家又砌了点墙，安了个小门，租给她了。好歹是有个遮风避雨的地方，挣的钱也比擦皮鞋好。也是真主的赐命，要不是这个小铺子，她哪来的钱供两个娃娃上学呢。她这人苦心好，每天都守到半夜。

小王笑着说，你们倒是一对好伴儿。我是说，你卖烧烤，她卖饮料，也算是优势互补。

老余说，这倒也是。她这人，嘴厉害些，可心眼活，心眼好。我本来也是摆个摊修鞋，她先租了这间铺子，看到门前有点空地，就叫我摆了个烧烤摊。用电用水，都是她铺子里的。冰柜也是她的，一边放着雪糕饮料，一边放着肉串。

小刘说，她对你还真好。你们老早就认识，还是有啥亲戚？

老余说，也没啥直接亲戚，这么小的个地方，串起来谁和谁还不沾点亲戚。都是受苦人，她擦鞋的时候，我修鞋，就在一搭里。

小王说，她擦鞋，你修鞋；她开铺子，你卖烧烤；她穿肉，你烤肉。你们还真是有缘。她没男人，你没老伴。你看看，还不如过到一起算了。

老余说，领导又说笑话了。你是领导，你知道的，她又没离婚，男人又没死，是活人妻，国法教法都不许的。

小刘说，也就是，没离再婚，就犯重婚罪了。那她也不找找男人。

老余说，上哪儿找去，世界这么大。

小刘心里忽然一动，“世界这么大”几个字，叫老余说出来，在此时此地说出来，就有了很特别的一种味道。小刘不由得抬头看了看天，夜空真的很苍茫，下面的路灯亮着，天上的星星也亮着，都混到一起了，快分不清高低了。

老余也随着抬头看了一眼，忙说，时候不早了，我赶紧给领导们烤鱼去。说着，到冰箱那边去了。小刘说，主任咋没打电话？小王笑说，真是皇上不急太监急，吃的雀儿食，还爱挑个骆驼担。小刘自嘲说，也就是，生就的苦命、贱命。小王说，比起这些人，好多了，知足吧。

小刘看老余又坐到火炉前，打开鼓风机，把炉火吹旺了，火苗由红变蓝，照着他的脸，也照着他手里举着的两条鱼，把那两条鱼照得银光闪闪的。两条鱼在铁钎子上穿着，大概是炉子里的火焰在跳动的原因，小刘看见，那鱼一动一动的，好像活的一样。小刘差点喊出声来，咋能烤活鱼呢。

老余正要往火上烤鱼，却忽然停住了，把两个铁钎子捏到一个手里，腾出一个手，向远处招了招。顺着老余招手的方向，小刘看到有一个女人走着。女人披着头发，穿了一件长风衣，走得很飘。半夜了，一个女人，这样一个人走着，有些奇怪。更奇怪的是，她走路的姿势还像在哪里见过。老余为啥又向她招手呢？老余一招手，她还就过来了。

她过来，老余把那两条鱼放在案子上了，拿出一个饼子，切开了，又从案子下面拿出几串肉，夹在饼子里，递给她。她拿起来就吃。老余又倒了一杯水给她。她端上了，站在那里边喝边吃。

借着灯光，小刘也看清楚了，她是那个女疯子。说疯子也不确，她看不出有啥疯疯癫癫的迹象。穿着一件脏兮兮的长风衣，头发披着，在大街上急急地走，好像着急着去上班的。远看，根本看不出她有病。听说是婚姻问题上受了刺激，才那样的。到底怎么个事，不太清楚。小刘在路上碰见过几回，还注意看过，眉清目秀的一个人。遇到事了，就过不去那个坎儿了。看看这个老余，还有那个建成妈，还不是过着。这样一想，他还对老余和那个建成妈打心眼里有了些佩服。心里也还生出其他一些想法来，不由得叹出了气。

小王说，叹啥气，看着可怜，散给几个钱就是了。说着，从口袋里往出摸钱，摸出一张来。小刘也掏出一张，接过小王的，说，我去吧。

小刘拿着钱，到女人跟前，把钱给女人递。女人边吃着饼子，边看着他，不伸手接钱。也许是晚上，灯光照着，她的眼睛很亮，目光灼灼的。小刘伸了一下手，伸到她眼前了，她还是不接。小刘回头问老余，她咋要你的饼子，不要我的钱。老余说，她又不会花钱，要钱干啥，钱又不能吃。钱这东西，也有没用的时候。

看着那个女人，听着老余这样说，小刘有些呆。

建成妈出来了，走过来，也到女人跟前。女人冲着建成妈笑了一下，真真切切地笑了一下。建成妈用手摸了摸她的头发，给老余说，又脏成这样了，我领到屋里给洗洗。老余说，你给洗去吧。建成妈就拉着女人到小铺子里去了，女人边吃边跟着她走，很自然，看不出有病的样子。

小刘回到桌子前，把小王的钱给了小王，他说，也有不爱这阿堵物的。小王说，也就是疯子傻子不爱。小刘说，还说不上谁是疯子傻子。小王笑笑说，你这话还满有哲理的。小刘说，是受了老余的感染了，这个老余，说话真的挺有意思的，像个老哲人一样。人老了，就把啥都看透了。小王说，他也老不到哪里去，顶多五十岁。小刘说，看着有六十了。小王说，农村人老相些。

老余又回到炉子前，填了些碳，等烟冒过一阵，又开始烤鱼。小刘看着那两条鱼，被烤在火上，还是像活的一样，身子扭动着，好像痛得厉害，鱼应该也会痛的。他忍不住问小王，烤的是死鱼还是活鱼。小王说，当然是死鱼了，内脏都扒掉了，它还咋活。小刘说，我咋看着那鱼在动，像活的。不信你看。

小王看了说，明明是火苗子在动。又大声问老余，鱼是死的还是活的？老余说，放心吧，保证是新鲜的。小王说，我是问这会儿，是死了还是活着。老余说，活鱼咋能烤呢，谁下得了那狠心。真主造来的物儿，虽高低贵贱不同，牛呀羊呀鱼呀的，说是人的一口菜，也是个生灵，不能糟践。

小王说，看，我说不是活的吧。小刘说，我咋还看着就像是活的。小王说，你怕是在电脑前趴的时间长了，把眼睛搞坏了。小刘说，谁管它呢，啥时候熬瞎了，也就熬出头了。你说我们一天熬着写的那些东西，还不如老余的水平高。你听听老余说的话，真比有些领导还有水平，还不用讲话稿。小王说，你这是咋的啦，也说这样的话，让领导听见了，你就完了。哥就是嘴长，才落到这个地步的。你可不能学哥。小刘说，我知道了。

老余拿了鱼过来，分别放在两个盘子上，端到小王和小刘跟前，说，鱼是新鲜的，没问题，你们尝尝。他以为小王问的鱼死活的话，就是看鱼新鲜不。

小王说，这会儿闲了，你也吃点。老余说，你们吃，我有呢。这么多，想吃就吃了。小王笑着说，都说做鞋的没鞋穿，盖房的没房住，卖烧烤的，怕也是不吃烧烤。老余笑笑说，也就是，在老家种庄稼的时候，打下的好粮食都卖了，自己留的是秕粮食；到城里来补鞋，自己的鞋烂了，就是不愿意补；现在卖烧烤，也是不咋吃。小刘说，省着卖钱，对吧。老余说，省着卖钱不假，主要是早熏饱了。说话听音儿，吃饭闻味道，多好的吃头，天天吃着，也就没意思了。

小王笑着说，我们小刘才还夸你说话有水平，你这又来了一句有水平的话。

老余不好意思了，说，领导们笑话了。我一个老农民，能说出个啥有水平的话。哪像你们，是摇笔杆子的，那才是真水平。这念了书的，和不念书的就是不一样。就说建成那娃娃，在上海上了一年大学，回来说话就一套一套的，还都是国家大事、世界大事的。那娃娃是个有出息的，不枉他妈供养了一趟。不像我们穆萨，念的书少，心眼儿就实，就知道搬砖头、抱水泥、摘棉花，就会下个死力气。不过也好，苦身子挣几个苦钱，干净，花着也心安。

小王说，你小儿子挣得咋样，攒够娶媳妇的钱了吗？

老余说，靠他一个能挣多少。我这不是，苦着挣几个，给小儿子娶个媳妇，再就是拉扯两个小孙子。这两个担儿啥时候不卸，我啥时候就歇缓不了。人这一辈子，就是来受苦的。各人受的苦不一样就是了。

正好建成妈把那个女人送出来了。老余问，头发干了吗？夜里风凉，不要叫着凉了。建成妈说，我给吹了吹，干了。你那儿再没来客呀，再不来就收了吧。老余说，等等就收。

老余回过头来又说，你就说那个女人吧。苦不苦，够苦的了，比我们谁都苦。可她人苦心不苦，啥事都不想，啥心都不操。

小刘插话说，也就是，这些人随便啥东西吃上，也不拉个肚子。随便在哪里蜷一夜，也没个头痛脑热的，也没个啥愁事，这些人才好呢。

老余说，好也不好，谁也不愿意那个样子。不害病也是实的。真主造人公平着呢，拿走一样，就补一样。要不然，叫这些人咋活。

小刘说，对，对。扭头又看那个女人，看到她还是急急地走着，飘飘地远了。远处的路灯暗些，看不见了。小刘的心也有些远。

老余忽然说，尽听我说闲话了，你们吃。说着起身，到冰箱那里取了半条鱼，坐到火炉子前烤起来。小刘看着明明是半条鱼，但在火上，还是像活的一样，动了几下。他看着眼前的鱼，说，不想吃了。小王说，这还怪了，还真怕鱼是活的，怕到你肚子里吃你。不吃我吃。说着，低下头，边吃边吐鱼刺，噗噗的。老余在那边烤鱼，火苗还是忽闪忽闪的，那半条鱼在火苗上扭动着，毕毕剥剥地响，像鱼从水里给摔到岸上一样。看来真是眼睛有些毛病了。

小刘想，又没有客人，老余烤鱼大概是自己吃。刚才说了那话，他也想吃了。可老余烤好了，却没有自己吃，用一个盘子端着，送到建成妈的铺子里去了。

刚进去，就出来了。走过来，笑笑说，我给建成妈烤半条鱼，她这会儿也饿了。小王顾着低头吃鱼，没注意。小刘想开句玩笑，又没有开。

一辆摩托车过来了，突突响着，停下了。一男一女下了摩托，向这边过来。老余过去迎了，让到塑料棚子里，在另一张小桌子上坐了。老余给倒上茶，问，吃点啥？男的没说话，冲女的抬了一下下巴。老余又问那女的。女的说，二十串肉，二十串腰子，两条鱼，饮料有的吧？要红牛吧，冰镇的。

老余就过去到冰箱里取肉串，边拿了两罐红牛饮料来。男的噗噗两声，把两罐都拉开了，推给女的一罐，自己抓去一罐，一仰脖子，喝下大半罐去。女的说，急什么，慢慢喝。

男的背对着小刘和小王坐着，不说话。看穿着，像是农村人，头发也土苍苍的，不亮净，大概是附近乡村来县城打工的。那女的明显是外地口音，描眉画唇的，打扮得也很艳。小刘感觉，她像个小姐。小刘就看了她一眼，女的也不躲避，眼睛也往这边看了好几眼。小刘又不敢看了，就看老余烤肉串。

仔细看，老余烤肉的动作并不很熟练，一双大手，抓着些铁钎子，摆弄得不是很随意。特别是一会儿撒辣椒面，一会儿撒胡椒粉的，有些手忙脚乱的感觉。小刘想，毕竟是干惯农活的手，要是在田里，大概要灵活得多。他跟着县长下乡，看到许多老农民，犁地、摆耧、拔麦子，手灵活得像小刘抓钢笔、敲键盘一样。一到城里了，啥都得从头学起。老余学得已经不错了，很快就烤好了肉串，端过来，放在那俩男女的跟前。男的还是没有说话，抓起一串肉，嘶溜一下，肉串就到嘴里了。女的却用牙尖咬了一块，尖声说，太辣了，辣死人了。说是这样说，吃还是继续吃。

小王吃完自己的那条鱼，又吃小刘的。边吃，边向小刘使了个眼色。那眼色的意思，小刘当然明白。小刘小声说，快吃，县长说不定还等着呢。小王就低下头吃，小刘又看老余烤鱼。看了一眼，还是那样，就不看了。建成妈端了个空盘出来了，过来没放下盘子，站在老余对面，看着老余烤鱼。火光照亮了她的脸。脸瘦狭些，比老余的脸亮，看着比老余要年轻些。火苗一闪一闪的，看着她好像在和老余说啥，又看着没说啥。两个人对面，前面是一盆火，还有两条烤鱼。

烤鱼也很快就好了，老余又端过来，放在那一对男女前面。那男的还是抓起一支铁钎子，放到嘴上，头一摆，一支铁钎子就光了，他面前已经摆了好些铁钎子了。那女的说，你吃那么快干吗？男的嘴里还嚼着肉，含混地说，快些吃，吃完还有事呢。女的撇撇嘴说，看你那猴急的样儿。

男的又开始吃鱼，没有用筷子，抓起头尾来，还是那样狼吞虎咽地吃，连鱼刺都不多吐。

小刘忽然感觉，那男的不是在吃鱼，是在对付女人。他对付女人的样子大概也是这样。这样想着，他赶紧喝了一口可乐。接着又喝了一口。接着干脆拿起可乐罐，仰起头，咕嘟咕嘟地喝起来。连他自己也不知道为啥这样喝。

男的很快吃完了鱼，看着女人吃。他看着，女人不吃了，说，还是太辣，刺也多，不想吃了，要不你吃。男的看了一眼，说，不吃算了，走。说着站起身，到老余跟前，摸出钱，给老余。老余给找了零头，他装上了，发动摩托车，捎上女人。摩托车“昂昂”地大响了几声，就跑远了。

老余过来收拾桌子。他拿了钎子，收拾了鱼刺，又对着那女的剩下的半条鱼看了看，又看了看。小刘惊诧地看到，他坐下来，吃起来。小刘忍不住说，那女的，看着像是小姐。

老余抬起头说，小姐也是人，受苦人。人都一样，没啥不干净的。说着，他很坦然地吃起来。

小刘一句话也说不出来了。

小王吃完了，站起来，掏钱结账。老余也正好吃完，用手背擦了一下嘴，又把手搓了搓，接了钱。掏出一把零钱，给小王找零头。小王说算了，不用找了。老余还是坚持找了。

小王说，你先守着，我们走了。老余说，我也就收摊了。两位领导走好。小刘冲他点了一下头。

走出一截，听见老余和建成妈在说话。小刘回头看了一眼，老余和建成妈在收拾摊子。边收拾边说话，声音听上去很高兴。小王也回头看了一眼，说，这两人，还乐呵着呢。

又走了一截，到广场了，听不见老余和建成妈的声音了。小刘一抬头，看见政府大楼上，他们秘书办公室的灯还亮着，县长办公室的灯也亮着。

注:《时代文学》2011 年 7 期发表

换骨

乡村人少，阳气薄，怪事多，怪病也多。那时候缺医少药的，只能用些土办法、怪办法。换骨病就算是一种怪病。得了换骨病，表面上没有明显的症状，肉不红不肿，骨节也不突出变形，但就是全身的骨头痛得厉害，钻心钻肺地痛。看着好好的一个人，走不动路，干不动活，成天地呻吟哎哟。这还不算奇怪，奇怪的是这种病的治法，不是真的要把骨头换掉，也不是要吃啥龙肝凤脑之类的良药。得了换骨病，没药可治，唯一的办法是挨骂。被人骂得越厉害，病就好得越快。

听着叫人不敢相信，但我还真见过得了换骨病的人，是杨木匠的媳妇。

杨木匠是个孤儿，父母归真早，家里就他一个人，快三十岁了，还没娶上媳妇。跟人学了点木匠手艺，经常到外面去干活，给人家盖房子、做家具。因为是孤儿，没家没业的，村上人也不怎么太管着他，分粮的时候，也给他分点。他在外面转上一段，回来一趟。回来就给村上的人讲山外面的事。他走南闯北的，经见得多，村上的人听了，觉得像古经一样。

谁也没想到，杨木匠竟然做出比古经还离奇的事情来。有一回杨木匠回来，村上人发现，他的破屋里还出现一个大女子。破屋里突然出现大女子，这是古经中才有的事。仙女下凡嫁个穷小子，在古经中，谁都相信，一到眼前，谁也不信了。追问杨木匠，杨木匠才说了，是从山外面领回来的。但她到底是哪里人，又是咋被他领回来的，他不说。

村里人就乱猜测，有说是地主的女儿，有说是右派的女儿，地富反坏的，说法不一样，反正都说不是好人家的女儿，好人家的女儿，咋能跟着人跑呢？咋能跑到这山沟里来呢？随后，还听说她是个汉民。我们村上的人都是回民，周围村上也都是回民，很少见过汉民，所以我们都跑去看。看着也是人模人样的，比我们村上的女子还白净些、好看些，说话软声细气的，也好听，就是太快了，听不明白。杨木匠大概能听明白，听着那女子说话，他瘦脸上满是笑。

杨木匠高兴，可村上人不高兴。这样不明不白领来个大女子，影响庄风。特别是，不几天后，杨木匠说，他要娶那个女子做媳妇，村里人更加反对了。反对的主要理由是那个女子不仅来历不明，还是个汉民。村里人给苏莱曼阿訇说了，想着要苏莱曼阿訇用教门上的规定去压他。

谁也没想到，杨木匠不知咋样说服了苏莱曼阿訇，苏莱曼阿訇竟然支持杨木匠娶那个女子。苏莱曼阿訇说，真主造人都是一样的，只是信仰不一样。劝一个异教徒进教，还是一份功德呢。苏莱曼阿訇是清真寺的伊玛目，他说的当然就没有错，教门上的事，都得听他的。苏莱曼阿訇同意了，村上其他人就不好再反对。苏莱曼阿訇就给杨木匠领来的女子举行了“进教”仪式，做了洗礼，起了经名，随后又给他们主持了婚礼。

结婚以后，杨木匠就不咋外出了，守着媳妇。媳妇也戴上了白帽子，和村里的其他小媳妇没啥两样了。只是她吃不惯这地方的大麦面，喝不惯这地方的水。我们那里缺水，雨水少的年景，就要喝清水河的水。河水看着清澈，但有一股咸苦味。村上的人喝惯了不管，外面的人咽不下去；硬咽下去了，还拉肚子。村上人的主食是大麦面，看着雪白，和麦子面一样，但做出来的馍馍、面条都发青。发青不要紧，外面的人吃了肚子胀。吃喝不惯，水土不服，时间不长，杨木匠媳妇就病倒了。

杨木匠开始想着，时间长点，水土服了，就好了。可不承想，她病得越来越重，全身的骨头都痛，钻心地痛，吃喝更不行了，简直到了水米不进的程度。找来村医马有国看了，看不出啥病来，给了点药吃了，也不见好转。杨木匠着急了，连把媳妇送回去的念头都有了。可媳妇坚决不走，说死也要死在这里。杨木匠就给村里的老年人说了，是散散心里的愁苦，也是看有没有治病的单方。村里人憨直，原来反对过杨木匠娶她，但成了杨木匠的媳妇，就是村里人了，都纷纷给她想办法，出单方。

不知是谁给说的，他媳妇得的是换骨病，还给杨木匠出主意，叫他偷村里人家的鸡给他媳妇吃，让丢鸡的人家骂，挨了骂，他媳妇的病就好了。

杨木匠拐人还中，偷鸡不行。第一个偷鸡对象竟选了我家，偷走了我家的一只芦花母鸡。选择我们家，可能是因为他家离我们家近，也可能是因为我家的鸡棚就搭在院子外面。其实我们村的庄风很好，几乎没有发生过偷鸡摸狗的事。不仅是我家，村里很多人家的鸡棚都搭在院子外面。杨木匠选择偷谁家的鸡，都比偷我家的鸡要好些，我母亲根本不会骂街。得不到骂，他媳妇的病就不会好，杨木匠偷鸡等于白偷。当然了，我那时候并不知道鸡是谁偷的，更不知道偷鸡治病的事。母亲也许知道，也许也不知道。在发现芦花母鸡不见了，母亲最初也着急地到处找，那是我家最好看、下蛋最多的一只鸡。母亲在院子里找了，在院外找了，在麦垛后面找了，在沟岔里也找了，其他鸡都在，单单少了芦花母鸡。父亲不操心鸡的事，随口说，大概是叫野狐子、黄鼠狼给拉去了。父亲的话听着有道理，可并没有看到鸡棚里有血，有乱鸡毛，野狐子、黄鼠狼拉鸡，必定会咬出血、会抓得鸡毛乱飞。再说了，也没听见半夜鸡叫。母亲说，也许是跟着谁家的鸡跑了，下午就回来了。

等到下午，还没见芦花母鸡回来，母亲这才认定芦花母鸡被人偷了。母亲整了整衣服，拢了拢头，戴好了帽子，就到村街上去骂街。母亲骂街的举动，我们谁都没想到，她骂街的技术，也非常的拙劣。别人骂街，都是故意撕歪衣帽、拉下脸子、扯开喉咙，但母亲却是犹犹豫豫地走到村街，轻声细气地骂。还没开口，自己先脸红了，好像不是自家的鸡被别人偷了，倒像是偷了别人家的鸡。骂的内容也没有一点儿花样、一点儿新意。那哪里是骂人，简直就是丢人。父亲觉得她丢人，我也觉得她丢人。我和父亲去把她往回拉，她还偏偏不回去。父亲生气地回去了，我站在一边看。母亲一会儿一声地骂着，引来了几个围观的人。一般骂街的都是有人看的，骂得更得劲儿，但母亲看到周围的人，看都不敢看，低下头，嘴里嘟嘟囔囔地骂。看的人也没了兴趣，奇怪地瞅了瞅，都散了。母亲又坚持骂了几声，才又仓皇地回家了。

我跟在母亲后面说，骂人有罪呢。这其实是母亲经常给我安顿的话。母亲却说，你知道啥。我那时还是个小娃娃，确实不知道啥，但我觉得母亲骂街不仅丢了她的面子，连我也很没面子。

没想到的是，第二天劳动回来，吃过饭，母亲又到村街上骂去了。这回，父亲没有拦挡，也没有去把母亲往回拉。我当然挡不住，也没有去看。母亲骂街的情形咋样，我们都不知道。等她骂回来，还冲父亲笑了笑，父亲没说啥话。我却狠狠地剜了母亲一眼，母亲也假装没看见。第三天傍晚，我和几个小伙伴玩麻麻乎儿，又听见母亲骂街的声音，伙伴们都笑我，我羞得快要钻进地缝里去了。麻麻乎儿还没藏完，我就气呼呼地循声到母亲跟前，抓住她的手，往回拉。母亲正骂得有气无力，就像是演员吊嗓子，准确地说，应该是像个演技拙劣的演员演出，连一个捧场的观众都没有。骂街也就是演出，骂的人出出心中的憋气，看的人看看热闹，有人叫好、有人喝彩、有人接茬儿，才有意思。像母亲那样骂街，当然没人看了。有人看，母亲有点怕羞。没人看了，母亲又显得很落寞。我一拉，她就顺势回来了。

母亲没有再出去骂街，也没有再提丢了芦花母鸡的事。可是过了几天，村里又发生了偷鸡的事，这回被偷的是小奶奶家的鸡。小奶奶在村上辈分很高，老辈人叫她小奶奶，小辈人没啥叫，也叫她小奶奶，连我们小娃娃都跟着叫她小奶奶。这么说吧，全村人都叫她小奶奶。小奶奶年纪也不小了，那时候有五十多岁了，已经把绿盖头换成黑盖头了。小爷爷归真早，家里的娃娃不成人，小奶奶的难肠事就多。也是仗着辈分高，又寡妇失业的，有点大发小事，就到街上骂一阵，出出气。小辈们故意接茬儿、叫好，她每次骂街都很热闹。

杨木匠大概是听到母亲骂得不好，这回专门选择偷了小奶奶家的鸡，叫小奶奶好好骂骂。小奶奶果然到村街上骂了。小奶奶算是名角儿了，一出场，捧场的就从各家各户出来，聚到她周围。小奶奶也是有些名角儿的风范，先骂了几声，就不骂了，就像是开堂锣鼓一样。等人聚多了，小奶奶才清了清嗓子，从容地开骂。小奶奶并不是一出口就胡骂乱咒，而是从被偷的母鸡的长相、毛色、叫声说起，“我的双冠子白母鸡呀，白得云朵儿一样呀，全身没有一根杂毛呀，叫声那个好听，银铃铛一样呀，一天一个蛋，一月三十个蛋呀，谁咋这么狠心，说偷就给偷了呀……”小奶奶娓娓道来，从母鸡咋样孵出来，咋样长大，咋样发现被偷，一折一折地叙述。她的声音像是歌，像是哭，像是悲，像是怨的，按我们那里的方言，叫“咽咯”。“咽咯”一段，小奶奶缓缓气儿。小辈们就叫几声好，或者是插问几句话，提个醒儿，小奶奶就又开始“咽咯”了。从丢鸡开始，半道上还就拐了方向，骂小爷爷去得早，骂儿子给她到处闯祸。小奶奶“咽咯”乏了，天也黑下来了，人们这才四散了回家。

小奶奶骂了几天，接着是文化嫂子。文化嫂子其实和村上的其他女人一样，也没啥文化。她男人在外面当工人，官名叫马文化，就叫她文化嫂子。文化嫂子人长得俊，是村上公认的大美人。她专门打扮了一番，搭上有流苏的花盖头，到村街上骂，惹得村里的年轻人都跑去看。文化嫂子骂街也是娇声娇气的，不像钉子錾子那样的刺人、扎人，倒像是毛刷子那样，挠得人心里痒痒。年轻人都听得痴痴迷迷、魂不守舍的，那样子，好像天天挨她的骂也情愿。当然还有不情愿的，媳妇们出来了，把自己的男人一个个拉回家里去了。

文化嫂子骂了几天，接着又是杨尔萨他妈。杨尔萨他妈骂了一回，就被杨尔萨他爹杨嘎西两巴掌打回去了。杨尔萨他爹杨嘎西脾气暴，杨尔萨他妈没敢再出来。但骂街的事并没有停下来，老姑奶奶、三太太，还有瘸腿马占山的婆姨，秃疤疤牛旦他妈，以前骂过街的，没骂过街的，一个接一个地到村街上骂街了。骂街的原因都一样，都是家里的鸡被人偷了。从秋天到冬天，偷鸡贼几乎没有停过手，但村里人并没有组织抓贼。贼其实就明摆在那里，那年月，一家煮鸡肉，全村都香了，鸡肉的香味就在村子里飘，香味的源头就是杨木匠家。可谁也没有把杨木匠当贼揪出来。

杨木匠媳妇的病却渐渐地好了，到春天，病完全好了。她孵了一窝鸡娃，一家一家地送，一家一家地道谢。病好了，得把偷人家的鸡还上，不还的话，病还犯呢。偷去的是大鸡，还回的是鸡娃，谁也没不高兴，都说，谁还没个三灾八难的，治病是大事，病好了就好。

挨骂能治病，我小时候就觉得奇怪，长大了更觉得荒诞。闲来看书，也没在医书上看到相关记载，只是在《聊斋志异》中，记有类似的事情。我经见的事情，与《聊斋志异》记载的有些不同，所以就记在这里。

注：原发《十月》2011年第6期·小说新干线

乏痨

乏痨也算是一种怪病。

村里人把看不明白的病就叫痨。达吾嫂子一直病恹恹、乏塌塌的，村医马有国时常来给她打针，也不见好，就说她的病是痨病，乏痨。达吾嫂子不能下地干活，在家里养病。在家时间长了，心里泼烦。冬天农闲，她有时就来我家和母亲说话。有一回，说到天黑才走。

她刚走，母亲说要给我洗澡。

几个小伙伴喊我去玩麻麻乎儿，母亲不让去，让我先在热炕上焐着。说焐热了，出汗了，身上的垢甲好洗掉，还省水。我只好在热被窝里焐着，使劲往出焐汗。

母亲从背篼里取了几块河冰，放在铁锅里，点上灶火，消冰化水。冰是父亲从清水河里打好背来的。那年冬天，我们家的水窖干了，做饭烧水都是从清水河里打来冰，现融现用。清水河的水是咸苦的，但结了冰，再融化成水，咸苦味就轻了，能做饭用。喝的时候还是咸些，撒上几粒糖精，就甜了。那时候，糖精金贵着呢，不是想撒就能撒的。水也金贵，洒掉一点儿，母亲都要骂半天呢。洗脸洗手也只是各洗三把，母亲说，洗三把就干净了。洗头洗脚，一两个月才一次。洗澡就更不用说了，大人们要做礼拜，每七天非洗一次不可。我们小娃娃很少洗，母亲要领着我去外奶奶家，或者去其他亲戚家，怕人笑话，才洗一次。其他时间，只能脏着。那时候就那样，人都浑身脏着，谁也看不出谁脏，谁也闻不出谁臭。

这么缺水，又是大冷天的，不知道母亲为啥要给我洗澡。

我钻在被窝里，看着灶膛里的火把母亲的脸映得很亮，我就问母亲，是不是要去外奶奶家。母亲说，不去。我又问，是不是哪个亲戚家娶媳妇嫁女儿。母亲倒训我说，哪儿也不去，你悄悄焐着。我只好在被窝里焐汗，等着洗澡。我就想，哪儿也不去，给我洗澡干啥？

锅里往出冒热气了，我身上也焐出了热汗。母亲把热水舀到吊罐里，就给我脱衣服。全脱光了，母亲笑我和红虫子一样。焐热了，我全身都泛红，真像红虫子一样。我身子缩作一团。不是害羞，我那时也就五六岁，还不到害羞的时候，而是怕冷。屋里没有火炉子，我身上又出了汗，脱了衣服，站在吊罐下面，浑身立刻就打战。母亲忙拔掉吊罐下面的木塞，一小股热水流下来。热水流到头上、身上，才感觉暖了，也舒服了。我才咯咯地笑起来，母亲也笑了。母亲抓了点碱面子，撒在我头上，让我闭上眼睛，给我洗了头发，又搓洗我身上和手脚。母亲边洗边骂我，就知道往土窝里钻，手脚脏得跟狗爪子一样。说实话，我那时的手脚，比狗爪子还脏。

吊罐里的水流完，我浑身也洗干净了。母亲赶紧给我擦干，把我抱到炕上，又焐在被窝里。母亲说，刚洗完，汗眼都开着，最怕着凉，叫我把被子焐紧了。

我趴在被窝里，看母亲找来了两个罐头瓶，用锅刷子细细地洗，不知道她洗了干啥用。

母亲把罐头瓶洗净，抹干了，拿到我跟前说："你明儿早上起来，把尿尿到这个罐头瓶子里，给你达吾嫂子送去。"母亲说着，把两个洗净的罐头瓶拿出去，放在外面窗台上，进来又给我安顿："记住，一回尿一个瓶子里，送去了，下一回再用一个。"

弄了半天，母亲给我洗澡，又洗罐头瓶，就是要我在罐头瓶里尿尿，尿了尿，还要给达吾嫂子送去。我才明白了，达吾嫂子下午来我们家，和母亲说了半天话，原来是要我的尿。但我又不明白，达吾嫂子要我的尿干啥。我就问母亲，母亲说，童子尿治病。

母亲说了，我越不明白了，尿咋能治病呢，又能治啥病呢？我更不明白，尿个尿，母亲给我洗那么干净干啥，把罐头瓶洗那么干净干啥。我又问母亲，母亲说："治病用的，不干净咋行。再说了，你浑身脏兮兮的，人家不寒碜？"

我一想也是，心里一想，尿就急了。我问母亲："我这会儿有尿了，尿上行吗？"母亲说："不行，得憋了一夜的尿才行。"

憋了一夜，第二天早上，我差点忘了，跑到后院了，母亲把我喊住了。我这才想起来，折回身，小心地尿到一个罐头瓶里。母亲叫我双手捧着，给达吾嫂子送去。母亲大概是怕我拿不稳，才让我双手捧着，并不是我的尿珍贵。可我双手捧着，感觉真像是捧着一罐药。早上天冷，罐头瓶里冒着热气，热气钻到我的鼻子里，还是有些臊味，我就侧开头，两手却不能离开，也不想离开，双手捧着，不仅稳当些，不洒，还有呢，罐头瓶热热的，把我手心焐得暖暖的。

达吾嫂子家离我家不远，一会儿就到了。她家的大门还没开，我就站在大门上喊："达吾嫂子，开门。达吾嫂子，开门。"我双手捧着罐头瓶，没办法敲门，只能喊。也是我的声音小，喊了好几声，才听到达吾嫂子病恹恹的声音，谁呀？我就说："我是穆萨，我妈叫我给你送尿来了。"

达吾嫂子过来开了门，她可能是刚起来，棉衣纽扣都没系上，能看见里面的红线衣。帽子也没戴着，松松地吊着两根长辫子，头发很黑，脸却还是黄黄的，比平时还黄，还肿膀膀的。看到我，她先笑了一下，接着脸绯红了一下，不知是看到我手里端着的东西，还是因为她的衣裳穿得不整。她接过罐头瓶，转身走了几步，又回过头来给我说："你先等一阵。"

我不知道她要我等一阵干啥，我看着她一扭一扭地走到屋门口，掀开花门帘子，进去了。我就站在门口等着。一会儿，花门帘子一掀，她又出来了，这回收拾得整齐了些。她一扭一扭地走过来，到我跟前，笑着，叫我张开嘴。我张开嘴，她往我嘴里放了几粒糖精。糖精在嘴里化了，先是有些麻，接着就是满嘴的甜。我当时一定是笑了，达吾嫂子也笑了，还用两手捧住我的脸，给我焐了一阵。我的脸冻着了，感觉达吾嫂子的手又软乎又温暖。

一路走回家，我脸上一直暖着，嘴里一直甜着，心里当然也乐着，一泡尿换到几粒糖精，那不是谁都能碰上的美事。可心里也还纳闷着，达吾嫂子到底得的是啥病，咋能用尿治她的病呢？村里那么多的娃娃，她为啥偏要我的尿？也许是因为我们家近些，也许是因为我们家有罐头瓶？那时候，罐头瓶也金贵，能盛东西，还能当花瓶用，谁也不愿为了给人端尿，糟蹋掉两个罐头瓶。我端尿用的罐头瓶还是母亲把碱面子和盐倒掉，腾出来的呢。

第二天，我再用另一个罐头瓶把尿送去，达吾嫂子把前一天的罐头瓶给我拿回来。母亲洗干净，再摆到窗台上。两个罐头瓶，我就轮换着用。再送过去，达吾嫂子手里已经捏了东西，有时是几颗豆豆糖，有时是一块黑糖，有时是一把炒麻麦，有时是一块馍馍，达吾嫂子的手里几乎没空过。我的嘴里一直香着、甜着。

我没有把给达吾嫂子送尿的事告诉小伙伴。母亲安顿了我不要给别人说，我也不想给别人说，要是说了，他们都跑去送了，我就吃不到那些好东西了。但我又忍不住不说，我只说，达吾嫂子给我糖吃了，给我炒豆子吃了。我不全说，他们就不相信，我张开嘴叫他们闻，他们说没闻出甜味香味来，不相信我说的话。不相信就不相信，我嘴里甜过、香过，我自己心里知道。

我在心里想，要是我的尿把达吾嫂子的病治好了，那该多好。我在心里还想，要是达吾嫂子的病一直不好，我就一直这样送着，那该多好。可是不久，达吾嫂子被送到医院里去了，是大医院。我不知道是指公社医院、县医院，还是省城医院，反正我捧着一罐尿送去时，达吾嫂子没有来开门，说是给送到大医院看病去了。送到大医院，说明达吾嫂子的病不仅没好，还更重了。我把一罐尿捧回来，心里有些失望，还有些莫名的担心。我还从没有这样担心过一个人，那不仅是一把麻麦、几颗糖豆的事，我怕达吾嫂子再也回不来了。

我天天问母亲，还天天到达吾嫂子家里去看，看达吾嫂子回来了没有。可都一个礼拜了，达吾嫂子还没有回来。信回来了，说达吾嫂子在县医院查了，得的是啥肝炎，是治不好的病。说是治不好的病，但村上人都给想办法，这家三块、那家五块地给凑份子钱，带去了叫给达吾嫂子治病。我把攒了几个月的两毛钱也凑上了。

凑的钱能有多少呢，在大医院花不了几天。半个月还不到，钱就花完了，达吾嫂子给拉回来了。村上的人都跑去看，我也去看。村上人大概是想着达吾嫂子快不行了，都赶着去见最后一面。我也是，不仅是那样想，还想着，从医院出来，达吾嫂子不知啥样儿，不知还能不能认出我来。我进去了，达吾嫂子围着个花被坐在炕上，她一眼就看到我了，乏乏地喊我的名字，把我叫到跟前，拉住我的手。达吾嫂子的手也乏乏的，但依然温热着，她的脸色还是那样黄着，看不出有啥大的变化，我就放心了些。但从她家里出来的大人们却都摇着头，叹息着说：“一个好媳妇，可惜了。”母亲回来也抹着眼泪说：“人喜的主也喜呢。真主呀，放赦了她吧。”我从大人们的话音中听出来，达吾嫂子的病是没救了。

说是没救了，但村里人还是给她想偏方。听说蒿头子能治她的病，见到蒿头子，就给揪来了；听说骚趴子能治她的病，就给她抓来了骚趴子；听说山里的杏猴血能治她的病，就有人给打来了杏猴。我没见过杏猴，只听过它的叫声，在山沟里“咴——咴——”地叫，很怕人。大娃娃们说，它叫的是“后——悔——，后——悔——”，说它是人变的，灾年吃独食，不帮其他人，就变成鸟不像鸟、猴不像猴的样子了，心里后悔，就那样叫。

我可不想变成鸟不像鸟、猴不像猴的样子，我继续尿了尿，给达吾嫂子送去。开始一些天，是达吾哥开门拿，后来又是达吾嫂子开门来拿。她又能下地走路了，我心里高兴。高兴的是，她还是和以前一样，每次都在手里捏点好吃的给我，每次都看着我笑一下。

想不到的是，达吾嫂子并没有像医院查的那样，像村里人想的那样，没救了。她一天天地好了。半年后，她能下地干活了。一年多些，她还生了个娃娃。

村里人都不敢相信了，都说是真主把她的病取掉了，是真主放赦她了。我到现在也没想明白，达吾嫂子的病是医院查错了，还是村里人给她找来的蒿头子、骚趴子、杏猴给治好了。也许还是我的尿给治好的呢。

注：原发《十月》2011 年第 6 期 · 小说新干线

黄鼠

苏莱曼阿訇是我们村上的执坊阿訇。他是河州人，深眼窝，高鼻梁，大胡子，和我们村的人长相不太像。他个子很高，不是一般的高，比我们村最高的人还要高出半个头。他的舌头好像有些大，嗓门也有些大，说出的话直撅撅、硬邦邦的，听着好像在跟人吵架。

实际上，村上谁都没和苏莱曼阿訇吵过架。咋可能吵架呢，他是村上请来的阿訇，村上的人都敬着他，见面要给他道“色俩目”，走路要把他让到最前面，吃饭要把他请到最上席。不光是对苏莱曼阿訇，对所有教门上的人，有知识本领的人，村里人都这样敬着。正因为这样，苏莱曼阿訇说的话，村上的人谁都听。弟兄妯娌之间有了家务争执，也都找他解决，他出面高葫芦大嗓子地说几句话，粗听着像是在嚷嚷，细听句句都在理上，谁都没法辩驳，事情很快就解决了。

他的大嗓门还有一样好处，就是念礼拜呼唤词的声音非常洪亮。他站在清真寺邦克楼上念，村子里每个人都能听得见。听见了，男人们都到清真寺去做礼拜。谁要是不去做礼拜，苏莱曼阿訇可真的要跟谁吵架。他性子直，一点儿都不会拐弯抹角，见了面就质问，你为啥不礼拜？对方辩解说，下了点雨，着急去种豆子了；或者说，地里的麦子黄了，着急去拔麦子了。苏莱曼阿訇又问，谁家不种豆子，不收麦子？你说前世的光阴大，还是后世的光阴大？他问的话，每个字都像钉子一样，向对方射过去，他的长胡子也乱箭一样，一撅一撅地向对方乱射，弄得对方头上直冒汗。所以，村上的人都有些怯他。

苏莱曼阿訇把教门上的事看得很重。当然了，作为执坊阿訇，那是他的责任。他说，村里人做了错事，他也担着罪责呢。苏莱曼阿訇常做的不是职责内的一件事，就是看病。当然了，他并不是医生，他不看头痛脑热拉肚子那样的病，那有村医马有国去看。他看的是吐沫瞪眼、发疯撒泼那样的怪病。谁要是得了那样的病，村医马有国就没办法了，苏莱曼阿訇过去，打开经，念一念，对着患病的人吹一吹，那人有时还就慢慢缓过来了。尤其是小娃娃，魂魄还没有长全，得怪病的多，苏莱曼阿訇的一双大手小心地托着害病的娃娃，吹吹念念的，娃娃就好了。见过苏莱曼阿訇把那么大的牛羊都能宰了，我们小娃娃也都有些怕他。我们要是不听话了，大人们还拿苏莱曼阿訇吓唬我们，说叫苏莱曼阿訇把耳朵给割了去。但看到苏莱曼阿訇给娃娃看病的样子，我们就不怕他了。不仅不怕他，还愿意亲近他。他很喜欢小娃娃，看到了，就用一双大手托起来，托得老高，小娃娃咯咯地笑，他也呵呵地笑。大概是因为他的儿孙都在老家，经常见不上，才这样稀罕小娃娃。也有人说，他在老家那边根本就没有家，没有儿孙，谁知道呢。反正他很少回老家去，一直都在我们村上执坊。我三四岁的时候，他在；我七八岁了，他还在。住的时间长了，村里人都把他当自己人了。而他说话、走路，连长相也似乎变得像村里人了，个头也好像没有那么高了，和村里人一般齐了。

只有一样没变，他的脾气还是那样大，比他的个头还大。不过，他一般不发脾气，发脾气一般是有人违犯了教规。那一年，村上有很多人犯了教规，苏莱曼阿訇的脾气也发得很大。

那一年是个灾年，春旱、秋涝，粮食基本上没有收成。秋涝过后，又是黄鼠成灾。村里人从来都没有见过那么多的黄鼠，那么大的黄鼠，简直就跟野兔子一样大，圆滚滚、胖乎乎的，成群结队在田野里、地头上跑。见了人也不害怕，还抱起前爪，立起后腿，站着看人，像是给人作揖打躬，又像是要跟人比个高低。人真撵到跟前了，它们才“铮”“铮”地尖叫几声，眨眼间就跑得没个影儿了。突然间出现那么多的黄鼠，看着叫人不舒服，但黄鼠是野物，最多拉点粮食，没有啥大的危害。所以，谁也没有在意。

往年也出现黄鼠拉粮食的事，但黄鼠很少，拉不了多少，人也不咋管，任由着它拉，都是真主造来的物儿，都得活。谁都没想到，黄鼠成了群，就不得了，几天时间，地里剩下的糜头子、谷穗子都被黄鼠拉到洞里去了。黄鼠严重地加大了灾情，村里几乎没有收成，一入冬就几乎断了顿。大冬天的，想找野菜草籽也没有，想吃树皮树叶也没有。怎么办呢，人们开始打黄鼠的主意，挖黄鼠仓，抢回被黄鼠拉去的粮食。找到一个黄鼠仓，就能挖到好几十斤粮食，够一家人吃好些天。村里人靠挖黄鼠仓，度过了大半个冬天。

到后来，就找不到黄鼠洞了，找到了黄鼠洞，也挖不出粮食来了。有说是黄鼠仓都挖光了，有说是黄鼠把粮食转移了，谁知道呢。反正人都饿得头昏眼花的，但黄鼠一个个还肥嘟嘟的，有太阳的中午，就钻出洞来晒太阳，还是成群结队地跑，“铮”“铮”地尖叫，见了人还是抱拳打躬的。村里人看着牙痒痒，恨不得吃了它。可回民不能吃黄鼠，这在经典上有规定呢。

经典上还规定了，自死的牛羊也不能吃。偏偏村上的一头耕牛摔死了。一头牛死了，这在平常年景，谁也不会想着吃死牛肉，但在灾年，人都饿得不行了，村上很多人都动了吃肉的念头。动了念头，但不敢吃，去问苏莱曼阿訇。苏莱曼阿訇回答得很干脆，坚决不能吃。苏莱曼阿訇这样说了，但村里人还是把死牛肉偷偷地分了。又去找苏莱曼阿訇，说能不能叫娃娃吃，娃娃们快饿死了。苏莱曼阿訇还是很干脆地说，不能吃。苏莱曼阿訇还说，灾难是真主降下的，就是要考验人的心。灾难很可怕，但人心动摇了，比灾难更可怕。他要分了死牛肉的人家，都拿回来，扔在清真寺门前的一个大坑里，要埋掉。他亲自站在坑沿上看着一个个都把死牛肉拿来，扔进坑里。苏莱曼阿訇叫人们动手把牛肉埋了，可谁也不动弹，都眼巴巴地望着坑里的牛肉。苏莱曼阿訇就自己动手挖土埋，边埋边就发了脾气，声嘶力竭地大叫大骂起来，骂得全村人都低下了头，骂得村里的老人们都流眼泪。

村里人谁都知道是自己错了，谁都知道苏莱曼阿訇骂得对，但眼看着救命的牛肉被埋掉了，大家对苏莱曼阿訇还是有了一种怨恨，觉得他不近人情。要说不近人情吧，过后，苏莱曼阿訇把自己多年的积蓄全拿出来，挨家挨户地送，边送边劝，说这是人心变坏了，才招来了灾难。在灾难面前，人心动摇了，还会招来更大的灾难。

村里人接过他手中的钱，也听了他说的话，度过了几天平静的日子。但饥饿却并没有远去，不几天又到了眼前。村里人又开始想尽各种办法，地上跑的、天上飞的，凡是能吃的，几乎都弄来吃。打兔子、抓鸽子、逮麻雀，抓到了就叫苏莱曼阿訇给宰，苏莱曼阿訇就给宰了。经典上没有规定不能吃的，他不能拒绝宰。

马哈桑抓了一只黄鼠，要苏莱曼阿訇宰。苏莱曼阿訇说，黄鼠不能吃，他不能宰。可马哈桑说，他抓的不是黄鼠，是野兔子。苏莱曼阿訇仔细看了，大小毛色和野兔子差不多，但小耳朵、尖尾巴，明明是黄鼠。马哈桑不知是饿昏了，还是咋样，说他抓的就是野兔子。他还把黄鼠拎起来，对围观的几个人说，大伙儿看看，这是不是野兔子？能不能吃？马哈桑是个满脸胡子的壮汉，平日里就横些，围观的人谁也不说话。苏莱曼阿訇也对围观的人说，大伙儿说，他拿的是不是黄鼠？问了几声，围观的人还是谁也不说话。苏莱曼阿訇气得花白胡子抖了半天，踉踉跄跄地走进清真寺里去了。

马哈桑就拎着黄鼠走了，围观的人也散了。

过了不一会儿，马哈桑又跑到清真寺找苏莱曼阿訇。苏莱曼阿訇赶紧说，说啥他也不宰黄鼠。马哈桑说，不是要宰黄鼠，是要苏莱曼阿訇过去给他儿子看病，他的大儿子发疯了。

苏莱曼阿訇随着马哈桑跑过去时，马哈桑的大儿子已经被几个人摁住了，但他还狂喊狂叫地挣扎着。他刚刚二十出头，正是有劲的时候，几个饿乏了的人，都摁不住他。

苏莱曼阿訇问了情况，才知道是马哈桑的大儿子拿着菜刀要砍自己的弟弟，说砍死了要吃他的肉。要不是他妈发现，弟弟就被他砍死了。他弟弟是个四五岁的小娃娃，在母亲的怀里，惊恐地抽搐着，身上还流着血。还有几个大大小小的娃娃睁着奇大的眼睛看着。马哈桑家的娃娃太多了，有七八个。

待了一会儿，苏莱曼阿訇没有给马哈桑的大儿子看病，也没有给马哈桑的小儿子看病，而是对着马哈桑说，把你抓来的兔子拿来，我给你宰，兔子就能治病，吃了兔子病就好了。

马哈桑刚抓了黄鼠过去要苏莱曼阿訇宰，家里就发生了这样的事，觉得都是自己招来的罪过，这会儿说啥也不敢再把黄鼠抓来叫苏莱曼阿訇宰了。他嗫嚅着说，那是黄鼠。苏莱曼阿訇嘶哑着声说，那明明是兔子，谁说那是黄鼠？你快拿过来，我给你宰。马哈桑又怯声说，我再不敢了，那是黄鼠。苏莱曼阿訇说，快拿来呀，你要看着人吃人吗？要看着哥哥吃弟弟吗？我说是兔子就是兔子，你快拿来呀。马哈桑拎来了黄鼠，苏莱曼阿訇念诵了一段经文，宰了黄鼠。对马哈桑说，这是兔子，赶紧叫娃娃吃吧。他还叫村上的人都去抓黄鼠，抓来了，他也都给宰。他说，这是兔子，放心吃。山上有那么多的黄鼠，村里人就靠黄鼠度过最艰难的日子，没有饿死一个人。不久之后，草木返青了，上面的救济粮也下来了，村里人渡过了大难。人们想到了苏莱曼阿訇，苏莱曼阿訇却不见了，不知到哪里去了。

注：原发《十月》2011 年第 6 期 · 小说新干线

药引子

开车进小区的时候，眼前又是白光一闪，匡教授手脚一阵忙乱，车方向歪了，车擦着电动门立柱进去了。匡教授惊出一身冷汗，连忙停车下来查看。车没有直接碰到门柱，只是刮了一下，但车身上还是留下一道刮痕。刚换的新款奥迪，全身黑光锃亮的，那道刮痕显得很刺眼，像人脸皮被抓破了一样。匡教授又心痛又气恼。他大声地喊："门卫！门卫！"他觉得是门卫没有把门开大，才让他刮了车。

一个乡下人打扮的半大老头子忙忙地过来了，后面还跟着一条狗。匡教授多次遇到过这种人，看到车停下，就跑过来，要么不经同意就给你擦车，要么死磨硬缠要给你擦鞋。每每遇到这种情况，匡教授都很懊恼。他懊恼的不是掏钱，他有钱，也愿意施舍，掏几个钱是小事。他懊恼的是国人怎么会这样，国人的素质怎么这样低。在国外，他也见过街头艺人或者街头讨要的，他都会掏些零钱。匡教授觉得，他们讨要得有教养、有尊严，自己给得也有体面、有尊严。哪像国人，不是撒谎欺骗，就是敲诈勒索的。

匡教授警惕地问："你要干什么？"老头子说："你喊门卫，我就是看门的。"匡教授不相信："你是看门的？你怎么能做门卫？"老头子笑笑说："我就是看门的。"匡教授看了看他说："好好，就算你是看门的。你为什么不把门开好，我的车刮了，谁负责？”

老头子胆怯地说：“电动门开到最大了。”匡教授回身一看，电动门果然开到最大了，在另一边折叠得没有一点儿空隙。匡教授说：“现在是开到最大了，我刚才进来的时候呢？我的车怎么会刮了？”

老头子笑着说：“门一直开着的。这会儿是下班时间，住家的都回来，门一直开着的。”

匡教授有些恼怒了，高声说：“你还强词夺理。我找物业去。这样的高档小区，怎么用这样的门卫，简直是……”

“汪汪汪……”老头子身边的一条狗突然冲着他叫了几声。很粗粝的几声狗叫，把匡教授吓了一个趔趄，一下抓住了车门把手。

老头子喊了一声“黑子”，狗叫声停了。匡教授定下神，扭头一看，是一条半黑半黄的杂种狗。虽然停止了吠叫，但牙还龇着，嘴还咧着，目光灼灼地盯着他，一副随时要扑上来的样子。

匡教授不敢盯着狗看，冲着老头子嚷嚷：“你要干啥？门开不好，还要放狗咬人？”

老头子赶紧赔着笑说：“对不住，对不住！这笨狗不懂事，吓着您了。”回身冲狗大声说：“还不快回去。”

狗低头呜咽了几声，回身一瘸一拐地跑了。匡教授一脸嫌恶地看着狗跑远。

老头子赶忙解释：“不知谁家扔掉的，我养活了。”

匡教授气得嘴里嘟囔着：“什么物业！什么管理！”拉开车门，上车开走了。边上车还边嘴里嘟囔了几句外国话，老头子没听懂。

停好车，上楼进门，匡教授还是一脸的恼意。太太过来帮他脱了西装，挂在衣帽架上。他连惯常说的“谢谢”两个字都没说，一屁股瘫坐到沙发上。太太过来，看着他一脸的疲惫和不快，小声问：“脸色这么不好。出什么事了？”

匡教授说：“还欧式别墅小区呢。什么物业！什么管理！”

太太不解地问：“物业怎么了？”

匡教授说：“硬件是上去了，房子盖得像欧洲了。软件管理呢？还落后一百年。一百年都不止！整个都是这样。”

匡教授这些天经常会莫名其妙地发牢骚。听着匡教授的这通牢骚，太太还是不得其解。想想，大概又是啥事看不惯了。她耐着性子说：“看不惯的事多了。跟咱又没直接关系，犯不着生气。气坏身体才是自己的。”

匡教授直着脖子说：“谁说没有直接关系？看看这小区的物业，怎么管理的！弄了个乡下老头子当门卫，还养着个瘸腿的杂毛狗。简直是岂有此理！”

太太说：“他看他的门，养他的狗，与咱无关，管他呢。”

匡教授说：“怎么没关系？门是什么？门面，形象。弄了那样一个门卫来，什么形象？门开不好，我的车都刮了，还强词夺理。”

太太着急地问：“车碰上了？你没受伤吧？”

匡教授说：“没事。车子只是刮掉了点皮。”

太太说：“你没事就好。车刮了，修修就行。花钱还有保险公司呢。也犯不着和一个看门的生气，伤自己的身体。”

匡教授停了停说：“我也不知道怎么了，这些天总是烦躁。”

太太说：“我也看着你脸色不好。大概是太累了。又是讲课带学生，又是讲座沙龙，还有学术会议、活动，太累了。你先歇歇，我给你煮点咖啡去。”

匡教授说：“不要咖啡，你倒杯水吧。”

匡教授这样说，并不是他不喜欢咖啡，也不是体谅太太，而是太太煮的咖啡太难喝。太太学着煮了好些年了，就是煮不好咖啡。他不好当面说出来，但太太煮的咖啡，他一次都不喝。有时候他晚上写讲稿，太太还殷勤地给他煮一杯咖啡，等太太转过身走了，他就偷偷地倒掉了。

太太过来了，双手端着一杯茶，还有些兴奋地说："普洱茶是消困解乏的，我给你泡了一杯。"

匡教授突然恼了，大声说："谁让你泡茶了！"

太太呆了一会儿，回身又端了一杯水过来。匡教授感觉自己刚才的话太不绅士，接过水杯说了声"对不起"，又说："这些天不知怎么回事，眼前老是闪过一道白光。车方向都抓不住。"

太太焦急地说："不是有啥病了吧？那路上开车多危险呀！得看看医生。"

匡教授说："查了，没查出病来。"

太太说："找个好医院、好医生，再查查。对，让祈教授看看吧。"

匡教授喝了一口水，乏乏地说："再说吧。不要紧的。"

家政小杨出来了，问："先生、太太，菜好了，可以用餐了吗？"小杨是从涉外家政公司雇来的钟点工，专门做西餐。匡教授爱吃西餐，可太太学了几年也做不好，只好雇人来做。现在的中国，可以说需要什么就有什么。有吃西餐的人，就有专门做西餐的家政服务公司。虽然做出的西餐还是有些不对味儿，但比起太太做的，强多了。

匡教授就起身到餐厅去用餐。

吃得很不对味，蔬菜沙拉里面有一股药味儿，像医院走道里的味道；烤牛肉则是一种荤腥味。吃了几口，他就扔下刀叉。

下午给一个培训班讲课，讲的是中国与西方现当代文学艺术比较的一个话题。他有些累了，也是想调节一下气氛，临时安排了个对话交流环节。一个学员提了个问题："中国现当代文学与西方是什么关系？"他不假思索地回答："学习和被学习、模仿和被模仿的关系，甚至就是源和流的关系。"结果引起很大的争议，争得脸红脖子粗的，争到满嘴粗话的程度，差点收不了场。匡教授既恼又羞，连院方安排的宴请都没参加，就匆匆离开了。

车开到路上，他还在生气。那些学员，都算是文化人了，连塞尚和杜尚、卡福和福柯都分不清，抱着老一套的理论和他争论，还自诩为坚守传统，叫他又生气又好笑，更多的是悲哀。他常常觉得，中国现在的一些文化人，不向西方学习，孤陋寡闻、抱残守缺，还自以为是，真的是悲哀。这样想着，眼前白光又闪了一下。车幸好在直道上，没有出大的事。方向一摆，车头甩了一下，差点撞上旁边的车。旁边车里伸出一个金发黄头来。匡教授以为是个外国人，已经准备好了道歉的话。可金发不是天然的金发，是染成的。金发下面的脸还是国人的，一张年轻的国人的脸。从年轻的国人的嘴里，突然冒出几句难听的话。国骂夹杂着英语的骂人话，把他准备好的道歉的话给噎回去了。那些骂人的话，他都听懂了，但他没有回骂，他的教养和涵养都不容许他回骂。他只在心里嘀咕了几句"没有教养"，还慨叹了一阵国民素质。

静下心来一想，挨骂事小，要是真的撞车撞人了，那就坏了。不能再耽搁了。他赶紧打电话给祈教授。祈教授和他都在英国留的学，还在一个城市，祈教授学医，他学的是现当代艺术。一文一理，没有任何共同点，但这并不妨碍他们成为最要好的朋友。要说没有共同点，也是不确的。他们都有一腔改变国民的热情，都从国外回来了，都进了大学，当了教授，还都兼着其他的职务。匡教授兼着其他几个学校的课，祈教授还兼做一所涉外医院的主任医师、副院长。

匡教授就给祈教授打了电话，说想到他们医院去检查一下。祈教授说，今天晚了，明天早上他一切都安排好，匡教授过去检查就行了，用不着排队等候。虽然是涉外医院，走后门特殊照顾的事还是不能避免。听祈教授这样说了，匡教授才觉得心里稍稍安稳了。

车向家的方向走了一截了，他又不想回家了。到一个红绿灯处，换了车道，拐向芦溪住的地方。他想到芦溪那里去喝点咖啡，芦溪煮的咖啡好。他每次去芦溪那里，都是借口去喝咖啡。最近太忙，好长时间都没喝到芦溪煮的咖啡了。

车换了道，却再也走不动了，前面堵车，堵得很严重。匡教授等得有些心焦，尤其是，他前面走的那个道上的车通过了，换过来的这个道上的车还堵着，他心里又有了些后悔。要是不换道，这会儿已经过去了。

前面的车慢慢往前挪，他的车就往前跟，等了十几分钟，才算是通过了红绿灯。匡教授心里暗骂，真是的，哪来这么多的车、这么多的人。交通上也不采取些措施。欧洲的大街上也有很多车，但人家管理得好，疏通得好，也没见这么拥挤堵车。

到下一个路口又堵车，再下一个路口还堵车。匡教授就觉得有些不顺，也许芦溪不在家。也是堵车闲得慌，他就给芦溪打了电话。芦溪说，她在家里。芦溪的口气很淡，没有急切地想让他过去的意思。匡教授心里就有些不舒服，想就此掉头回去，可已经打起心思了，再退回去，心里又有些不甘。尤其是想到上一次去的时候，在她家里还碰到了一个很壮实的男人。芦溪解释说，那是她的健身教练。但匡教授觉得，他们说话时的眼神，有些暧昧。匡教授也不好多管，毕竟她不是自己的妻子，自己不是她的丈夫。芦溪的丈夫，应该说是前夫，在美国，前些年，和芦溪一起出去打拼。挣了很多钱，两个人却离婚了。前夫又结了婚，芦溪就回来了。没有工作干，拾起上大学时的专业，画点画，有时候还写点小文章，取了笔名芦溪。原来在美国的时候，叫露西。听过匡教授几节课，也算是个学生吧。仰慕生爱，就到一起了。

芦溪家也在一个别墅区，她一个人住一幢二层小别墅。匡教授进去了，芦溪不咸不淡地笑了一下，不亲不热地说了句，来了。匡教授就说，来了。匡教授觉得，这好像是同事在单位上见面打招呼。不过，这样也显出另一种境界来，自然、随意。也是的，他们已经过了激情期，不会一见面就拥到一起了。

芦溪说："煮了杯咖啡，都放凉了。"

匡教授说："路上堵车，简直要堵死了。"

芦溪说："像我们这些闲人，堵就堵了。你那么忙。"

匡教授听芦溪的话音里稍有些怨意，就说："对不起，好长时间没过来看你了，这一段确实是太忙了。"

芦溪说："我没事，你忙你的。我再去给你煮一杯咖啡吧。"

匡教授说："不麻烦了，就把前面煮的拿来就行。"

芦溪说："那怎么行，凉了就不对味儿了。"说着，就去煮咖啡。芦溪就这脾气，吃喝穿戴，都非常讲究，来不得半点马虎，在家里也一样。匡教授觉得，这一点好，不像自己的太太，什么都凑合，一点儿都不懂讲究。

匡教授看芦溪今天穿了一件中式的旗袍，天青色的底子，绣着粉红的花，显得很内敛、含蓄，又暗散着张扬、奔放。欲扬还抑，欲进还退的，这是芦溪一贯的行事风格。但不知道她为何穿了一件中式的旗袍，很显然不是专门为他才穿的。他不喜欢中式旗袍，这一点她应该是知道的。

芦溪端了一杯咖啡出来了。一个穿着中式旗袍的女人，端着一杯咖啡，多少有些不协调，但匡教授这会儿已经不注意这些了，他老远就闻到了咖啡的香味。匡教授觉得咖啡是世间最好的饮品，酸甜苦涩间，有一种人生味、哲学味。不同的原料，不同的人，不同的火候，烧出来的咖啡，味道完全不一样，这又有些艺术味。

匡教授深吸了一口咖啡的香气，迫不及待地喝了一口，说："是蓝山咖啡吧？"

芦溪笑笑说："你也有猜错的时候。是印尼麝香猫咖啡，世界上最好的咖啡。"

匡教授稍有些尴尬，笑说："有世界上最会煮咖啡的人，什么咖啡都出味。"

芦溪说："知道这咖啡为什么好喝？是沾上了麝香猫的分泌物，大概就是精液。我这样说，你可不要恶心。"

匡教授说："我知道，欧洲人早就用了。莎士比亚戏剧《李尔王》中有一句'请给我一点麝香猫的香油，刺激我的灵感'，大概就是这东西。"

芦溪用敬佩的眼神看着他。芦溪最初对他的眼神就是这样，就是对他的学识水平的敬佩。是这种敬佩像催化剂，不，就像麝香猫的分泌物一样，刺激她，产生了激情。而这种激情，已经慢慢消退了。匡教授以前还有些怕那种激情，但这会儿，却觉得稍稍有些遗憾。

匡教授又喝了一口，说："我也刺激刺激灵感。"

芦溪叹息了一声："有些东西，就像药引子一样。"

匡教授说："什么药引子？你在吃药？有病了？到医院看看。"

芦溪说："没事，不会就死的。"芦溪有些感伤。

匡教授坐近了些，摸了摸她，本来是想哄她、安慰她的意思。倒是芦溪理解错了，轻推开他，说："先喝了咖啡。"匡教授说："我不是那意思。"芦溪说："你还有什么意思，每次来，喝一杯咖啡，做一次。不对吗？"

匡教授不说话了，默默地喝咖啡。

芦溪说："你先喝，我去洗澡。"芦溪说着，一扭一扭地走了。匡教授看着她，他不喜欢旗袍，但那件旗袍穿在芦溪的身上，非常合体，完全勾勒出了她的线条，展现出她的美感。尤其是腰身那里，很性感的。匡教授看了，心里动了一下。

洗澡的时候，匡教授身体有了反应。自从眼前有白光在闪，身体再也没有出现反应，尤其是在面对妻子的时候。现在有反应了，他很高兴。也许是看了芦溪的腰身，也许是喝了咖啡的原因。他觉得，咖啡和芦溪就像麝香猫的分泌物，就像芦溪说的药引子一样，刺激了他。人到中年，身体和心理都是需要点刺激的，这是祈教授说的。他找芦溪，虽然有其他的成分在，但多少也有些这方面的意思。

和芦溪做的时候，却很不成功。一会儿就泄了，再怎么努力，都不行了。他还在挣着，芦溪的身子已经凉了。芦溪摸着他汗津津的头说："算了吧。"他这才停下来，不好意思地说："对不起，我这一段太累了。”

芦溪说：“没必要勉强。一起躺躺，说说话，挺好的。你真的怕是太累了。查一查，看身体有没有毛病。”

匡教授说：“眼前老是像有白光在闪，查了几次，都说没病。”

芦溪说：“要不看看中医吧。我知道你不相信中医，我以前也不相信。前些天一个朋友介绍看了一个老中医，还真神呢。”

匡教授说：“那么精密的仪器都看不出来，看看舌苔，抓抓胳膊，就能查出病来？”

芦溪说：“那个老中医，连脉都不把，就能看出病来，真的非常准。”

匡教授说：“又出来个‘绿豆汤’吧，都是些江湖骗子，拿些烂草根、烂虫子糊弄人。我们中国人，就爱迷信，爱赶这样的趟儿，就能出张悟本那样的神医，李一真那样的神仙。”

芦溪说：“这个人还就有些神。他连我离异单身的情况都看出来了。我说我有男人，他说，有是有，是露水的。”

匡教授说：“瞎蒙吧。”

芦溪说：“他给我开了点他自己做的药丸。药丸看不出有什么特别，特别的是药引子，药引子是露水。他说，我必须用花草叶子上收集的露水冲服药丸。”

匡教授说：“故弄玄虚，都是从那些荒诞不经的故事中学来的。《红楼梦》里就有这样的情节。鲁迅小说中的人血馒头也算是药引子。怎么，用露水做药引子就能治离异？”

芦溪说：“什么呀，是治我的偏头痛。”

匡教授说：“你有偏头痛？我怎么不知道。”

芦溪有些怨气地说：“你当然不知道了。”

匡教授笑说："用露水药丸治偏头痛？这么大的城市，上哪里找露水去？"

芦溪说："放心吧，不敢劳驾您。我给一个朋友说了，他想出了办法，找到一家种大棚花卉的，花叶、花朵上有露水，帮我收集了一大瓶。我喝了药，头痛还真好了。"

匡教授说："又是个荒诞不经的故事，没想到你也信这个。"

芦溪说："管用了，我当然相信。哪个管用，我就信哪个。"

匡教授说："完全是心理安慰。"

芦溪幽幽地说："心理安慰也好。这世上，谁都需要心理安慰。"

匡教授就不说话了。

一早上就过去检查。祈教授果然安排得很好，各种挂号手续全免了，还专门安排了一个导引员领着他查。导引员自我介绍说她叫小倩，还真的很俏倩，脚步轻飘，眼睛顾盼有神的。因为是祈教授安排的，导引员对匡教授非常热情，全程陪着他。就是这样，匡教授都感觉到非常的烦琐。

先填写了一份病历，写上姓名、性别、年龄、病史这些简单情况。接着是测身高、称体重、量血压，还有其他物理检查。再接着是抽血和取尿样，导引员送到实验室检验了，就领着他先到了眼科。测视力，检查了辨色力、外眼、眼压、眼底、裂隙灯检查等。结果是，只有近视，度数也没有发展，什么青光眼、白内障、视神经炎、视神经萎缩等这些病都排除了。

眼睛没病，就检查内脏。先是X光透视，大夫说，没有肺结核、肺肿瘤、水胸、气胸、支气管扩张、气管扩张、心室肥大、主动脉弓突出等疾病，基本正常。接着是B超，肝脏、胆囊、胰腺、脾脏、肾脏没有任何病变迹象。就到上午下班时间了。

中午，匡教授没有回家，在医院附近找了一家西餐馆。本来是想请祈教授和那个导引员小倩一起吃饭的，祈教授说还有事，没有到，他就和小倩一起吃了。小倩很显然没吃过西餐，显得手忙脚乱的。匡教授教着，她才会用刀叉了。她很灵，一教就会。吃完了，还不到下午上班的时间。匡教授要了咖啡，边喝边和小倩聊天，也是打发时间的意思。小倩说她是农村出来的，没考上大学，就到城里打工来了。匡教授有些不相信，觉得她的俊俏样儿、伶俐劲儿，都不像。小倩说她确实是农村来的，匡教授就叹息了几声，还问了她们家的一些情况，问了在这里生活的情况。小倩说了一些，匡教授听了，还是不大相信。现在的农村，还真的那样落后，那样贫穷？匡教授本来是城里长大的，这些年又是出国留学，回来后到大学任教，几乎没到过农村，还真有些不知道。

下午接着检查，做了心电图、脑电图、核磁共振，也没检查出病来。一会儿血常规、尿常规检查结果也出来了，小倩取了单子来，检验单上列了很多，白细胞、红细胞、粒细胞，尿比重、尿酸碱、尿酮体的，还有一大堆数据，不知道是什么意思。匡教授问小倩，小倩脸羞红了一下，说她也看不懂。拿给大夫看了，大夫从上到下看了一遍，又从下到上看了一遍，说，数据正常，没有毛病。

折腾了一整天，除了儿科、妇科，差不多的项目几乎都检查了，经过各种仪器的检查，结果是没病。匡教授就有些失望，有些气馁。上楼下楼地跑着，跑累了，眼前好几次都有眩晕感，白光还是闪着。

他就去找祈教授。

祈教授说："没检查出来好呀，该高兴才对。"

匡教授说："可我明明眼前有一道白光在闪，今天一天都在闪，你的那些仪器，就是检查不出来。"

祈教授说："再就要做 DNA 检测了，看看遗传基因上有没有问题。"

匡教授说："好了，你不要再折腾我了。我什么都不检查了，就这样了。"

祈教授说："也可能仅仅是疲劳。我知道你老兄好那一口，可不能太贪了呀。"

匡教授说："人到中年了，一大堆的烂事，谁还顾得上那事。"

祈教授笑着说："人到中年，更需要一些刺激。有了刺激，才能产生荷尔蒙，肌体才有生命力。你先说，今天陪你检查的那个导引员怎么样？"

匡教授说："看你说到哪里去了。"

祈教授说："我没说远，我是专门挑选了小倩陪你检查的。那么漂亮的小姑娘，陪你一天，心情很好吧？心情好了，身体自然好了，这也是一种心理疗法。"

匡教授说："原来小倩是个药引子。"

祈教授说："什么药引子？"

匡教授就给祈教授说了芦溪看病的事，说了用露水冲服中药丸的事。本来是想着听祈教授也批驳几句，没想到，祈教授却说："有些病，中医还能起作用。"

匡教授吃惊地看着祈教授，他有些不相信祈教授会说出这样的话。

祈教授又说："要不，你也去看看中医。"

查了一天病，没去学校。第二天一到学校，就听说了一件事，人类学系的夏教授猝死在讲台上了。夏教授还不满四十岁，是从法国学成回来的，在人类学研究上很有造诣，到处请着去讲学，还经常上电视做节目，是属于年轻有为、春风得意的那种人。匡教授和他接触过，言谈举止倒并不傲慢，谈话很有机锋的。匡教授对他很有好感。匡教授不敢相信，他竟猝死在了讲台上。

夏教授的死不仅在学校引起了很大的震动，年轻知识分子的过劳死在学术界、网络上都炒得沸沸扬扬。

也许是受到了刺激，眼前的白光闪得更频繁了，匡教授对自己的身体更担心了，可不知道还能到哪里去检查。他想起了祈教授的话，还想到了芦溪说的那个什么神医。他试着给芦溪打电话，问她的病。芦溪说："人家好了，你才想起关心了。"匡教授说："那个人看病真的那么神？"芦溪这才听出匡教授的意思了，劝他，叫他尽快好好查查、看看，不要学了夏教授。芦溪劝着，匡教授试探着说："要不，我哪天也过去看看那个神医。"芦溪说："还等哪天，就今天吧。你开车过来接我，要么我开车过去接你，我陪你去看。"

匡教授说："还是我过去接你。"

匡教授开车过去，接了芦溪。芦溪指引着，找到一个偏僻的小巷里。芦溪说就在小巷里，匡教授就有些失望。这样的小巷里，能有什么好大夫，大概都是新闻上常讲的那些三无黑诊所。芦溪也看出了他的失望，劝他："进去看看你就知道了，不是那些骗子。"

进了门，果然还不错，传统的中医诊所的格局，对面靠墙是一排小抽屉的那种药柜，前面是个木制的柜台，一个白发白须的老者正在柜台边给一个人抓药。看到他们进去了，老者点了一下头，继续抓药。还是用那种黄铜小秤，拉开药柜上的小抽屉，抓上点，称了，倒在柜台上摆开的几张麻纸上，再拉开一个小抽屉，再称。

等着拿药的是个官员模样的人，显得严肃、矜持，但又有些怕人窥破什么秘密的样子，警惕地看了匡教授和芦溪几眼。

白发白须老者抓完了药，给那个官员模样的人说："药就这些了，还需要药引子。用苦苦菜、黄花菜、灰条草三种野菜，榨了汁，兑水熬药，见效最快，就这几服药吃了，保证你就好了。"官员模样的人说："这些野菜你这里有没有，多少钱，我出。"老者说："我这里只卖药，不卖药引子。"官员模样的人说："这些野菜上哪里弄去？"老者说："乡间的田埂地头上，到处都是。最好自己去找，不要派手下人去找。"

那人点着头，拿着药包，赶紧走了。他往出走的动作像溜，做了贼一样。也许他是看什么隐疾，匡教授想。

老者招呼芦溪，问："药吃了，头应该不疼了吧。"

芦溪说："谢谢您，我头疼全好了。我是带匡老师来看看。"

老者看了匡教授一眼，说："不是一般的老师吧，在哪个大学里的教授？"

匡教授说了，老者连说："好，好。"

芦溪说："您给看看……"

老者笑了笑说："没啥可看的，教授没病。"他又转向匡教授说："查过了，没病，对吗？"老者直视着匡教授的眼睛。匡教授觉得老者的眼睛很澄澈，也很幽深，没有一般老人眼睛里的那种浑浊，清亮透明的，但又一下子看不透。在老者的注视下，匡教授不由自主地就说："是查了，没病。可……"老者打断他的话，说："有些眩晕感，眼前时不时有白光一闪，对吗？"

匡教授说，对。芦溪也跟着说，对。

芦溪又急切地问："您看他这是？"

老者笑说："也不是啥病，就是虚些。相信的话，调理调理，就好了。"

芦溪说："怎么不信。不信就不来了。"

老者又是一笑，回身拉抽屉抓药。匡教授看着，和给前面那人的药差不多，都是些树皮草根虫子的，心里就有些不舒服。假装回头看着周围的墙上，墙上没有一面"华佗再世""妙手回春"之类的锦旗，但也没看到行医证、工商证之类的证照。

老者抓完药，包好了，说："药就这些行了，药引子嘛……"

匡教授有些调侃地说："是露水，还是野菜汁？"

老者又看了他一眼，说："药讲究对症，药引子也因人而异。恰当的药引子才能解毒、矫味、引药归经、增强疗效。跟化学中的'催化剂'，物理上的激活，道理一样。你是教授，应该知道的。一般的药引子是白开水、酒、淡盐水、蜂蜜水、米汤、红糖水、葱白汤、姜汤这些，还有荷根、菱角、水藻，鸡血、牛胆、鱼鳔、老鸹下的蛋、燕子吐的唾液、麻雀拉的粪便，一句话，天上飞的、地上跑的、水中游的，都可以做药引子。不同的人、不同的病、不同的季节时辰，用的药引子都不一样。比如说这位芦太太，血液凝滞、气血不畅，就需要露水化解；比如说刚才那位马处长，痰湿困脾、肝火旺盛，体内却苦，需要用野菜汁平肝清热、息风降压。而教授您，没啥病，只是脾虚肺燥、肝阳上亢，用点药调和脾胃、固精安肾就可以了。可你身上缺土，须要用干净的黄土做药引子。"

芦溪说："黄土怎么做药引子，要吃土吗？"

老者笑笑说："不用吃土。干净的黄土泡水三天，用这水煎药喝，就行了。"

老者的话，听着有些道理，但又有些玄虚，匡教授将信将疑。拿药出来，芦溪劝他，就几服药，先服用了再看。匡教授想，就试试吧。把药拿回家，给太太说了。太太说："煎药学学就会了，哪里找土去？"匡教授说："花盆里不是有土吗？你养了一屋子的花，还没有土？"太太这才明白了，赶紧到花盆里去挖。一会儿，从君子兰花盆里抓了一把来，说："就这个吗？怎么看着不像是土。"匡教授一看，黑乎乎脏叽叽的，还真不像土。叫太太再看其他花盆里。太太把大大小小的花盆都翻了，一一抓出来看了，都不像是土。匡教授就不明白了，盆土盆土，怎么就不像是土呢，倒像是些烂树根烂树叶子的。现在养花，怎么不用土，用这些东西。

匡教授想不起来哪里还有土。这是城市，到处是水泥沥青的，哪里去找土呢？

倒是太太想起来了，说："院子里花圃下面，好像有土。"

匡教授说："那地方的土太脏了，你们这些太太小姐的，没事养狗遛狗，屎尿全都拉在那些花圃里了。"

太太说："挖深些，把上面的脏土挖掉。要不，上哪里找土去。"

匡教授想想，也只能这样了。就和太太一起，找了养花的铲子，拿上个纸袋，到花圃那里去挖土。

果然还有土，在几株月季和郁金香的下面，找到了土。月季花开得正艳，郁金香还没有开花。找了一处干净些的地方，匡教授用花铲先把上面的土铲开了些，挖下面的土。太太在一边拿着纸袋，等着盛土。

正挖着，门卫过来了，后面还跟着那条不黑不黄的瘸土狗。门卫还没到跟前，就喊着说："那是谁？干啥呢？"他后面的瘸狗也汪汪地叫了几声。匡教授停下手，抬起头，看到是门卫，没理睬，继续俯下身子挖土。领带掉出来了，拉到地上了，匡教授塞进领子里去。西装襟子也拉到地上了，匡教授又往上拉了拉，继续挖土。门卫看着，有些不解了，就冲着匡教授太太谦卑地笑了笑，问：“这是在种啥呢？”匡教授太太说：“没种什么，挖点土。”门卫又问：“挖土干啥？”太太还没说话，匡教授抬起身没好气地说：“你管得着吗？不好好看你的门，管我们挖土干什么？”

门卫这才看出来了，说：“是您哪？我就是看看，您挖，您挖。”他准备要退走，可他的小狗听到匡教授的口气，却汪汪汪地叫了几声。匡教授太太吓得叫了一声，退了一步，差点坐到月季花上去了。匡教授说：“你干什么？”门卫赶忙赔着笑说：“这笨狗不懂事，乱咬。”又回身冲着瘸狗说：“去，回去。”

狗一瘸一拐地跑了。门卫像是为了弥补瘸狗的错，讨好地说：“我给你们挖吧，你们哪是挖土的人。”

匡教授看了看他，就把花铲递给他。门卫就拿了铲子，挖起来。他很显然是熟手，虽然花铲有些不顺手，但他还是挖得很快。一会儿就挖出了一堆土，装满了纸袋。装好了，他把地上都铲平了，又问：“挖土干啥呢？养花用吗？”匡教授太太看他帮了忙，就说：“吃药用的。”门卫笑了：“土也能当药？土要能当药，我们老家那些山，不知能卖多少钱哩。”匡教授说：“你不懂。”

门卫看着匡教授两口子提了一袋土走了，他还真有些不懂。心里嘀咕，这些城里人，还就是怪，拿土也当药。

把土拿到楼上，匡教授刚想泡水，可看了看，还是有些不像老者说的“干净的黄土”。他先没泡水，开车拿给老者，让他看看。

老者看了看，捻了捻，闻了闻，摇头说：“不行。这土里面满是水泥渣滓、沥青末子，不能做药引子。”

匡教授没办法，只能把那些土又倒在花圃里。记得城郊飞机场那边好像有些农田，就开车到那里去找土。果然有一大片的农田，长着各种庄稼。到底是麦子粟子，还是糜子谷子，匡教授不大认识，但看着一大片各种颜色的绿苗，心里有一种莫名的亲近感。感觉和在欧洲看到的草地不一样，和在高尔夫球场看到的草地也不一样。细细的风吹着，风中有丝丝的香甜，感觉呼吸畅快了许多，心情也好了很多。

匡教授在田边站了一会儿，找田埂处，挖了些土，装了一纸袋，放在车上，拉回来了。想着这回该行了，兴冲冲地送到那个老者店里，让他先看看。老者又是看了看，捻了捻，闻了闻，摇头说：“不行。这土里面浸满了化肥和农药，不仅没有药引子的功效，还会起反作用，引起其他的疾病。”

匡教授有些烦了，问：“到底哪里的土才行？”老者说：“干净的黄土就行。”匡教授又问：“哪里有干净的黄土？”老者说：“我也不知道，药引子要自己去找。”老者说完，眼睛半睁半闭的，不理睬他了。

好几天都没找到老者所说的“干净的黄土”。这个城市里什么都有，就是没有黄土；用钱什么都能买上，就是买不到黄土。匡教授有些气馁了，心想，找不到也罢，那药吃了，也不一定就有效。

这样想着，但眼前的白光还是闪着，匡教授还是放不下。一天，开车进小区的时候，想起那个门卫老头说过，他们老家山上有土。山上的土，不会有什么水泥沥青化肥农药的，应该就是干净的黄土。他赶紧把车停在小区门口，下车到门房喊门卫。

门卫出来了，有些惊慌地问：“是您哪，车又刮了？”

匡教授说：“不是。”

门卫谦卑地笑问：“那是啥事？”

匡教授说：“你说你们老家山上有土，是干净的黄土吗？”

门卫说：“就是干净的黄土，山上的土，谁能祸害脏呢。您用的话，我下回回去给您背一袋子来。”

匡教授说：“你下回回去到什么时候了，我现在就用。”

门卫说：“现用，我就没的办法了。一下子回不去。”

匡教授说：“你老家离这里有多远？”

门卫说：“坐车要大半天，来回嘛，咋说也有千把里路呢。”

匡教授想了想，千把里路，开车当天去，当天也就回来了。他对门卫说：“我开车拉你回老家，挖点黄土，行吗？”

门卫说：“我还要看门呢。”

匡教授说：“我给你到物业上请假，给你出工资，给你出土钱，行了吧。”

门卫说：“那行。土不要钱，随便挖，要多少都行。”

匡教授在学校里请了假，推掉几个讲座。又给门卫请了假，开车拉着门卫去找黄土。

车走到半道上，门卫问：“你找黄土真的是治病？黄土真的能治病？土要能当药，我们老家那些山，还真值了钱了。”

匡教授说：“你净想着钱了。”

门卫说：“缺啥的就想啥，不想钱没办法呀，干啥都要用钱，土地上不长钱，打工也挣不了多少。哪像你们城里人，你们这些大知识分子，有钱，也就不想钱了。”

匡教授听着门卫的话，虽然粗鄙些，但也有道理。

门卫又叨叨着说："啥时候真要是黄土值了钱，我们农村人也就不缺钱、不想钱了。黄土说不定真能治病呢。我们那里，过去女人坐月子，身子底下就铺的是黄土，月里娃娃身子底下也是黄土。三五天一换，女人娃娃也没个病呀灾的。水窖里的水脏了，撒上点黄土，也就干净了，跟消毒一样。"

匡教授边开车边听着，说："真是那样？"

门卫说："可不是，那时候哪里有卫生纸呀啥的，有了也用不起，都是用土。"

匡教授笑说："擦屁股也用土。"

门卫说："现在不用了，也学你们城里人，用纸了。那时不用土，用啥。还别说，那时用土块擦，还就是没病，现在用纸了，病倒多了。"

门卫又说："我想起来了，我们那里还真有用黄土治病的。小娃娃惊风了，老人就把黄土炒热了，喷上醋，用布块包上，给娃娃全身上下擦了，就好了。身上长了毒疮，把黄土炒焦了，和成泥，糊在毒疮上，毒疮就平了。那也是没药，是没办法的办法。现在有药了，也没人用土了。"

听着门卫的话，匡教授觉得，黄土还真的有治病的作用。他还觉得，这个老头还真有趣。

和门卫聊着，中午的时候，车就开到门卫老家了。到了，他才感觉到吃惊，不仅是满眼的黄土叫他吃惊，还有他没想到的贫穷。他到过欧洲的乡村，那里真是田园牧歌式的环境。也见过中国水乡的乡村，也是阡陌交通、稻花飘香的那种。真正的山村，他还真没去过，尤其没进过农户家里。门卫老家就是个典型的小山村，不大的一个村子，在一个山湾里。山是光秃秃的山，房子和山的颜色几乎一样，中午的太阳照着，几乎看不出人烟来。门卫家一个土院子，几间土坯房，几个儿子都分开过了，也都到城里打工去了，只有老伴在家，领着几个土叽叽的小孙子。

门卫把他让进家，门卫的老伴不知道他是哪路的贵客，忙忙地做饭，门卫也忙着杀鸡抓兔子的。他挡住了，只吃了点门卫老伴做的长面。清清淡淡的面，却吃着很有味道。门卫老两口过意不去，搓着手，一遍又一遍地说着对不住的话，好像匡教授真是专门到他们家的贵客。匡教授感动了，也是动了恻隐之心，几乎把身上的钱全掏出来了。老两口硬挡着不要，匡教授还是硬放下了。

门卫到山上，挖了一大袋黄土。他说，那是最干净、最细面的黄土。匡教授看了，黄灿灿的，金子一样。一大袋子，匡教授说多了，用不了。门卫坚持要匡教授都拉上，说，家里黄土多得是，要多少有多少，拉去了，以后也可以用，其他人要用的话，也送给些。好像那黄土真的是金子。匡教授推辞不过，就都拉上了。

回来天已经黑了，城市里一片灯火辉煌。从门卫家再到这个城市，匡教授有了恍如隔世的感觉。匡教授没有回家，直接开车先到老者的铺子里，想让他看看，他拉来的是不是“最干净的黄土”。找到那条巷子，巷子里的店铺都亮起了灯，却怎么也找不到那个中药铺。车开出开进的好几趟，还是找不到。巷子分明就是，他来过几次了，不会认错的，老者的铺子却不见了。

注:《芒种》2011年第9期发表

钥匙

49 路公交车从老城解放车场，开往新城光明广场。

我上班的地方在老城。刚调过来，房价太高，买不起，也没租到合适的房，在新城那边借了一间房子暂住，早晚上下班就坐 49 路。

49 路是一款老旧的公交车，平厢，周围一圈硬座，中间是宽阔的站位。座位少、站位多，很显然是考虑到人是直立的，站着能多挤些人，也容易进出。虽说挤公交的，大都是没资格坐公车、也没钱买私车的，但现在的人都懂享受，坐车也讲究个舒适和快捷。49 路速度慢、弯路多、噪音大、没空调，坐的人就少，很少挤满过。

我坐这路车，是因为站点离单位和住处都近，离起始站也不远，上车时一般还有空座。快一个小时的车程，有个座位，还是好些。我也一般选择避开上下班高峰期，来早些，回晚些，怕没有座位，站的时间太长。

那天也是赶个材料，下班晚了，出单位时，天已经黑了。冬天日子短，天黑得早，这在城乡都是一样的。天阴冷，很有些寒气，这在城乡也都是一样的。不一样的是，城里的灯多，把路照亮了；城里车多，车上暖和些。

49路过来了，我赶紧上车。车上果然人不多，还有空座。我因为路远，就选择后面的一个座位坐了。那个姑娘上车来，也是直直地走向车尾，坐在我正后面，最后一排靠窗的位置上。她大约也是路远，或许也是要到新城去，她家在新城，她是下班回家。

我这样猜想着，不是因为非分，而是因为习惯。写小说的，都有这毛病，爱琢磨，爱瞎想。我其实并没注意到她，刚才等车的时候，她大概是在站牌的另一边。上车的时候，她又是在我的后面。我只隐约感觉，她穿了一件水绿色的羽绒服，式样也不是很时兴。

姑娘一坐下，就开始打电话。

常坐公交车的都知道，公交车上有一景——几乎所有的人一上车，刚落座或者站稳，就掏出手机，摆弄起来。看资讯、玩游戏、听音乐，有的干脆翻看阅过的短信，或者翻看电话簿。看上去是为了打发坐车的这段无聊，其实是一种掩饰，掩饰观察别人或者被别人观察的尴尬。或者是一把钥匙，打开另一扇门，人就有了在此在彼的两种可能。坐了一个多月的公交车，我就发现，公交车上的人互相不说话。同乘一辆车，但没有人主动与陌生人打招呼，甚至避免与陌生人目光对视。没办法，只能鼓捣手机。鼓捣着手机，但很少有人打电话，接电话也都是很简短的几句，或者说，我在车上，过会儿给你打过去，就挂断了。所以，公交车上一般都很安静，或者说，很沉默，很隔膜。有时候车挤，被人踩了脚；有时候急刹车，撞了人；被踩的吸溜一下，忍痛不出声；撞人的也是小声说个对不起。大家好像都小心地维持着车上的安静，还有那种隔膜的气场，很少有人高声喧哗，或者出声打电话。

正因为这样，姑娘打电话的声音就引人注意，甚至有些扎耳，有几个人还回头看了她一眼。也就看了一眼，没有人表现出不满或者厌烦的意思来。

姑娘说，玲玲呀，你在哪里？又在家里。你猜我在哪里？在公交车上。没事，不去哪里，就是坐公交车玩。我觉得挺好玩的，坐过去，再坐过来，真挺好玩的。你出来吗？一起玩去。不去算了，就知道守家，没劲死了。又没有老公，守着老爹老妈，有啥意思。出来吗？出来我等你。不冷，车上挺暖和的。不挤，车上没几个人。不远，一会儿就转回来了。那就算了吧，守着家，当你的大家闺秀吧，没劲，我就约小翠了，可别说我没叫你。拜拜。

刚挂断这个电话，姑娘又拨了一个。那边一直没人接，彩铃音乐是《月亮之上》，“我在仰望，月亮之上，有多少梦想在自由地飞翔……”歌曲一直唱完，电脑小姐说，您拨打的电话暂时无人接听，请稍后再拨。姑娘又拨了，《月亮之上》又唱了一遍。电脑小姐刚要说话，就被姑娘掐断了。姑娘抱怨说，死小翠，不接电话，又到哪里疯去了。

我心里有些笑。又想，一般人坐公交车，不是赶着上班，就是赶着回家，要么是逛街，公交车只是个代步工具，不是目的地。坐公交车玩，从起点坐到终点，再坐回来，为坐公交车而坐公交车，我还是第一次遇见。我觉得倒很有趣。

我想回头看一眼姑娘，但只侧了一下头，车上的喇叭响了，女声突兀地说，幸福街口到了，请您准备下车，下车后请注意过往车辆。

下了几个人，上来一拨人。上车的赶紧找座位，一胖一瘦两个女人都奔我前面的空座过来。瘦些的步子快，抢先一步坐了。胖女人犹豫了一下，其他空座也被占满了。她剜了瘦女人的后脑勺一眼，一只手抓住我前面的靠背，站住了。她另一只手里拎着一大堆东西，不知是商场买的，单位发的，还是下面市县送的。年终了，许多单位都发东西，下面对口单位也送东西。那些东西看上去很沉，胖女人想放在车厢地上，看了看，又没有放下，继续在手里拎着。

售票员过来了，冲着胖女人说，上车的请检票。胖女人松开抓靠背的那只手，在包里掏钱，掏出来的都是大票子，她继续掏。车突然启动了，胖女人没抓手，一个趔趄，差点栽倒。慌乱中抓住我的胳膊，才算站住了。她冲着售票员嚷嚷，急什么急，谁差你一块钱了，真是的。说着把钱往售票员怀里一扔，转过身来，继续抓住我前面的靠背，冲我闪了一下笑脸。的确只是一闪，笑意还没在她的大脸上完全展开，就收拢回去了。一股厌烦很快罩在她脸上，她口气也烦烦的，像是给我说，又像是自言自语地说，烂出租，十几分钟都打不上，叫人挤这破公交。这样说着，她从头到脚似乎都散发着厌烦。

她从上到下一身黑，长衫、短褂、皮裙、高靴、黑丝，是很流行的打扮。但流行的黑色装束并不适合她，没有遮住她的肥胖，反倒彰显了她身上的那股市民气。市民气往往在她这个年龄的女人身上表现得最充分，必须要用知识、修养、地位等东西才能压住，而且稍不留神就会暴露出来。胖女人应该是这座城市的老住户，有家有业的那种。在单位上也熬出了资历，混了个处长副处长啥的。有钱买车，但又不会开车，上下班打车，等着弄个厅级，坐公车。这种女人疼钱，但更顾面子，不到万不得已，一般不愿挤公交车。

看她一大堆东西拎得吃力，我想把座位让给她。可正在这时候，她包里的手机响了。她烦烦地翻出来，烦烦地接了，烦烦地说，干啥？我在公交车上在哪里？打的打不上，你让我冻死呀！你在哪里？谁稀罕你早早回去做饭了？瞧你那点出息，除了做饭，你还能干啥？快出来，到小区门口接我，我拎着一大堆东西。快点！胖女人挂了电话，两只鱼眼还鼓着，还气呼呼的，身上的肉也颤颤的。

我忽然不想给她让座了。

后座的姑娘又拨通了一个电话。荣哥吗？——是荣哥还是龙哥，没听清楚。是你吧？不是忘了号码，好长时间没联系，我怕你换了号。咋又扯到换朋友了，我们不还是朋友吗。我一直都把你当朋友。就是呀！你说雷雷？他回老家去了，回去好些天了。我们的店，还没开起来。有一个店面，说好了转给我们。啥都说好了，就差一步就成了。为啥，店主看我们要得心急，要加价，加了三万。你说现在的人，心咋都那么黑！雷雷回老家筹钱去了，钱没筹到，这边的店主又说不转让了。雷雷到现在也不回来。我们的事能咋样呢，店面、房子啥都没有，能咋样呢？教我跟着他到他们老家去，我才不呢。是雷雷这样给你说的？他真这样说了？又油嘴滑舌的了。你哪点都好，就是油嘴滑舌的。雷雷不像你，他人实诚。他要真表面一套背后一套，我立马跟他断。断了也不找你。不贫了，说你在哪里，跑到温州干啥去了？提货？给谁提货？你开店了？真没有想到呀你。啥时候开的，在哪里？地点差点，店面小点，都不要紧，自己当老板，总比给别人打工强多了。咋又扯上雷雷了，你跟雷雷较个啥劲。我们的店没开成，你的店倒开张了，你要感谢我和雷雷才是。荣哥现在是老板了，以后怕是不认人了。我呀，还是在那里打工。我现在呀？在公交车上，到新城去。不干啥，就坐着玩。坐到终点站，再坐回来。那有啥可怕的，我这么丑，谁抢我。真的吗？骗人。大街上、公交车上，都是人，有啥怕的。不会很晚，九点多就回去了。还没吃，回去再吃。你倒学会关心人了。我咋一直都没感觉你关心我。又油腔滑调地骗人。真的？谁信。赌咒。骗——人——吧——

打电话没啥事，就是问你好着吗。真的没啥事，好好的。你听，是公交车的声音吧。我坐过去，再坐回来，吴燕也就回来了。我还是跟她住着。她呀，谁知道啥事，说是九点多才回来。我忘带钥匙了，进不去屋了。

说出这句话，姑娘半天不出声了。过了一会儿才说，打过电话了，她说好的，九点多就回来。我就这丢三落四的毛病，有啥办法。放心吧，我坐车回去，她就回来了。你好好提你的货，刚开始，看仔细点，别上当了。好了，不打扰你了，好好提货吧。拜拜。

姑娘刚挂了电话，车上的几个人都扭头看她，我身边的胖女人也扭头看她。我想回头，胖女人挡住了。接着，姑娘的手机响了。她接了电话。

她说，真的没事，吴燕说好的九点多就回来。我又不是刚到这里。她要真不回来，我就随便到哪个朋友家去。这边的姐妹多着呢，放心吧。谢谢关心，拜拜。

姑娘匆匆挂了电话。她原来是忘了钥匙，进不了屋了，才坐公交车的。城市很大，很开放，但没有钥匙，就会被拒之门外。我也下意识地摸了一下钥匙。钥匙丢了，我也就进不了屋了。我进不了屋，还可以去住宾馆。姑娘呢，我有些替她担心。姑娘却好像并不在意，继续拨电话。按键音嘟嘟地响，那头的电话却没有通。电脑小姐说，你所拨打的电话暂时无法接通。姑娘挂了电话，嘴里嘟囔说，破地方，手机信号都没有，还想让我去。

我猜想，她大概是给那个叫雷雷的男朋友打电话。

车又到了一站，胖女人下车了，坐在我前面的瘦女人也下车了。又上来一拨人，我前面坐了个小伙子。小伙子一坐下，就掏出手机，挂上耳机听音乐。后面上来两个老人，一个老头，一个老太太。车上的喇叭就说话了，请给老弱病残孕及抱小孩的乘客让座，谢谢。售票员也冲着我前面的小伙子说，请给老人让个座。我前面的小伙子大概没听到，继续低头听音乐。对面的几个学生站起来了，两个老人却推着不坐，说一会儿就到了。让来让去，老太太坐了，老头说啥也不坐，就站在老太太身边，似乎是在保护老太太。空出来的座位也没人坐，就那样空着。老太太一头银发，老头子戴一顶黑色呢帽。他们的穿着举止有一种醇厚的高雅得体，惹得车上人都往那边看。老头老太太好像并没注意到，两人自顾自地说着话。说着话，却听不见声，只看见他们脸上的皱纹拉紧了，又舒展了。

两个小青年到空座上坐了。也是一男一女，却是男孩先坐下。男孩很高大，女孩则娇小。男孩坐下了，和女孩差不多高。嬉笑了几句，男孩拉女孩坐到他鸬鹚一样的长腿上，两人对着脸，还不轻不重地笑闹着。闹得其他人也不好向那边看了。我也回过头来。

坐我前面的小伙子虽然是用耳机听，但声音还是如蚊如蝇地传出来。听不清歌词，咿咿呀呀的。到了高潮处，小伙子也摇头晃脑地跟着唱，还是没有歌词，咿咿呀呀的。过了半天我才明白，他听的是那首《忐忑》，本来就没词的。无语的忐忑。

身后的姑娘又在拨电话。通了。她显得很兴奋，妈，是妈吗？我听着声音咋不对。就是，电话改音呢。妈，你好着吗？饭吃了吗？我也吃过了。在街上玩呢。坐车到新城去玩。不太远，坐车一个小时就到了。新城那边有朋友，约了一块儿去玩。我知道，我又不是小孩子了。弟弟干啥呢？我忘了，今天又不是星期天，他不回来。他学得咋样？明年就高考了，叫他抓紧着点。我就知道你疼儿子，惯得他不好好学，看考不上大学咋办。我现在都后悔死了。我好着呢，厂里好着呢。吃的、住的也都没问题，妈你就放心吧。对象？你女儿那么丑，嘿嘿，谁要呀！不会的，还没对象呢，我上哪里吃亏上当去。我知道，找对象要看人品，要知根知底。你都说了多少遍了。他们的根底在哪里，谁知道？要真找了，我就领回来叫你们验收。验收不合格，就退货。嘿嘿，行了吧。我春节就回来了，这回多待些天，好好伺候伺候你。妈你腰痛好些了吗？千万不要干重活。有我爸呢。我爸在吗？大冬天的，又不打工，到哪里去了？我爸就爱打麻将。没赌吧？一两块钱玩玩也行。回来就说我打电话了。噢，我还给我爸买了点红茶。我爸胃不好，红茶是暖胃的。不贵，没花多少钱。没有，你还不知道你女儿，和你一样，抠门一个。也没亏自己，吃也吃着呢，穿也穿着呢，玩也玩着呢，都好着呢，放心吧。玩玩就回去了，不会的。你当是乡里，这会儿黑灯瞎火的。城里人这时候才出门逛街呢，到处是灯，到处是人。没下雪呀！那边下雪了？大不大？下雪才美呢，焐在热炕上，吃着炒豆子。城里哪有热炕，都是床。不过屋里有暖气，比家里还暖和。公交车上也不冷，有空调，暖和得很。知道了。好了，再没啥事我就挂了。挂了。

姑娘挂断电话，自言自语，这是到哪儿了？咦。还真下雪了。

车两边的玻璃上有一层雾，看不清外面。我注意地看车头前面亮光处，确实有金色银色的小颗粒在飞。感觉像雪，但形状、颜色又都不像是雪，似雪非雪。也许是尘灰，被风搅起来了，光一照，晶莹得像雪了。城里的一切都有些似是而非。车上的喇叭报站名了，下一站，郭家庄，下车的乘客请按门铃。这站名就有些似是而非。明明是高楼大厦、城市街区，地名却还是郭家庄。还有幸福村、王家堡几个地名，也都没村没堡子。金银滩，没有一点滩地，全是楼房；湖滨路，没湖，没岸，只有路；翠柳岛，没水，没岛，没翠柳。

不过，地名的变化多少保留着一个城市的记忆，也反映出城市的变迁。比如老城的街路叫什么解放、大庆、中山，新城的街路叫民生、和谐、小康，时代的印记就很明显。这些名称不仅是平铺着的，也是竖立着的，竖立在时间的年轮上、历史的数轴上。

过了郭家庄，就是新城的地界了。车上空了许多，那一对老人，一对小青年，都不见了，我前面的“忐忑”小伙也下车了，换了些新面孔。公交车就像是历史。我前面是三个大学生模样的，一个人坐下了，两个人站在他座位两边。后面明明还有空座，他们不去坐，围在那里，三个人说话。说的几乎都是黑话，我一句都听不懂。全是什么闯关、修仙、跳墙、支线任务、臭虫、烧烤之类的词语，还夹杂着很多的外语术语。他们互相交谈得很流畅，我却听得莫名其妙。直到他们说出“玩家”“Q 币”“分数”几个词，我才明白，他们谈的是网络游戏。虽然明白了，但他们后面的谈话我还是听不懂。不懂也得听，他们边说边笑，声音很大，我不能掩住耳朵。除了听他们的天书，我别无选择。

如果能选择的话，我倒愿意听后面的姑娘打电话。可她半天都没再打电话，也许是在看窗外的雪。

我擦了擦玻璃上的雾气往外看，窗外的雪下大了些，还真有了雪的模样。雪使街道上辉煌的灯火迷离了些，也使街上的路人加快了脚步回家。连路边的摊贩都在忙着收拾摊位，准备回家。他们中哪些是有家的，哪些是像我和身后的姑娘一样没家的，看不出来。

身后的姑娘大概也是被这些场景触动了，又开始拨打电话。吴燕吗？你到底几点能回来？我在公交车上，下雪了，我不能死等在门口吧。你能不能快点？九点半呀，你前面不是说九点吗？那就说好了，九点半一定回来。

接着她又拨了一个电话。雪雪呀，是你吗？听不出来了？有了老公，嫁了城里人，连姐妹都忘了。对，就是我。我在哪里，在你们家门上。开玩笑了，我到你们新城了。玩玩，顺便也看看你呀！不欢迎吗？你老公在家呀？看把你吓的，我又不抢你老公。你在家还是在外面？在家里呀。干啥呢？电视有啥好看的，出来吗？就是，外面下雪了。不大，一点点小雪。小雪里走走，挺爽的。我没在雪地里，我在公交车上。不去了，你老公在家，我凑个啥热闹。不了，真不去了。我吃过饭了，就是出来玩玩，没啥事。转一圈我就回去了。你好好陪老公吧。那就拜拜了。哎，你有了吗？

姑娘还想问，那头却已经挂了电话，忙音嘟、嘟地响。

我无端地对那个叫雪雪的有些生气。

又过了几站，车上的人越来越少了。快到终点站时，往往都这样，有一种宴罢席散的凄清。售票员也找了个座位坐下了，低头打瞌睡。车上的气氛使我想和姑娘说几句话，但又不知道该说些啥。

正犹豫着，那一站上来一个醉汉，又打破了车上的气氛。他一上车，除了带进一股寒气、几颗雪粒，还有一股浓重的酒气。

车上的人都注意地看他。售票员也一个激灵起来，到他跟前问，检票，到哪里。醉汉摇晃了几下，说，我、我也不知到哪里。售票员有点烦，不知道你坐啥车。醉汉说，我、我喝酒了，警察不、不让开车，我、我不坐公交我、我咋回去。售票员耐着性子又问，你去哪里嘛。醉汉说，我、我也不知道，你说……这是……哪里？售票员说，这是和谐街，你家在哪里？醉汉说，我、我没有家，我哪有家。老婆跑了，我、我哪有家。我没家，没……没家。醉汉说着挥了一下手，差点刮到售票员脸上。

售票员还是耐着性子问，你住在哪里？醉汉兴奋了，说，我、我有房子，两……套房子呢，还……还有车。我喝酒了，警察不、不让开车，我、我就坐……坐公交车。我回去，我有房子呢。

车猛地刹了一下，尖利地叫了一声。醉汉踉跄着往前一栽。人被售票员扶住了，没栽倒，身上有东西掉到车地板上了，唰啦啦一阵金属的脆响。醉汉弯下身，要往起捡，嘴里还嘟囔着，钥匙，我的钥匙。但他身子一晃一晃的，捡不起钥匙来。一个乘客捡起来，递给售票员，售票员又递给醉汉。

醉汉高兴了，举起钥匙说，看，我有房子，两套房子呢。她……她还要跑，贱人。不，是小姐，婊子！婊子都不如。跟人跑。她跟人跑了，我、我咋办？我也找小姐，找、找小姐喝……喝酒。她们疼我，真……真疼我呢。你、你不知道。我、我知道，她们是疼、疼我的钱、钱，你、你说对不对？

售票员不知所措地回头望着司机，司机没说话，继续开车。

好在下一站到了，有人下车，醉汉也跟着下车。还是踉踉跄跄的，边下车边说，我到家了，我、我有房子，两套房子呢……

售票员望着他的背影，没好气地说，啥人嘛！

车上只剩下三几个人了。姑娘忽然又开始打电话。可儿吗？这不是可儿的电话？我存的就是这个号，对着呢呀。你叫香香？这……我听出你的声了，你就是可儿，我是莲子呀。对，对呀。我咋不能给你打电话？我们是一起来的姐妹。谁看不起你了，你也是没办法。没有的事，你多想了。都忙着，怕打搅你。不是，不是的。你的事，她们都不知道，我给谁都没说，给家里人也没说，真的没说。小翠从哪里知道的，我也不知道。她那个人，嘴疯些，见了我给她说，叫她不要乱说。我好着呢，还在那里。工资是低些，可……我做不来那些。我是正好到新城过来，想起你了，就打电话问问。没事，问问你还不行呀。我在公交车上，我也不知道这是到哪儿了。不知道离你那儿远不远。你在干啥？我听出来了，吵吵闹闹的。我过去，不……不好吧。出来，那咋行，耽误你做生意。我也是一个人。上哪儿转去呢？我不熟悉路。还是……算了吧，你忙吧，不……不了。我跟人说好的，九点半要回去。住你那儿，那咋行。不了，你忙吧。不是的，不是那个意思。你忙吧，闲了再打电话。你忙吧……

姑娘匆匆挂了电话，紧张得有些喘气。

我也有些紧张。我想做点啥事，但听完这个电话，我更不知道该怎样和姑娘说话了。就在这时，车上的喇叭说，怡和巷口到了，请您收拾好随身物品，准备下车。我下意识地摸了一下衣服口袋，钥匙在。我回头看了一眼姑娘，她还在最后一排靠窗的位子上坐着，低着头，看不出她的模样和表情。

我只好下车了。脚一落到地上，咯吱一声响，真下雪了。

再没有上车的人，车很快启动了。车上的喇叭说，欢迎乘坐49路公交车，本车由解放车场，开往光明广场……

看着车走远了，我还在雪地里怔怔地站着。回过神来，我才感觉到，我手里紧紧地抓着那串钥匙。

注:《朔方》2012年1期发表

山上那两个疙瘩

村子西面是河，清水河；东面是山，就是双疙瘩山。山不算高，但很长，向南向北都伸出很远去。那么长的山却没有啥名气，甚至连一个名字都没有，每一段各有各的名字，都是附近的村民随便给起的。

我们村子东面这一段就叫双疙瘩山。叫双疙瘩山，是因为山梁顶上有两个山疙瘩，圆圆婷婷地翘着，像少女的双乳。如果是现在的人，一定会起双乳峰、奶头山之类的。但村里人憨实口拙，叫不出那样的名字。叫成那种名字，对外人，响亮而好记，但对村里人，就不行了。爷儿父子的，说，到双乳峰上放羊去，就说不出口。侄男哥女的，说，到奶头山去割麦，也有些难为情。所以一直都叫双疙瘩山。具体是谁给起的名，叫了多长时间，村里人说不上。

就连三爷也说不上。三爷是村里知道古今最多的人，连月亮有多大都知道。三爷说，娃娃，你别看月亮那么点儿，下来就大了，有大瓿篮那么大呢。瓿篮就够大了，能把一头牛装进去呢。瓿篮一样大的月亮，我们就觉得太大了。再看月亮时，真怕它掉下来。瓿篮大的月亮掉下来，还不把房子砸塌了，把人砸死了。

月亮始终都没有掉下来过，但三爷的话我们都信。三爷在村里被称为“筛海”。“筛海”本来是阿拉伯语音译，大意是有德行、有学问的人。我们那时候不理解，以为是能把大海的水都筛过了，本事大得海了去了。

三爷的本事的确不小。他会盘火炕，会砌锅台，会铰羊毛，还会看病，给人和牲口都会看。谁家的小娃娃有个头疼脑热的，他给头上捏一捏，筋上掐一掐，还就好了。谁家的牛羊耷拉着脑袋，不吃不喝了，他给灌上点锅灰、灶泥的，也就好了。牛下犊子羊下羔的，找他接生；驴不拉犁，马不驾辕，也找他调教。

三爷本事大，却不识字。说是不识字，是不认识我们书上的字。他好像念的是另外一种书，他说出来的字，我们也不认识。放学路上碰到了，他就考我们。他说，我说一个字，你们几个大学生给我写写。他故意把我们叫大学生。他就说，一点一横长，二字口四方，左藏藏，右藏藏，中间有个马大王，心子底，月字旁，打折腿子撩过墙，子弹落在城头上，剩下个钩钩挂干粮。我们比画着写了半天，写不出来。三爷写出来了，我们看着不像字，也不知道读个啥。三爷就呵呵地笑了。我们问了老师，老师也不知道。

三爷还知道双疙瘩山的故事。说以前这一带没有高山，全是平川。康熙皇帝巡游天下来到这里，看到这里土脉太旺，就命令喇嘛封压。喇嘛随手抓了些黄土，边走边从手缝里流土，流下来的土很快就长成了山。以前清水河上游的三个泉眼，一个流米，一个流面，一个流油，方圆几百里的人吃用不尽。喇嘛造山，在山上又压了两道神符，就是那两个疙瘩，压住了这一方地脉，三个泉眼就只流水了，而且是苦涩的水，做不成饭，浇不成地。双疙瘩山一带人的日子也苦了。

日子太苦焦的时候，周围人就想，要是搬掉那两个山疙瘩该多好。还真有人试过，就是三爷的“父亲”，大爪子。

大爪子是个土匪头子，叫他大爪子，是因为他有一双巨大无比的手。传说中的他，只剩了一双大手，把他的模样都湮没了。那是怎样的一双大手呢？据三爷说，他的手掌有簸箕那么大，五个手指头有叉股子那么长。听的人笑说，大爪子簸粮食不用簸箕，用手就行了。三爷还没反驳，旁边的人就说，土匪还用簸粮食，别人种好，拾掇好，他抢来就行了。三爷就不说话了。反驳的人又说，那么大的手掌，还不成狗熊爪子了？三爷说，狗熊才多大个爪子？那意思很显然，大爪子的手是比狗熊的爪子还大。狗熊爪子三爷应该没见过，但大爪子的手三爷见过。那是解放时，大爪子被抓住了，要枪毙的时候，大爪子被五花大绑着，手也被绑着，伸不开了，血脉肿胀、青筋暴突的，就没个手的样子，三爷其实看得并不清楚。三爷那时候还是个七八岁的半大小伙子，以前也没见过大爪子，但对大爪子以前的事，他同样都知道。

大爪子一生下来，手就大，而且张开着，像要抓住啥东西。大爪子他妈看到他两个手在胸前张开着，鹰爪子一样，就有些害怕。接生的马老太太安慰她说，男娃娃手大抓钱呢。其实马老太太当时心里也很厌恶，到后来大爪子当了土匪，马老太太就说，粮食看苗苗，娃娃看丫丫，一出来就看着不是个正路的。

他妈也感觉他不是个善茬。他吃奶的时候，显得狠、贪，狼娃子一样。稍大些，他两个手抓着他妈的奶头，把他妈的奶头抓出一道道血绺子。嘴也吸得劲儿大，像要把他妈的奶吸干，血也吸干。他妈就厌烦他，早早地就给他断了奶。断了奶，也是任凭死活的意思，但大爪子还是活下来了。人长得和同龄人没啥区别，就是手大。六七岁时，手就和大人的手一样大了。吃饭不端着碗，而是用五指在碗口上一罩，抓过碗去，找个没人的墙拐角，独个儿吃。吃完了，又抓着碗过来，把碗往锅台上一按。看锅里有饭，再舀一碗，没饭，转身就走了。当然没饭的时候多，这地方不好好长庄稼，大多时候都吃不饱。

饭吃不饱，他妈有时就炒点豌豆垫垫。这里太干旱，麦子收成不好，糜谷也不长，种豌豆还能收点。豌豆也不多，他妈每次炒一点，最多也就是大爪子的一把。他妈炒出来，撒在簸箕里，让他们弟兄几个捡着吃，不让抓着吃。每次只能捡起一粒两粒，大概也是增加吃的时间的意思，不全是防着大爪子一把都抓去了。大爪子手大，手指长，但是笨，半天才捡起一粒豌豆，往嘴里喂的时候，有时半道上又掉下来。他的几个弟兄却一粒一粒捡得很快，吃得很欢，豌豆在嘴里咯嘣咯嘣脆响。大爪子只能眼睁睁地看着弟兄们把豌豆都吃光，听着他们嚼豆子的声音像鞭炮一样响。他发狠地说，等他长大后，要一把一把地吃豌豆。

他长大后，并没有能一把一把地吃豌豆，他手太大、太笨，犁耧锄耙的都不行，在家里吃不饱，出去给人拉工，也挣不饱肚子。

但大爪子总能变着法儿搞到吃的。地主富户的粮仓里有啥，他就能吃到啥。粮库里有麦子，有糜谷，还有豌豆，但粮仓门用铁链子捆着，大铁锁锁着，没人指望从仓库里弄出粮食来，也没人敢从仓库里弄出粮食来。大爪子却敢，也能弄出来。仓库顶上有个通风口，很小的一个，就猫能进出，多瘦小的人都不可能进去。大爪子最初是用一根长杆子往外拉粮食，杆子头上先是绑个小袋子，能拉出的很少；后来找到了新办法，在长杆子头上抹了沙枣树的胶，往出沾粮食；最后想出的办法更绝，在猫尾巴上抹了沙枣树胶，猫进出一趟，就给他运送出一些粮食。拉出的麦子、糜谷、豌豆，他自己炒了吃，一张大嘴里经常有吃的，嚼得咯嘣咯嘣脆响。

长在地里的时令食物，他也总是最先尝鲜，村上人谁也不敢说，惹了他，家里丢鸡丢鸭，猫死狗叫的。到十七八岁的时候，他长成一个虎背熊腰的壮汉子，力气大得能抱起牛犊子。父母管不住他，村上的人也不敢管他。

唯一敢管他的人是苏莱曼阿訇。苏莱曼阿訇是村上的执坊阿訇，河州人，大个子，大胡子，大舌头。舌头大，说话硬，直撅撅的。比如说他的名字，当地人都叫苏莱玛乃，他的舌头就拐不过弯儿来，说成苏莱曼，村里人就叫他苏莱曼阿訇了。本来执坊阿訇只管教《古兰经》、领礼拜这样教门上的事，苏莱曼阿訇却啥事都管。邻里纠纷，两口子吵架的事，他都管。他舌头大，说话慢，可句句在理，村里人都听他的。大爪子也听他的。大爪子犯了事，村民告到苏莱曼阿訇那里，苏莱曼阿訇找大爪子说话，大爪子就认错了，过后也能安静些日子。

安静些日子，大爪子又犯事了，再告到苏莱曼阿訇那里。苏莱曼阿訇说，娃娃嘛，哪有不犯错的。他有成人的时候、改过的时候。

苏莱曼阿訇这样说，村里人也就没啥说的了，等着大爪子成人的时候。可大爪子不仅没有成人，还跑出去当了土匪。大爪子当了土匪头子，能大把大把地吃豆子了。他骑在大马上，伸手掏出一大把豌豆，手一拧一揉，伸开手掌，一口气把豌豆皮吹干净，一扬手，灌进嘴里，咬得咯嘣咯嘣脆响，像打机关枪一样。他抢人的时候这样吃，抢东西的时候这样吃，站着的时候这样吃，骑马飞跑的时候也这样吃。他好像永远在吃豌豆，他身上总装着吃不完的豌豆。

他还爱吃女人的豌豆。他抓了女人，先把上衣脱了。那不能说是脱，他的大手在女人身上转一圈，女人的上衣就没了，一堆碎布片摊在他掌心里了。他像吹豌豆皮一样，吹一口，那些衣服的碎片就随风飘走了。女人这会儿就像半剥了皮的豌豆一样，在那里瑟瑟发抖，惊恐地护着上身，抓着裤子。大爪子却不脱女人的裤子，两只大手抓住女人的两个奶头，来回地揉、搓，接着是吸。他就这样一揉，一搓，一吸，从不强奸女人，只吃女人的豌豆。但被他吃了豌豆的女人，立时就浑身委顿，瘦下一圈去，走路都飘飘摇摇的。尤其是两个奶头，空皮一样贴在胸前了，从此再也不能起来。

当然这都是传说，没有人证的。附近的女人他从来没抢过，附近人家的粮食钱财他也从来没抢过。也正因为这样，附近的人并不恨他，好些人还跟他当了土匪，连我太爷都跟着他上了山。跟了他，能吃饱肚子，有成把成把的豌豆吃。

跟他的人多了，大爪子自己拉起了山头，成了一股土匪头子。乍一当上土匪头子，大爪子有些把持不住，说出一句狂话：双疙瘩山一带的豌豆都是我的，女人也是我的。这话传出来，双疙瘩山一带的人就有些害怕，说给苏莱曼阿訇。苏莱曼阿訇就去找了大爪子。

苏莱曼阿訇不知给大爪子说了啥，把大爪子说服了。大爪子不仅没有抢占双疙瘩山一带的豌豆，也没有糟蹋女人。他只抢官家的、地主富户的。

大爪子最初心不大，只想有成把成把的豌豆吃。为此，他专门找来一个炒豆子师傅。炒豆子师傅有绝活，能把豌豆炒得又香又脆。大爪子吃得高兴。能随意地吃又香又脆的豆子，能随意地放又响又亮的屁，大爪子大概觉得，皇帝老子也不过如此。可有一天，他正在睡觉，炒豆子的师傅进去给他送炒好的豆子。他睡觉的时候，两手不是平放着，而是向空中张着，像在抓啥。炒豆子师傅没见过他睡觉的样子，看到一双巨大的手，树杈一样地在半空挓着，就吓了一跳，手一抖，簸箕里的豆子就撒出了些。往出退时，偏又踩在脚底下，一打滑，栽倒了，一簸箕豌豆全撒了。哗啦啦地一响，把大爪子惊醒了。

大爪子跳起来，看到还在满地乱跳的豌豆，脸就更绿了。也许是吃豌豆多了，大爪子的脸本来就泛绿，一发火就更绿。炒豆子师傅知道大爪子的脾气，最讨厌人糟践粮食，尤其是豌豆，谁在吃的时候撒掉一个，大爪子都会给他一马鞭的。也是那个炒豆子师傅机灵，浑身筛豆子一样筛着时，也筛出了一个主意，颤着声喊，爷爷饶命，爷爷饶命，我是看到了一条龙，一条龙趴在炕上，龙爪子张着，吓着了，才把豆子撒了。

他这样一说，大爪子愣住了，伸开两手看了看，果然有些像画片上龙的爪子。就一把抓过炒豆子师傅，问他，你说啥？你看到一条龙趴在炕上？炒豆子师傅被抓得骨头快散了，忙点着头说，是一条龙，是一条龙趴在炕上。大爪子又转脸问守卫的喽啰，你看见了吗？守卫的喽啰也连忙说看见了，是一条龙趴在炕上。大爪子又伸开手看了看，还真像龙的爪子。炒豆子师傅连忙又顺着说，爷爷是真龙，睡觉时没防，显了形了。大爪子一听，伸开两只巨大的手，看了又看，信了，自己的这双手原来是龙爪，自己原来就是真龙，心里就有了想法。真龙就是皇上，当上皇上，要多少豌豆就有多少豌豆，用不着再去抢了。

这话很快就在双疙瘩山一带传遍了。当然先是炒豆子师傅传开的。那天大爪子不仅没有鞭打他，还把他当成了心腹，当成了军师。每个皇上打江山的时候，都有个军师，故事上就那样讲的。

当了军师的炒豆子师傅就鼓动大爪子招兵买马，扩大队伍，抢占地盘。也是那些年国家没有皇上，乱糟糟的，几天换一个啥总统的，就有人相信大爪子就是真龙，许多人跟他上了山。大爪子也说，等他当了皇上，叫这一带的人都有豌豆吃，成把成把地吃，想吃多少有多少。周围的人想着成把成把的豌豆，就跟了他。他的队伍扩充得很快，达到了几百人，把附近的山头全占了，还活动到了陕北和河西走廊一带，眼看着成势了，双疙瘩山一带的人觉得他就要坐江山了。

炒豆子师傅这时候想起一个问题，就是关于那两个山疙瘩的传说。他给大爪子说，要坐江山，怕先要把那两个山疙瘩给平了。大爪子扭头一看，那两个山疙瘩远远地就像是两颗豌豆，就像是女人的两个奶头。大爪子伸开两只手，做了个揉搓的动作，好像他两手一揉搓，就能把那两个疙瘩揉搓碎了，或者是丢进嘴里咬得咯嘣响。他当即带人登上山头，到那两个山疙瘩跟前。越到跟前，两个疙瘩越大，到跟前，才看清那是两个小山头，他的几十个人手拉手围成一圈，还围不住一个山疙瘩。

山疙瘩上长满了草，各式各样的杂草荆棘，和周围的秃山一比，显得很突兀。一个山疙瘩上还长了一棵树。不大的一棵树，红皮绿叶的，也没个树的样子，枝枝杈杈乱挓着，倒像是大爪子的手。大爪子分开草丛，爬到那棵树跟前，伸开大手，抓住了树干，一拧，一扭，本来想着能把那棵树揉碎了。那棵小树却非常坚韧，没有揉碎，没有扭断，只是扭折了，茬口那里一片血红，大爪子的手掌也一片血红。不知是大爪子的手破了，给那树上沾了血，还是那树流出红汁，把大爪子的手染红了。

不仅是当时在场的人没看清，直到现在还有人在争论。有人说那棵小树成精了，有血了，大爪子想弄掉那棵树，树报仇了；也有人说，那棵树沾了大爪子的血，以后就成精了，向他报仇了；还有人说，那棵树本来就是大爪子，是大爪子把自己的前程断送了。

大爪子用手没有揉碎那棵树，炒豆子师傅就叫人放火烧了那两个山疙瘩，还叫手下的人要把那两个山疙瘩挖平了。可开挖不几天，解放军就打过来了。大爪子的人慌了手脚，东奔西跑的，山疙瘩只挖掉了一个角，没能再挖下去。以后的人就说，要是早挖些日子，大爪子说不定还真能成些事呢。

抓大爪子是费了些周折的。据说大爪子的大手，不仅能揉碎豌豆，连枪子弹也能抓住。他打仗时，一手抓着个长枪，边冲边打，另一只手在前面划拉，对面打来的子弹，被他随手一抓，捏扁了，扔在一边。所以，大爪子打不死，也抓不住。解放军的队伍围剿了多次，他都跑掉了。倒是炒豆子师傅先给抓了，出主意说，要抓大爪子，必须先要捆了大爪子的手。他被派回去，趁大爪子睡觉时，偷偷地捆了大爪子的手，大爪子这才给抓住了。

大爪子是匪首，就给判了死刑，准备午后枪毙。

那天做“晌礼”的时候，苏莱曼阿訇就讲了个“瓦而兹”：有一个人去问圣人，一个做了一辈子恶事的人，还能得到饶恕吗？圣人说，他干过一件好事就行。那人说，他至死没干过一件好事呢？圣人说，他临死前悔罪了就行。那人说，他临死前也没有悔罪呢？圣人说，他死时面朝着西方就行。那人听到这话，大哭着走了。

做“晌礼”的人都明白了苏莱曼阿訇的意思，做完礼拜，跟着苏莱曼阿訇到解放军那里，给大爪子求情。也是查出大爪子为害不重，手上没有人命，就给改判了20年徒刑。炒豆子师傅因为抓大爪子有功，没有给判刑，还给了个村长当着。其他跟大爪子的，也放的放了，判的判了。判了的人当中就有我太爷，判了10年。

我太爷那时候已经有了三个儿子，就是我爷爷、二爷，还有三爷，都十几岁了。正是成长的年龄，没有父亲管着、罩着，各自形成了很不一样的个性。我爷爷是老大，自然就挑起了家中的担子，把所有的心思都投入到土地上，成了个老实巴交的庄稼汉。三爷因为年龄小，身子也瘦小些，庄田里的活儿干不好，就学了些看病吃饭的技巧。二爷从小爱舞枪弄棒的，说长大了跟着大爪子当土匪去。太爷还在的时候，压制着，太爷服刑走了，爷爷管不住，他的性子更加无法无天了。他虽然没有长着大爪子那样的一双手，但身材比大爪子还高大，暴戾之气也一点儿不比大爪子少。二爷也爱吃豌豆，他没有大爪子那样的一双大手，不能把豌豆搓掉皮，但他有一张大嘴，还有一副钢牙，不管是生豌豆，还是炒熟的，他都是连皮扔进嘴里，嚼得咯嘣咯嘣脆响。村上人看到他吃豌豆，总是能想起大爪子。村上人都说，要是赶在旧社会，他肯定和大爪子一样。

说是那样说，新社会了，地里的收成又好，谁还会占山头当土匪去呢。

可好景不长，三年自然灾害来了。三爷说，那一年春旱，地都干透了，种进去麦子，像种了些沙子，没有一棵苗出来；种进去豌豆，也像是种进去些石子，没有一根绿蔓出来。山上的草探出些黄叶，很快也收回去了。村里人熬到夏收的时候，却没有收到一粒粮食，很多人家都断了烟火。没有粮食，就开始吃草籽草苗、树叶树皮。沙枣树、柳树的树皮老得快，煮半天还是木头一样，嚼不动。榆树的皮要好些，煮出来和粉皮一样，筋筋的，黏黏的，连成一团。爷爷性子急，也是经常快吃快下地干活，惯了，刚煮出来的榆树皮，爷爷吸了一口，一碗全吸到肚子里了，眼看着翻着白眼，浑身抽搐起来。一家人忙忙地灌了些冷水，人是缓过来了，嗓子却给烫坏了。这以后，爷爷再没有说出一句话来，一辈子默默地在土地上劳作，他自己也像土地一样，一声不出。

三爷说，草籽草苗也不能乱吃，有些草有毒。有一种叫野狐豌豆的草，和豌豆的样子差不多，结出的豆子也是绿的，只是比豌豆要小些。叫它野狐豌豆，是因为有毒，野狐吃了，对着野兔、黄鼠的洞口，放个毒屁，野兔、黄鼠就给熏晕了，没头没脑地跑出来，就给野狐抓住吃了。这些事，村里人都知道的，但实在是饿得不行，有些人就吃了野狐豌豆。吃得少的，嘴里淌着白沫子，胡喊胡叫，胡打胡闹的；吃得多了，还真吃死了人。

水窖里的水也吃光了，好在还有清水河，虽然又苦又咸，还得挑来了吃用。挑水的时候，人们就想起了关于清水河的故事，想起以前喇嘛没有造山，没有压上那两个山疙瘩的时候，清水河上游的三个泉眼，一个流米，一个流面，一个流油。就想着要是搬掉那两个山疙瘩，也许真会有米、有面、有油的。

二爷真领了几个人，到山上去挖那两个山疙瘩。大爪子曾经挖过的痕迹几乎看不清了，山疙瘩还是那样大，那样圆。二爷领着人挖起来，但跟着他的人几天后就不去了。原因是大家都看清了，那山疙瘩太大了，三五个人没有一年半载是挖不掉的，等挖掉了，也累死了，饿死了。

就剩下二爷一个人在挖。山下的人看不到他，也看不出山疙瘩变小，还以为他也罢手不挖了，都断了指望。只有三爷知道他还在挖着。三爷想办法去给他送点吃的，看着他一个人挖那个山疙瘩，看着二爷虽然高大，但和那个山疙瘩相比，却显得很小，三爷就知道二爷是挖不掉的，但他又不敢劝二爷。三爷一直都怕二爷，比怕太爷还严重。太爷服刑以后，家里管事的是爷爷，但三爷却不怕爷爷，就怕二爷。

就在这个时候，太爷和大爪子回来了。太爷的刑期满了，大爪子的刑期还没满，也许是减刑了，也许是监狱里的饭食不够了，就把他也放出来了。人都快饿死了，谁还顾得上问这些。太爷和大爪子看到村里的情况，也跑到山头上，去挖山疙瘩。

三个人挖了几天，山疙瘩还是不见小，还像个豌豆那样的圆。村里人看不见他们，不知道他们是不是在挖，是不是还活着，都忙着顾自家人的命，谁还管他们。爷爷家里当然要管，隔三岔五打发三爷送点吃的去。

太爷和大爪子他们挖了七八天，也许是十多天，那个阶段都度日如年的，谁也记不住时间。有一天，二爷跑回到村里，站在村头，大喊着有豌豆了，叫人们到山上去背豌豆。二爷的话谁都不信，都以为他疯了，在说胡话。二爷满身满脸的土，嗓子沙哑着，的确就像个疯子。二爷掏出一把豌豆，放进嘴里，嚼得咯嘣咯嘣脆响。人们还是不相信，以为他嚼的是石头。二爷干脆掏出几把豌豆，向人群中撒过去，豌豆打在人们的头上、脸上、身上，又掉到地上，人们趴在地上捡起来，放进嘴里嚼了，果然是豌豆，这才跟着二爷往山上跑去。

山疙瘩旁挖出了四四方方的一个坑窖，用草把子围成个栈子，堆了满满一栈子豌豆，闪着绿茵茵的光，粮食的光。一群人疯了一样扑向豌豆，大把大把往嘴里填起来，没顾上嚼，就往下咽，憋得流出了眼泪，都呜呜地哭叫起来，边哭边往嘴里填。吃得太急，胀死了一个人，就是炒豆子师傅。

还死了一个人——大爪子。我太爷缓过神来看他时，他已经不行了。吃饱豆子的人围过去一会儿，他就走气了。没了气息的大爪子一点儿匪气都没了，就是个形容枯槁、神态安详的老人，两只巨大的手收拢了，也显得小多了。村里人唏嘘了一阵，这才想到，大爪子那年不是要挖掉山疙瘩，而是挖窖，藏豌豆，山顶上干爽，藏豌豆不腐。大爪子藏豌豆，显然是为了以后自己吃，但没想到却救了一村人的命。吃饱了豆子的人们把他抬下山，收殓了，一村人都去给他送葬。因为大爪子没有后人，太爷就让三爷给他顶门立户，在葬礼上做了孝子。葬礼是苏莱曼阿訇主持的，他给站的“折纳兹”，给下的“埋体”。同时埋的还有炒豆子师傅，也是苏莱曼阿訇主持的，给站的“折纳兹”，给下的“埋体”。两座坟堆在山坡上，跟山顶上的那两个疙瘩对着，新土扎眼，从近处看，比得山上那两个疙瘩都小了。

注:《文艺报》2012 年 10 月 19 日发表

七十岁出门远行

老范终于决定出门远行的时候，已经七十岁了。

老范一辈子没出过远门。年轻的时候，家里日子紧，没有那份闲钱。到老了，日子宽裕了，他又没了那份闲心。老伴儿在的时候，曾小心地试探说想去北京上海转转。他一句话就挡了回去，老嘴老脸的，别丢人现眼了。老伴儿就没再提念。老伴儿走后，老范就有些后悔没带她出去走走。现在出门，只能一个人去了。

说是一个人，也有些不正确。还有平平，一条很普通的白色小狗，但老范把平平当儿子。

老范以前并不喜欢小狗小猫的，看到那些女人抱着绣球、狮子、京巴的，他觉得别扭。老伴儿活着的时候，看着别人养猫养狗的，眼热，说也想养一个，他说啥也不同意。他说，脏兮兮的，养那干啥，弄不好还传染疾病。老伴儿就没有再提养猫养狗的事。老伴儿一辈子都听他的，都随着他。老伴儿脾气好，也是没有工作，在家里做饭伺候他，啥事都不做主，惯了。到他退休了，老伴儿还是处处小心地照顾着他，陪着他到小区里走走路，到公园里散散心，在家里看看电视。虽然儿女们不常来，有老伴儿陪着，他也不心慌。老伴儿隔三岔五地念叨儿女，念叨孙子孙女，算计他们有多少天没有来了，算计着到啥时候他们就该来了。老范很少念叨，听到老伴儿念叨，他还心里烦，教训老伴儿，儿女们都忙，忙就忙去吧，只要他们出息了，就行。

老范教训老伴儿，老伴儿也不回嘴，不跟他吵，也是惯了，一辈子一直这样。老范本来就是个硬撅撅的人，年轻的时候更厉害，就像个生铁棍。上班回家，总板着个脸子，就不怎么和老伴儿、儿女多说话。他那样，可能与他的工作有关。老范在一家柴机厂工作，车工，一辈子都是和钢铁打交道。和那些钢板铁疙瘩说不了话，和厂房里其他人也说不了话。被那刺耳的刨床声吵一天，耳朵里一直都响着，别人说话也听不清，慢慢的话就少了。不仅是话少了，对待家人，也是一板一眼的，铁是铁钢是钢的。老伴儿、儿女们都有些怕他，也都不怎么亲近他。只要他在家里，老伴儿忙锅灶上的事，儿女们看书写作业，都悄悄地做自己该做的事，谁也不多说一句话，家里安安静静的。那时候，他觉得那样最好。儿女们听话，都念成了书，有了好的工作，都成人了。老范觉得，都是自己严厉的好处。

儿女们成家了，搬出去了，就剩他和老伴儿了，他也没有多少孤单的感觉。他和老伴儿在一起，也不多说话。饿了，老伴儿就给他做好了饭，而且绝对对他的胃口。几十年了，菜里面盐咸盐淡，饭里面醋多醋少，老伴儿都完全掌握了，根本用不着他操心。渴了，他朝杯子一看，老伴儿就把泡好的茶给他端过来了。想看电视或者想出去，他也是只朝老伴儿努一下嘴，老伴儿就明白是要干啥。老两口之间的默契，惹得他的那些老哥哥老姐姐都羡慕得不得了。还有他儿女的孝顺，也惹得他们很羡慕。女儿在一家外企工作，是管理人员，有钱。儿子在政府部门当上了处长，有权。儿子女儿按月给他们打钱来，还给他们买了新房子，装修也好。时不时地还打个电话过来，问他们还需要啥，他们派人送过来。就是人来得少些。老伴儿有时候想孙子孙女了，就嘟囔着要到儿子女儿家里去看，老范不去，说儿女们工作忙，孙子孙女学习紧，不能打搅他们。

老范也不抱怨儿女，不像那些老哥哥老姐姐，聚到一起就说儿女的不孝，说儿媳女婿的不是。老范觉得，那样不好。老范一辈子干啥都不靠人，对儿女也一样，不依不靠。唯一依靠的是老伴儿，但他觉得那不是依靠，是应该的。他有病了，也不给儿女们说，还硬犟着不进医院，就让老伴儿一个人伺候着。也不是啥大病，就是重感冒，发烧咳嗽流鼻涕的。他一辈子身板都结实，感冒发烧从不进医院，也从不吃药。可没想到，人老了，就不行了，一场重感冒，就把他放倒了，睡在床上起不来。老伴儿连天连夜地伺候着他，也熬得很累。眼看着就好了，人能起来了，可就是浑身没力气，走不动路。老伴儿想给他补补，就坐了公共汽车到市场里去给他买棒骨。老伴儿说，棒骨最补。谁能想到，老伴儿这一出去，就没能回来。天气热，公共汽车又挤，老伴儿突发脑溢血，倒在公共汽车上。车上的人好心，给送到医院里，但没抢救过来。老范接到电话赶到医院里时，老伴儿已经去了。

一个出去买棒骨的人，就这样去了，老范有些不相信。平日里从没见老伴儿说过头痛头晕的，怎么会一下子就得了脑溢血呢。儿女们也不相信母亲有病，都抱怨老范把他们的母亲害死了。老范觉得，儿女们的话也有道理，就是自己把老伴儿害死的。要不是伺候自己太累，要不是出去给他买棒骨，老伴儿就不会死。老范有些自责，还自责平日里怎么没有管管老伴儿，没带她到医院里查查。

自责是次要的，给老伴儿办完了丧事，儿女们都走了，亲戚朋友都走了，只剩下他一个人时，他才第一次感觉到了孤单。房子那么大，那么空，空得叫他耳朵里发出蜂鸣声，就像他年轻的时候，在工厂里听了一天的车床响之后耳朵里的响声一样。不过，那时候回到家里，老伴儿总是在家，在屋里出出进进的，虽然不多说话，但他能感觉到老伴儿的存在。有老伴儿在，他就觉得踏实。可是现在，老伴儿不再出出进进了，任何地方都看不到老伴儿了。厨房里，卧室里，客厅里，都找不到老伴儿。他就到外面去找，到公共汽车上去找。老伴儿是坐了公共汽车去给他买棒骨的，她应该还在公共汽车上。

老范就出去坐公共汽车，从家门口的站点上，一直坐到市场那里，还是不见老伴儿。他就继续往前坐，一直坐到终点站，还是不见老伴儿，他只能再坐回来。回到家里，自己随便弄点吃的，拎上一壶水，他又去坐公共汽车。那一阶段，他每天早晨一次，下午一次，坐着公共汽车，到终点站，再坐回来，一路找老伴儿。连乘务员和司机都奇怪了，问他，他说是在找老伴儿。乘务员问他老伴儿去哪里了，他说坐车出去买棒骨了。司机问他老伴儿啥时候出去的，他说出去好些日子了。

那个阶段他的确是有病了，幸亏是跟他一起从厂子里退休的老梁发现了他的举动，把他领到家里，给他劝说。老梁前后有两个老伴儿去世了，这方面有经验。老梁反复地劝说，他才醒过来，才明白老伴儿是真的走了。老伴儿丢下他走了，这是他怎么都没想到的事。以前老伴儿在的时候，老范几乎感觉不到她的存在。老伴儿本来就瘦小，干啥都悄无声息的，就好像屋里没她这个人。但她又似乎无处不在，老范想喝茶，水杯子就递过来了；老范想下床，鞋子就递过来了；老范想洗脸，热水也准备好了。她真像故事中的田螺姑娘，总是出现在老范最需要的地方。可是现在，她不再出现了，老范觉得自己像个没了娘的孩子一样无助。老范很小的时候就没了娘，那时候都没有这样无助。

老梁劝他到儿子家，或者到女儿家里住一个阶段，老范也有了那样的心思。可就在那一段时间，女儿出国了，公司派女儿到法国的一个分部任职，她连家都搬到法国去了。女儿留给他一些钱，还说以后会按月寄钱给他，叫他想吃啥就吃啥，不要舍不得花钱。女儿孝顺着呢，可她家那么远，去不了。儿子家呢，说孙女正在复习考大学，需要安静，不能打搅。儿子还张罗着要给他雇个保姆，照顾他，他没有要。

儿女都孝顺，就是都太忙，都没时间来家里看他。尤其是老伴儿走了以后，他们来得更少了，连个电话也不多打。

老梁又给他出主意说，养上个小猫小狗，也能改改心慌。老梁自己就抱着一只猫，走走站站的，像抱孙子一样地在怀里抱着。老梁是个大高个儿，年轻时像个铁塔一样，能抱起几百斤重的铁砧子，现在虽然腰弯了，身子骨也瘦多了，但抱上个小猫，还是看着很滑稽；而且是一只长毛的母猫，娇滴滴的样子。老范觉得他抱的是个小女娃，不仅是滑稽，简直有些丢人。

老梁也就这德行。看着粗粗笨笨的，铁坯子一样，心里却水着呢。打年轻时就爱招惹个小姑娘，会招惹小姑娘。把全厂子最漂亮的姑娘追到手了，心疼得捧在手心里怕化了，做饭、做家务全是老梁，把个老婆惯得娇娇弱弱的，一阵风都能吹跑了。果然就给风吹跑了，五十多岁，没害啥大病，就死了，丢下了老梁。老梁守了几年，又找了个老伴儿，还是个瘦瘦弱弱的，和前面那个有点像。过了七八年，她又死了，又丢下老梁一个人。儿女也有，也是给老梁惯坏了，书没念成，工作都不好，日子过得艰难，都不怎么管老梁。说不管吧，老梁找老伴儿，他们却管了，坚决反对，就和老梁闹翻了，更不管他了。老范觉得，这都是老梁自己造成的，宠老婆、惯娃娃，还爱招个花花草草、小猫小狗的，不像个男人家。

老范最看不上老梁的就是这一点。老范干啥事都像是加工零件，一板一眼的，没有心思宠老婆、惯娃娃，更没有心思养猫养狗。他就把老梁骂了几句，骂他看着像个老不正经，骂他把畜生当儿孙，骂得老梁赶紧抱上猫跑了。他那一段儿脾气很古怪，见谁骂谁，谁的意见都听不进去，谁的劝告他都觉得是恶意的，都是故意和他过不去，都像是害他的。他也不想出门，外面花花绿绿的那些他看不惯，外面的那些人都和他无关。坐在家里，他也感觉到厌烦，电视都不想打开，坐在沙发上，一坐就是一整天。有时候连吃饭都忘记了。忘记的还不仅是吃饭，所有的东西都找不到，不知放在哪里。本来老伴儿活着的时候，所有的东西都是老伴儿放，老伴儿找，他就找不到。但那时候找不到了可以问老伴儿，一问老伴儿就找到了，可现在问谁去。还有，他自己放下的东西也找不到，前面放下了，后面就找不到了，好像那东西会飞会跑会躲藏。而对有些事情，他却记得越来越清楚，都是他年轻时候的一些事，是儿子和女儿小时候的一些事。想起那些事，他就觉得自己没有好好地照顾老伴儿，没有好好地疼爱儿女。他常常自责不安，觉得老伴儿丢下他是应该的，儿女们不来看他也是应该的。儿子上四年级的时候，一道题做错了，他就扇了儿子一个耳光，儿子揉着眼睛抽泣，却不敢哭出声来，小肩膀一耸一耸的，小平头也一颤一颤的。儿子的头很大，头顶很平，他就给儿子起了名字平平，也是平平安安的意思。同事邻居看着儿子的大头，都说将来是个当官的料。他也就把儿子往那个方向培养着，对他的要求非常严，出一点儿差错，他不是打就是骂。他觉得，娃娃就像是钢坯，需要严格地切割加工才能成器。但他那样对儿子，儿子是很规矩很听话，就是怕他躲他，几乎不和他说话。

老范正在想着儿子，脑子里满是儿子小时候的样子，老梁进来了。老梁的宠物队伍壮大了，除了抱着猫，还领了一条狗，一条白色的小狗。老范有些生气地看了老梁一眼，又有些嫌恶地看了小狗一眼。没想到的是，老范看着小狗时，小狗的眼睛也正好看着他。四目相对，老范有了一种奇怪的感觉，他看到小狗心里去了，小狗也看到他心里去了。老范没想到狗的眼睛会那样明亮清澈，那一双大眼睛和儿子平平小时候的眼睛一模一样。老范就有些走神，有些恍惚，怔怔地看着小狗。老梁见老范看着小狗，就赶快解释说不是他专门养的，不知是谁家的小狗，丢掉了，跑到他家门上了，他就收养了。老梁说这话的时候，老范没有看着老梁，而是看着小狗。老梁就又说，看着像个名贵的狗呢，皮毛也干净。老范还是不看老梁，看着小狗。老梁有些胆怯地说，你要是厌烦，我这就把它带走。老范没有说话，却顺手抱起了小狗。他手里抱着小狗，心里却想的是儿子，儿子小时候他抱得太少了，应该多抱抱。

老范就这样有了小狗平平。他把小狗叫平平，和儿子一个名字。平平就像儿子小时候一样聪明，一样懂事。平平很爱干净，老范把它领到便池前，比画着给它说，叫它在那里拉撒。平平还就听懂了，就在那里拉撒了，以后一直在那里，老范及时冲厕就行了。平平很会听话。他说，平平把门关上。平平就去关门了。平平，把我的拖鞋拿来。平平就叼来了拖鞋。平平，开电视。平平就拿来遥控器。平平，咱出去走走。平平就在前面带路了。平平，小心汽车。平平，别欺负人家小狗。他整天平平、平平地喊着，过得又有些意思了。

最关键的是，老范给它说话，它安静地听着，眼睛也直视着老范，没有一丝的厌烦，没有一丝的躲闪，和他的儿子女儿孙子孙女一点儿都不像；他们要是听老范说话，脸上总是很厌烦的表情。平平不，老范给它说话，说厂子里的事，说老伴儿的事，说儿子女儿的事，唠叨起来没个完，平平却耐心地听，它不插话，不回答，但它的目光里有反应，似乎是听懂了，理解了。老范给它说会儿话，感觉心里很畅快。没事的时候，它会偎在老范怀里，安静地依着。

老范对平平比对儿子对女儿还疼爱。喂食的时候，他说，来，儿子，吃饭饭。洗澡的时候，他说，儿子，听话，洗澡澡。抱在怀里，他说，平平，我的好儿子。他这样对待平平，连老梁都有些不敢相信。

老梁就和他抱着猫抱着狗出去，这要在以前，他会感觉到不舒服的，但这会儿，他一点儿别扭的感觉都没有。周围的人怎么看，对老范其实都无所谓，周围人的眼光他都视而不见。也是搬了家，周围的人都生疏，几乎没有他认识的人。可认识的那些人却一天天地少了，老梁每过来一次，都会向他说起哪个老哥老姐又走了。老范每次听到，都要叹息一阵，但同时心里却产生一种莫名的恐惧。那种恐惧一层层地叠加到一起，变成一个巨大的铁壳罩在他的头上，使他感到窒息。老范明白，那是对死亡的恐惧。这种恐惧在他年轻的时候从来都没有产生过，即使他退休了，和老伴儿在一起的时候，也没有产生过。老伴儿死后，有一个阶段，他还想着要随了老伴儿一起去。那时候，他对死亡也没有太大的恐惧。

老范的恐惧是在老梁死后达到了顶点。

好几天没有见老梁来了，他就领着平平到他家里去看。老梁还住在工厂旧家属楼上，那幢旧楼已经快不行了，正在准备拆迁。大多数住户都搬走了，剩下不多的几家人，显得有些冷清阴森。老范记得以前他一家人都住在这里的时候，还很红火，但现在却显得冷清凄凉了。这种感觉叫老范很不舒服，急急地走到老梁的门上，急急地敲门。敲了半天，不见老梁来开门，倒是听见了猫的叫声，就是老梁经常抱在怀里的那只猫的叫声。不仅老范听出来了，连平平都听出来了，汪汪汪地回叫了几声，里面的猫叫声更大了，更凄厉了，就像叫春似的，接着还有了爪子抓门的声音。老梁平日里总是和小猫形影不离的，怎么会把小猫一个锁在屋子里呢？他没出啥事吧？这样一想，老范害怕了，有些不知所措。稳了稳心神，他才找来门卫。门卫说，没见老梁头出去呀。没出去，肯定是在屋里。

门卫敲了几下门，不见开门，又重重地敲了几下，还是不见开门，只有猫爪子抓门的声音。老范有些担心，但没敢多想，觉得老梁也许是病了。

门卫想找老梁儿女的电话，没找到，就打了110。110巡警过来，找来一个开锁的，才把门打开了。门一打开，一股腐臭味就喷出来，把几个巡警，把老范都熏得直往后退。老梁的那只猫也冲出来，跑到老范和平平跟前，凄厉地叫着。几个人心里都有些明白了，捂住鼻子，慢慢进去，才看到那可怕的一幕。老梁躺在床上，早已经死了，脸上、身上的肉已经开始腐烂。

老范当时就吓呆了，回到家里后，越想越害怕。这时候，他已经不是怕死，而是怕老梁那样的死法。他不想在身边没有人的情况下死去，更不想死后很长时间才被人发现。那样的死法太可怕了，太让他无法接受了。

他给儿子打电话，几乎哀告一样地给儿子说了。儿子跑过来看了一趟，给他带来了一个保姆，说叫保姆看着他，有事就打电话，他还会经常派人过来看的，叫老范放心。老范能说些啥呢，只能那样了。儿子忙忙地走了，找来的保姆也只干了两天，就受不了老范，也走了。家里就只剩下老范和平平了。好在还有平平在，不然，老范就彻底崩溃了。平平在又能怎样呢？老梁不是也有一只猫吗，可猫狗到底不是人，不会说话，不会办一些人能办的事，只会凄厉地叫，叫了也不一定有人听见。老梁的死，在周围引起了很大的议论。有些人还说，比老梁更惨的还有，说丰泽小区一位六十多岁的老人在家死了七年才被发现；说颐养园一个老人在死去五年后才被发现。

这样的事听多了，老范就越发害怕，不敢在家里待了。白天，他就领着平平坐公共汽车，从家门口的站上去，一直坐到终点站，再从终点站坐回来。早上一次，下午一次，和老伴儿刚死了的时候一样。坐在车上，他还真有些想老伴儿，要是老伴儿在，他就不用担心了。他还有些羡慕老伴儿，就那样一昏走了，周围又那么多的人看着，也就不害怕了。他也希望自己在公共汽车上，也能突然来个脑溢血，在很多人看着的时候，死掉。只是，他又舍不得平平，他死了，平平怎么办。

这样过了一段时间，老范自己也不知道有多长时间了。不仅是公共汽车的司机和售票员，连经常坐这一路车的乘客都认出了他，都认为他有病，怪怪地看着他，眼神里有排斥，还有怜惜。这事不知怎么就传到他儿子的耳朵里。儿子领了几个人来，要把他送到医院去。儿子没说送他到哪个医院去，但看那阵势，老范觉得儿子是要送他到精神病院去。老范不去，他不想到精神病院去，坚决不去。儿子怎么劝，他都不去。儿子给领来的人使眼色，叫他们抱住老范，硬要把他抓了去。老范看到了儿子的眼色，抢先一步抓起一把水果刀，大叫着，谁敢过来，就杀了谁。平平也冲那些人疯狂地叫着、扑着、咬着。儿子铁青着脸，看了一会儿，挥手叫那些人都走了。老范看着儿子铁青的脸，就像看到了自己年轻时的样子。他好像看到了另一个自己，感觉到非常害怕。儿子也四十多岁了，已经不是他以前的平平了，已经变得非常陌生了，变得叫老范有些害怕了。

老范知道，儿子走了，但还会再来。再来的话，还会想办法把他送到精神病院去。他说啥也不想到那里去。他就连夜收拾了东西，抱着平平，出门了。

最初是漫无目的地坐上车乱跑，来来回回地跑，就像坐公共汽车一样。到后来，在车上碰到了一个老年旅行团，团里全是些老头老太太，他就随着那个旅行团走。随团几天，走了些景区，老范觉得很有意思。和那些老头老太太在一起，感觉很好。可几天后，旅行团散了，老头老太太们都回家了。他却不敢回去，就随意地走，哪里人多，就往哪里走。也说不上走了多少天，说不清走了多少地方。老范只是觉得，这些日子，他心情好了，病也没有了。他想就这样走着，有一天，死在路上，死在车上，死在人多的地方，就行了。他甚至忘记了儿子和女儿。

儿子和女儿却没有忘了他。儿子找到了他，要他回去。这回不是抓他，是求他。儿子说父亲这样，叫他很担心。儿子还说他大小是个领导干部，父亲这样，叫他很没面子。儿子还带来了女儿的口信，说他要是想旅游的话，接他去法国。老范不想回去，也不想去法国。儿子就有些急了，说话声音有些高。平平听出了话音，冲着儿子大声地吠叫起来，还作势往他身上扑。儿子更恼了，抬脚要踢平平。老范大喊了一声“平平”。一声喊，两个平平都收住了身，互相盯着。小狗平平盯了儿子平平一阵，回身绕在老范膝下，呜呜地叫着。老范俯身摸着平平，叫了声乖儿子。

老范这一叫，儿子平平的脸上白一阵红一阵的。他没有再多说，给老范留了些钱，还留了一部手机，叫他吃好住好，叫他到哪儿就打个电话，就回去了。

老范就领着平平继续走，随意地走，往人多的地方走。这世界这么大，人这么多，能去的地方太多了。

注:《回族文学》2012年3期发表,《小说月报》2012年7期转载
《民族文学》2014年1期蒙、藏、维、鲜、哈文版翻译

耳光中成长

马穆萨是给耳光扇醒的。扇他耳光的是工头马噶西。马穆萨惊醒过来，不由得摸了下脸，没有摸掉疼气子，倒摸了一手的涎水。自己的涎水，不嫌脏，两手一搓，润手了。马噶西倒嫌脏，他扇马穆萨耳光的时候，手上也沾上马穆萨的涎水了。他扯过一绺卷纸，边擦手，边骂马穆萨，碎汰怂，睡觉老淌哈喇子。

马穆萨这才反应过来了，说，你咋又打我脸？

马噶西说，不打你能醒来？

马穆萨一下泛不上言来。马穆萨十八九岁，正是能吃能睡的时候。吃过中午饭，回到工棚里，一大群农民工躺在通铺上，抬杠说笑谈女人。马穆萨参不上言，就睡觉。他瞌睡重，不管别人咋吵吵，他倒头就能睡着。也是一上午活儿干累了，睡着了就醒不来，必须人叫。别人不叫他，也是看他一个半大娃娃，惜疼他，叫他多睡一会儿。别人能惜疼，马噶西却不能惜疼，他是工头。工人睡觉不上工，他就抽不上钱。每次都是马噶西叫醒他。马噶西是用手叫，啪啪在他脸上两个耳光。虽说是扇耳光，可下手不重，还是叫醒他的意思。但马穆萨觉得不舒服。几次都要和马噶西理论，又压住了。这回却压不住了。

马穆萨说，你不会喊？

马噶西又躺倒了，看也不看马穆萨，说，喊了，你睡得跟死狗一样。

马穆萨说，你不会搡？

马噶西说，搡了，你翻身又睡了。

马穆萨说，那你不会再打哪达。

马噶西说，哪达还不都一样。

马穆萨说，就是不一样。我大说了，男人不能给打脸。

马噶西一下坐起来，盯着马穆萨说，碎怂，你也是男人了？还跟我犟上了！你大还说啥了？说了叫你来睡觉，不上工挣钱了吗？

马穆萨说，没说。

他大确实没说，恰恰相反，他大说的是，跟上你噶西叔，好好干活，好好挣钱。

马噶西说，没说就好。你看看，别人都上工了，就你还睡觉，我不打你打谁？再睡觉我还踢你呢。

马穆萨说，就是不能打脸！

马噶西说，还啰唆，再不走扣你半天工钱！马噶西说着，真拉长了驴脸。

马穆萨一听扣工钱，忙下了铺就走。刚走出一步，左边膝盖那里猛地痛了一下，像是肉给撕裂了一样。他一下又站住了。

马噶西说，咋了？

马穆萨说，腿痛了一下。

马噶西说，睡懒觉压麻了，快走！哦，等一下，先给我买包烟去。

马穆萨不想去，迟疑了一下，还是接过马噶西手里的钱，一瘸一瘸地出了工棚。马噶西在后面喊，白沙，十块的，记住了。

马穆萨没有应声，膝盖痛得他咬牙抽冷气，顾不上应声。是那样撕撕扯扯的痛，不像是睡觉压麻的，一走就痛。偏偏小卖部老远，出了工地，过一条马路，对面才有。他一走一痛，嘴里吸着气，心里暗暗地骂马噶西，嘴害得很，害娃娃婆姨一样。害娃娃婆姨嘴咋个害法，马穆萨并不知道，只是听人这样骂过，他也就这样骂了。马噶西的嘴也的确害，又是抽烟又是喝酒的，村上的老人们都骂他学坏了，不像个回族人。这几年在外面包工有钱了，才都高看他了。他包上工，自己不干活，见人每天抽十块，二十多个人，每天就是二百多。仗着是工头，白拿钱不算，还要指派人做这做那的，牛得就像是那会儿的村长，不，简直就是地主恶霸！那会儿的村长啥样，马穆萨没见过，更不要说是地主恶霸了，但他心里还是这样骂。这会儿不光是想起自己每天的十块钱也被他白白拿走了，还有腿痛，腿痛了干不成活，就挣不上钱了，这叫他心里泼烦。泼烦变成了怨气，心里还是骂马噶西，想抽烟不会自己买去，真是的。

越走近小卖部，他心里骂得越厉害。这会儿不是腿痛的事，也不是每天十块钱的事，而是春燕的事。小卖部有个姑娘叫春燕，一家人也是从乡下来的，也是十八九岁的样子。父母开了间小卖部，叫她守着，父母在城里收破烂。马穆萨爱去买个方便面，买个零食啥的，就熟了。春燕见了他就问，见了他就笑，马穆萨就有了些想法，火苗一样忽闪忽闪的。火苗一闪，他就爱往小卖部跑。可是今天，他不想到小卖部去，不想叫春燕看见他瘸天跛地的样子。

不想进去，还是不由得进去了，也是周围再没有多少小卖部。春燕冲他一笑，他就红了脸，红着脸说要一盒烟，十块的白沙。春燕看他脸红了，以为是他给自己买，就问，你不是不抽烟吗，也抽上了？马穆萨赶紧说，是……给工头买的。他脸更红了。春燕又冲他笑了一下，春燕的嘴角上有颗痣，一笑，痣也跟着生动起来。马穆萨注意看那颗痣，春燕又说，抽烟不好，伤身子。他忙忙地点头，拿了烟就往出走。

春燕的声音追出来，哎，你腿咋啦？受伤了吗？不要紧吧，你可防着点！春燕的声音钻进他耳朵里，钻进他心里去了。过了马路，进了工地，那声音还在。你可防着点，啥意思？抽烟不好，伤身子，啥意思？马穆萨心里给这些话一挠一挠的。他脑子慢些，想了半天，还是没明白。感觉那些话跟父母说给他的话有些像。父亲说，别抽烟喝酒，别干打脸的事。母亲说，你身子骨还没长浑全，干活悠着些，不要伤了身子。父母说这话，当然是为他好，春燕为啥也说这样的话？

马穆萨的脑子就是慢，到工棚门口了，还是没想明白。他一抬头，看见了马噶西，才把那些话丢开了。马噶西正站在门口打哈欠，伸懒腰。他把烟递给了，马噶西忙掏出一根，点上了，深深地吸了一口，冲着马穆萨吐出浓浓的一股烟来。烟缭在身上，有些呛，马穆萨没敢说马噶西，转身向工地上走。马噶西又喊他，他以为又要叫他干啥去，心里不情愿，站住了，但没转过身来。马噶西说，你咋了，咋还一瘸一拐的？马穆萨还是没回头，说，我也不知道，你说是睡觉压麻了，就是睡觉压麻了。马噶西说，碎怂，学会揪人话把了。到底咋了吗？是干活伤的吗？

马噶西这样一说，才提醒了马穆萨。上午在料场干活的时候，确实受了点伤。马穆萨没啥技术，但力气大，马噶西就派他跟着杨猴子往搅拌机里上沙子。沙子是筛好的，车拉来，马穆萨几个人用铁锹上到搅拌机里就行了。拉沙的是翻斗车，不用人工下。偏偏有一辆翻斗车出了问题，车厢抬到半中间，就上不去了，半车沙滑下来了，半车还在车厢里。司机使劲鼓弄汽车，汽车哞哞地乱叫，车厢就是抬不起来。司机从车窗里钻出头来，冲着马穆萨不好意思地笑。司机叫周四海，人就跟名字一样，活人宽，很四海，对马穆萨也好。马穆萨就拿了铁锹，爬到车厢上去，帮着下沙。他在这里下，司机还在鼓弄车。马穆萨正在下着，车厢忽然又抬起来了，把马穆萨和半车沙一起倒了下来，马穆萨给半埋在沙子里了。沙埋住不要紧，锹把正好别到膝盖那里，把膝盖别痛了。钻出沙堆，膝盖那里还是有点痛。杨猴子几个上沙的人都笑起来，笑周四海不行了，举不起来了。周四海也哈哈笑着说，老了，家当是不行了。几个人大笑着。马穆萨还不知人事，不明白他们开玩笑的意思，跟着傻笑了一阵，就把腿痛忘了。

再上沙的时候，膝盖那里还是有些痛，但他没吱声，想着中午缓缓，也就好了。谁知道，睡了一觉起来，越发痛了。

马穆萨就把这事给马噶西说了。

马噶西说，真是的吗？

马穆萨说，就是的，我哄你干啥。

马噶西说，周四海在当场，杨猴子他们几个都在当场？

马穆萨说，嗯。

马噶西说，你先站着，哪里都别走，我找人去。说着，边咂着烟，边快快地走了。

马穆萨不明白马噶西叫他站着干啥，又去找人干啥，懵懵地站着。

一会儿，马噶西领着杨猴子、李俊几个人来了。马噶西边走边骂杨猴子，杨猴子弓着腰跟在旁边，忙忙地解释。马穆萨听不出是为啥。

到跟前了，马噶西冲着马穆萨说，走。马穆萨还没顾上问走哪里，马噶西一使眼，杨猴子和李俊就搀起马穆萨，不是搀，简直就是架着。马穆萨感觉脚不沾地跟着走，就有些急了，说，干啥，去哪里？

马噶西说，去医院。

马穆萨说，去医院干啥，我腿不要紧，缓缓就好了。

马噶西说，啥叫不要紧，瘸了，还不要紧。

到工地外面马路上，马噶西叫了一辆出租车，几个人坐了。

马穆萨说，真不要紧。我是装着呢。

马噶西说，装也给我装着！

马穆萨就不说话了。出租车停在一家大医院门口。马穆萨又有些着急了。他说，腿不要紧，到小诊所看看就行了。他知道平日里，民工们有个头疼脑热的，都是到小诊所看，大医院花钱多，看不起。他不明白马噶西为啥要拉他来大医院。他怯怯地说，我不看，我没钱。

马噶西说，不用你掏钱。

马穆萨说，扣工钱吗？

马穆萨说，那谁掏？周四海吗？他没有叫我给他下沙，是我自己要下的。跟他没关系。

杨猴子替马噶西说，你看病就行了。

马穆萨更不明白了。只能懵懵地跟着挂号、排队、拍片子。片子出来了，医生说，骨头没断，是韧带拉伤了。又拉起马穆萨的裤子，在膝盖处捏了捏，说，骨头没断。马穆萨一听，心里轻松了些。

马噶西则有些失望，追问医生，真的没断？

医生摇摇头，肯定地说，没断。不过，韧带拉伤也是很麻烦的。

马噶西说，那咋办？

医生说，打上石膏，休息二十天，不能干活了。

马穆萨说，不打石膏，我还能干活呢。

医生说，小伙子，休息二十天不要紧，落下残疾，一辈子都不能干活了。

马穆萨不明白医生是真关心他，还是为了给医院拉病人。

马噶西说，落下残疾，叫我给你大咋交代。杨猴子也随着说，就是，残疾了，媳妇都找不上了。

马穆萨就听他们的，打上了石膏，躺到病床上了。

马噶西问医生，咋不挂药？

医生说，不用。

马噶西说，那咋能行。不挂药看着也不像个病人。

医生一笑，说，那就挂上。医生的眼睛藏在眼镜后面，不知道他笑的是啥意思。

挂上药，马穆萨真感觉自己像个病人了，腿上石膏，手上药针，药水滴滴沥沥的，简直就是个重病号。马噶西看着也很满意，安顿李俊看着，他和杨猴子走了。

马穆萨问李俊，他们干啥去了？

李俊说，肯定是找老板去了。

马穆萨不解，找老板干啥？

李俊说，出钱呀。

马穆萨说，是我自己弄的，老板出啥钱？

李俊说，老板不出谁出？你自己出呀？

马穆萨想，要是自己出，这几个月的工就白打了。但他担心老板会不会出。李军说，别担心，有马噶西呢。

果然，时间不长，马噶西和杨猴子就来了，还领着几个人。那几个人仔细地看了看马穆萨腿上的石膏，又看了看滴沥的药瓶，说是代表老板来看看，叫马穆萨安心养病，工钱照发。临走，还放下了一沓钱。

马穆萨赶紧说谢谢，说自己腿不要紧，过几天就能上工了。

几个人一走，马噶西抓起那沓钱，装在身上，这才训斥马穆萨，你真是个马木头！你还想不想看病了！再来人你就喊痛，知道了吗？

马穆萨这会儿不觉得痛了，只是石膏硬邦邦的，叫他难受，但他还是点了点头，心里却真不知道为啥要喊痛。他心里想着那沓钱，厚厚的一沓，大概有五六千呢，比他这几个月打工挣的还多。有那些钱，看病就够了，说不定还花不完呢。他们为啥一下子就给那么多的钱？他问李俊。李俊说，那才多点？看病、养病、误工，不都得钱，还差得多呢。马穆萨怯怯地问，他们还给？李军说，不要，他们当然不给。放心缓着吧，有马噶西呢。

马穆萨只能缓着，每天由着护士给他扎针输液，由着李俊和杨猴子几个轮换着照顾他。只照顾吃喝，拉撒不行，当着人面，马穆萨脱不开裤子，尿不下尿。拄着双拐，自己到卫生间去。

这样憋着，马穆萨感到难受，想叫医生取掉石膏，医生说不行。又给马噶西说，想出院，马噶西也说不行。马噶西又领着那些人来了两次，马穆萨不会喊痛，就把眉头皱得紧紧的，感觉也是很痛苦的样子。那些人眼光像刀子一样地盯着他看，看得他心里发毛，他就闭上眼睛不看人，不说话。马噶西对他的表现似乎还满意，没有再对他扯脸子。

躺够二十天，医生说可以取掉石膏出院了。马噶西同意出院，不同意取掉石膏，说事情还没完。马穆萨不知道还有啥事情，只能打着石膏，拄着双拐，回到工地上。他这个样子，干不成活，只能窝在工棚里。窝得难受了，就到工地各处走走。工友们问他好了吗，他刚想说好了，但想起马噶西的话，就加了一个字，说快好了。工友们笑笑说，不急，伤要养好，不然落下根子，就不好了。工友们还问，赔了多少钱？马穆萨说，赔啥钱？没有呀。工友们就笑笑说，不说就算了。弄得他莫名其妙。

春燕也问这话。他在工棚里待得心慌，就拄着拐子到春燕的小卖部去了。春燕说，怪不得这些天不见了。那天我看着就不对，好了吗？他对春燕不隐瞒，说好了，一点儿都不痛了。春燕笑着说，小心落下残疾，娶不上媳妇了。春燕说着脸红了一下，脸一红，嘴角的那颗痣也似乎红了。马穆萨就不知那是颗痣，还是粉刺。正想着，春燕接着就问，赔了多少钱？马穆萨就说了老板派人拿钱的事，说再没有赔啥钱。春燕说，工伤都要赔钱呢，你没要？马穆萨说，没要。又想了一下，说，有工头呢，要是赔钱的话，他会要的。这些天，马噶西每天中午都领着人去找老板，可能就是去要赔钱。几个人中午不休息，为他的事跑，连那个司机周四海也去，这叫他心里很感动。他这样想，春燕却说，你傻呀！自己不会要？工头要来了，能给你分几个？

马穆萨想，分几个算几个，反正腿伤又不要紧，又是住院，又是休息，还算工钱，分几百是几百。

叫他没想到的是，老板赔给他八万。也给春燕说准了，八万不都是他的。马噶西抱了厚厚的一摞子钱进来，后面还跟着杨猴子、李俊、周四海几个人，脸上都满是兴奋。马穆萨也兴奋，他这辈子还没见过那么多的钱。

马噶西把一摞子钱往通铺上一扔，吁了口气说，事情算是了结了。其他人也跟着说，就是就是。

马噶西慢慢地掏出烟，点上一根，吸了一大口，吐出浓浓的一股烟来，这才看了一眼马穆萨，又扫了一眼大家，这才说，咋分？

马穆萨没说话，其他人说，你说，你是头儿，你说咋分就咋分。

马噶西又看了一眼马穆萨，扫了一眼其他人，不说话，低头看着那摞钱。其他人也不说话，低头看着那摞钱。马噶西终于伸出大手，抓了三沓，重重地按在马穆萨跟前，说，这是你的，够了吧。马穆萨有些给砸晕了的感觉，忙说，够了，够了。

李俊说，这够你一年的工钱了。

杨猴子说，回去教你大好好请请工头。

周四海说，这够你娶个媳妇了。

几个人说着，眼睛不住地瞅着剩下的钱。马噶西抓过一摞来，数了一沓，给杨猴子，又数了一沓给李俊，又数了一沓给一个叫张树的，又数了一沓给周四海。几个人拿上一沓红票子，都红光满面的。周四海笑着对马穆萨说，要不是我的车出问题，还没有这些钱呢。马穆萨不知道他为啥这样说，他只是没想到周四海也分钱。

几个人拿上钱，还看着剩下的三摞。马噶西却不再拿了，很显然，那是他的了。马噶西没忙着收掉，先是对其他人说，现在都去上工吧。其他人就都走了。这才又对马穆萨说，拿上钱，明天就回家去，工钱我回去给你带上。这个工地上你不能再干了。哦，现在可以把石膏取掉了。说完，拿起三摞钱，走了。

剩下马穆萨一个人了，他看着那三摞钱，有些发呆，脑子里空空的。呆了好一会儿，才想明白了一些事。起身出去把钱存了，又打车去医院取石膏、还拐子。这回去医院，就他一个人。取石膏的时候，医生问，赔钱了吗？马穆萨说，赔了。医生问，赔了多少？他没说八万，说三万。医生笑笑说，那就好。医生的眼睛藏在眼镜后面，他没明白医生笑的意思、话的意思。取掉石膏，感觉腿不痛，但他却不会走路了。回工地的时候，他还是打了车。下车的时候，正好碰上一个工友，笑着说，有钱了，不走路了。他为啥这样说，马穆萨半天没反应过来。看着工友向那个小卖部走去，他想，这个工地上你不能干了，明天就要回去了，要不要给春燕说一声呢？

吃过晚饭，马穆萨还是决定去小卖部一趟，是想给春燕说一声，也是想躲开那些工友。他们老说赔钱的事，他不知说些啥好。见了春燕，他也不知说些啥好。还是春燕先说了，腿好了？还痛吗？他说，不痛了，一点儿都不痛了。为了证明腿完全好了，他还把腿提起来，甩了甩。春燕说，好了就好。今天，春燕一直没有笑，脸色重重的。马穆萨以为是她知道了自己要回家的事。她咋会知道呢？春燕不知道他回家的事，倒是知道赔钱的事。她说，赔了多少钱？马穆萨说三万。春燕说，不是八万吗？马穆萨就说了分钱的事。春燕听着，脸突然红了，不是娇羞的粉红，而是愤怒的紫红，连那颗痣都变成了紫红。她突然又高声说，看，我说得对不对？自己的身子换的钱，凭啥叫别人分？你叫工头要，你自己不会去要呀，你是傻呀，还是苕呀！她越说，声音越大，火气越大。马穆萨想不通她为啥要发那样大的火，明天要回家的话没说出口，就赶紧出来了。

跑出来了，春燕的声音还像是追着他，他有些慌乱了，直戳戳地就过马路。一辆拉沙的大卡车轰响着就从他身边开过去，扬起的气流夹着沙粒抽在他脸上，抽得他脸生痛，就像给人扇了耳光。

一直到工棚里，脸还有些痛。一直到工棚里，他也没想明白春燕为啥发那么大的火，为啥要说他傻，他茬。

马穆萨其实不傻不茬，就是脑子慢些。脑子慢是他父亲说的。天下的父亲都觉得自己的儿子最聪明，哪有说儿子脑子不好的。他父亲这样说，也是没办法了。父亲对他是抱了很大的希望的，送他去村小学。村小学的老师也是本村人，比父亲小一辈，但父亲赔着笑脸给老师说，不好好念书，不好好听话，你就打，打大的娃娃，揉醒的面。可老师打也打了，骂也骂了，他的成绩就是上不来，隔一年就留一级。比他小两岁的都上初中了，他还在小学里。父亲去问老师，老师说，这娃娃脑子迟钝。老师这样一说，他父亲脸上就有些挂不住了，狠狠地呛了老师几句。老师因为没把马穆萨教好，也因为算上是他父亲的侄子，呛也就呛了，没吱声。老师没吱声，他父亲心里还是吃重，就想办法试他。星期天他帮家里去掰玉米，正好是父亲、母亲，还有他。父亲问他，一个大人领着一个娃娃，娃娃是大人的儿子，大人不是娃娃的大，那大人是谁？他低头想了半天，说是后大。父亲叫他再想想。他又想了想说，是叔叔。父亲耐着性子又叫他想，他这回想了更长的时间，说，是干大。父亲急了，啪地扇了他一个耳光，说，你妈……是你妈！他还是没反应过来，以为父亲在骂他，低了头掰玉米。他妈看不下去了，就说，你这么绕着问，大人都不会，还别说娃娃了。父亲更火了，说，谁不知道？谁不知道？就你们笨怂娘母子不知道。就你这笨娘才养出这么笨的儿子。

母亲也不高兴了，说，有聪明的呢不娶，偏娶我这么个笨婆姨干啥。尤素夫他妈聪明，养的儿子也聪明，你咋不娶来？人家怕是不嫁你，嫁村支书呢！你本事大，咋不弄个村支书当当，给我们娘母子要啥狠呢。

父亲的脸青紫了，脖子上的青筋也一突一突的，半天说不出话来，但那眼神似乎要把母亲吃了。母亲也不说话了。

马穆萨不知道父亲和尤素夫他妈有啥事，不明白母亲的话咋就说到父亲的痛处了。父亲的样子显得很可怕，他从没见过父亲这个样子。看着自己惹的祸，殃到母亲身上了，他更害怕了，忙忙地掰玉米。父亲又骂他，上啥学呢，干脆回来干活算了，一辈子受苦的货。

骂是这样骂，父亲并没有拉他回家干活。小学毕业，又送他进了中学。中学在乡上，老师也不是本村的了。父亲当然也不敢呛人家了。为了叫老师对儿子重视些，父亲提了半袋子洋芋、红葱啥的给老师送了去，末了给老师说，这娃娃脑子慢，要你费心呢。老师在父亲当面说好好好。可布置背诵课文，别人半天就会了，马穆萨三天还背不熟。数学应用题，马穆萨更是拐不过弯儿来。老师就生气了，指着他的鼻子说，你哪是个马穆萨，是个马木头，干脆就是个弱智。老师这样一骂，同学们就记住了，就叫他马木头。传到村里，村里人也都叫他马木头。父亲听到了，又气又恨，对那些这样叫他的人，也对他。他知道，父亲气他恨他，是恨铁不成钢的意思，他也想争点气，但就是争不上。初中毕业，没考上高中，只能回家了。父亲也是没办法了，就叫马噶西带着他出去打工了。

受伤的事，他一直都没有给家里打电话说，本来伤就没啥，他怕父母担心。赔钱的事，他也没说。父亲知道了，会咋说呢？他有些担心。思前想后的，一夜没睡好。

第二天早上起来，别人都上工去了，就剩他和马噶西。马噶西还在睡觉，他昨天晚上喝了酒，还没醒，扯着很响的呼噜。马穆萨收拾好东西要走了，想给马噶西说一声，小声喊了声马噶西。马噶西睡得死，动都没动。想起马噶西每次都用耳光扇醒自己，心里也想扇一回马噶西，当然没敢。他就背了行李往出走。正好李俊回工棚来取东西，就要送他，一直送出工地大门口。

马穆萨回身看着工地，有点不舍。

李俊说，一年的工钱都有了，赶紧回去吧。

马穆萨说，我担心我大骂呢。

李军说，骂啥？

马穆萨说，白拿人家那么多钱。我大骂开了咋办？

李俊说，那咋叫白拿，是咱身子骨换来的，你大骂啥。

马穆萨还是担心地说，我大说了，别人的东西不能拿。阿訇也讲了，咱回民拿了别人的东西，还不清。

李俊有些急，说，咱又没拿别人的东西。老板的钱是哪里来的？还不是刮我们的血汗钱。咱拿的是自己的血汗钱。

听李俊这样说，马穆萨心宽了些。但坐上车，离家越近，想的越多，担心也就越多了。可担心归担心，家还是得回去。换汽车，又换蹦蹦车，回到家，天已经黑了。马穆萨想天黑了好，父亲说不定睡下了，有啥事明天再说，拖一天是一天。可一进门，父母都在，似乎在等他，也似乎已经知道了些啥。大概是马噶西或者是村上的其他人打电话已经说了。父亲一脸的怒气。母亲说，回来了。父亲一声不出。马穆萨刚想给父亲解释，是马噶西要的钱，分给他的。还没张口，父亲抬手就给了他一个耳光。

马穆萨听到很脆的一声响，才明白父亲扇了他，父亲扇他的意思，他也忽然明白了。

注：《朔方》2012年5、6期合刊发表

你造的药你吃

莫可和我算是驴友，经常一起奔波。说奔波有些不确，走南闯北，为生计奔忙，那才叫奔波。我和莫可用不着为生计发愁。东奔西跑，为的是一种消闲，顺便拍点片子，也是自娱自乐。

莫可是个地道的城里人，甚至有些纨绔气息，却对农村的一切都感兴趣。他经常开着车，到偏远落后的农村去拍片子，拍一些古老的、没有一点儿现代气息的东西。而且眼光很挑剔，如果一个村庄里，竖着几个电线杆子，他就摇头不拍了。如果拍出来的片子里有个电视机、电冰箱、电风扇啥的，他也就把片子毁了。但是，现在要找到个村庄里没有电线杆，家里没有电器的地方，已经很不容易了。莫可只能开着车，往最偏远的地方跑，从一个村子到另一个村子。

那天下午，我们去一个叫金银滩的村子。听村名，觉得很俗气，本来不想去了，可听指路的人说，村前有一大片滩地，夏天种油菜，油菜花开的时候，一大片金黄，像铺满了金子。村子旁边有一条河，河水在滩地的低处，汇成一泊，闪着银子一样的光。村名就叫了金银滩。这样一说，我们才又有了兴趣。

开车过去，却没有看到大片金黄的油菜花。现在秋天了，应该是过了油菜花的季节。山坡上一块灰一块黄的，秃斑一样。也看到了水泊，却没有闪着银子一样的光，而是黑绿的颜色。背山面滩的一个村子，显得很不起眼，我们有些失望。尤其是与村子一沟之隔的地方，有一大片厂房，白色的房子，白色的烟囱，冒着白色的烟，显得很整洁清爽，但又有些说不清的叵测。不知道是个啥厂子，建到山村来了，还建得那么讲究，一点儿都不像农村常见的脏脏兮兮的小厂子。但莫可还是不喜欢，他撇着嘴的神情显然是厌恶和失望。

更叫人厌恶和失望的是，一进村子，我们就听到了哭声。最先是一个女人尖细的哭声，像是有点压抑着，没有完全放开，声音拖得很长，拉得很尖锐。痛苦和哀伤也被拖得很长，拉得很尖锐，玻璃碴一样地直往人心里钻。接着是一个沙哑的哭声，也是女人发出的，但不清楚是年迈的女人苍老的哭声，还是年轻女人的嗓子哭哑了，生锈的铁丝一样，也沾满撕心裂肺的痛苦。接着又听到一些哭声，声音要小一些，痛苦的成分也轻一些，似乎是陪伴着前面的两个哭声，搀扶着、安慰着那两个哭声。

我和莫可都听明白了，村子里死了人。大概是他的妻子和母亲正在哭泣，或者是她的母亲和姐妹在哭泣，村里的妇女们也都陪着哭泣。

我们停下车，犹豫了。人家村里刚死了人，不好去拍片子了。刚要调转车头走的时候，我们看到了一大群送葬的队伍，出了村子，往山坡那里走过去。前面的几个人高高地举着一个担架，担架上举着的应该就是死者了，后面紧随着老老少少许多人，都穿着深色的衣服，戴着白色的帽子。哭声又大响起来，这回显得有些凌乱、有些急切，哭腔高了许多，厚了许多。前面很明显的尖细的哭声和沙哑的哭声都分辨不清了，被许多嘈杂的哭声搅和了，淹没了。

哭声也淹没了我拍片子的冲动，但反而激起了莫可的欲望。他就是这样一个人，对一切都不管不顾的。他的鼻翼扇动了几下，像马一样，那是他兴奋的表现。他说：“我一直都想着拍点送葬的场面，今天算是碰上了。走！”

我知道拦不住他，他自己想做啥事，很少想到别人的感受，也很少被人劝住。我只能眼看着他发动了车子，向送葬的队伍那里开过去。

还没赶到送葬的地方，就先闻到了尸臭味。的确像是尸臭味，直往鼻子里钻，叫人想呕吐。莫可边开车边撇着嘴问，啥味道？这么难闻。我说，谁知道，大概是尸臭味吧。莫可说，离那么远，哪有这么大的尸臭味，全村人都死了也没这么大的味道。他又张开鼻孔，深吸了一下，说，不像。

莫可说不像，但我认定那就是尸臭味，更加难忍呕吐了。莫可却没有停车，继续往前开。莫可就这脾气，他很少对啥感兴趣，但真感兴趣了，刀子斧头也拦不住。莫可一边张嘴缩鼻的，抵御着那股味道，一边继续开车。莫可的车高档，密封很严的，但那股味道不知从哪个缝隙里顽强地钻进来。

我们不熟悉路，没找到大路，车在小路上乱撞，打住了几次，赶到坟地的时候，死者已经下葬。一些人拿着铁锹往坟坑里填土，还有一些人站在旁边。填土的人用的劲很大，土扬起老高，似乎有一种悲愤的力量在里面。是悲愤，明显能感觉到，一般情况下，埋人都是小心的、肃穆的，这却不是。还有那些站着的，脸上也有一种悲愤的情绪。我推测，死者不是自然死亡，中间有些蹊跷。我就没敢拿相机拍照。莫可却早已咔哒咔哒地按起快门，并且越来越走近下葬的地方。

我有些担心，正要喊莫可。可就在这时候，往坟坑里填土的人也看到了他。一个穿黑夹克的汉子，端着铁锹就向莫可走过去，厉声地呵斥他。我心想，坏了，触着霉头了，赶紧也往莫可那里跑。我还没跑到跟前，就看见黑夹克已经一手提着铁锹，一手揪住了莫可的衣领。莫可挣扎着，挣脱不开。

莫可嘴里嚷嚷着，干吗？干吗？我拍我的片子，碍你嘛事了？

黑夹克吼道，人都害死了，已经埋了，你们还要照相，你们还是人吗？

莫可尖着嗓子说，人死关我嘛事，你抓我干吗？

我赶到跟前说，我们是过路的，顺便拍点片子。我们又没有害死啥人，你误会了。

黑夹克没有放开莫可，转脸向我又吼，误会了？人都死了埋了，那也叫误会了？！死了那么多人，都叫误会了？！

我赶紧又说，我们是过路的，我们真没有害啥人。我有些摸不着头脑，还有些害怕，争辩得很无力。黑夹克没有放开莫可，继续大喊大叫的。

又围过来几个人，不知是劝架的，还是帮拳的。我有些担心。莫可也有些着急，使劲挣扎起来。他扔下相机，两手掰着黑夹克的手，要把汉子的手掰开。黑夹克急了，另一只手也上来了。大约也是情急，他忘了手上的铁锹。铁锹把子轮过来，碰到莫可的脸上。莫可的鼻子立时冒出血来。

我赶紧去护莫可，其他人也把黑夹克拉开了。莫可看到了血，脸白了，但还要挣扎着向黑夹克扑。我抱住了他，他乘势收了身，掏出纸巾擦脸上的血。莫可的脸没破，只是鼻子烂了。我帮着他擦鼻血。

黑夹克继续叫骂，厂子里的狗，害死了人，还跑来照相。

黑夹克是个四十多岁的汉子，颧骨和鼻梁都很高，算是很有型的那种，但刚才挖土埋人，头脸上沾满了尘土，就显得很狰狞。我不敢和他理论，也不想在这是非之地久留，赶紧拾起莫可的照相机，拉了莫可就走。

黑夹克高声叫，抓住他们，别让他们走。

一个花白胡子老者冲着黑夹克说，平白无故地打人，还不让人走，你发啥神经！老者的声音不高，但很有威严。

他又转身问我们，你们是干啥的？

我还是那句话，我们是过路的，顺便拍点片子。

黑夹克叫着，你听他们的，说谎！看他穿的衣服，都像是厂子里的。打死他们，反正也都活不长，打死了我抵命。迟早是死，早死早脱离。

莫可穿着青不青、白不白的那种丝绸褂子和裤子，式样很古旧，显得很飘逸。我不知道，莫可的衣服又怎么惹黑夹克不高兴了，正在莫名其妙。

老者向黑夹克低沉地吼，少胡说。又回过头来问我，你们真不是厂子里的？

我说，啥厂子？我们不知道。我们是照相的。我知道遇上说不清、道不明的事情了。我知道在这种情况下，走为上策，越缠越麻烦，赶紧拉了莫可又要走。莫可还嚷嚷着，干吗？我穿衣服又招谁惹谁了？真是的！看来莫可虽然喜欢农村，但并不真正了解农村人。我是从农村出去的，我知道这种时候，越早跑开越好。

一个蒜头鼻子的年轻人说，你们是记者吧？

我忙说，不是。

蒜头鼻子说，看着都像记者，你们也给上面反映反映，从办了那个厂子，这里的人都活不下去了。

我赶紧说，我们真不是记者。

我拉了莫可往前走，黑夹克要冲上来拦我们，那老者叫人拉住了他。我们疾步地走。走了一截，忽然听到狼嚎一样的哭声，听声音，是那个黑夹克汉子在哭。不，应该说是嚎叫，声音有些瘆人。大约是他亲人死了，受了刺激，他才这样的。我心里对他有了些同情，但更多的还是害怕。紧走几步到车跟前，上了车，我才松了一口气。

莫可也松了口气，骂了一声，妈妈的，疯子。一边拿纸巾擦脸、擦手。我催他赶紧发车走，他却并不发车，继续擦脸擦手。我偷偷向那群人看了一眼，他们都走散了，坟地上的人也开始走散了，一个新的坟堆突兀地立在那里。新鲜的黄土铺在地里，看着很顺眼，但堆成坟堆，还是有些扎眼。新坟堆里埋的是啥人？怎么死的？又是谁害死了他？我们一点儿都不知道，却差点被当成了害人凶手。

心里松下劲来，忽然又闻到了那股味道。人都埋掉了，咋还有味道？很显然，那股味道另有来源。

莫可爱水，见到脚盆大的一汪水，他都要看一看，拍几张。那天却不是看水，是想找水洗脸。他把车开到水泊边，我们就闻到了浓重的臭味。到跟前也才看出来，水泊很大，不是远看的那么一汪水，至少有几百亩，简直就是个湖泊。而且有来源，有出口，不是个死水坝。源头大约在山里面，汇集了泉水，顺着一条沟流出来。出口不知流到哪里去了，远远的蛇一样隐没了。明明是活水，却并不清澈，也不是湛蓝的，而是浑浊的、墨绿的，还发出一股浓重的恶臭。

看着这么一大片的水泊被糟践了，真有一种说不出的感觉。我不由得说，咋成这样了？莫可抬了一下下巴，说，呶，一定是那个厂子。我没好气地说，我知道，啥厂子咋建到这里来了？莫可又恢复了他有点玩世不恭的口气说，厂子要用净水，排脏水，排臭气，城里不要，不建在这里，建在哪里？这就叫城市包围农村，叫广阔天地大有作为，叫污染下乡。就没人管管？我说。莫可说，谁管？城里都管不过来，这里更是鞭长莫及。

看来也是，厂子建在这里，谁知道？附近的农民知道，能拿他们啥办法？看来那些农民说的害死人的厂子，就是它了。可我想不通，看着清清爽爽的一个厂子，生产的是啥东西，咋排出这么臭的水，还把人给害死了。莫可说，谁知道呢，反正不会是纯净水。

莫可又说，开车过去看看不就知道了。我赶紧说，不了不了，要是再遇上刚才那样的事……我的话还没说完，就看到莫可的神色慌乱了一下，说，不看就不看，我最讨厌这些了。莫可说着，发车要走，我也觉得尽快离开这个是非之地才好。

莫可已经发车了，却发现了那个饭馆。就在村子和厂子的中间，独独的一幢房子，挂着牌子。我眼神不太好，没看出牌子上的字。莫可却说是一个饭馆。我说，这么大的味道，能吃饭？莫可说，吃啥饭，找水洗把脸，我总不能这个样子回去吧？

莫可是个爱干净、好面子的人，脸上血迹斑斑的，的确也不行。我只能随着莫可。到跟前，果然是一个饭馆。还起了个意想不到的名字，水泊饭庄。更叫人意想不到的是，门口还停着一辆轿车，比莫可的车还高档。我和莫可互相看了一眼，把车停到门口，就进去了。我脖子上挂着相机，莫可也提上他的相机。

一进去，饭厅里吃饭的人都扭头看我们，眼神中有些诧异，不知是看到我们身上的长枪短炮，还是看到莫可脸上的血迹。我也诧异，他们竟都穿着青不青、白不白的衣服，和莫可的衣服颜色很像，只不过衣料差些，式样是工作服。他们的脸色也和穿的衣服一样，有些发青。

店主也忙忙地过来了，赔着笑说，二位老板吃点啥？快坐快坐。把我们让到一个空桌上，又赔着笑问，吃点啥？莫可说，不吃，打点水，我洗把脸。店主显然有些失望，但还是客气地说，二位坐着，我这就去打水。店主三十多岁的样子，有些村气，但憋着普通话。

店主去打水了，那些穿青白衣服的人还是盯着我们看。莫可却似乎根本没注意到那些人，自顾自地摆弄他的相机。看来相机没摔坏，拍的几张片子也还在。莫可翻着相片，得意地指给我看。莫可就这样，每每经历了危险拍到的片子，他更看重。我却想起前面的事，心里隐隐有些担心。

店主端了半盆子水来，我催促莫可赶紧洗。莫可刚挽起袖子要洗，却又皱起了眉头，俯身向盆子看了看，闻了闻，回头对店主说，你这弄的是什么水？怎么是脏水？你什么意思你？

店主赶紧说，没有呀，刚打上来的水，咋能是脏水呢。

莫可说，你看看，脏兮兮的，你闻闻，臭混混的，还说不是脏水？你什么意思？嫌我们不吃饭、不给钱是不是？

店主分辩说，真不是脏水，是刚从井里打上来的水。店主又凑近盆子看了看，理直气壮地说，我们这地方就是这水，洗脸吃饭都是这水。店主也许是着急了，说话完全变成了本地口音，和前面碰上的那些人一样。

我拉莫可说，算了算了，我们走吧，到路上买矿泉水洗。我的话倒提醒了莫可，莫可冲着店主说，拿矿泉水来，矿泉水总有吧？我给钱。

正在这时候，一个板寸头的人从里间出来了，看了看我们，又进去了。店主见板寸头出来又进去了，就有些气恼地说，没有矿泉水。分明是要打发我们走的意思。很显然，我们惊扰了坐在里间的客人，他不高兴了。

我拉了莫可正要走，板寸头又出来了，径直地走到我们跟前说，二位慢走，我们刘总有请。

莫可有些不屑地说，我不认识你们什么刘总。

板寸头赶紧笑着说，一回生，二回熟，进去见了，不就认识了吗。板寸头很会说话，很明显是给人跑腿说话惯了。

我说，我们有事，还要赶路呢，改日吧。

板寸头变了口气，说，这恐怕不好吧？二位到了这里，我们不尽尽地主之谊，怎么行呢。

他明显不像是本地人，却说地主之谊的话，叫人猜不透来路。我还注意到，板寸头出来跟我们说话的时候，坐在外间那些穿青白衣服的人，都停了吃饭，站起来了。看来这个板寸头不是一般人。

莫可也应该能看出来，但他这人经不得人激，他端起身子，抖抖袖子，说，那好，那我就认识认识你们刘总。说着，就起身往里间走。我给他使眼色，他不知是真没看见，还是假装没看见。我也只能跟着他进到里间。

里间不是很大，但收拾得还有模有样。一张大圆桌上坐了三个人，主座上是个清瘦白皙的中年人。板寸头介绍说他是刘总，但我倒觉得他像个教授，干净、儒雅，衣着一丝不苟，连微微谢顶的头发都一丝不乱。他右边是个胖子，脸黑、有横肉，像个屠户，板寸头却介绍说是药监局的杜处长。另一位是张老板，是什么健健医药公司的经理，其实就是个药贩子，有钱花、有药吃，但精瘦得两颊无肉，像个饥民。三个人的形象与身份反差都很大，叫人有些疑惑，有些提防。

可能是经历了前面的惊吓，我处处小心提防。莫可却并不在乎，很大方地和几人打过招呼，被让到刘总的旁边坐了。他坦然地坐在那里，似乎面对的都是老朋友。我坐在下手，靠近门口的地方。

寒暄了，坐定了，刘总看着莫可，可能是看到他脸上的血迹了，有些调侃地问，店主冲撞二位了？

我和莫可还没开口，板寸头抢着把刚才的事汇报了。看来他是邀功惯了。刘总说，这个喜子，也是狗眼。说着冲板寸头扬了一下下巴。板寸头已经领会了，转头向外面喊，喜子，喜子。店主忙不迭地答应着跑进来了，弯着腰看着刘总。刘总又用下巴指了一下莫可，说，胆儿大了，我这位记者朋友，你怕是得罪不起。板寸头接过话茬，训斥店主，我说你这个喜子呀，吃豹子胆了，刘总的朋友你也敢得罪！店主脸上立时有了惶惶的神情，忙说，不知道是刘总的朋友，真的不知道。板寸头说，还不快弄水去。店主这才得赦一样，跑出去了。不一会儿，又端了半盆水来了。这回是清水，连盆子都好像是新的。

莫可起来洗脸。

刘总对着店主说，你这店里可是什么水都有呀，我们吃的、喝的，是什么水？

店主忙不迭地说，给你们做的全是纯净水，专门进的纯净水，肉菜也都是从外面进来的，这里的水哪敢给您用，真的，我敢赌咒。店主急出一头汗，脸也憋红了。

刘总说，好了好了，你去吧。

店主退着出去了，紧跟着进来一个女人。进门的时候，脸上就笑成了一朵花，装嗲卖娇地说，哎呀刘总呀，我们喜子不会说话，冲撞着您了，我给您赔不是了。女人应该是老板娘，本来是个农村媳妇，学了点嗲声娇气，却学得不对味。刘总的眼睛里闪了一下光，但很快就熄灭了。说，好了好了，你去吧。板寸头也连忙说，快去吧，把菜弄好点。女人有点尴尬，但还是挤着笑，退出去了。

黑脸的杜处长坏笑着说，刘总可尽享受的是野味呀。药贩子张老板也咧了一下瘦腮，附和着说，就是，就是，野味好呀，现在吃的用的，都叫人不放心呀。刘总并没有接过玩笑话，对着板寸头说，快去看看，还有什么野味，再加点，这二位朋友来了。板寸头忙出去了。刘总又给莫可说，都是这老杜，嚷嚷着要吃野味，我们才到这个小馆子来了。这里能有什么好吃的，慢待二位了。

莫可说，随便，随便。我也说，不麻烦了，我们还要赶路呢。

我的话倒提醒了刘总，他用略带探寻的口气说，什么事那么急？还有比吃饭更重要的事？黑脸的杜处长斜看了我一眼说，民以食为天嘛。药贩子张老板也帮腔说，就是就是，吃饭最重要。饭吃不好，就得吃药。你知道这药……刘总没等他说完，又侧面对着莫可说，二位可够尽职的，都挂彩了，谁竟敢伤了二位无冕之王？

莫可笑笑，就说了前面封地拍照的事。黑脸杜处长说，山野出刁民呀。药贩子张老板说，就是，不光山野，现在到处是刁民，生意不好做，甚事都不好办。板寸头进来了，接着说，尤其是这一带的人，简直没人性，没良心，刘总对他们那么好，给他们盖学校，给他们修路，给他们扶贫，他们还经常闹事。

黑脸杜处长有些声色俱厉地说，再闹的话，给当地公安上说一说，抓他几个，看他再闹。刘总还是慢条斯理地说，抓人，那是你们官家的事。我们商家，想的是把厂子办好，能用钱解决的，就用钱解决。板寸头赶紧说，我们刘总就是大仁大义，菩萨心肠。药贩子张老板也说，就是就是，对我们也甚是关爱。他明显有些讨好刘总。黑脸杜处长说，该治的要治一治，总是纵着，也不是个事。药贩子张老板说，就是就是。

刘总没接他们的话，对板寸头说，给二位的礼，准备一下。板寸头忙忙地点头说，我这就准备，说着拎了包出去了。临出去的时候，又征询地看着刘总问，大的，小的？刘总皱了一下眉头说，大的。

这当儿，刘总说，二位到这里，没去我们厂子看看？

莫可说，我这人，最不爱看的就是工厂了。我也说，他对现代的一切都不感兴趣。刘总说，是吗？他的眼色满是质疑，接着说，也没到湖边看看？莫可说，一个臭水沟，有嘛可看的。刘总涩笑了一下。

这时，板寸头又进来了，笑着在我和莫可面前各放了一个信封。信封鼓囊囊的。我明白了，有些如坐针毡。莫可也明白了，脸也有些红。刘总说，你们东奔西跑的，也不容易，这是一点劳务，一点心意。

莫可说，心意领了，这东西不能要。我也说，无功不受禄。

黑脸杜处长说，拿上吧，这是刘总的心意。板寸头说，不拿，就是不给刘总面子了。药贩子张老板也帮着劝说，刘总的面子，就是县长厅长，也都得看的。

莫可说，不是不看面子，这东西我不缺。黑脸杜处长说，这年头，最不缺的就是钱了，最缺的也还是钱。药贩子张老板说，就是，有多少钱也不嫌多，哪有够的时候。刘总不说话，但一脸的不悦。

我们正互相推着，外面嚷嚷起来了。板寸头赶紧出去看，进来就白了脸说，村里来了一大帮人，闹事来了。几个人都慌了。

来的就是下午送葬的那些人，为首的就是那个黑夹克。黑脸杜处长说要给当地公安上打电话，板寸头也打电话要找厂子里的工人来，可他们的电话还没打出去，我们就被揪出去了。刚送完葬的人，都还在悲愤中，根本就不容分说。

我和莫可也被揪住了。黑夹克说，我说他们是一伙的，你们不信，看到了吧。我们也无法辩解，只能和他们一起了。

到大厅里，一大群人围住我们。几个人真的慌了，连刘总都慌了。店主也慌了，忙忙地劝着。板寸头看到了，骂他，他们咋知道的？是你告的密吧？店主苦着脸说，我哪敢呀！你们是我的衣食父母，我哪敢呀！

黑夹克对着店主说，你说的啥屁话，你这个叛徒。店主说，我也是没办法，我要靠他们挣钱，我有啥办法。黑夹克说，没骨气的东西，人老五辈没挣钱，饿死了吗？板寸头也骂店主，我查清楚了，过后再跟你算账。黑夹克对着板寸头吼了一嗓子，你是谁？你凶啥？金银滩的人，你动一动试试。板寸头不敢吱声了。黑夹克对着刘总恶声说，村上又死人了，是你们害死的，你们得抵命！

黑夹克说着就要上手，被挡住了，又是那个花白胡子的老者。他说，村上又死了一个人，这是第五个了，我们找你，就是要个说法。老者的声音还算平和。

刘总稍稍恢复了镇静说，你们村上死人，和我什么关系？跟我要什么说法？板寸头也护着刘总说，村上死人，关我们刘总啥事？黑夹克又吼，你个小喽啰少插嘴。板寸头低下了头。黑脸杜处长想说啥，嘴皮跳了跳，也没敢说。

老者说，咋叫没关系？就是你们这个厂子排脏水，放毒气，把水土给糟践了，一村的人都害怪病，死了五个了，不找你找谁？

围着的其他人也嚷嚷，自打建起这个厂子，我们就吃的是臭水，吸的是毒气，尽得怪病。黑夹克说，我们活不下去，也不能让害人的活着。说啥呢，干脆跟他们拼了。说着又要上手，还是老者制止了。

老者说，好死不如赖活着，我们不想死，可你们的厂子害得乡亲们活不下去了，你们得给个说法。

刘总说，厂子是国家的，不是我刘某的，办厂也是县上、镇上都批准了的。黑脸杜处长也说，就是嘛，厂子是国家的，是政府批了的，你们闹啥闹？你们还有没有王法了。他的口气中明显有官腔。

老者说，镇上、县上我们都找了，厂子我们也找了，说要解决，眼看着人一个个地死，就是不见解决，你说我们找谁去？你看着像个当官的，你说啥叫个王法？王法就是不叫老百姓活吗？黑脸杜处长脸更黑了，说不上话了。

黑夹克说，当官的尽不说人话。啰唆啥，揍他！后面的人也喊，就是这些当官的弄的事，揍他！揍他！喊声四起，人也都往前挤，老者也挡不住了，局势有点失控。人起了群，一旦失控，就不可收拾了。莫可大概也感觉到了，站出来，大声说，乡亲们，听我说一句，有事说事，不要胡来！他想力挽狂澜，却没想到更点起了火。黑夹克说，少放你娘的狗屁，端上个黑驴球，就不知道是谁了，看着就不是好人。他又给后面的人说，就是他，我们死人了，他还拍片子，狗腿子！后面的又喊，揍他！揍他！这回不只是喊，真有人出手了，莫可挨打了，我身上也挨了许多拳脚。其他几个也都被揪打了，喊叫声四起，饭桌碗碟也被推倒了，咣咣地乱响。药贩子张老板尖声哭叫着，我是来买药的，跟他们没关系，打我干甚，打我干甚。挨了打，他就不再想着讨好刘总了。刘总却不知被冲到啥地方去了。

那个老者大声地喊了几声，局势才稍稍平静下来。他被人群冲远了，在外围站着，和那些穿青白工作服的在一起。我们也全被冲散了，各自被揪住了。

店主着急地喊，这是干啥呀，叔老弟兄们，我也是金银滩人呀，你们咋把我的店毁了。老板娘也尖声叫着，我的桌子，我的碗碟呀。有人说，你这会儿知道是金银滩人了，早干啥去了。还有人说，喜子和厂子里的人一个鼻孔出气，早不是金银滩人了。

老者又喊了几声，吵吵嚷嚷、拉拉扯扯的才都停了。刘总却突然出了声，你们这是干什么？这是干什么？要多少钱，你们说，我给。他的衣衫给弄皱了，头发也零乱了，形象很狼狈。但他还是头脑清醒，认清了眼前的局势，知道拿钱买平安。

有人说，你说，给多少钱？黑夹克立刻打断了话头说，谁要他的脏钱！人命能用钱换？一条人命多少钱？你说。黑夹克这样一喊，没人敢说了。

板寸头说话了，各位叔叔大爷，刘总对你们不薄呀！盖学校、修路、扶贫，你们要讲良心呀！

看来这个板寸头倒是对刘总忠心耿耿，关键时候能站出来给他说话。黑脸杜处长和那个药贩子张老板早就顾不上刘总了。

老者说，说到良心，我倒要问问，你们为了赚钱，排臭水、放毒烟，祸害得粮食不长、树死了，祸害得人人害病，还死了那么多人，你们的良心在哪里？

板寸头嗫嚅着说，粮食不长，刘总不是给你们钱了吗；人害病了，刘总还给你们发了药。

有人喊，你们发的那是啥药，吃上屁事都不抵，是假药吧？又有人喊，越吃病越重，我看就是毒药。他们是想把全村的人毒死了，好霸占我们的地方。还有人喊，你们的药在这里，我拿着呢。给，你们自己吃去吧。说着把一些药冲着刘总扔过来。

黑夹克说，我看也是，他们造出来的药，就叫他们自个儿吃。说着拣起地上的一些药，喊店主说，喜子，端水去，我来给他们喂药。喜子，你还是金银滩人的话，就把井里打上来的水端来。他们弄脏的水他们喝，他们造的药他们吃。其他人也附和着喊，对，他们弄脏的水他们喝，他们造的药他们吃。

老者说，不要胡来。我和莫可也说，不能胡来，乱吃药会出人命的。

黑夹克说，不要紧，我们天天都喝这水，吃这药。他们不是说，水没有毒吗。就是有点毒，吃了药就好了吗。

刘总颤了声说，不要这样，不要。我给钱，要多少钱都行。

黑夹克有些鄙夷地说，你他妈就知道钱，你还有啥？我们不要钱。你弄的水你喝上，再把你造的药吃上，不就没事了吗。我们天天喝的是这水，吃的是这药，这够公平了吧？

店主喜子端来一大杯绿水，抖抖索索地递给黑夹克。一群人就揪住刘总，七手八脚地给他灌水喂药，嘴里喊着，你弄的水你喝，你造的药你吃！

我和莫可怕出事，溜出来赶忙打电话报警。

注：原载《朔方》2013年1期

羞怯的心

马木合老汉穿了一件带补丁的衣服，这成了河湾村的一块心病，一村人都觉得蒙了羞。

最先感到羞愧的当然是马木合老汉的儿女。马木合老汉是个半哑子，能听见，说不出来，算是个残疾人，但有儿有女有老伴儿，并不是个孤寡人。在这个油饼子抹酥油的年月，即便是孤寡人，即便是要饭，都不会穿得破衣烂衫的。马木合老汉这样穿着，儿女们当然脸上烧了。

大儿子快五十岁了，是个老实巴交的农民，性格也懦弱些，试探着在父亲面前说了几次，见父亲并没有脱掉那件带补丁的衣服，就直接说出来了。他说，大呀，我们都几十岁的人了，你这个样子，叫我们出去咋见人呢？说得马木合老汉搓了搓手，有些不好意思地看了看儿子。儿子也给看得不好意思了，胡乱在身上的几个口袋里摸了摸，大概是想摸出几个钱来，可终究是没有摸出来。他刚给儿子娶了媳妇，手头本来就紧些，加上家里本来就是老婆管账，他就不见个钱，哪里能摸出钱来呢？摸不出钱，就不好再说啥了，儿子对老子说出那样的话来，言语上已经够重的了。

小儿子早些年在城里做生意，后来连家搬到县城里去了，倒是眼不见、心不烦。说是不见，事情还是听到了，就给父亲带回了些钱。钱不多，做一件衣服还是够了，但马木合老汉并没有做新衣服。

还是女儿干脆，买了一身新衣服来，连哄带说地给父亲换上了。马木合老汉穿上新衣服，脸上哭笑不得，身上也好像不自在，就像那新衣服里钻了无数的虱子、跳蚤。等女儿一走，他又换上那件带补丁的衣服。马木合老汉本来就固执些，在这件事上显得尤其固执。

儿女们再说时，马木合的老伴儿把话给挡回去了，说，你大的事，随他自个儿，你们不要管。

儿女们不管了，当村长的得管。村长虽说比马木合小了几十岁，论辈分还是侄子，但他毕竟是一村之长，村里的任何人、任何事，他都得管。他也管得不错，把河湾村管成了富裕村、模范村，经常有上面的人来视察、观摩啥的。也正因为这样，他更得管。一个富裕村、模范村里有个穿补丁衣服的人，叫上面来的人看见了，就不好看。不光是不好看，简直就是丑事，就像是白花花的一碗米饭，上面有一粒老鼠屎。说老鼠屎是有些过头了，马木合老汉并没有干啥偷鸡摸狗、违法坏道的事，只能说是白米饭里的一粒黑米、一块石头。就说是一粒黑米、一块石头，也是不能出现的，这有损村子的形象。对村长来说，村子的形象就是他的形象，甚至比他个人的形象更重要，那关系着村子下一年还能不能评上模范村，关系着他下一任还能不能当村长。所以，他不得不管。

村长给马木合老汉说，村上来的救济粮、扶贫款、捐献来的衣服，给你给了吗？马木合老汉点着头。村长弯得远，先说的是早年的事。这几年，村子成了富裕村、模范村，救济粮、扶贫款、捐献来的衣服，都不接受了。只有低保，还有些人吃着。村长说，村里给的低保，你吃着呢吧？马木合老汉又点头，老伴儿也跟着点头。老伴儿点头，是她也吃着低保呢。老伴儿不聋不哑，但个子小。不是一般的小，简直就是侏儒，而且随着年龄越来越大，身子越缩越小，还没有七八岁的娃娃大。看那个样子，她最终不是埋到土里去，而是要缩到土里去。马木合老汉是越来越瘦，简直要瘦成一根骨针。他们这个样子，吃低保，也是理所当然的，但她记着村长的情分，使劲地点头。村长好像没看见她点头，继续对马木合说，养老金都领到手了吧？马木合老汉点头，老伴儿也跟着点头。养老金也是两个人都领着呢。说到这里，村长脸上才带了愠色，口气中有了怒意，说，那你咋还穿着烂衣服！村长这样说话的时候，就有了村长的架势了。这样的架势拉起来，一般人就都服软了。没想到马木合老汉却急了，红了脸，咿咿呀呀地说话了。老伴儿给村长翻译，说那不是烂衣服。村长说，那明明是烂衣服。马木合老汉更急了，山羊胡子一撅一撅的，嘴里呜里哇啦地嚷嚷起来，说不是烂衣服。村长把补丁衣服说成是烂衣服，目的是加重口气，没想到反而纠缠不清了。跟一个半哑子，咋能说清楚呢，村长也没办法管了。

村里的其他人，当然也没办法管。但年轻人觉得，那补丁，是挂在自己的脸上。村里的年轻人，特别是二十岁左右的人，打小就没穿过带补丁的衣服，打记事起就没见过穿补丁衣服的人。看到马木合老汉衣服上的补丁，总觉得扎眼。虽说那补丁不是在自己身上，不是在自己儿女、自己娘老子身上，但在同村人身上，还是觉得不舒服。尤其是那些正准备找对象结婚的，还怕村里有穿补丁衣服的人，会让外面的姑娘看不起，误了婚事。对村里上了些年纪的人来说，马木合老汉衣服上的补丁就不是挂在脸上，而是挂在心上了。三十岁以上的人，哪个没过过苦日子？哪个没穿过烂衣服？这些年日子好了，就把过去的苦日子忘了，只是给娃娃们讲的时候，才提起来。提起来，也是当一种资本、一种光荣来讲的，有些忆苦思甜的味道在。但身边有个穿补丁衣服的人，味道就不一样了，就像眼下的日子是虚幻的，是做梦一样的。怕一觉醒来，身上依然披着破衣烂衫。有过那样经历的人，更怕过那样的日子。就像有疮疤的，最怕揭疮疤一样。而马木合老汉衣服上的补丁，就像是一块玻璃片，时时揭着村里人的疮疤。

好在马木合老汉并不经常在村街上出现。年轻的时候，还偶尔到村街上听别人说些家国天下的空话，或者是家长里短的闲言，他想插言也插不上，跟人说话，别人又听不清，有时还免不了受奚落，因此多不去。老了以后，更不去了。现在呢，他住在老庄子，到新庄子来的次数也不多。前几年，村村通公路，公路与清水河并行，都是南北的走向。但河走的是弯路，路走的是直道，这就免不了冲突。正好河湾村在清水河的一个湾子里，公路就没法儿修过去，只能修到村子东边二三里的地方。路就这样修了，县上、镇上定的，谁也没办法。可路是死的，人是活的，路不靠人，人就撵路，村子里的一些年轻人，就搬到路边上去了。说是搬到路边上，出门赶集、打工都方便。还有些呢，正好翻盖新房，也搬到路边去了。这样一来，一个村子，就分成了两个庄子。正好又赶上新农村建设，新庄子更像新农村，村上、镇上就叫往新庄子搬迁，大多数人家都搬到新庄子了，只有几户老弱的，留在新农村之外的老庄子。马木合老汉叫儿子都搬了，自己留在老庄子。儿女们也商量了要凑钱把他们搬过去，但马木合老汉执意不搬，好像是专门要和儿女们拉开距离，不让儿女们因为有他们这样的父母，感觉脸上无光。

庄子搬空了，就像是蛇蜕下的皮一样，看着样子还在，但只是个空筒筒，没有了一点儿生机，不像个庄子了。新庄子的人很少到老庄子去，上面的人来视察、观摩啥的，更不会到老庄子去了。除了到清真寺礼拜和娃娃上学。小学校还没有搬到新庄子，清真寺也没有搬到新庄子。建学校的事，村上、镇上管不了，那归县上教育局管。教育局一时没项目，还不能给河湾村建新学校。搬清真寺的事，村上、镇上也没办法管，得村上的阿訇、乡老们管，要向村上的人家集资。村里人刚搬了新家，手里都不宽裕，没法儿集资。

老庄子上的人也不多到新庄子上来，除了谁家娶媳妇、嫁女儿、干尔麦里，请过来。河湾村庄子变了，庄风变了，乡俗规矩也变了，但教门上的一些仪式还是没变。在这样的仪式上，还得把村上的老年人都请到。请一群老人来，就像是忽然从种熟的田里挖出了一堆树桩子，枝杈虬曲、瘦骨嶙峋的样子，能把人吓一跳。这样的一群人，放在其他的场合上，还真有些怪异，但在教门的仪式上，却显得非常相宜。教门的仪式上，如果放一群年轻人，也感觉滑稽，只有老年人才能压得住场子，显出仪式的庄重来。每每这种时候，主人家都有些纠结，请马木合老汉吧，怕有些不好看；不请吧，又有些过不去；权衡再三，最后还是请了，宁撇一庄，不撇一户。马木合老汉总是推着不来，到最后也还是来了。来了，就穿着他那件带补丁的衣服。这叫主人家感觉有些伤脸，他自己也好像有些伤脸，尽量地躲着人，羞缩着身子，显得局促不安。教门的仪式上，一般是要请阿訇、满拉和会念《古兰经》的人到上席，偏偏马木合老汉也是会念《古兰经》的，还得和阿訇、满拉一起坐在上席。

和阿訇、满拉坐到一起，村里人这才看出，马木合老汉穿的那件衣服，实际上是专门办教门的人穿的袍子，灰颜色、中式的、遮膝长。那样式的衣服，一般是阿訇穿上领礼拜、叫准拜的；哈吉也穿，只是上面用中文和阿文印着“中国朝觐代表团”的字样，那是完成了朝觐功课的标志，其他人是不能随便穿的。马木合老汉的那件，分明就是那种袍子。一个半哑子，咋能穿上那样的灰袍子呢？

一个半哑子，不仅要穿上那样的灰袍子，还要念《古兰经》。阿訇、满拉开始念诵《古兰经》了，马木合老汉也怯怯地拿起一本来，跪正了身子，念起来。他当然不能像其他人一样大声地念出声来，他只是很小声地念。人们只能看到他嘴皮子在动，也不知他是真会念，还是假装在念。更多人认为他是在假念。对这件事，阿訇站出来作了证明，说马木合老汉是真会念。阿訇专门试过了，他拿上《古兰经》念一句，马木合老汉点点头。阿訇故意念错一句，马木合老汉就使劲地摇头。试了好几次，阿訇确信马木合老汉是会念的。阿訇的话，村里人当然相信。再看马木合老汉，看到他念诵时笃定的神情、专注的样子，相信他是会念的了。

至于马木合老汉是从哪里学会的，阿訇也不知道。阿訇说，造化是公平的，缺一样儿的，补一样儿呢。阿訇说的是实话，许多缺胳膊少腿子的人，有着别样的聪明。阿訇还说，马木合老汉常往西山上传教的老人家那里跑，也在办教门着呢。阿訇说这话的时候，点着头，是赞叹和惊诧的口气。村里人听了，就更加惊诧了。一个半哑子，不仅把《古兰经》念会了，还办起了教门，任谁也是想不到的。阿訇这样说，也一定是真的了。这时候再看马木合老汉穿的那件灰袍子，却感觉是得体的。

那是一件旧袍子，旧得连本色都看不清了。本来也许是蓝的，也许是黑的，但现在看不出来了。看不出来，不是因为补丁太多，也不是脏污太多；相反，洗得非常干净，是一次次的浆洗，把底色洗掉了，成了灰色。肩头上有一块补丁，颜色不太一致，但针脚很细密。村里人看出来了，那是马木合老伴儿的手艺。马木合老汉的老伴儿个子小，手却巧，针线活儿是出了名的，会绣各式各样的花儿。前些年，村里的姑娘出嫁，都请她帮着绣嫁妆。她给马木合老汉做的衣服也都合体。那件袍子却不是老伴儿做的，那分明是一件旧袍子，村里人没见马木合老汉穿过那样的一件新袍子。身量也不相符，马木合老汉很瘦，那件袍子却很宽大，显然是别人的。是谁的袍子呢？村里人想来想去，又想到西山上的老人家。也许是老人家的袍子旧了，散给了他。老人家穿过的衣服，用过的东西，含着吉庆呢，给了谁，那是一种认可；谁用上了，是一种福气，能沾上吉庆呢。难怪马木合老汉宝贝一样地穿着。

村里人这样猜测着，似乎认可了马木合老汉是在办教门。而马木合老汉呢，还是那样一副谦卑和羞怯的样子。他一辈子实际上一直是那个样子，但村里人这会儿却觉得，只有办教门的人才有那样的谦卑和羞怯。

马木合老汉每次进清真寺礼拜的时候，也是这样羞怯和谦卑的。到礼拜大殿的门上，他就站住了，把浑身上下都拍打拍打，把脸也抹一抹，手也搓一搓。拍打一会儿，犹疑一会儿，才好像下定了很大的决心似的，走进去。做完礼拜，其他人都出了大殿，他还留在里面很长时间。出来时，眼圈往往红着，胡子上也有泪迹，懂的人知道他是在念“讨白”悔罪。

他能有多少罪呢，村里人就有些想不通。一个半哑子，守着几亩薄地，不为非作歹，不坑蒙拐骗，有些啥罪呢？可看他那个样子，似乎是罪大得不得了，多得不得了，悔也悔不完，赎也赎不够。他这个样子，叫村里人心里暗暗生出些敬意，也暗暗生出些恼意来。咋能没有恼意呢？他这样的人，都觉得自己罪大得很，其他人呢?

要说罪大，村里明着犯了罪、判了刑的就有三四个。第一个是杨承先，伙同邻村的几个人，到清水河西边的火车道上扒火车，卸货物。清水河西边是山，那一段火车路要拐进西山里去，上坡路，又拐个弯子，火车就跑得慢。杨承先他们夜里蹲守在火车路边，看到有货车过来，就扒上去，洗衣机、电饭锅、电冰箱啥的，都给推下来，天亮前拉到家里。家里东西堆满了屋子，就像个商店，低价给村里人卖。村里人明知那些东西的来路，还是图便宜买了些。过了不久，警车就开到村里了，抓走了杨承先。第二天，警车又带了一辆卡车来，挨家挨户地收赃物。警车挨家挨户地跑，这叫一村人都觉得跟着杨承先犯了法，心灰了好些日子。更心灰的是，村里几十年都没出过犯法坐牢的人了，这回开了坏头。

果然不久之后，就有了第二个。这一个更严重，贩毒品。说是出去打工，却叫人雇了去，给人背海洛因。海洛因不是背在身上，是用塑料包住，吃进肚子里。过了关卡，再拉出来。虽说毒品在肚子里，查不出来，但过关卡的时候，看到警察，他还是慌张了。这一慌张，警察就拘了他，反复地盘问。据说正盘问着，他突然肚子痛得厉害，弓下腰，身子也抽搐起来。原来是包毒品的塑料破了，中了毒。拉到医院里开了刀，命还是没救活。人死了，就通知家属去拉尸首。这叫村里人唏嘘、惊恐了好些日子。这样的惊恐并没有吓住人，还有明着偷着犯事的，要是哪天警车再开进村子里，抓走几个人，谁都不会感到奇怪。

还有没犯法，但犯了众恶的。比如说马布拉。弟弟在外打工，他给弟媳妇帮着犁地、摆耧、种庄稼。种着种着，就种到弟媳妇的炕头上去了。村里人看不惯，却不敢给他兄弟说。兄弟回来，他像没事人一样，见了村里人，也像没事人一样。这样的事，村里人觉得比犯法更丑。

要细细想起来，每个人都是有罪的，口舌上的罪、心里的罪，还是很多的。只是平日里忙着这一世的光阴，没时间想罢了。叫马木合老汉这样一提醒，村里人这才觉得，自己的光阴是过到人前头了，活人却活到后头去了。尤其是和马木合老汉一比，好像自己活到了泥土里，他倒是活到了云彩上。

实际上，马木合老汉也没有活到云彩上去。他也在忙乎着自己的日子。他和老伴儿还种着几块地。小儿子搬到县城去了，留下的地，他们种着，像其他人一样，忙乎着，种麦子的时节种麦子，收玉米的时节收玉米。在地里干活儿的时候，马木合老汉从不穿着那件袍子，换上别的旧衣服。那些衣服旧是旧些，但没有补丁，看上去比那件袍子要好些。尤其是村里人觉得，马木合老汉穿上别的衣服，就和其他人一样了。这样看上去，一个干瘦的半哑子、一个矮小的老婆子在地里忙乎着，灰头土脸的样子就叫人心里生出些怜惜来。马木合老汉老两口却好像并不疼惜自己。他们疼惜钱，从不找机器耕种。他们疼惜儿女，大儿子有时看不过，去帮他们干活儿，就被他们撵走了，说，好好扒你们自己的光阴去。他们也疼惜牛。他们家里养着一头乳牛的，但从来都不使唤，专门养着下牛犊子；下一个牛犊子，喂大了，育肥了，能卖不少钱。

村里人掐着指头算算，马木合老汉的收入还是不错的。这些年，先吃救济粮，后吃扶贫款，又吃低保，还有养老金。还种着地，雨点稠些，玉米、麦子能收不少，他们老两口能吃多少。还有儿女，还不给他们些钱物？多少还是给些的。这样算下来，他们应该是攒了不少钱呢。一边过日子，一边办教门，两头都关顾，这就是阿訇讲的两世吉庆。但这样的事，放在马木合老汉身上，大家就觉得不对劲。似乎马木合老汉这样的人，要么就一心过日子，要么就一心办教门，是不能二者兼顾的。马木合老汉这样一边装作办教门，一边悄悄地攒钱，一定是有着一个很大的图谋呢。

马木合老汉果真是有个大的图谋，他要去麦加朝觐。

朝觐本来是每个回族人应该完成的功课，但并不是每个人都能完成的。麦加远隔万里，盘费高。前些年，河湾村的人想都不敢想。这些年，生活都过好了，村里有几个自己攒够了钱的，还有几个儿女有钱的，去麦加朝觐了。三四万的盘缠，还是不容易拿出来的，也只是不多的几个人去了。家里有个人朝觐，一家人脸上有光；族里有个人朝觐，一族人脸上有光。这样的事，在一个健全的人，都是很难的。听说马木合老汉要去朝觐，村里人就有些不敢相信。

话是小学校的张老师传出来的。马木合老汉托张老师到县上民宗委去打听。张老师打问回来的讯息是，朝觐的政策放开了，规定还是有的。年龄不能超过六十五岁，身体要好，残疾人不行，贫困户、吃着低保的也不行。马木合老汉超过年龄了，又是残疾人，吃着低保，朝觐很显然是没指望了。他听了这样的讯息，应该是很失望的，但是村里人却觉得，这样的结果，谁都长长地松了一口气。还觉得，这些年是受了马木合老汉的蒙蔽了。这些年对他的同情也好，怜惜也罢，是白白地付出了。不仅是白白地付出，简直是受了他的耍笑。这样一来，就说出了不好听的话，就说瘸子不瘸登天呢，哑巴不哑翻天呢。这话是个老话，这样说，表面上没有指名说谁，但说的是谁，听的人还是明白的。

瘸子马达吾先听到这话，以为是骂他，就回骂了一堆脏话：老子腿瘸了也要登天呢，看谁把我的中腿也咬了去，咬了我的中腿，就不是赔十八万了，得赔二十八万、三十八万。马达吾前几年在外面打工，被轧断了一条腿，工地上给他赔了十八万。本来是装假腿的钱，马达吾回来没有装假腿，而是买了一辆车。不是残疾人的三轮车，是一辆小汽车。马达吾说，小汽车是他的腿换来的，就是他的腿。实际上，这个汽车腿比马达吾原来的腿还好使，不光能驮他，还能拉客。村里人要去赶集，就搭马达吾的车，收费比公交车高些，但毕竟是小轿车，坐着方便，也洋气。谁家走亲戚、娶媳妇、嫁女儿的，也租他的车。他实际上是跑"黑的"，但他一般是在乡间跑，交警、运管抓不住。就是抓住了，他拉着一条瘸腿，死缠烂打，也只好给放走了。他这样瘸腿跑"黑的"，比以前腿好的时候打工挣的钱还多。这叫村里人有些眼热，也有些眼憋，说出那样的老话来，不光是说马木合老汉，也是连带着说他。

那话不知马木合老汉听到了没有，就是听到了，他也说不出啥话来。马木合老汉报名朝觐不成，大约也不好意思，很长时间都没在村街上出现了。村里人见不到他，对他猜疑却更重了。先是猜疑他究竟攒了多少钱，有说一两万的，也有说三五万的。反正能报名朝觐，一定是有几万块钱。虽说有几万块钱，在河湾村已经不稀罕，但在马木合老汉，村里人还是觉得想不通。更想不通的是，他有那么多的钱，还吃着低保。好事些的人把这话说到村长跟前。村长毕竟是村长，几句话就给挡回了。村长说，他一个半哑子老汉不吃低保谁吃？你把嘴堵上，从今儿起不说话，也让你吃低保，行吗？你说他有钱，有多少钱？在哪里？你见了吗？村长的话就是在理，谁也没见过马木合老汉有一沓沓钱在手里。

村长这样替马木合老汉遮挡，马木合老汉却像是和村长故意作对似的，真还拿出了一沓沓钱。不是一沓沓，是两沓沓。

县教育局终于找了个项目，给河湾村新庄子建了学校。校舍建好了，桌凳却还是旧学校搬过来的，显得很不相称。马木合老汉那一段时间去学校找张老师次数多，看到了，就一下子拿出一万多块钱来，捐给学校，做新课桌。

这事村里人还没来得及议论，过了不久，村里搬清真寺，他一下子又拿出一万多块钱，还指定说他散的钱要做清真寺礼拜大殿的大门。这话当然是他老伴儿翻译的，他说不出来。他只是穿着那件带补丁的袍子，抱去了一堆花花绿绿的钱。穿那样的灰袍子，散那么多钱，似乎是应该的；穿那样带补丁的袍子，散那么多钱，似乎又是不恰当的。他那样做，就逼斥了村里人，叫村里人不好散了。散少了，拿不出手；散多了，谁又能一下子舍得拿出那么多钱呢。而且，他还指定了要做礼拜大殿的门。这是啥意思？一定是有意思的。他是个办教门的人，一定知道做了大门有着特别的好处的。这特别的好处叫他一个人沾了去，叫其他人干啥呢。再说了，果真用他的钱做了大门，其他人进寺礼拜的时候，想着要从他的大门里进出，心里就会别扭。

村里人把这样的意思给主持翻修清真寺的阿訇、乡老说了。阿訇、乡老把村里人的意思转达给马木合老汉。马木合老汉红着脸，咿呀了几句，没有再坚持。阿訇、乡老就把他的钱和其他人的钱放到了一起，没有特意用他的钱修大门。尽管这样，清真寺修好以后，村里人进出的时候，还是觉得心里疙疙瘩瘩的。娃娃上学坐着马木合老汉捐钱做的桌凳，自己上寺进出马木合老汉捐钱做的大门，村里人心里都有些堵，再看到马木合老汉，脸势就有些不好。

村里人的脸势，马木合老汉应该是能看出来的。他虽然是个半哑子，但眼睛亮着呢。也正因为没有言语，说不定眼睛更亮呢。他这一辈子，早就看惯了村里人的脸势，应该能看出村里人的心思。他就不到清真寺里去了，每天五时的礼拜，不到清真寺做了。

村里人这才觉得有点过了。想着过上一段，他还会到寺上做礼拜的。但马木合老汉一直都不见，连田地里都不见了他的踪影。该种麦子的时候，不见他；该种玉米的时候，还是不见他。都以为他病了，老伴儿在家伺候他。

过了不久，却听说他在坐静。坐静是一项大的功修，要封闭在专门的静室或者地窖子里念经参悟，少则七天，多则四十天，不能出来，不能见人，每天只吃很少的一点儿东西。到最后，每天只吃两颗红枣，维持生命。坐静不是随便啥人都能坐的，须要教门办到一定的程度才行。难道说马木合老汉的功修真到了那样的程度，真在坐静？村里人有些半信半疑。有些人还开玩笑说，据说坐静能把后世的光阴都看到呢。村里人想着，等他坐静出来，问一问他，到底有没有后世，后世到底是个啥样子。

就在村里人等待的时候，却听见他家里的哭声，是马木合老汉老伴儿的哭声。只哭了一两声，好像是憋过去了，又像是压下去了。虽然只是一两声，虽然远在老庄子，村里人还是听到了。那样瘦小的一个人，发出那样大的哭声，把整个村子都吓了一跳。儿孙和村里人跑到他家里，发现马木合老汉平展展地躺在炕上，已经归真了。老伴儿拿着毛巾默默地擦着他的脸、他的手、他的脚。他的脸瘦得厉害，手瘦得厉害，脚也瘦得厉害，简直就是皮包着骨头，身上穿着的那件带补丁的灰袍子，就像是空的，软塌塌地搭在身上。老伴儿擦过了，他的脸上显出一种光泽，眉心里有了一种光亮。

马木合老汉这个样子，似乎把人都吓住了、震住了，村里人谁都没有哭，他的儿女也没有放出悲声，一直到下葬，都没有人哭出声来。好像是送一个半哑子，本来就不该出声的。好像是大家的心里，有了一丝羞怯。

注:《回族文学》2013 年 3 期发表

四个穆萨

（一）

做完晨礼，穆萨送儿子去上学。

儿子尤素夫上小学，以前一直都是自己去学校，用不着他送，可这一段，大马士革、整个叙利亚全乱了，穆萨不放心，他怕儿子在上学路上出危险。

危险无处不在，而且越来越切近。最初只是示威游行，大群的人涌上街头，大喊大叫，潮水一样在街上涌动。可潮水很快变成海啸，所过之处，商店被抢、汽车被烧、公共设施被砸，一片狼藉。接着就有了枪声、炮声，有了鲜血、哭泣，有了仇恨、愤怒。

反政府的人愤怒，政府的人也愤怒，所有的人，甚至整个城市都愤怒。像是一桶汽油，稍有点火星就点燃了。放火的却大有人在，有来自外面的，也有来自里面的。他们到处放火，城市到处在爆炸、在燃烧。藏在地下的魔鬼给放出来了，人们心里的魔鬼也给放出来了。人们分成了两个阵营，无数个小股，开始互相残杀。以前的朋友和邻居，糊里糊涂都变成了互相仇恨的敌人。

穆萨想不明白，突然之间，天堂一样的国家咋变成这样了。

他觉得，大概是顿亚临尽了，恶魔出世了。这一切都是恶魔弄出来的。

穆萨记得父亲说过，放火的人是恶魔，要么是心怀仇恨，要么是想趁火打劫。父亲一辈子没进过城，没见过大世面，但父亲说出的话却很在理。父亲在乡下，还有母亲，他们在沙漠里面，那里还算平静些，穆萨不用太担心。他最担心的是妻子和儿子。

穆萨关了杂货店的门，把外面的保险门也锁上了。店门迟开一阵不要紧，生意可以不做，但不能叫儿子出危险。还有妻子，也不能出危险。前几天，他出去进货，叫妻子看着店。以前一直都是这样，他主要管进货，妻子守在店里卖。妻子的态度好，轻声细语的，能拉住买主，杂货店的生意不错。他每次进货回来，看到杂货店兴旺的样子，心里都乐滋滋的。他每次回来，妻子也都像提前知道一样，早早地跑出来迎接他，帮着他卸货。可那天回来，没见妻子迎出来，他喊了一声，还是不见妻子应声。他有些恼怒，扭头一看，这才看到杂货店乱成一堆了，货架倒了，地上乱七八糟的。他跑进去，才发现杂货店被抢劫一空，妻子在一个角落里蜷缩着。

他大声问，这是咋回事？咋成这样了？妻子瑟缩着不说话。

他忽然明白了，恍惚中前面过去了一股人，狂风一样卷过去。

他问妻子，是谁干的？政府的人，还是反政府的人？妻子只是摇头。

他这才看清，妻子脸上的面纱给撕掉了，身上的衣服也给撕破了。

他忙问妻子，他们欺负你了吗？糟蹋你了吗？妻子一会儿点头，一会儿摇头的，半天才哭起来。妻子哭着，但并没有出声，哭声被压在喉咙里、胸腔里、身体里，只有几丝细细的抽泣挤出来。

她的身体也因之扭曲着、抽搐着，像有一条蛇在里面钻来钻去的。这个民族、这个地方的女人就是这样，沉默、隐忍，把身体裹在宽大的黑衣里，把痛苦藏在深沉的内心里。

穆萨不好再问了，伸手揽住妻子。两个人一起流泪，一起颤抖。过后，又一起把倒了的货架抬起来，把地上的杂物收拾了，把新进的货物卸下来。无论如何，店还得开，日子还得过。只是穆萨尽量不让妻子守店，尤其是他要是出门进货，或者是上清真寺做礼拜，就把店门关了，把妻子锁在里面。杂货店也是他们的家，前面是店，后面有两间小屋，一家吃住都在那里。

穆萨隔着门给里面的妻子说，谁叫门都不要开，等我送尤素夫回来再开门。

妻子在里面低低地应了声，穆萨推推门，看锁瓷实了，才动身送儿子。

儿子却有些不高兴。儿子说，我都这么大了，明年就上中学了，你送我，同学都笑话呢。儿子说着，还把胸部挺了挺，把头抬了抬。

穆萨突然发现，儿子真的长大了，头都够上他的肩膀了。穆萨心里有了些高兴。他看着儿子，儿子个头是长高了，但身子显得还单薄。他还是不放心，坚持要送儿子。

儿子说，不用送，我不怕，谁要是敢欺负我，我就揍他。儿子说着，还把小拳头晃了晃。

穆萨沉声说，不要跟人家打架。

儿子说，怕啥？我们班的易卜拉欣都参加游行了呢，还……

穆萨打断儿子的话，着急地说，你可不敢胡来，小心我揍你。儿子吐了一下舌头，不敢说了。

穆萨知道，十一二岁的半大小伙子，正是不知道啥叫害怕、啥叫对错，最容易跟上人胡闹的时候。穆萨怕儿子出危险，也怕儿子跟上那些人瞎胡闹，执意送儿子去上学。

天还没有亮透，街上还有些暗，看不出残破和零乱。几乎没有行人，也显得很平静。只是空气里有一股淡淡的火药味、血腥味，还有腐臭味。穆萨皱了皱眉头。儿子却似乎没闻到这些味道，边走路，边用脚踢着地上的垃圾。地上有很多垃圾。一块铁片被踢远了，发出一连串响声。

穆萨沉声喝，尤素夫！儿子这才不乱踢了。走了几步，他又小声嘟囔，学校也真是的，都这样了，还上课。

穆萨没好气地说，咋样了？闹事、打仗，是大人们的事，与你们娃娃有啥关系！你们就好好念书！

尤素夫说，可是，阿伊莎在上学路上叫人强奸了。

穆萨问，胡说！哪个阿伊莎？

尤素夫说，是真的，来过我们家的，眼睛大大的那个。

穆萨眼前闪过好几个活泼可爱的小姑娘，就是想不起是哪一个。虽然想不起来，但他心里还是疼了一下。他也想起了妻子。这些天，一切全乱套了，只有学校还在开课。穆萨觉得这样好，不管有多大的事，与娃娃们无关。娃娃们还是正长身体的时候，是学知识的时候。他没想到，娃娃们同样也受到了伤害。咋能这样呢？穆萨想不明白。

儿子很显然还不完全明白强奸意味着什么，没有再延续这个话题。他发现了一大堆弹壳。黄铜的弹壳在幽暗的街道上显出亮光来。尤素夫跑过去，捡拾起来。穆萨却发现，在那堆弹壳不远处，躺着一个人，一动不动。穆萨胆怯地走过去，看到是个刚长胡子的年轻人，已经死了，但眼睛大睁着。穆萨心里念了声安拉，搭手在他鼻子处试了试，冰冷，没有一丝气息了。他想把那人的眼睛合上，抹了几下，眼皮硬了，合不上了。穆萨又念了声安拉。

那年轻人看样子是昨晚给打死的，看不出是政府的人，还是反政府的人。穆萨不支持政府的人，也不支持反政府的人。他只想过安稳的日子。日子虽然苦些，但穆萨还是很满足。当然了，他也希望过上好日子。他从乡下老家，从那个沙漠里，来到这座城市，就是想过上好日子，想让自己的孩子过得好一些。但他觉得，过好日子，是要自己下苦挣钱，而不是这样闹事、打仗。这样一来，谁都过不上好日子。《古兰经》上讲的，阿訇说的，不要暴力，不能杀人。他不明白，这些人都是咋了，心叫魔鬼给控制了，平日里温温顺顺的人，咋突然间拿起了枪。平日里和和气气的邻居朋友，咋突然成了敌人。穆萨的邻居朋友，有些成了支持政府的人，有些成了反政府的人，互相打，有些被打死了。就像这个小伙子，不管是政府的人，还是反政府的人，他是个小伙子。要不是战乱，他会活得好好的，恋爱、结婚、过日子。可他却变成了一具冰冷的尸体。看着他圆睁着的眼睛，穆萨有些难受，也有些害怕。

尤素夫显然也看到了，害怕了，捧在手里的弹壳呛啷啷地掉到地上了。穆萨赶紧挡住儿子的视线，拉着儿子往前走，不能叫儿子看到这样可怕的场景。也许是惶急，走了两步，他被绊了一下，差点栽倒。俯身一看，是一把长枪。儿子手快，一把抓起枪来。

儿子端起枪，摆弄起来。

穆萨感觉儿子在玩一条恐怖的蟒蛇，他低声说，放下！

儿子说，我们班的易卜拉欣就拿着这样一把枪，真枪，可威风了。

穆萨又厉声说，放下！

儿子看了看他，不情愿地放下了。

就在这时候，响起了枪声。穆萨和儿子都一惊，以为是这把枪响了。却不是，枪是个死物，没有人扣动扳机，是不会响的。枪声在远处，先是零星的砰、叭响，接着是突突突的一阵急响。枪声打破了早晨的宁静，也唤醒了更多的枪炮。一会儿，各个方向都响起了枪炮声、爆炸声。还有隆隆的响声，不知是坦克、飞机，还是雷声、海涛，也许是安拉发怒的声音。

穆萨拉着儿子的手，赶紧往前走。把儿子送到学校，就安全了。不管是哪一派的，总不能到学校去，向这些孩子下手吧。还就有下手的，强奸那么小的姑娘，简直是畜生。

快到儿子的学校了，这会儿天亮了，已经能看到学校的教学楼了。前面的巷道里响起了枪声，枪声很近，响声很大，还有人声，接着就看到了人，十几个人，喊叫着，在巷道里开枪，而且是冲着穆萨和儿子的方向。子弹啸叫着飞过耳边，穆萨赶紧抱住了儿子尤素夫，斜靠在街道边。

枪声稍停了一下，穆萨刚想拉着儿子折回跑，身后的巷道里也响起了枪声。穆萨忽然明白，两派人在街道两头干上了，而他和儿子却被夹在中间了。明白了眼前的处境后，一股巨大的恐惧攫住了他。他摸索着，找到一处隐蔽的地方，嘶声喊儿子，尤素夫，快趴下，快趴下！尤素夫趴下了，穆萨紧紧地抱住儿子。抱住儿子，是保护儿子；抱住儿子，也是掩饰恐惧。穆萨是个胆小的人，他害怕得浑身发抖。他极力不想让儿子感觉到他害怕，极力不想把颤抖传给儿子。可儿子分明是感觉到了，反过来安慰他，别怕，他们不是打我们。

穆萨跟着儿子说，别怕，他们不是打我们。说是这样说，他还是害怕。他从没有这样切近地看到打仗，从没有身处这样危险的境地，尤其是儿子也在。这会儿，他已经想的不是如何保护儿子，而是和儿子相依为命了。这种感觉稍稍减轻了他的恐惧。

但危险依然近在眼前。两边的枪声并没有停，这边打一阵，那边打一阵，两边又同时打。边打边喊，两边都说着同样的话。说着同样的话，却又打得不可开交。子弹尖利地啸叫，在街道两边的墙上铮铮地响，擦出火光。火光是穆萨想的，穆萨不敢抬头看，他使劲抱住儿子，护住儿子。儿子这会儿很听话，一动不动。

有一边的人被打伤了，高声惨叫起来。接着乱放了一阵枪，就没声气了。看来是跑了。这一边的欢呼了几声，也放了一阵乱枪，没声气了。打仗要有对方，没有对方，也就没意思了。

穆萨小心地抬起头，看到真的没人了，枪声也远了，这才喊儿子。尤素夫，他喊。儿子不动。他又喊，尤素夫，快起来！儿子还是不动。他伸手一拉，儿子软软的。他觉得儿子是吓坏了，边喊边拉他。拉过来，才看到儿子头上有血。血顺着额角那里往下淌，半边脸上都是血。

穆萨想，儿子的额角只是给擦破了，他一直护着儿子，子弹不可能打到他。一定是他的劲太大，把儿子挤到墙上，把他的头擦破了。他用手擦了一把，血还在往出涌。他喊儿子，尤素夫，尤素夫！儿子还是不应他，身子还是软软的。穆萨这才急了，才明白儿子是被子弹打中了。他不明白的是，他一直护着儿子，自己没给打中，儿子咋能给打中呢？这是哪边来的子弹？

就在这时候，太阳升起来了，阳光铺射过来，照亮了儿子的脸。儿子的头上在流血，但脸上好像有了生命的迹象。

穆萨哭喊起来，尤素夫！尤素夫！儿子似乎动了一下。穆萨赶紧抱起儿子，向医院的方向跑。街上还响着枪声，但他听不到了，他只想快些把儿子送到医院去。他边跑边喊，尤素夫……尤素夫……救救我的儿子呀……

（二）

做完晨礼，穆萨就上路了。

他要去老家喀布尔。他身上带足了盘缠，他们把那东西就叫盘缠，是能到天堂的盘缠。天堂里到处是仙桃鲜果，河里流的是牛奶、美酒，天上飞的是仙女、天使……这都是他说的，穆萨相信。他的话，穆萨全都相信。他的话，穆萨也全听。他说，穆萨，该你了，上路吧。穆萨就上路了。

目标也是他定的，他给穆萨反复地演练过了，确保万无一失。他说，穆萨，你去天堂，顺便把他们送回地狱里去吧。他说话的声调很平静，就像平日里说，穆萨，穆萨，把那朵花儿掐掉；穆萨，把那个虫子碾死；穆萨，去吃饭；穆萨，去睡觉。穆萨的感觉也很平静，好像就是要去吃饭，去睡觉。他说的天堂，也好像近在咫尺，就在他平常睡觉的山洞里。

这些年，穆萨一直都住在山洞里，也没见过什么人。身边还有些人，除了他，还有十几个，但他们之间不说话，不能说话。他们只能和他说话，听他的话。他说干啥就干啥，他说去哪里就去哪里。去哪里呢，一直是在山里，为了躲避魔鬼的追剿，他们从这个山沟到那个山沟，从这个山洞到那个山洞。三年了，穆萨没出过山，没见过外面的任何人，没听到外面的任何消息。不知道现在，不知道过去，甚至连妻子和儿子都忘记了。

他说，你们的心要像婴儿一样干净。他帮着他们，把以前的一切都忘记了。只把他的话，留在心里。

可下了山，进了城，看到那些花草树木，看到那些房子，看到那些人，穆萨还是依稀想起了些啥来。想起些啥，却不清晰，烟雾一样，倏忽就飘散了。穆萨只是牢牢地记着他的话，记着目标，记着要走的路线。

他沿着刻在心里的路线走着，没有惶惑，没有恐惧，也心无旁骛。

一个女人的声音：穆萨，过来。

穆萨本能地扭了一下头，看到一个四五岁的小男孩，向一个穿着花裙子的女人跑过去。小男孩跑过去，扑进女人的怀里。女人抱起他，高高地举起来。小男孩咯咯地笑着，女人也咯咯地笑着，裙子都飘起来了。

穆萨有些反感，女人咋能穿那样的裙子，咋能那样地笑呢？

这都是魔鬼教唆的，他的声音说。

穆萨知道他的话不会错，就不再想女人和小男孩。可那句话却时不时地出现：穆萨，过来。穆萨，过来。女人是喊那个小男孩，可远远的，似乎也有这样的声音喊过自己。穆萨，过来。穆萨，过来。还有笑声，一样的笑声。穆萨想不起来，也不敢再想，赶紧收回心，专心走路。尽管稍稍分了一下心，但路线一点儿都没错，目标就在前面。

前面却是一个检查站。几个穿着灰黄皮的，端着枪。他们的身边是同样灰黄皮的坦克、装甲车。他们在那里检查过往的人，一个个地检查。他们举着枪，叫人们抬起胳膊，举起手，掀开衣服，摘掉帽子，脱掉鞋，张开嘴，叉开腿。还要从上到下，摸捏一遍，对女人也是。检查完了，女人们流着眼泪，男人们噙着眼泪。他们却呵斥着，叽里呱啦地说着，下流地笑着。

穆萨心中涌起一股仇恨。这几年，他一直在穆萨的心里播种仇恨。他指着一朵花说，穆萨，把那个异教徒杀了。穆萨就把那朵花揉碎了。他指着一只蚂蚁说，穆萨，把那个占领者弄掉。穆萨就把那只蚂蚁撕成几段。可是这会儿，穆萨心里涌起的仇恨不全是这几年培养起来的，还有来自心底里的。从心底里，穆萨觉得，他们就是他说的占领者，是异教徒，是杀人犯，是魔鬼。穆萨心里甚至产生了一种要跟他们论理的冲动，产生了要把他们送进地狱的冲动。但很快，他的话在心里响起来，就打消了穆萨的冲动。

检查站过不去，第一个目标只能放弃。这也是他定好的。

穆萨就向第二个目标走。第二个目标在城南。穆萨就是在这个城市里长大的，熟悉这里的每一条道路。但穆萨不是凭借着记忆在找路，路还是他事先设计好的，走哪条巷道，用多长时间，都刻在穆萨的心里。穆萨只管凭直觉走就行了。

尽管这样，穆萨还是看到了一些东西，一个巨大的广告牌，上面画着一对淡蓝色的长尾巴的男女，是一个电影海报，电影名叫《阿凡达》。一定是一部美国大片，穆萨一闪念。穆萨原来很喜欢美国大片，对里面的生活有些惊讶，有些向往。穆萨还听到一个店铺里在放音乐，分明是西方的音乐。穆萨也喜欢西方的音乐，感觉那里面有人，有人的悲喜，有人的挣扎，还有些出格的、冒险的、亵渎的东西。穆萨对音乐非常喜爱，有很强的感悟能力。穆萨打小的梦想就是上音乐学院，最好是到西方去上。可惜，穆萨没能去，他们却来了。他们带来的不仅是大片，是音乐，还有飞机坦克。战争让一切都改变了。

突然响起了一声巨大的爆炸。爆炸应该在城北，但穆萨的脚下都在抖动，爆炸的威力很大。接着，那里冒起了浓烟，接着响起了警报声，飞机的突突声、坦克的隆隆声都响起来。还有人的惨叫声。穆萨身边的人也都惊慌失措地跑起来，尖叫起来。有孩子在哭。

这爆炸声、尖叫声、孩子的哭声，忽然惊醒了穆萨的记忆，一个场景从心底深处浮现出来。穆萨在外面干活，父母和妻儿都在家里。突然响起了一阵爆炸。他们打炮、扔炸弹，爆炸天天都有，穆萨已经习惯了。可那天，穆萨听到爆炸，心里慌得厉害。朝家的方向一看，果然那里在冒烟。穆萨跑回家，家里一片狼藉，房子倒塌了，妻子呆站在那里，失魂落魄。穆萨发疯一样地在废墟里刨。刨出了父母的尸体，刨出了儿子的半截身子，两截断腿。儿子两腿都断了，但活着。

儿子活着，却没法救治，没钱。就在那时，他出现了。他帮助穆萨埋葬了父母，治好了儿子，还给了三万美元。三万美元，妻子和儿子的生活，儿子装假肢，都够了。条件是，穆萨跟他走。穆萨只能跟他走，穆萨需要报仇，也需要钱。

和穆萨一起在山上的那些人，和穆萨的情形基本相似。他们把自己卖给他，也心甘情愿地跟着他，听他的话，接受他的训练。训练好了，时机到了，他们就上路了。这声爆炸，大概也是他们中的一个人弄出来的。他也许得手了，进入了天堂，也把那些魔鬼送到了地狱。穆萨知道，这是一种策应，必须尽快完成自己的任务。穆萨听到他在催促，穆萨，该你了。

穆萨定了定心神，加快步子走向目标。目标却消失了，消失得无影无踪。穆萨在目标应该在的地方走了几圈，都没有找到。穆萨不知道是情报有误，还是他们听到警报，快速撤了。也许是自己分了神，走错路了？不管啥原因，无法完成任务了，穆萨一下子陷入迷茫之中。

迷茫只是一会儿的事。穆萨又听到了他的话：不能消灭目标，就选人多的地方。穆萨就向车站走，车站人多。

车站果然人流涌动，检查并不严密，行李包裹安检了，却并不搜身。穆萨很快就进入了候车室，选择了一处人最多的地方。刚要按下引爆器，穆萨却发现了一个现象。周围的人全是当地人，他们的人，他说的那些魔鬼，一个都没有。穆萨有些不甘心，就四处找，哪怕有一个也好。可一个都找不到，全是些面容相似的当地人。有些人的面容看不到，还戴着面纱，尤其是老年女人。一个穿黑衣、搭黑纱的老太太盯着穆萨，一直盯着看。她的目光里有一种幽深的哀伤。那种目光一下子洞穿了穆萨。穆萨想起了母亲，真真切切地想起了母亲。母亲的眼光就是这样的，活着的时候是这样的目光，从倒塌的房屋里被刨出来，还是这样目光。那种目光给穆萨的记忆太深了，这三年时间的训练，也没能磨灭。穆萨觉得，那个看着他的老太太就是自己的母亲，可母亲明明已经去世了。穆萨无法理解，不知如何是好，只能惶惶地跑出候车室。

出了车站，穆萨来到巴扎。穆萨没有选择，这都是定好的。他说，车站、巴扎、清真寺。穆萨只是随着他定好的线路走。

巴扎上人更多，但是要分散些。蔬菜、水果、牛羊肉，还有其他的生活用品，很多的摊位，每个摊位前都有人，闹嚷嚷的。几年来在山上惯了，这样闹嚷嚷的情形，穆萨有些不适，有些心烦，想尽快结束这一切。虽然这里也一样，全是些当地人，没有他们的人，但穆萨还是决定尽快结束。

穆萨，该你了。他的声音在催促。

另一个声音从他脚下升起来，先生，散点乜贴吧。一个孩子的声音。穆萨不由低头看了一眼。是一个孩子，也是一个怪物，手脚都没有了，趴在地上。先生，散点乜贴吧。孩子使劲抬着头，伸着脖子，翻着眼睛，看着穆萨。他的目光里没有痛苦，没有哀求，显得很平静。穆萨被烫了一下，儿子被挖出来的时候，断了双腿，也是没有喊一声痛，没有哭一声。也许是痛过头了，反而不痛了。也许是疼痛感受伤了，感觉不到痛了。儿子的腿伤好了，穆萨要上山了，妻子在低低抽泣，儿子也不喜不悲的，像一个七八十岁的老者。他还活着吗？在哪里呢？

穆萨不敢再看脚下的孩子，脚步散乱地逃出巴扎。

响礼的邦克声悠扬地响起来，呼唤人们上寺礼拜，也唤醒了穆萨。已经耽搁了太多的时间，不能再耽搁了。穆萨只能向清真寺走去，和上寺的人一起走向清真寺。没有上山之前，穆萨一直都是在这座清真寺做礼拜。

走到门口，刚要进去的时候，一个人说，这不是皮匠的儿子穆萨吗？穆萨抬头一看，是一个白胡子的老人。穆萨记不起他是谁了，但他分明是向自己打招呼。老人说，你是皮匠的儿子穆萨吧？好长时间都不见了，去哪里了？啥时候回来的？你父亲还好吗？他可是个好皮匠呀！

父亲年轻的时候，的确是个皮匠，街上有名的皮匠。父亲的有名，还因为他会很多的乐器，随便拿起个啥，都能拉出美妙的曲子来。连侵略者带来的手风琴，他都很快学会了。那是另一股魔鬼。后来，父亲的一条胳膊没了，一次在山上聚会的时候，撞上了地雷，给炸飞了。没了胳膊的父亲还在干着皮匠活计，但干不好了。

乐器更是没法再拉了，成了一个愁眉苦脸的老头子。

穆萨不知如何回答老者，只忙忙地点头。

老者说，人人都难呀，祈求安拉吧。时候快到了，进去吧。说着，老者先进去了。

穆萨却慌乱了，不由自主地进入大殿，和其他人一样，跪倒了。在这个庄严的地方，无论是谁，都会自然地跪倒的。跪倒了，穆萨才想起自己的目的。穆萨的手放到引爆器上了。旁边的一个人长长地念了声，安拉呀……穆萨心里也突然起了一个声音，穆萨，不能，这是礼拜的地方。穆萨不知道那是谁的声音，从没听过的一个声音。他的声音也出现了，穆萨，该你了，动手吧。他的声音很平静，很冷漠。几年来，穆萨已经听惯了这样的声音，从来没有质疑过。可这会儿，穆萨的心里产生了疑问。他这是为啥？清真寺里没有魔鬼呀！

他的声音又出现了，有些不耐烦，穆萨，听话。那个不知道的声音也在说，穆萨，不能。两个声音在缠斗，在打架。穆萨不知如何是好，跑出了大殿，跑到清真寺前面的广场上。

广场上空空的。穆萨的心也空空的，两个声音都没有了。

穆萨感到一种少有的轻松，回头看了一眼清真寺，看到了那高高挂着的月牙儿。阳光把月牙儿照得闪亮。亮光直透进穆萨的心里，把穆萨的心照得通亮。

穆萨觉得这会儿，心里真像婴儿一样干净了。

（三）

做完晨礼，穆萨就往玉米地里走。

几个老年人没急着走，坐在清真寺台阶上说闲话。闲话腿长，几句就到叙利亚、到阿富汗了。也许是信仰相同的缘故，大家对叙利亚、阿富汗的事情很关注，就议论这事。观点却并不相同，说着说着，还争执起来。和稀泥的说，争啥呢？打仗就没个好事，受苦的还不是咱老百姓，不打仗最好。就像咱中国，多好。日子苦些，可家和人全的，这样最好。

穆萨没有参与他们的闲话，可刚从外面打工回来，不能失了礼数，耐心听了几句，和几个老人打过招呼，就走了。田里的玉米黄了，他要急着去收玉米。

他这回回来，就是来收玉米。婆姨打电话说，玉米黄了，他就回来了。他本来在大同打工，种上玉米就去的，一直没回来。回来花钱，误工。但玉米黄了，他得回来，误了工不要紧，误了庄田，就失了根本了。

出了清真寺，他想回家，吃点早点，和婆姨一起走，可犹豫了一下，没有回家，直接就往玉米地里走。

他和婆姨闹别扭了。昨天回来，一进家门，看到婆姨的样子，他就气不打一处来。婆姨的脸晒得黝黑，还落了一层土，身上沾着草屑，脚上踏着牛粪。婆姨邋遢的样子，和他日思夜想的完全不一样，一下子就打消了他憋着的冲动。他有些嫌恶地皱起了眉头。紧接着，他就看到了儿子。儿子上中学，不是周末，不是年节的，待在家里，有些不对。他就厉声问，儿子不敢说话。婆姨说，你儿子不上学了。他又问，啥时候不上的？婆姨说，回来几天了。他质问婆姨，几天了，你咋不往学校送？婆姨也大声说，你儿子不想上了，我有啥办法？儿子大了，是爹管的，你咋不往回走？

穆萨恼了，骂了粗话，你在家里是干球啥的？

婆姨也恼了，和他对骂，我在家里是给你看家的、种地的、喂牛的，你说我是干啥的？你一走几个月不回来，你说我在家里是干啥的？

穆萨说，我又不是在外头游山玩水，我在外头下苦着呢。

婆姨说，谁知道你在外头干啥着呢！进门就发脾气。看不惯我们娘儿们就走，城里有的是好看的女人。

穆萨说，你胡扯些啥？谁让你把儿子拉回来了。我在外头苦死苦活，为的是啥？你把儿子给拉回来了！家里有多少活？干不动就不要干了。

婆姨也嚷嚷起来，你在外头苦死苦活了，谁没苦着。我在家里睡着呢？你爹不上学了，我有啥办法？

婆姨的一句“你爹”彻底把穆萨激怒了，穆萨没想到婆姨这样粗俗，上手就给了婆姨一个嘴巴。婆姨愣了一下，哭起来。儿子赶紧跑过去，护住了妈妈。穆萨没有再动手，只是冲儿子吼了一句，明天就给我上学去。儿子忙忙地点头，穆萨气呼呼地进屋躺下了。他一夜没有理婆姨，婆姨也没有理他。

早上起来上寺的时候，他就喊起儿子，叫他上学去。儿子嗫嚅着说，今天礼拜六。他说，下周快点给我上学去。儿子忙忙地答应了。穆萨的气才消了些。

做完礼拜，穆萨的气消了一大半。礼拜，能把人的怨气、怒气都消散掉。但穆萨还不好回去，就直接往玉米地里走。家里有两块地，他都种了玉米。都种玉米，是玉米好长，乡村的孩子一样。婆姨好管，他也好收，回来一次就行了。他可不想来来回回地耽误时间，耽误挣钱。

两块玉米地，村南一块，村北一块，村南的一块远些，村北的一块近些。穆萨就向远些的地里走。先抓远处的，人都这样。

尽管心里知道玉米黄了，但到地头上，穆萨还是有些吃惊。一大块玉米，齐刷刷的一人多高。种上玉米，苗都没出的时候，穆萨就走的，这才几天。心里一算，不是几天，有四个多月了。四个多月时间，一季玉米都黄了。婆姨呢？婆姨想叫他回来，每次打电话，他都说工地上忙，回不来。婆姨的心就凉了，不再说了。婆姨那样嚷嚷他，其实是压在心里的抱怨。真是的，一季玉米都黄了。

玉米黄了，却和麦子、谷子不一样，和糜子、高粱也不一样。麦子、谷子黄了，一片金黄；糜子、高粱黄了，一片火红。玉米却是灰头土脸、形容枯槁的，真有些像是在城里打工的农民工。本来也是的，玉米算不得细粮，现在连粗粮也不算了，做饲料。饲料比细粮，也就是农民工比国家干部。

黄了的玉米傻大黑粗，把金黄的玉米棒揣在怀里，还被厚厚的包衣裹着。收玉米，就要分开枯秆，剥开包衣，把玉米棒掰出来。

穆萨边掰着，边想到了婆姨。婆姨没来。她也许是在收拾屋子，也许还在生气。穆萨一边掰，一边等着。他知道婆姨口直些，但过心快，不会一直和他滞气。穆萨没有拿着筐子、袋子，只能掰上几个，放到地头上，再钻进玉米地里去掰。这样误工，穆萨最不愿误工。但又没办法，只能等着，婆姨就会来的。

这样钻出钻进的，也容易划伤。干枯的玉米叶子，就像锋利的刀刃，一阵儿就在穆萨脸上、脖子上划出了血绺子。好在伤口都不深，不太痛，穆萨只能忍着。还有手，穆萨没戴手套，手背上划伤了，手心也刺伤了。穆萨记得以前掰玉米，不会有这么多的伤。许是几个月时间，农活生疏了。或是在城里几个月，变成细皮嫩肉了。也不是呀，在城里干的也是粗活，砌墙盖楼，是最苦的活。

在城里干活，受苦是小事，还要受气。老板的气、工头的气、城里人的气，都受遍了。有时真不想干了，可又舍不得，还是城里的钱好挣。能挣到钱，啥苦都能吃，啥气也能受。受的气多了，没处撒，回来就给婆姨撒。还有，在城里人面前，他一直都觉得自己卑微，真像蚂蚁一样。回来也一样，在外面做生意，发了财的，回来人人高看。凭苦力挣钱的，回到村里，都叫人低看。有些婆姨看到男人没本事，挣不来钱，都翻白眼。穆萨知道自己的婆姨不是那样的，从来没有看低过他，拿回的钱多钱少都一样。穆萨这会儿有些后悔昨天的事了。

穆萨心里想的是，他这么下狠地干活，几个月连家都不回，就是想过上好日子，和城里人一样的好日子。尤其是儿子，他想尽一切办法叫儿子上学，将来到城里，过城里人的日子。所以，婆姨没管好儿子，穆萨就特别生气。

儿子呢，也不见来。穆萨觉得，这几年，他一直在外面打工，已经和儿子生疏了。儿子见了他，显得很陌生。也许是儿子长大了，真长大了，头都超过他肩膀了。就是不好好上学，还干脆不上了。昨天，穆萨觉得这都是婆姨没管好，这会儿想明白了，儿子真要爹管。自己不在家，儿子不仅没人管，心里也缺着些啥，所以才不好好念书。

穆萨也想守在家里，可日子咋过呢？阿訇讲了，每个人的命都是前定了的。没办法，谁叫你是农村人呢。阿訇还说了，今世的光阴要经营，就当永生不死一样；来世的光阴也要经营，就当明天就死一样。穆萨还年轻，还在努力地经营着今世，还没有过多地想来世，没想到死，但死却离得很近。就在前几天，一个和他一起砌墙的民工，干累了，伸了一下懒腰，就栽倒了，从脚手架上摔下去，当场就死了，眼睛睁得老大。他比穆萨还年轻，才结婚几年，儿子才两三岁。他比穆萨的心还大，说要在城里挣一套房子，把婆姨娃娃都搬到城里住，过城里人的日子。可他不仅没有在城里买到房子，还把自己变成城里的一具尸体。看过他的尸体，穆萨害怕了，再砌墙的时候，就老是想到他，想到他大睁着的眼睛。这也是他回来的一个原因，他想回来躲一躲。

穆萨一边掰玉米，一边想起许多的不如意来，心里有了想哭的感觉。在城里的时候，他有事憋得难受，也想大哭一气。可是没地方，城里到处是人，连个哭的地方都没有。在这里，钻进玉米地里，大哭一场，才舒畅呢。也就是想想，穆萨很快就把噙在眼里的泪水压下去了。穆萨觉得，流眼泪是女人的事。婆姨呢？她在家里，有了不如意的事，会流眼泪吗？

婆姨还是不见来。以前和婆姨一起掰玉米的时候，两个人分工合作，婆姨掰玉米棒子，穆萨砍玉米秆子。婆姨掰到哪里，穆萨砍到哪里，流水线一样。这样婆姨就不用在玉米秆子中间钻出钻进的，都是站在外面掰，脸上、手上就不会划出血绺子了。那样干，还有个好处是，两人配合着，玉米掰完了，秆子也砍完捆好了，一车都拉回去了。玉米拉回去，晾干脱粒卖钱，秆子拉回去粉碎了喂牛。家里喂着四五头牛呢。又是农活，又是喂牛，又是操持家里，婆姨真的也很苦。

婆姨不来，他又没带镰刀来，没法砍掉玉米秆子。穆萨只能一个人出出进进地掰。外面的一截掰完了，只能钻进深处去了。钻进去，掰着饱满的玉米，穆萨忽然想起很久远的一件事来。还是儿子四五岁的时候，他和婆姨就在这块地里除草。玉米长了一人高了，刚抽穗结棒子。玉米花粉的味道刺激人，宽大的玉米叶子拂得人心里痒痒。他被玉米启发了，浑身鼓胀了，放下锄头，就把婆姨抱住了。婆姨也似乎在等待着，扔下锄头和他滚在一起。做完了，他们才担心起来，不是担心被人看见，是担心玉米。污了玉米地，怕玉米不长了。阿訇讲过，万物都是安拉造来的，都是有灵性的，穆萨和婆姨都相信这个。可那一年，玉米棒子却出奇的大，真真的颗粒饱满。收玉米的时候，他们才放心了，还互相取笑呢。

那时候年轻，做了荒唐事，以后再没做过。也是没机会了，这些年，玉米种上，穆萨就外出打工了。在外面时间长了，有时也想。有的人想了，找小姐，还有的人用手做。穆萨不，找小姐费钱，手做费人。他把钱也攒着，人也攒着，囫囫囵囵地都交给婆姨。婆姨想的时候呢？他没问过婆姨。也许该问问，在很多事情上，穆萨都不问婆姨。他觉得，把钱都交给她，把人都交给她，就对得起她了，很少和她交心。今天回去，就和她好好说说。以后出去，隔一段还是回一趟家。钱很重要，家更重要。

掰了一上午的玉米，穆萨想了很多的事，想明白了一些，还有一些想不通。阿訇说了，安拉的光亮照进心里，人才完全明白呢。没有完全想明白，穆萨却已经不生气了。只是一直不见婆姨娃娃来，心里好像有些空落落的。空着，也等着。半晌午的时候，还不见，他才知道他们不来了。不来掰玉米，他们在干啥，穆萨不知道。

到中午了，掰了一大堆了，穆萨感到有些累了，就决定回家。掰好的玉米只能堆在地头上。偷是没人偷，但穆萨心里还是有些不快。这种不快还在增加着，随着他越走近家门越厉害了。穆萨努力地克制着。

走到大门口，穆萨却看到了他没想到的一幕。婆姨，还有儿子、女儿，都在院子里，他们的面前是一大堆玉米。他们很显然是在另一块玉米地里掰了玉米，拉回来，又在剥玉米棒子上最细的那层包衣。剥掉细包衣的玉米显得金黄闪亮。可他们的身上、脸上，都是土，尤其是婆姨，比昨天的样子还邋遢。三个人边干边说笑，儿子正在变声，笑声嘿嘿的，女儿的笑声像铃铛一样，还有婆姨，脸黑着，可眼睛和牙很白，也笑出声了。婆姨的笑声也好听。

看着眼前的情景，穆萨感到从未有过的温暖，鼻子酸酸的，有眼泪从心里往出涌。他站住了，没有出声，但他们感觉到他了，都扭头看着他。也许是看到穆萨满身灰土的样子吧，几个人的脸上都继续有笑。

穆萨看到，散落了半院子的玉米，在中午的阳光下，发出奇异的眩光。眩光把妻儿的脸都照亮了，也把他卑微、平庸、粗鄙的生活照亮了。他心里有了一股巨大的满足和感恩。

（四）

做完晨礼，我坐在桌前写小说。我的经名也叫穆萨。我写下的几个穆萨，在不同的世界，经历着不同的事。我觉得，他们都是我。

注:《回族文学》2013 年 6 期发表,《长江文艺·好小说》2014 年 2 期选载；获第六届鲁迅文学奖提名奖

生生不息

大地震前，麦尔燕已经是家破人亡了。男人穆萨多年前就只身到麦加去朝觐，一直没有回来。女儿法图麦也得病早夭了。儿子亚瑟给抓了兵，这些年没了音信。家里就剩她一个人孤独地过着。

娘家也没啥人了。父母没得早，她是奶奶抓养大的。奶奶是平凉城里的富家小姐，本来是汉民，奶奶家在平凉城里有一个很大的绸布庄。爷爷是个脚户，拉着骡子给商户驮货物，经常去平凉，到她家的绸布庄驮布匹绸缎。爷爷能唱很好听的花儿。正是那些花儿把奶奶的魂儿勾住了，随爷爷私奔到这干旱苦焦的山里来。来了以后，奶奶没有看到多少花儿，却能时常听到爷爷唱花儿。她就住了下来，举行了入教礼，和爷爷正式成亲了。因为是私奔而来，又入了回民教门，她再没有去过平凉老家。爷爷也从此断了平凉那条路。他还是当脚户，改到沙漠里往出驮盐。奶奶劝他回来种地，他听不进去，他在外面野惯了，就像他唱花儿唱惯了。不过每次回来，他都给奶奶唱花儿，听着花儿的奶奶就满足了。她的脸上和心里都开了花儿。

那年月世道乱。爷爷赶骡子吆脚，半道上碰上了土匪。土匪抢盐，爷爷拼着命地护盐，就给杀了。侥幸逃脱的人来说了，奶奶就是不信，在此后的十几年里，奶奶一直认为爷爷还活着，还在赶骡子吆脚，还在唱花儿。她总是拉着麦尔燕站在大门口等爷爷。她说：“你听，你爷爷又在唱花儿哩。”

奶奶是饿死的。那年大旱，绝了粮，麦尔燕和奶奶野菜草籽地熬了几个月。有点吃的，奶奶尽量俭省着，叫麦尔燕多吃点，奶奶就不行了。奶奶说麦尔燕是家里唯一的血脉，血脉不能断了，叫麦尔燕出去逃荒。麦尔燕说啥也不肯，她不能丢下奶奶一个人出去逃荒。又熬过了些日子，奶奶只剩下一丝儿游气了。她穿上当姑娘时从娘家穿出来的那身红缎子衣服，安静地躺在炕上，就那样去了。临去时，她脸上一片灿烂，她说：“你爷爷在那边唱花儿哩，我得去找他。”

麦尔燕打小就听奶奶唱花儿，跟奶奶学花儿，她不知道奶奶为啥那样地看重花儿。在麦尔燕看来，花儿到啥时候也抵不了吃的。尤其是在讨饭的过程中，她更感受到一口热饭有多么的贵重。

奶奶去世后，麦尔燕就一路讨饭来到清水湾，嫁给丈夫穆萨，落脚到清水湾，生了儿，育了女。她本想着能平平安安地过上一辈子，却没想到，家里接连出了那么多的事。

女儿夭亡了，是安拉收了。丈夫穆萨和儿子亚瑟却是活不见人，死不见尸。她认定他们都还活着，她得等他们回来。这样想着，她也就能活下来了。她还不到五十岁，种粮种菜，喂鸡养羊的，啥活儿都能干。麦尔燕还有一种魔力，能让野物儿都变得驯化。她从山上抓来几个小呱啦鸡，它们一点儿都不认生，把这里当成家了。长大后，又繁殖了一些，变成一大群了。它们还把山上的野呱啦鸡都引到家里来了。每天早晨呱啦啦一阵都飞出去，晚上又一片黑压压地飞回来。看着一大群呱啦鸡飞出飞进的，麦尔燕心里觉得满实，也不多想穆萨和亚瑟了。他们都是风中的鸟儿，想落都落不下来。

也许是一大群野呱啦鸡从麦尔燕家飞出飞进的，村里人感觉到了怪异，也许是想到麦尔燕的女儿曾得过怪病吧，村里有娃娃中了邪祟的就来找她去看。最初，麦尔燕对这种邀请有些反感，因为这往往勾起她对法图麦的念想。但她还是去了。去了，捏捏拍拍的，娃娃还真就好了。一来二去的，请她的人越发多了。娃娃头痛脑热拉肚子的也来找她，麦尔燕只好也去。她摸索着用针扎，用艾灸，用火罐拔。她记得小时候见过奶奶这样给人看病。她不知道奶奶又是从哪里学来的。一个商户人家的小姐，她能从哪里学呢？也许她还是从她的奶奶那里学到的，她的奶奶也许又是个庄户人家的女儿。这样一想，麦尔燕觉得人和树一样都有根，有些根扯得很深很悠远。奶奶因为山歌，随爷爷来到这个穷山沟里，就生出了一条根，没有这条根，也许就没有她麦尔燕。而麦尔燕又因为一场旱灾来到清水湾，把根又扯到清水湾。这都是安拉造化好的呢，还是人自个儿折腾自个儿？人心真是个奇怪的东西，奶奶的心偏偏就能被山歌给打动。若是爷爷有万贯家财，也许都娶不来她，而几支山歌就把她的人她的魂都勾来了，奶奶也不怨。她得到了她认为最好的东西，即使在爷爷早逝后，那些山歌一直都活着，活在奶奶的心中，奶奶也算是幸福的了。奶奶的一辈子因为山歌而改变了，走向贫困，最后饿死了。奶奶的一辈子也因了山歌而饱满，饱满得像熟透了的麦粒。

麦尔燕托村里到平凉吆脚的人打听奶奶的娘家、平凉仁和绸缎庄的张家。还真给打听到了。信儿不好，仁和绸缎庄早就关了，张家也一个人都没有了。听说是张家给乱党资助了银子，叫官家抓住了，定了通匪的罪。家里的男人都给砍了头，女人娃娃给人为了奴。

虽然那是奶奶娘家的事，距离她很远了，但麦尔燕听了，还是有一种揪心的痛。她觉得，那也是她的一条根脉，一条根脉嘣地断了，她心里就有些痛。她也为奶奶感到庆幸。要是奶奶不随着爷爷来，也许还就给人砍了头，或者是为了奴。

奶奶来到这里也许是安拉的指派，也许是她的先见。奶奶是那样的特别，不光是她会看病，会认字，会说一些让人想都想不到的话。她说话走路都透出一股子灵气儿、飘气儿，就像是活在云彩上。就算是落在土地上，脚上也从来都不沾尘土。麦尔燕觉得自己也多少有些奶奶的那种飘气儿，那是在骨头里有的东西。她就努力地往下落，踏踏实实地落到地上。她不光摸索着给清水湾的娃娃们看病，还给生娃娃的女人接生。给娃娃看病，她还跟着奶奶学了一些，给女人接生，她真是无师自通。那几年，清水湾几乎所有的娃娃都是她引领到这个世上来的。

清水湾村有四五十户，几姓人，都是回民，也还相安，只是日子过得难肠。不过，庄户人家只要能填饱肚子也就心里念知感了。尽管收成不好，还有天灾和人祸，但人还得活下去，苦日子还得过下去。人们只盼着有个好一点的年成，只盼着不要遭灾。但灾难好像跟这里的人有亲戚，不时地来走动一回。

地震那年的收成还算好。冬闲了，人们忙乎着娶媳妇嫁女儿，走亲戚串门子，谁都没想到会有地震；地震前有很多的显迹，但事前人们并不明白。

先是有小娃娃们踢毽子跳房子时嘴里唱着："人吃人，狗吃狗，鸦儿老鸹啃石头。"都以为是娃娃们的胡说胡闹，没人理会他们念叨这些话的意思。接着，娃娃们又唱起了摇摆歌："大豌豆开花，摇一摇，麦出穗；不是王法吆，摇摇摆，咱两个睡。一碗羊肉，摇一摇，白花了；世上的好人吆，摇摇摆，贼杀了。”还有的唱：“园子里长的绿韭菜，摆摆摇，货郎子哥哥快挑来，摇摇摆，货郎子哥哥不挑来，摇摇摆，地摇了，稀里哗啦塌散了，哗呀哗啦摇，咯呀咯噔摇。”

接着，清水湾有一口水窖里发出牛样的叫声。打水的媳妇儿听到了，吓得把水桶扔了，跑开了。这话传开，村里好多人都围在窖口听，确实听到了牛样的叫声。

“怕是癞呱呱叫呢！”

“癞呱呱没个这么叫的。”

“癞呱呱也叫不出这么大的声儿。”

“不是癞呱呱，那还真是牛叫不成？”

“牛咋到水窖里去了呢？”

“大概是地下面的牛，是支着地面的那四个牛在叫呢！”

人们议论纷纷，可谁也说不出那叫声的来源。

过了几天，那口水窖里的水又发浑、变黑。人们越发奇怪，说啥话的都有。有些老年人心里就嘀咕：安拉呦，怕是要顿亚临尽了。可是谁也没想到会有啥事儿发生，会有啥灾难又降临到清水湾。

地震的那天，落了一场大雪。雪是从早上下起的，没有风，雪片慢悠悠地落下来，很快就把地给盖白了。就在那天早晨，麦尔燕冒着雪去给村里一家的媳妇子接生。那媳妇子是头生，又难产，折腾了大半天才听见了娃娃的哭声。是个女娃儿，但哭声却响亮。麦尔燕没想到这个女娃会与她以后的生活发生什么关联，她已经接生过好多娃娃了。麦尔燕在那家人的千恩万谢中洗了娃娃，又洗了血手，喝了碗给月婆子熬的小米汤后，就踩着雪回到自家的窑洞。

她照例在窑洞门口站了一会儿，向西面伫望着。雪花很稠，看不远。清水河看不清了，通向外面的路也看不清了。村道上出现了行人，又很快融进雪中不见了。这样的天气，即使穆萨和亚瑟回来，远远地也看不见。看不见，但能听见。在簌簌的落雪中，不时浮出一些奇怪的声响，还有一串铜铃的悠响，是骡马脖子上的铜铃声。穆萨走的时候，就骑着一头大青骡子。她在大青骡子的脖子上拴了一串铜铃。穆萨骑走了大青骡子，却把悠远的铜铃声留在麦尔燕的耳畔。她记得穆萨走的时候，挂在骡子脖项上的铜铃铛敲出细碎忧伤的调子，骡子的蹄声也一下一下敲在麦尔燕的心尖上。她感到了痛，但没有哭。她望着穆萨的背影说："我等着你！"为这句话，麦尔燕等了几十年。麦尔燕不知道他淹蹇在半路上了，还是留在那里不回来了。还有儿子亚瑟，自从给抓走后，一直没有回来，也没有音信回来。当兵打仗的，命悬在半空中，挑在刀刃上，不知能不能活着回来。但麦尔燕相信他们能回来，她每天都等着他们回来。

突然而起的一阵土黄鼠"铮——铮——铮"的尖叫使她浑身一颤，这才失望地回到窑里。

雪还在落着，麦尔燕坐在热炕上，心里一折一折地胡思乱想着，手里纳着一双千层底的大鞋，思绪像屋外的雪花那样静又那样纷乱。手里的大鞋不知是给男人穆萨做的，还是给儿子亚瑟做的，她自己心里也含糊。

大雪一直到后半晌才停了。雪把一切都盖住了，一片白亮，天色却早早地暗下来。麦尔燕赶着做了点饭，刚吃过，屋里已经暗得很重。她正准备点上油灯，忽然听到院子里的雪咯吱咯吱地响，分明是有人走进来了。麦尔燕想也许是亚瑟，也许是穆萨回来了。麦尔燕没来得及点油灯，开门出屋，见门口果然有个人，却是个女人。女人用围巾把头脸捂了个严实，只露出一双黑幽幽的眼睛。她的眼睛里有一股乏气儿，身子也显出走了长路的样子。她胸前紧抱着个蓝布包袱，像是裹着个娃娃，但裹得严实，看不清。麦尔燕还以为女人是走娘家串亲戚的，到半路上遇了雪，天又快黑了，找来借宿的。她就把女人往屋里让。女人却不进屋，也不出声，瞅着麦尔燕，眼睛里盈起了泪。麦尔燕正纳闷，女人像终于下了决心似的，突然把包袱往麦尔燕怀里一塞，哽咽着说了句啥，转身就走了。等麦尔燕反应过来，女人已快步走出院子。麦尔燕忙边“唉唉”地喊边追上去。女人急急地走，连头也没回。麦尔燕怀里抱着包裹，小脚不稳，雪又滑，等她追出去，女人已经消失在路拐角，只在雪地上隐隐留下一串脚印。

麦尔燕站在大门前的那块台地上四处张望，哪个路口处都没有出现女人的身影。雪停了，可天上的云还没有散尽，灰灰的一片，地上的雪反射出冷亮的光。清水湾像被这场大雪从地上抹掉了一样，只有淡淡的几点灯光还能说明这是一个村庄。谁家的狗怪怪地叫了几声，有好几只狗都跟着叫起来，还有牛羊的叫声。忽然，怀里的包袱动了一下，有小娃娃的暗暗的哭声。麦尔燕这才知道，包袱里果真是个娃娃。她把包裹开着的那一角掀开，一股热乎乎的奶腥气冲出来。麦尔燕熟悉那股味道，那是只有吃奶的娃娃身上才有的味道，又腥又香，粉扑扑的一股味儿。借着幽暗的雪光，麦尔燕还隐隐看到了娃娃的小脸。她怕冻着了娃娃，赶紧往窑里走。回到窑里，点上了油灯，她才看清那是个男娃，五六个月的样子。棉布包袱里还夹着小衣裤小尿布。

女人为啥要把这个娃娃塞给她，转身走了呢？麦尔燕想不通。

灯光一刺，娃儿睁开了眼，有些好奇又有些疑惑地瞅她。娃儿的眼睛亮汪汪的，像汪在草叶上的露水珠子。麦尔燕心里就有一种扑簌簌的感觉，那是母亲的感觉。麦尔燕爱娃娃，法图麦和亚瑟先后都离开了她，她更加稀罕娃娃。接生了那么多娃娃，但那都是别人的娃。自己生活中要是再有个娃娃，那就太好了。麦尔燕细细地瞅着娃儿，他眉清目秀的，他妈把娃娃操心得也很干净，很讨人喜欢的模样。只是在他的眉宇间有一股说不出的神情，或者说是一股气，一股看不见但能感觉到的气。麦尔燕恍然想起在穆萨和亚瑟的眉宇间就有这种神情、这股气。那是他们特有的，麦尔燕太熟悉那种神情了。只是穆萨和亚瑟眉宇间的那股气要浓重一些，郁成一个结，凝在那里，而这个小娃眉宇间的气要淡一些，散散地飘着。这娃儿难道跟这个家族有关联？他难道是亚瑟的娃娃？这个念头让麦尔燕又兴奋又疑惑。若是亚瑟的娃娃，就是她的孙儿了。亚瑟没结过婚，哪来的娃娃？若是亚瑟的娃娃，那女人又是谁呢？麦尔燕仔细琢磨那女人的相貌神情，天太暗了，她又蒙着脸，真的没看清。但她很显然认识自己，不然她也不会遮住了脸，她也不会走得那么急，她也不会贸然地把娃娃交给自己。她难道是清水湾人？或是清水湾附近的人？

这一连串的疑问使麦尔燕心里不安，她裹好娃儿，抱上了又到大门外去看那女人。她临出门时，几只老鼠吱吱叫着也随她往出走。老鼠的小眼睛很亮，很惊慌，像有猫在追着它们。草棚子里的呱啦鸡也咕咕地叫起来，像遭了鹞鹰野狐子。今儿咋全是些奇怪的事？麦尔燕边往出走，心里边嘀咕。站到大门外，天色更幽暗了，根本不见那女人的踪影。狗呜呜咽咽地乱叫着，牛羊的叫声也失去了往常的调子，清水湾笼罩在一怪异的氛围中。麦尔燕心里有了不祥的预兆。冷风一激，浑身都凉刷刷的，她就往屋里走。

正在这时，沉闷的雷声从地底下传过来，雷声闷暗，可刺得人心里发潮。麦尔燕刚压下胸腔里的一股恶心气儿，地面抖开了。抖动只持续了一眨眼的时间，地面又筛起来，麦尔燕像站在一个巨大的筛子里，筛子被啥人左右上下地颠簸摇晃，麦尔燕突然重重地摔倒了。

麦尔燕临摔倒时只记得两件事，一是紧抱住怀里的娃娃，再就是连念了几句清真言。

地面颠了好一会儿才停了，麦尔燕挣扎着抱住娃娃站起来。雪光里，只见清水湾漫起冲天的尘障。自家院里也扬起呛人的尘土。鸡狗的叫声更尖厉了，又掺杂上了人的惊叫和哭喊。

麦尔燕这才明白是地震了。

那场罕见的大地震把清水湾一带大部分的窑洞和草房摇塌了，人畜死了有一大半。那场地震的来势之猛、威力之大，直到几十年后还被人们不时地提起。在那场地震中的人看到了怎样的景象，谁也无从知道，幸存下来的人由于处在不同的地方、不同的情形中，看到的地震的模样都不一样。有人看到麦场上打场的石磙子像要把戏样地跳起半人高，还翻着跟头；有人看到地面生生地被掰开了一道口子；还有人看到窑洞被揉碎了样地坍塌下来。幸存下来的人虽然保住了性命，但心灵上受到的震撼让他们唏嘘了几十年。那不可知的力量让每个人都心生恐惧。

地震把村子揉碎了，像揉一块破布，拧一个麻花，山走了，地扭了，村子完全变了个样。本来是很远的两家，地震后成了邻家；本来是并排的两家，地震后成了对门。说是人家，哪里还有个人家，窑塌了，房倒了，都成了一堆了，有些人家一个人都没活下来，活着的人也认不出自己的家了。清水湾整个像是一处废墟。

在最初的惊恐和哭喊过后，幸存下来的人开始了清理废墟的工作。这项工作进展得很缓慢，持续了一个月有余。但清水湾人表现得很执着，很有耐心。从废墟中清理出了各种姿势各种情态的尸体，也找出了些折胳膊断腿的活人，还有一些能用的家什和粮食。

清理中也发现了许多奇迹。同在一个塌窑洞里，有的血肉模糊，有的则毫发未损。还有更奇的。一个月后，人们挖开了一孔坍塌了的窑洞，在一角未塌下来的地方，有个老人呆痴地坐着。他叫锁有成，靠一缸咸菜活了一个多月。

清理中人们还发现，几乎所有的娃娃都在父母尸体的怀里，有些一起被砸死了，有些靠父母尸体的支持存活了下来。可以想象在地震最初发生的那一刻，父母们想到的首先是儿女，把儿女都收揽到怀里。在窑洞往下塌的时候，他们又把脊梁迎上去。他们以为自己的脊梁能抵挡住山一样的重压，他们中有些还真做到了。因此，那场地震中存活下来的娃娃就比成年人多，有许多娃娃都成了孤儿。也有些人活不见人，死不见尸。地震在暴露许多秘密的同时，又制造了许多秘密。

人们在草草掩埋了死者后，生活又艰难地开始了。

麦尔燕家的两孔窑洞塌了一孔，儿子亚瑟住过的那一孔新窑塌了。她住的那孔旧窑没有完全坍塌，顶上裂了一道缝，掉下来一堆土，端端地堆在炕上。麦尔燕要不是追出去找那个女人，就给埋住了。麦尔燕觉得，这也是早就注定的，要不是女人送来那个娃娃，她也说不定就给压死了。

没有压死，就得活着。寒冬腊月的，再没地方去，麦尔燕把坍下来的土挖出去，把屋子扫了扫，又住进裂了缝的窑里。还有两个娃娃。她在这场地震中得到了两个娃娃。一个男娃，就是那个神秘的女人在地震前送来的。那个女人也在地震中消失了。按理，她若是想出村的话，还没有走出清水湾；若是还在清水湾，可又没有找到她的尸体。不过，有许多尸体都是血肉模糊的，辨认不出是谁来。麦尔燕不知道那个女人是死是活。麦尔燕还领养了一个孤女。巧的是，那女娃正是她在地震的那天早晨接生的。女娃的耳后有一个血痣，麦尔燕记得很清楚。女娃一家人全在地震中丧生了。只有这个出生还不满一天的女娃，在她母亲的身体和一叠枕头被褥的夹缝中活了下来。麦尔燕就领养了她。

在抱回那个女娃的时候，麦尔燕想到女娃的母亲在生育时痛苦扭曲的脸，还有她声嘶力竭的哭喊。当时是难产，那个小媳妇在努力了几番都失败后，脸上有了绝望的神色，还有对死的恐惧。她一遍又一遍地问接生的麦尔燕："我会死吗？""我怕是不行了！"麦尔燕边教她怎样用力，边安慰她："女人都这样，得过这一关，娃娃一出来就好了。"当她用尽最后的力气，终于把女娃生出来后，她的身体瘫软了，但她的脸上是摆脱了险境和初为人母的双重欣慰。她以为摆脱了死神，没想到只躲开了半天时间，死神没有在生育时带走她，却在随后的地震中带走了她。这都是命，是安拉的造化，麦尔燕这样想。生娃娃的那会儿，她的时辰还没到。安拉要让她尝到当母亲的苦痛和幸福后，才收走她。她要是迟生一天——不用一天，只用一会儿，怀着娃死了的话，按经典上讲，她就万罪全消，能进天堂。但那样的话，这女娃就不能出世了。女娃能生下来，能在地震中活下来，说明她是该来到这个世上的。难产也好，地震也好，都挡不住。她也是该活下去的，麦尔燕觉得这些都是造化的机密，造化的机密谁也猜不透。

地震不仅把村子揉碎了，也把人心揉碎了。地震把村子的魂都震飞了，把人的魂都震飞了。活下来的人都呆了，傻了，好些天不知道该干些啥，不知道该咋样活下去。村子里没有一点儿活气，尤其是到了晚上，村子真的就死了。

村子不能死，人心不能死。一个老人出主意叫挂灯，在村头上挂一盏灯。他说，人心里得有一盏灯。

地震不光死了很多人，还死了很多牛羊，死了的牛羊肉不能吃，但做蜡烛能行。几个年轻人就把牛羊的油剥下来，做了好些蜡烛。又糊了个灯笼，高高地挂在村头上。每天晚上都点一根蜡烛，灯笼每天晚上都亮着。

灯把人心照醒了，把悲伤和恐惧驱散了。人们开始把地震中死了的人都埋葬了，重新挖窑洞、盖房子，开始治病疗伤，开始生火做饭。几个月后，雨水又一次润湿大地，草木又一次发芽，人们又开始种上了庄稼。寡妇再嫁了男人，光棍又娶了媳妇，许多家庭都进行了新的组合。当地里的庄稼又结满了籽粒，当女人的肚子又鼓起来，当麦尔燕又一次开始接生时，村子完全活过来了。

这期间，麦尔燕用一只奶山羊的乳汁喂养着两个娃娃。奶山羊的乳汁能喂饱两个娃娃的肚子，却喂不饱两个娃娃的心。他们刚会爬，就钻进麦尔燕的怀里，一边一个，咂她的奶头。

麦尔燕刚过五十岁，乳房还没有完全干瘪，但早就没有乳汁了。为了哄两个娃娃，麦尔燕就把空奶头叫他们咂。刚开始的时候，两个娃娃咂不到乳汁，就使劲地嘬，把她嘬疼了，不舒服，但看着两个娃娃的样子，麦尔燕还是让他们嘬。日子长了，习惯了，也就不感觉疼了。两个娃娃咂得更欢实了。

有一天，两个娃娃钻在怀里咂着，麦尔燕忽然感觉麻酥酥的，像有一股细流往出涌，就像是给亚瑟和法图麦喂奶时一样。她觉得奇怪，从娃娃的嘴里揪出奶头，发现娃娃的嘴里含着白白的奶水。麦尔燕想不到，自己竟然又有了奶水。她想，这是给两个没娘的娃娃的造化，也是给她的造化。

麦尔燕就用自己的奶水把两个娃娃喂养到一岁多。

地震后，麦尔燕和村里人一起忙着救命，一直没顾上给两个娃娃起名字。村子活过来了，麦尔燕才请阿訇来给他们起名字。阿訇给男娃取名叫哈塞，女娃取名叫阿依舍。

到哈塞和阿依舍都会说话的时候，两个不知因果的娃娃都把麦尔燕当成了母亲，都叫她妈。麦尔燕曾有过亚瑟和法图麦两个娃娃，他们先后都离她而去了，她心里一直惦念着。在哈塞和阿依舍叫她“妈”的时候，她心里非常高兴，恍惚间觉得时间又退回去了，退回到几十年前了，她抓养的哈塞和阿依舍就是当年的亚瑟和法图麦。哈塞和阿依舍就是她亲生的儿女。

麦尔燕没有等来丈夫穆萨和儿子亚瑟，却把哈塞和阿依舍一天天抓养大了。

阿依舍就是我奶奶，麦尔燕算是我的太奶奶。太奶奶麦尔燕活了八十三岁，直到我奶奶阿依舍结婚，有了娃娃。我奶奶阿依舍今年九十四岁，重孙子都结婚了。我们几个孙子辈的有一回坐在一起，仔细算了算，奶奶阿依舍的后人有八十多口人了。哈塞爷爷的后人也有七十多口人。这样算来，太奶奶麦尔燕的后人有一百五十多口。

注:《回族文学》2014 年 5 期发表,《小说月报》2014 年 12 期选载，入选《小说月报·2014 年实力作家精品集》

图书在版编目（CIP）数据

换骨 / 李进祥著. -- 北京 : 作家出版社，2018. 10
（文学宁夏丛书）
ISBN 978-7-5212-0184-0

Ⅰ. ①换… Ⅱ. ①李… Ⅲ. ①短篇小说 - 小说集 - 中国 - 当代 Ⅳ. ①I247.7

中国版本图书馆CIP数据核字（2018）第198095号

换　骨

作　　者： 李进祥
责任编辑： 杨兵兵
装帧设计： 意匠文化 · 丁奔亮
出版发行： 作家出版社
社　　址： 北京农展馆南里10号　　**邮　　编：** 100125
电话传真： 86-10-65930756（出版发行部）
86-10-65004079（总编室）
86-10-65015116（邮购部）
E-mail:zuojia@zuojia.net.cn
http://www.haozuojia.com（作家在线）
印　　刷： 北京玺诚印务有限公司
成品尺寸： 152×230
字　　数： 259千
印　　张： 22.25
版　　次： 2018年10月第1版
印　　次： 2018年10月第1次印刷
ISBN 978-7-5212-0184-0
定　　价： 46.00元

“文学宁夏”丛书书目

《眼欢喜》 石舒清 著

《我们心中的雪》 郭文斌 著

《行行重行行》 季栋梁 著

《父亲与驼》 漠 月 著

《一条鱼的战争》 金 瓯 著

《换骨》 李进祥 著

《蛇吻》 张学东 著

《嘉依娜》 了一容 著

《头戴刺玫花的男人》 马金莲 著

《核桃里的歌声》 阿 舍 著

《稻草人》 赵 华 著

《塔海之望》 杨 梓 著

《西域诗篇》 杨森君 著

《篝火人间》 单永珍 著

《山歌行》 马占祥 著

《知秋集》 钟正平 著

《在一座大山的下面》 梦 也 著

《守护风沙中的一盏灯》 郎 伟 著

《张贤亮的文学世界》 白 草 著

《话语构建与现象批判》 牛学智 著